肖　复　兴　文　集

蓝调城南

肖复兴　著

WUHAN UNIVERSITY PRESS
武汉大学出版社

图书在版编目(CIP)数据

蓝调城南/肖复兴著. —武汉：武汉大学出版社,2015.9
肖复兴文集
ISBN 978-7-307-16707-0

Ⅰ.蓝… Ⅱ.肖… Ⅲ.散文集—中国—当代 Ⅳ.I267

中国版本图书馆 CIP 数据核字(2015)第 204774 号

责任编辑:张福臣　　责任校对:李孟潇　　版式设计:马　佳

出版发行：**武汉大学出版社**　(430072　武昌　珞珈山)
(电子邮件：cbs22@whu.edu.cn　网址：www.wdp.com.cn)
印刷:北京世纪雨田印刷有限公司
开本：720×1000　1/16　印张:24.375　字数：286 千字　插页：1
版次:2015 年 9 月第 1 版　2015 年 9 月第 1 次印刷
ISBN 978-7-307-16707-0　定价:36.00 元

总　序

肖复兴

文集编好之后，想起放翁的一句诗：四海交情残梦里，一生心事断编中。似乎有些吻合此境此情。

想我交情远不足四海之阔，心事也远没有那样跌宕起伏，但交情和心事毕竟还有，而且，多写进了文字当中。文集给了我回过头来看看自己走过的路的一个机会，即便走路的姿势不那么漂亮，脚印却或深或浅地印在路上，所谓雪泥鸿爪的意思吧。

我的文字第一次变成铅字，是1963年的暑假过后。那时，我读高一。是北京市的一次少年作文比赛，叶圣陶老先生从中挑选出二十篇作文，逐字逐句修改，并在每篇作文后面写下评语，编成了一本书《我和姐姐争冠军》，我的文章《一幅画像》忝列其中。

我的文字第二次变成铅字，是在九年后的1972年。那时，我在北大荒一个生产队的猪号里喂猪。1971年的整个冬天，大雪封门时无处可去，又无事可干，趴在烀猪食的大锅旁，断断续续写了十篇散文。我想请别人看看我写得怎么样，想起了叶圣陶老先生。那时候，他已经被打倒，没敢

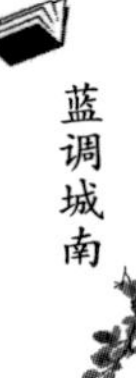

将稿子寄他，便寄给他的长子叶至善先生。没有想到，很快收到叶至善先生的回信，而且，像他的父亲一样，将我的十篇散文逐字逐句的进行了修改。1972 年的春天，我从中挑了一篇《照相》，很快就发表在新复刊的《北方文学》上。

我实在是幸运的。在迈向文学这条虽不辉煌却迷人的路上，一开始便遇到了属于真正大作家的叶圣陶老先生和叶至善先生两代人。说四海交情，如果不是攀附的话，两位叶老先生，应该是最值得怀念的了。

如果从 1963 年算起，我的写作年头有 52 年；如果从 1972 年算起，我的写作时间有 43 年。不敢冒充说是一生心事，起码大半生的心事，像树的年轮一样，留存在我斑驳的文字中。

我喜欢放翁说的“心事”这个词。文字生涯，其实注重的就是心事，无论是自己的心事，还是别人的心事，都是心事。自己的心事，需要有勇气和细心去触摸；别人的心事，需要用敏感和善感去沟通。我想，古人所说的剑胆琴心，应该包含着这样的意思吧。

因此，我不像有的作家把文学当成经天纬地之大事，总觉得那样会将文学慷慨而膨胀。文学没有那样的“高大上”。文学还是属于心事的范畴，而不属于政治经济乃至哲学范畴，尽管它可以有它们的因子在内。好的文学，从来都是从心灵走向心灵，曲径通幽，一路落满心事的残花落叶。布罗茨基讲：“归根结底，每个作家都追求同样的东西：重获过去，或阻止现在的流逝。”我以为，这个过去和现在，指的更多的是作家个体化的生命和生命中最重要的心事。在文学的创作中，这些最为细小甚至被别人忽略不计的心事，才具有了艺术存在的价值和意义。这些残花落叶，才获得了艺术生命的气息。在大千世界的变化中和漫长历史的动荡中，唯

有心事最易于让人们彼此相通，从而相互感动或慰藉，从而重新面对自己和他人，乃至更为广阔的人生与世界。

所以，当我的文集编者敲定下出版意图之后，询问我对编选文集的想法时，我说，不要编的卷数太多，十卷已经足够。这样的想法，便是基于我对文学基本的认知。文学，即便不可或缺，但也没有那样的重要。况且，我自己所写的文字不少是垃圾，或幼稚浅薄，犯不上堆砌一起，滥竽充数。能够有十卷可编，有人可看，已是幸事。这些文字，不敢冒充什么花儿朵儿，不过是一些一闪而过的露珠和草萤，但露珠非珠，却也有一丝来自内心的湿润；草萤非火，却也有一星属于自己的光亮而已。

我要非常感谢文集的编者张福臣先生。几年前，他曾经对我说：我一定要编一套你的文集。那时候，我没有当回事，以为他只是出于友情说说而已，因为现在的文学并不那么景气，出一套文集，肯定是亏本的事情。没有想到，今天夏天刚刚到来的时候，他已经把出版文集的事情都料理妥定，说就等你编好文集交给我来出了。我猜得到，运作这一切事情，他所付出的心血劳力，以及友情。

我还要感谢墨人文化公司的老总陈志刚先生，我和他素不相识，却得到他的青睐和鼎力相助，让我十分的感动。这或许正是文学能够给予我一点温暖和温馨的地方。

同时，我要感谢武汉大学出版社和这套文集的责编张璇女士，没有他们的支持，这套文集是出不成的。

这十卷文集，不包括小说、报告文学和理论集，只选取散文随笔部分。为了编选省事，我选择了十本散文集，除《父亲母亲》卷和《老院纪事》卷，其余都曾经出版过单行本，只是进行了一些删削和补充。也就是说，这十卷文集，其实只是选集。它们不是结束，只是又一个开始。我希望，能够如君特·格拉斯当年出版他的第一本书之后所说的那样："从此以后，我就这样生活在一页又一页纸之间，生活在一本书又一本书之间。"我曾经说过：铅华落尽，年老之后，能够有自己喜欢的一本书可读，再能有自己写的一本书可编，实在是堪以自慰的乐事了。

不知道会有什么样的人，读到这套文集？我的心中充满好奇。如今的出版物实在是太多了，一套十卷本的文集，单摆浮搁在那里，厚厚的一摞，显得很有些成就感，也能够满足一下虚荣心。但在浩瀚的书海里，很容易瞬间就被淹没。心中暗想，不管是什么人，能够在偶然之间遇到并随手翻阅这套文集，都是一种邂逅。我相信，都会触动我们彼此的一点心事。

2015 年 7 月盛夏于北京

自　序

在老北京，城南和南城，不是一回事，虽然只是字的顺序互换而已。城南有历史特有的能指。

自明朝从南京迁都到北京，大运河的终点漕运码头，由积水潭南移到前门东南的大通桥下，以后又相继扩建了外城，一直到清朝禁止内城开设戏院，将戏院绝大多数开设在前门外，以及前门火车站交通枢纽中心的建立……这一系列的历史因素，造就了城南特殊的历史地位与含义。

以前门为轴心，辐射东西的城南，曾经是北京城商业文化娱乐的中心，其历史的文化涵义，对于建设新北京保护老北京意义深重。不仅对于我，对许多北京人，城南，是一个情感深重的称谓，从口中吐出这个词儿，会有一种霜晨月夕的沧桑感觉，和从嘴里说南城，意思是绝对不一样的。

我从小在前门外打磨厂这条街上长大，一直到 21 岁去北大荒插队离开。

这是一条自明朝就有的老街。两年多前，我偶尔路过前门，到附近转

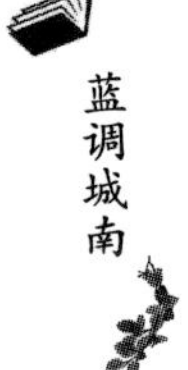

了转，也到打磨厂看看，让我惊讶的是，许多以前的记忆被现实涂抹得面目皆非，许多原来见过的老院子老店铺已经拆光，一条曾经长三里三的打磨厂，近一半消失了，被新建的商厦和马路占用。当时，我心里想，我来晚了，如果再晚，恐怕好多地方还得拆，该抓点儿紧了。

可以说，从那时起，我想写这样一本书。虽然，那里的胡同再破再旧再弥散着泔水般的酸味也好，我毕竟是在这样胡同文化的熏陶下长大的。那里有我太多的记忆，我一直没怎么动用它。不该让记忆变得支离破碎，随风飘散，无可追回。

两年多来，我成为了城南的“胡同串子”，常常游走在密如蛛网的胡同里。那些胡同，我以为我是那样的熟悉，在我的童年少年和青年时期，一天不知要从那里走多少趟。但是，现在，我却发现有些陌生，许多记忆，丢失了历史身份一样，显得是那样的不可靠，不真实，而有些虚妄似的，让我的心里产生了彷徨和迷惘。我才发现，在强大的现实面前，历史，哪怕再沉重的历史，有时也显得无能为力。

面对那些破败的老胡同和大杂院，心情是复杂的。拆，还是不拆，成为了今日北京人（从领导到百姓）的一个哈姆雷特式的问题。城南人口密集，房屋年久失修，市政设施残缺不全，有的地方破破烂烂，确实沦为了贫民窟，是该拆掉它们而改善居民的生活品质了。

但是，城南这块最可宝贵而且相对完整、也可以说是老北京最后一片商业文化街区，真的到了置于死地而后生的无奈地步，不分青红皂白，非得脱胎换骨一般，才能够把它救活吗？破旧立新的惯性思路与城市伦理，真的是能够救活城南的唯一办法吗？旧的破去了，便一去不返，重新仿旧

的建筑，不过只是赝品而已，去年重修的永定门城楼的教训，前两年拆掉一片老胡同而修建两广大街，一厢情愿想打造成为大都市商业大道的现实，难道还不够吗？如此大片老街区的拆迁，城南——就像小时候我们在捋树叶时常常唱的那歌谣：一把不秃毛，二把不秃毛，三把秃成一根大尾巴、尾巴毛，最后真的就只剩下光杆儿一根大尾巴、尾巴毛的前门楼子独一份，光杆儿司令一般，还能够认出从前的老模样来吗？

也许，正是出于这样的考虑，现在提出了新的口号：解危排险，人房分离。这当然是一种尝试，是一种心情迫切的努力。问题是人房分离之后，怎么办呢？已经拆掉的老院子和现在为开辟马路（仅仅前门东片就要建成七条马路），而正在拆毁的老院子又该怎么办呢？

武汉大学城市设计学院院长，建筑学家张在元先生，去年夏天呼吁：只见高楼大厦，没有历史痕迹保留的单调繁华的城市形态，会让人和城市一起失忆。看到城南迄今尚存最宝贵的一整片一整片的老胡同老四合院，已经或正在推土机的轰鸣下消失，想起张先生对我们的警示，心里的滋味无以言说。

土耳其诗人纳齐姆·希克梅特说过这样一句话：人生有两件东西不会忘记，那就是母亲的面孔和城市的面孔。作为一座古城，北京的面孔不应该仅仅是高楼大厦，那很可能只是另外一座城市的拷贝。母亲和城市的面孔，可以苍老，却是不可再生的，经不起我们肆意的涂抹和换容。

当初，我曾经有这样的野心，希望即使做不到当年朱一新写成一本《京师坊巷志稿》，起码能够把城南大部分写出来。等我写了两年多之后，

站在城南的地图前一看，我写的只是其中一部分而已，好多地方都还没有写到。我才发现人其实很渺小的，在偌大的北京城里，显得那么的势单力薄。

我只能写出我心目中的城南的一部分而已。我只能要求自己所写的这些地方，能够做到这样三点：一，有些历史的考证；二，和自己有关联；三，都要亲自再实地考察一遍。也就是说，要有古有今，还要有自己的情感和些许发现。朱一新在编写《京师坊巷志稿》时，白天步行大街小巷，寻访居民，晚上查验古籍，笔底钩沉，他一直是我写作这本书的榜样。

如今，这本小书终于写成了，听凭读者的批评发落。我将书分为这样几部分：会馆和名人故居；戏园、寺庙和老字号；以前门楼子为中心，东西崇文宣武两侧的老胡同；以及横跨两区的综合文字。再配以我随手拍照下来的一些照片和我画的一些单薄的画和简单的地图，希望读者喜欢，也为了方便有兴趣的读者寻找这些旧地。

2006 年 3 月 2 日写于北京

目　录

枕碧楼：沈家本故居

眼前就应该是枕碧楼。走进上斜街的金井胡同，光看它的外墙，就与众不同。不过，我有点犹豫。二层小楼坐南朝北，朝西的木楼梯，漆脱皮落，木纹苍老，柱子和窗子都是木制的，也没有什么问题。只是墙体是砖结构的了，不大像。沈家本是浙江人，建这所楼时，想让它在北京有南方味，所以全部木结构，如同宁波的藏书楼伏跗室一样。正巧楼上走廊里站着一位淘米的老爷子，便问道：这里是枕碧楼吗？老爷子说：是。又问：我能上去看看吗？他答得痛快：行！

走上楼梯，正南对着一小走廊，左右两侧各有两间屋，东边的要比西边的大，分别住着两户人家。木隔断还在，花格菱没有了。后窗朝南，原来是有廊檐的，现在把墙推到最南顶端，将房屋的面积最大化了。窗外原来是一个小花园，当年的眉目，现在也能看得出，伏窗望去，虽然看不到花木扶疏，视野依然开阔，前面院墙内还有一排南房，也非常整齐气派。后廊檐还在，非常宽，粗粗的圆木柱从一层的地上一直伸到二层楼顶，楼下客厅的窗前成为了轩豁的凉棚，可以摆上桌子，花间一壶酒，对影成三人了。当年，沈家本从清廷退职之后，就是在这个客厅里接见了梁启超、

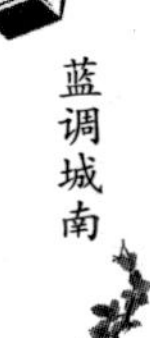

沈钧儒等民国风云人物，包括袁世凯当民国大总统时派来的人，也是等候在这客厅里，只是袁大总统请他出任司法总长却被他坚辞不就，杜门谢客。楼上的书房，既是他藏书的地方，也是他写作的地方。只是他藏有的那5万余册的书籍，如今风流云散，不知跑到哪儿去了。

现在，人们对沈家本已很陌生了，其实，他是一位非常值得我们记住的人。作为清末维新变法中的修吏大臣，他是近代第一位称得上法学家的人，说他是我们法学的奠基者，如同说鲁迅是中国文学的旗手一样，其地位与价值相当，是一点都不过分的。即使我们并不大懂得清末在他主持下修订十余部大法那些繁文缛节的法律条文，也弄不清他为锐意改革沟通中西而和以张之洞为首的“礼教派”斗争的艰苦几何，在我们普通人看来，年代的久远，那实在有些过于复杂，或过于学术。但是，只要看我们一般人都能够明白的这样一点：即几千年封建历史中残酷的凌迟、枭首等刑罚，正是在他的努力下废除的，就知道该是多么的了不起，他确实是一位富有创造性的伟大人物。晚年的沈家本在这二层小楼上著述立说，写下了35种190卷的《沈寄簃先生遗书》和《枕碧楼日记》等一批浩瀚的著作，是真正有理论有实践的大学问家。想起他在枕碧楼上写下的诗：“与世无争许自由，蠖居安稳阅春秋。”可以看出蠖居小楼他的心里其实并不平静，阅尽春秋，是真的一种洞悉；与世无争，只是一种无奈而已。

站在楼上，沈家故居一览眼下。这是一座老北京典型的四合院，正房、东西厢房和倒座房，都保存完好，屋脊翘起的鸱尾，有一处还映衬在蓝天中，是京城现存的其他故居中少见的。烟霭迷蒙中，能看到不远处是一片鲜艳的楼群，这座灰色沉稳而厚重的四合院与之对比，显得很是鹤立鸡群，仿佛两段历史在分割着空间，并不谐调地横亘在眼前的现实中。

靠东有一条夹道通向后院，据老爷子分析是仆人住的地方。他说你可以到那里看看，那儿有一棵皂荚树，全北京也没有几棵这么粗这么老的皂荚树了。就是这院子和这楼最后拆了，这棵树也得保留！

我先去了主院，73 岁的沈家本最后死在这里。他在这里度过了生命中的最后 13 年。他的辉煌与他的失意，都在这里演绎。他是 1901 年应光绪皇帝之召，从保定府（那时他在那里任直隶按察使），回到北京任刑部右侍郎，开始了他宏图大展的生涯的，在以后的十年里，他删削旧法，制定新法，可以说叱咤风云。他就是在刚刚回到北京的时候买下了这座当时被八国联军破坏得潦倒的吴兴会馆（他本人就是吴兴人），然后让它和自己一点点兴盛起来。如果没有以后保守派激烈的反对，也许，他和国家一样，都会更好一些。起码，他可以活得更长一些，这个宅院也会更长久保持一些生机。

如今，看那每一间房屋，都让我想起沈家本的一生，仿佛觉得他的一丝游魂和着清风与尘埃一起正在这里游走。现在我们会为他最后的成就而叹为观止，当初他是持续 18 年连考三次会试不第，一直到 43 岁才终于考中了进士，命运比《儒林外史》里范进强不到哪儿去。那时，他曾写下这样的诗："曲巷自来车辙寡，懒随征逐少年场。"如果当时他真的就这样萌生退意，和他父亲一样退隐归家，我国的一位法学大家可就彻底没有了。看来，什么时候什么事，关键都在最后坚持的那一分钟之中。

我又去后院看了那棵皂荚树，两人环抱才抱得过来，真粗，树皮裂如沟壑纵横，枝干遒劲似龙蛇腾空而舞。树的形象让人想起沈家本本人。

走出来，又碰见那位老爷子，他和我一起走出大院，站在门口聊起来。他告诉我大门还是当年的，门楣上还有当年的彩绘。但门前的景象变

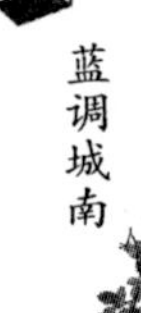

了，原来是八字门口，也就是门廊外左右是八字形的斜坡撇出来的，高台阶一阶一阶地越走越宽，左右都是空场，可以停车停轿子。原来门口对面有一个大影壁，你待会儿到那饭馆里看看，后厨房有一个高坎儿，就是当年影壁的底座。我对他说：那当年这宅子可是真够大的。他立刻回应我：敢情！照现在说他得是个部长吧，能和咱老百姓住一样的房子？再说了，他对咱们国家的法律有多大的功劳，不该住这样的房子吗？他死以后，后来的人就不行了，把房子卖给一个倒大烟的，最后让政府给没收了。这好地方也得分人住！说着，他指着墙东边一块写着“沈家本故居”的牌子，又对我说：这几年才想起立这么块牌子了，以前根本没有想起人家，哪儿有什么人来看呀！

老大爷的话让我对他生出敬意。他说得没错，如今泛滥的清宫戏，那段历史显得离我们并不远似的。不过，在清末人物中，人们现在只知道慈禧和刘罗锅了；在民国人物中，记住沈家本的人就更不多。去年，北大教授李贵连先生出版《沈家本传》，是本非常值得看的书，我猜卖得肯定没有明星传记好。想当年，虽然沈家本没有给袁世凯面子，但他死后袁世凯还是为他的墓碑敬重地题了词：法学匡时为国重，高名垂爱以书传。老袁尚能如此，我们怎么也应该比他做得更好吧？

记住一个人，有时并不容易。但是，真的要忘记一个人，就那么容易吗？尤其这个人为历史的发展与创造做出过特别的贡献。

松筠庵：杨椒山故居

一把黑锁挂在杨公祠山门上，玻璃门窗后的布帘挡得很严实，趴在窗前，什么也看不见。门额被青灰涂抹，上面应该是“杨椒山先生故宅”几个大字，达智桥胡同12号的门牌很清楚，山门的右边有块写着“杨椒山故居”的汉白玉牌子，1984年立的北京市文物保护单位。

走过来一个小伙子和一个年轻的姑娘，都是外地人，看我站在那里端详大门，很好奇地看我。我问他们知道现在什么人住在这里面吗？他们说我们呀。怎么这么巧？我忙说能让我进去看看吗？小伙子很痛快地从兜里掏出钥匙打开了门，让我跟着他走了进去，才发现山门已经变成了一间小屋，半间屋子放着一张木板搭成了床铺，另一半屋子堆放着凌乱的东西。窗户和门都用布或报纸遮挡着，四周幽暗一片，但从里面看，小窗和墙顶是以前的样子，山门前后两扇大门的痕迹还在。主人在附近做些小买卖，他告诉我是从街道办事处那里租的，以前这里是个小卖部。

我告诉他这里是杨椒山的故居，他们似乎对杨椒山这个名字有些陌生，我问他们：明朝的大奸臣严嵩知道吗？他点点头。我接着对他说：杨椒山就是和严嵩斗的大忠臣，宁死不屈，你们住在这儿可沾着他的仙气儿

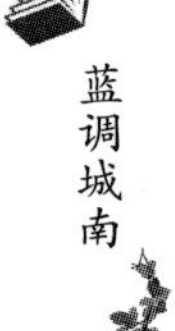

呢！他惊讶地说：是吗？我听出他的口音是河北的，告诉他们：杨椒山是河北容城人，和你们是老乡呢。他们高兴地说：真的呀！

走出山门，又愣愣地站在那里看了半天，然后拐进旁边一个小门，里面是一条窄长的夹道。靠西开着一扇铁门，正好从门后探出一个人来，心想进这扇铁门里面就是杨公祠的山门里面的祠堂，忙上前打听。他告诉我都住着人家了，你进院子里面再看看吧，没有打算让我进去的意思。我只好往里走，西边是一整面磨砖对缝的青砖墙，足有十多米长，尖尖的屋脊把高高的影子沉沉的压下来，如果判断没错的话，这就应该是杨公祠的景贤堂。我不甘心，回头指着墙问他：这屋子可真够宽的，院里面有屋子的后门吗？他一拍手，招呼我：干脆，你进来自己看看吧，平常我是不让人进的。

忙乐不迭地跟他进了屋，果然是景贤堂。高高的房顶已经看不见檩和柁，磨上了灰顶。但环抱粗的圆柱，虽然都涂上鲜艳的红漆，依然是原来的。正堂呈正方形，前后各有四个圆柱，间距大约有 3 米，可以看出外面的廊檐非常宽，现在接出来成了屋子。最让我兴奋的，是发现两侧墙上居然保存完好 5 面碑刻，仔细看看，除一面是崇祯十六年的，其余四面是清乾隆、嘉庆和光绪年间，景仰杨椒山的后人刻上去的。这屋子很长时间一直是单位占用，这些碑刻才得以保护。那人还带我看看隔出来的一间小屋，地上放着一块断成两截长约两三米的石碑。可惜翻不动，你看不成上面刻的字了。他对我说。我说这已经很感谢你了。

接着往里走，过一个过廊，拐弯的墙上镶嵌着一块汉白玉的牌子，是宣统二年（1910 年）5 月立的“松筠庵条规”，规定每年 5 月 17 日和 8 月 16 日为同乡和科道公祭之日，只准官员士子和医生进，商贾、吏役、优

伶、妇女均不得入内、租用或借座请客。自杨椒山在明嘉靖三十三年（1554年）死后，他的这个故居就逐渐荒芜，后来变成城隍庙和松筠庵，清乾隆年间才开始设为祠堂，也就是说在杨椒山死后两百年，他才得以被如此规模和正式地祭祀。一座废庙，才又香火鼎盛，怎么说，忠臣是不会让人遗忘的。

再往里面走，还有三个院子，最后的只有西房，前两个院里都有正房三间。挨门询问着街坊们，他们众口一词让我找前院住的老太太，她住的时间最长，兴许还了解些情况。前院三间都是老太太的家，那里应该是景贤堂后面的后堂，也有廊檐，也是圆柱，朱红漆如老树的树皮皴裂斑驳，颜色却依然如故。

敲开门，一位个子不高慈眉善目的老人在收拾肉皮，大概是要做肉皮冻，热情放下了手中的活，接待了我。她今年75岁，10岁搬进来，那时，这里有一个和尚和两个看门的，住在她后院，最后的那个院子是堆放杂物的仓库。老太太不清楚杨椒山的名字杨继盛，却熟悉他的号杨椒山。她告诉我，景贤堂原来供奉着杨椒山彩色泥塑像，像两侧有对联（我知道写的是：不与炎黄同一辈，独留清白永千年），像的东边有一座顶到房顶高的石碑，“文化大革命”时让人砸了（我想是刚才看到的那块断成两截的石碑）。景贤堂比后面的房子高出一大截，堂前种的是松树和竹子，堂前堂后都有高高的六阶台阶，台阶两旁有光滑的坡，小孩子常常把它当滑梯玩。她住的这屋子原来供奉祖宗和杨夫人的牌位，有匾在上面（写着“正气锄奸”）。

说起当年，说起杨椒山，老太太很有感情。院里的年轻人不大知道了，老人都知道杨椒山因为给皇帝上疏列数当时的大奸臣严嵩五奸十罪，

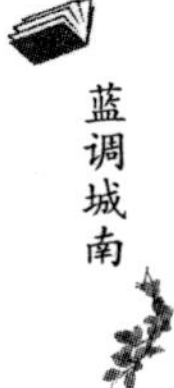

请求杀之而得罪了这个大奸臣，严嵩先是引诱不成，最后恼羞成怒，把杨椒山拿进大狱，关了三年，严刑拷打，高压威逼，都是不从，四百五十年前的秋日，死在严嵩手下。清康熙时的内阁中书乔莱，有诗这样赞美杨椒山：一封早定捐国志，九死难消疾恶肠。这是中华民族一代代来赖以存活下来最难能可贵也是最值得尊敬的气血了。

老太太叹口气说：就和前几年告河北贪官李真的那个忠臣，最后被姓李的关进大狱里一样。杨椒山死的时候还不到40岁呀！

然后，老太太对我说，原来的院子可大了，你应该到西院看看去，那个亭子还在呢。只是现在都住上人家了，乱得看不出原来的样子了。

我请老人为我描述一下当年的样子，她的眼睛一下子很明亮，她告诉我：我这院子有个月亮门通西院，西院里有对面的东西厢房，中间是有假山石的两个花园，走廊一直沿着东厢房的前面通到后花园，那个亭子就是后花园的西边。我知道，老太太说的那个亭子就是"谏草亭"，是道光年间一个和尚募集来的钱修建的。杨椒山起草疏稿的书房"谏草堂"，应该也在西院，记载奏疏的数十块石刻嵌刻在堂中。

西院真的非常大，格局没有大变，前后花园过廊廊檐上冰裂花样的窗格都还完整地保留着，甚至还能看见当年花园的假山石堆挤在院角，虽都尘埋网封，却好像岁月逝去不远。很容易找到了"谏草亭"，八角的亭子围成了墙，住上了人家，与四周的住户反差很大，像是现实和历史开着一个玩笑。想起清诗人尤侗写下的诗：谏草留遗石，年年化碧痕。拥挤不堪的居住生活，让生存的空间挤压着历史的空间，谏草亭还在，但还能够年年化碧痕吗？

看叶祖孚先生1987年写的文章，他在居民屋中电视和沙发上端的墙

上还看到了那些刻有杨椒山谏书的石刻，如今已经不知风云流散何处了。四周更是看不到老太太描述的当年亭前的情景了，杨椒山手植的古槐，还有那些楸树、丁香、毛桃和老海棠树，那些鹅卵石铺就的甬道，那些驴嘴坛子连成的下水道，一一都没有踪影，只有一棵后栽的高大的杨树，伪历史一般地填补着空白。

想起清嘉庆诗人陶澍，当年住校场口五条，出北口一拐弯儿就是杨公祠，想是常来拜谒。陶有《松筠庵拜杨忠愍公遗像》一诗，写得很有感情：一官传舍寄城阴，吊古行人泪不禁。此事先生真有胆，当时阁老是何心？壮怀枉请朱云剑，浩气如闻信国吟。想来灵旗来往夜，西风黄叶满阶深。读罢这样的诗，心里不禁喟然长叹，阁老是永远难以理解先生的心，倒也罢了，只是如今的人们多少还能够记住一点儿先生的心呢？更不要说专门前来凭吊的行人去真的为先生流一掬感动或感慨之泪了。时光就是一杯越来越续水而被冲得越来越淡的茶，最初的醇香最终消失在被遗忘的风中。灵旗往来之夜，或许会有黄叶满地，却也不是当年的森森古树，而只是后种的那杨树仿古的叶子罢了。

想起杨椒山在大狱中受尽酷刑折磨，临刑之前，有人送他蚺蛇酒，希望能为他减少一些痛苦，他拒绝了，他说：椒山自有胆，何蚺蛇胆为！

想起杨椒山夫人上书皇上请求代丈夫一死，不准之后在杨椒山死的同一天自缢而死，一样的壮烈。难怪后人为她特意编演了一出大戏《鸣凤记》。

也想起当年建“谏草堂”时请来一位布衣雕工临摹杨椒山的真迹，将疏稿刻在碑上，立在亭中，这位倾注情感的无名雕工刻完之后就死在这里。后人有诗赞叹：巉巉片石勒谏疏，孤亭兀立星辰高。

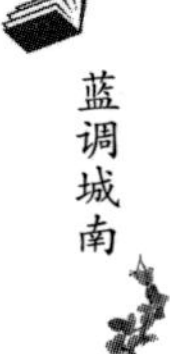

站在这里，无论是杨椒山，还是他的夫人，还是这位雕工，抑或是刚才见到的那位老太太，都让我对他们生出敬意。今年是杨椒山四百五十周年的忌日，是他们牢牢衔接住了四百五十年的历史。

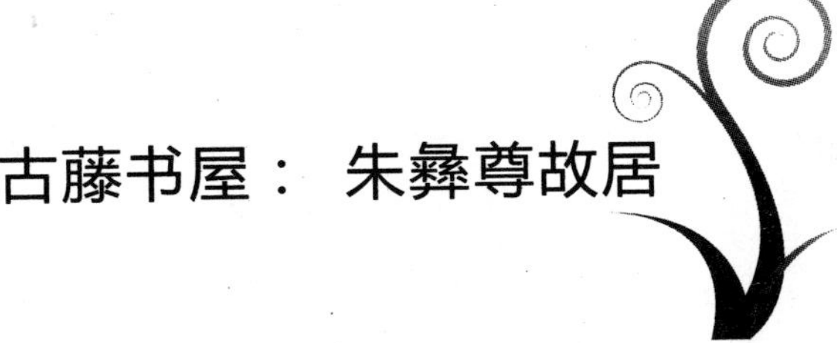

古藤书屋：朱彝尊故居

没有想到这里是一片建筑工地，到处都是凌乱的破砖碎瓦，剩下不多的几处低矮的平房，残缺不全地立在那里，像是最后的斗士，孤零零的和即将盖起的高楼大厦对峙。走到青厂胡同，看见一位有些岁数的老人，请问他海柏胡同拆了吗？他立刻订正我：是海波胡同。我知道，他是对的，我把海柏的“柏”念成bai了，是应该读“波”音的。因为这里原来有一座辽金时代的古庙，叫做海波寺，所以自明代有了这条胡同后，就叫做海波寺街。因为胡同在寺的北面，清朝时又叫海北寺街，叫海柏胡同，是新中国成立以后改的，是顺着海北的“北”字改成了音近的“柏”，同时觉得“柏”比“北”有古风诗意吧？北京的地名改动，非常有意思，体现北京人的聪明，也透着北京人的自以为是。但是，当地老百姓叫惯了，即使改成了“柏”字，把“柏”字还是读成“波”的音。

老人告诉我，海柏胡同早拆了，剩不下几家了。然后，他向北指了指：看见了吗？那有新房子的地方，就是海柏胡同。

我向新房子走去，是四五座砖木结构的平房，呈四合院形状散落在那里，新砖新瓦和尚未油饰的木料做成的簇新的梁柱和门窗，在阳光下格外

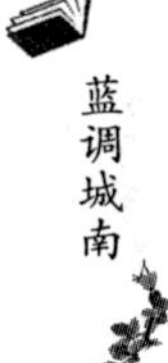

耀眼。因为四周都是废墟，它们显得很扎眼，仿佛电影里搭制的布景。

迈过高低不平的废墟，在最东边一个一半已拆一半尚在小院里问一位对夫妻，朱彝尊故居在哪儿？透过拆得只剩下恐龙架子似的房子空隙，他们指着外面新房告诉我：这就是，我们这个院子也是，院子老大呢，28套房子都是。其实，他们说得并不准确，他们所指的是整个顺德会馆，当时朱彝尊住的只是顺德会馆里的三间南房而已。即使如他这样曾经编修过明史、写下过《日下旧闻》42卷、《曝书亭集》80卷辉煌著作的清朝大学问家，当时因为私自带人进宫抄写馆藏书籍，一下子被贬而从康熙皇帝御赐的禁垣黄瓦门（在现今的景山之北，属于中央直属机关分的子房，该算是如今的高尚社区了）迁出，无奈之中才住到这城南一隅，不过是并不得志的潦倒文人而已。历代从来是这样，文人永远赶不上当官的。如果翻修整个顺德会馆后都当成朱彝尊的故居，他可真的暴富了。

然后，他们对我说，你要是想看原来房子的样子，看我们这里的就行了，那都是新盖的，没什么看的。说着，他们指着拆空的房子的房檩和房柁告诉我：你看，原来房子里面的结构，用的什么材料，都能看出来。

他们说得没错，原来的房子虽然都已经年久失修，有的木料甚至腐朽了，但毕竟是老房子，如果从朱彝尊住进这里算起，也有300多年的历史。如何修复有这样悠久历史的老房子，成为今天城市建设的难题。特别是对待如朱彝尊这样在历史上非常有名的人物的故居，总想不埋没他们而且最好能够挖掘出他们最大的潜能价值，这是没有什么错的。只是，历史可以翻旧如新的那样修复吗？把老房子都拆光后，原地再盖起新房子来，还算是故居吗？我想，那顶多只能算是一个纪念馆了。一座房子，其实和人一样，其生命是有年轮记载在其中，其记忆是随日子镌刻在其中的。所

谓历史，就如鲁迅先生说的走的日子多了才能成为路，没有日子的积累，都简单化地履为平地再重建新的，历史的风霜就这样被我们轻松地抹去了。而恰恰是因为具有这样遍布胡同深处的老房子，北京历史的厚重才体现出来。将这些老房子全部拆掉，原地再盖起新房子，即使也有生命，是有限的生命，不过是借助一个面具来说话，让它们涂抹上历史的一层晚妆而已，就像潘家园里那些仿旧的赝品

我在原顺德会馆走了一圈，除了几户人家没有搬迁，其余的房子都拆得光光的了，到处是瓦砾和凄凄荒草。那被称为“古藤书屋”的三间南房，房间虽小，却曾经是朱彝尊和他的朋友吟诗抒怀吞吐风云的场所。他的好友查慎行当年有诗：古藤书下三间屋，烂醉狂吟又一时，惆怅故人重会饮，小笺传看洛中诗。如今，那古藤书屋更是早没有了，屋前那两株藤花树和一棵柽树，荡然无存，一点儿影子都找不到了，代之而起的是一株高大的白杨树，不过，那肯定是后种上的，白杨树长得快，别看又高又粗，撑死了不过几十年的光景。想起后人曾经的咏叹：柽叶绿如伞，藤花红满檐。真觉得藤花有意，时光无情。还想起朱彝尊从这里搬走移居到下斜街时候写下的诗：不道衰翁无倚著，藤花又让别人看。直觉得朱老先生有点儿好笑，他还惦记着那藤花让别人看呢，如今上哪儿看去呀！

曝书亭和院门尚在，曝书亭只剩下残柱断梁，冰裂花纹图案的窗棂摇摇欲坠。我想那也绝对不是当年的，而是后人重修的了。只有院门是当年的，斑驳苍老的木纹和炸裂凸起的漆皮，都和朱彝尊一样的年龄，有三百多岁了。树比人活得长，即使死掉的树成为了木头。门前的抱鼓石墩看不见了，正好走出来一位上厕所的中年妇女，忙问她石墩也没有了吗？她指指被砖砌成的两个方块说：那不是吗？怕人偷，大伙给砌上了。你不知

道，这木门上星期刚让人给偷走了一扇。我这才注意，确实本来的两扇对开的门，现在独耳一样只剩下了一扇。希望它和那两个被“坚壁”的石墩别再被人偷走，那样的话，朱彝尊故居就彻底什么都没有看的了。

阅微草堂：纪晓岚故居

中国文人中，我第一个听说的是纪晓岚，那时候，我也就刚上小学。原因很简单，我父亲是河北沧州沧县人，纪晓岚是沧州献县人，两县离着不远，父亲便以为是老乡呢，很为家乡有这样一个编撰过《四库全书》的大文人自豪。现在想想，那种自豪没来由，纪家肖家，插在祖坟上的香火差远去了，父亲多少有攀龙附凤之嫌。

印象最深的是，纪晓岚对对子是一绝，父亲说在老家一直流传着这样的传说，纪晓岚小的时候就是聪明绝伦，那时候，家里穷，他到了春天还穿着大棉袄，天热，拿着蒲扇扇着，这一天从南方来了一位大官，看见他这样子很好笑，指着他脱口出了一个上联：穿冬衣拿夏扇胡闹春秋。没想到纪晓岚听了不高兴，立刻对出下联：到北方说南语不是东西。当然，父亲说的这则传说，不知讲过多少遍，听得我耳朵都起茧。父亲一本破旧的《阅微草堂笔记》，翻烂了也没舍得丢。

知道阅微草堂在北京虎坊桥东侧，是我读中学的事情了。那时，我坐公共汽车倒车，常常在这一站下车。站牌对面的晋阳饭庄，就是阅微草堂，当时一个院门，广亮式，不算大，晋阳饭庄的匾额挂在门的一侧，门

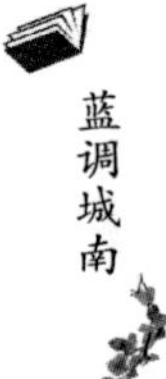

前有几级台阶，靠西一溜儿青砖墙，不怎么打眼，和普通的四合院没有差别。殊不知里面是一座两进的大院，还有纪晓岚手植的紫藤和海棠，有郭沫若题写的牌匾和老舍写的“庭前十丈藤萝花”的诗。

前些天，去晋阳饭庄吃它的有名的过油肉和香酥鸭，才第一次走进去，转眼已经几十年过去。北京城南这一带，文人故居云集，这是现在最堂皇的一处了，得感谢季羡林等人的联名上书，2001 年晋阳饭庄才从中搬出来，搬进旁边前些年建的新楼里，要不修两广大街时候说拆就拆了。

上中学等公共汽车的时候看到的院墙和小门都已经拆了，变成了马路的一部分，现在露在外面的，是原来的第一个院落，所看到的中间一扇、东侧一扇门（现在的入门口，西边还有一扇窗，现在堵死了），都是原来这第一个院里的北房的门窗，如今当成了大门用了（它对面应该有一排倒座房，显然也拆了）。满架的紫藤也顺着白栏杆爬在这里，完全没有羞涩感地露在大街上倚门卖俏了。过去老北京一般街巷里很少有树，更别说这样古老的紫藤了，都只是种在院子里自吟自唱，现在来参观的人，会误以为以前纪晓岚就愿意把紫藤种大门口当成招牌，唯恐人们不知那样显摆呢。

抬头看那拱券式门窗，镂空女儿墙，缠枝花卉的砖雕，都有些西洋味道，像是清末民初的风格，那时西风东渐，喜欢讲究这种中西合璧式的建筑风格，哪里像 300 年前纪晓岚从岳飞后裔岳钟琪大将军手上买下的老府第？走进院子，应该是原来的第二个院，现在成为了唯一的一个院子了，异常轩豁，两旁植以草坪，修建齐整，地毯一般茵茵，完全是现代的味儿了。最后的一排北房，就是纪晓岚的书房阅微草堂了，房里有启功先生题写的匾额，房外有宽敞的廊檐，廊柱上有一副抱柱对联：岁月舒长景，光

华浩荡春；对面的房前也有一副抱柱对联：虚竹幽兰生静契，和风朗日惬天怀；一看后面题款都写着纪昀，是纪晓岚自己写的。不过，那字写得可不怎么样，和他的文章斐然的名气差了一个节气。而且，和以前拍摄下来的阅微草堂的照片一对，这两副对联是后来添加上去的，容易让人误以为是纪晓岚雅兴大发，专为自己的书房写的呢。纪晓岚到是曾经专门为他的这个阅微草堂写过一首诗："读书如游山，触目皆可悦。千岩与万壑，焉得穷曲折，烟霞涤荡久，亦觉心胸阔。所以闭柴荆，微言终日阅。"可惜，这里没有找来刻录在四面地方，让游人一阅，知晓一下为什么他要把自己住宅叫做阅微草堂。

也看见了紧靠北房前那棵有名的海棠树，挺拔的枝干高出房檐老高，浓郁的枝叶把绿荫洒满庭院。在北京城南很多文人故居中都特别愿意种紫藤和海棠这两样树，朱彝尊不仅在堂前种这样的树，还把自己的房子起名为古藤书屋，这两种树或许可称之为文人树了。不过，纪晓岚的后人说，从他们祖上没有听说过院子里有这样的紫藤和海棠，只知道有一棵青桐，还有太湖石，纪晓岚在《阅微草堂笔记》里说："南城所有太湖石，为此第一。"这应该是可信的，纪晓岚爱石头，曾经自称为"孤石老人"，那紫藤和海棠确实有些可疑。三百年来阅微草堂几经易主，多次改建，变得面目皆非，是自然的事。况且，在中国文人中，再没有一个如纪晓岚一样被民间传说演绎得肆无忌惮的了，存活在他身上的那些传闻，体现着是来自民间的智慧和大众的心理或愿望。后人种下的那棵海棠，是为了说他和初恋情人的花边新闻罢了（如今海棠树旁还竖一块石碑，专门写着这样的故事），还能编出"憔悴幽花剧可怜，斜阳院落晚秋天"的诗句，愣说是纪晓岚48岁的那一年，自己夜里睡不

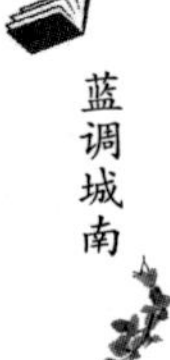

着觉爬起来写的呢，说得有鼻子有眼。

说岁月是最大的雕刻师，一点不假，站在阅微草堂的外面，它的西边本来还有一溜儿房，阅微草堂的门牌是 241 号，到西头的虎坊桥路口原来的白衣庵是 281 号，整整 20 个门，也就是说有 20 个院子，其中包括宜昌、三原、蕉岭、洛中、曲沃、杭州、襄陵、翼城诸会馆，已经拆得空空如也，眼下是一片瓦砾，大概是要在这块空场上盖楼。盖楼成为了我们城市建设最拿手的好戏。阅微草堂孤零零地立在那里，像是缺少了众多叶子衬托的一朵干花，如果这一片楼盖起来了，它就彻底淹没在幽幽的楼影里。

民国三十年代余棨昌著的《故都变迁记略》一书中写道："请纪晓岚尚书故宅，在虎坊桥大街街北，河间李心甫医士曾居之，予幼年尝往其所，见'阅微草堂'榜尚悬堂中。"

我国老一代辞书专家刘叶秋先生，其父在民国初年买下这里，他童年时也曾看见过"阅微草堂"这块匾额。他说，在现在看到的两进院落后面原来还有第三个院子，这院子里只有一座二层小楼，上下各三间，那棵青桐即种在这个院子里，这个院子的东边，即现在悬挂有启功先生题写匾额的阅微草堂的东北方向，还有一个跨院，"阅微草堂"这块老匾额，是挂在这个东跨院的北房门上面的。也就是说，阅微草堂应该在现在新楼的位置，并非真的就是西边院子的海棠树后。不过，那座二层小楼和东跨院在民国后期早就拆掉，历史的遗迹已经灰飞烟灭，谁还在乎阅微草堂真的在什么地方呢？它本身就是一个符号，连同纪晓岚本人，都化为一种传说或戏说。

刘先生曾说："沧桑迭变，故迹渐湮，故余如白头宫女重说天宝遗事，

今若不言，后无知者矣。”可惜，刘先生已经故去多年，不管海棠紫藤真的假的，也不管阅微草堂是不是孤零零，它的位置到底在东还是在西，阅微草堂还在，作为纪晓岚的象征就在，记忆中的情感和寄托，就在眼前紫藤与海棠叶间的风中。

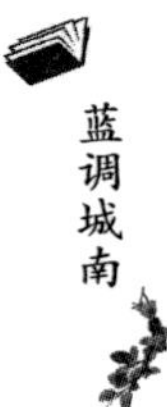

绍兴会馆：鲁迅故居记

没有想到南半截胡同那样安静干净。虽然紧邻菜市口闹市，却一下子过滤掉了车水马龙的喧嚣。绍兴会馆很好找，就在这条胡同路西靠北，大门旁的墙上有块汉白玉的石牌，写着绍兴会馆。刚进门，一个壮汉对我说：是看鲁迅故居的吧，往里走，里面院子老大了！话里话外透着老北京人的热情和客气。

院子是不小，据载，原来的绍兴会馆里有仰蕺堂、渔文萃、福之轩、藤花馆、莳花别馆、绿竹舫、嘉荫堂、补树书屋、希贤堂、怀旭斋、一枝巢多处宅院。光看看这些名字，就能够想象得出当初的堂皇。现在，虽然接盖出不少房子，拥挤得院子快要胀裂，但是紧靠大门朝西的一溜房子，南北两侧的房子，和最里面的朝东的房子，还都是老房子，那种经历了百年沧桑的灰瓦，是现在烧不出来的。瓦缝中冒出的狗尾巴草，枯黄枯黄的，像是这些老房子顶上长出来的稀疏的头发，也是有年头了，摇曳着一些往昔的影子。

1912 年 5 月，年轻的鲁迅从南京来到北京，像如今的“北漂一族”，先在菜市口东的骡马市大街一个叫长发客栈住了一宿后，就住在了这里，

一住住到1919年11月搬到八道湾，住了七年半，是在北京住的时间最久的地方。在这里，鲁迅先生先是住在藤花馆西屋，然后搬到朝南的屋子，最后又住在西院的补树书屋。在前两个屋子里，鲁迅抄录了大量的古书和古碑帖，在补树书屋里，鲁迅写下了新文学的第一部划时代的小说《狂人日记》。

这三个住处在哪儿呢？

问跟着我一起进来的那个壮汉：知道哪儿是当年鲁迅住过的地方吗？

他说：知道鲁迅住过的地方的人都早死了。

便想起补树书屋前有棵老槐树，鲁迅当年写东西写累了，常摇着蒲扇到那棵槐树下乘凉，“从密叶缝里看那一点一点的青天，晚出的槐蚕又每每冰冷落在头颈上”（《呐喊》自序）。就又问起有棵老槐树还在不在？

一位模样俊俏的中年女人，走了过来，热情地带着我一直走到后院，看到了那棵老槐树，虬干苍劲，枝叶参天，一百多岁了，比伟大的鲁迅活得都长远。补树书屋是三间屋子，朝东朝北的都有屋子，朝东的屋子更老一些，莫非就是补树书屋了？谁也不敢确定了。

那个女人又带我走出来，告诉我左右两边原来都有跨院，分别有月亮门连接，补树书屋是一个独立成章的院子，院前也有一扇月亮门，还有走廊，现在你看这走廊还留下一部分，这柱子还都是以前的。以前，走进大门，要下好几级台阶，才是院子，听说还有一个影壁，还有好几块当年修建会馆时候立的石碑。我家先生从小在这院子里住，说那时候这院子可宽敞了，在院子撒开了玩，可痛快了！

这样说来，补树书屋，在最后的院子里，重门轻掩，小院闲昼，非常清静，应该是最适合写东西的地方了。居住在这里的时候，曾经是鲁迅先

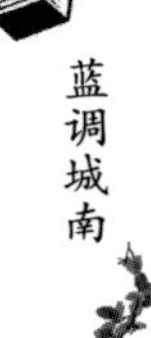

生最痛苦的时候，他自己说过："我的生命居然暗暗的消去了，这也就是我唯一的愿望。"却也曾经是鲁迅先生最奋争的时候，因为他自己还说过，在那寂寞悲哀的时候"让仍不免呐喊几声，聊以慰藉那在寂寞里奔驰的勇士，使他们不惮于前驱"（《呐喊》自序）。

自以为找到了补树书屋，又去找藤花馆和那间南向小舍。南向的房子在院子里有好多，那间小舍，会不会在最北头的小院里？一直走进去，好几只黄猫白猫扑楞楞地蹿上房顶，睁大明亮的眼睛望着我。有人说，院子里的猫，是老北京的忧郁的诗人，一点不假，不管白天，还是夜晚，突然从墙角和房顶蹿出来的猫，睁大蓝幽幽的眼睛，就那样直戳戳地盯着你，会让你一下子跌进老北京幽深四合院的氛围中。这是和现在在居民楼豢养的猫决然不同的，现在养尊处优的猫，已经没有那样灵敏，更没有那样忧郁的眼神。

藤花馆朝西，院子里朝西的房子保存得最完好，有的屋老木窗棂还在，只是一溜儿长排好多间，不知那间该是藤花馆？藤花不在，主人也不在，只有春风依旧，却物是人非，想就是鲁迅回来怕也难找到自己的老屋了。

那个热心的女人一直送我到大门外，指着胡同北口新盖的大楼问我：你说盖这楼好还是留这老院子好？不等我回答，她自己说道：现在，是个土老冒都会盖这楼，但是有这多年历史的老院子拆了还能盖得起来吗？有盖楼的钱把这院子好好收拾收拾，不是能够照样卖门票挣钱？

告别之际，她指着抱鼓石门墩和红漆斑驳的老木门对我说：这都是老玩意了，我们街坊们天天都看着它，生怕那些收破烂的把它们弄走卖了去，那样这院子可就剩下那棵老槐树弄不走了！说完她冲我无奈地笑笑。阳光正打在她的脸上和她身后的门墩和木门上。

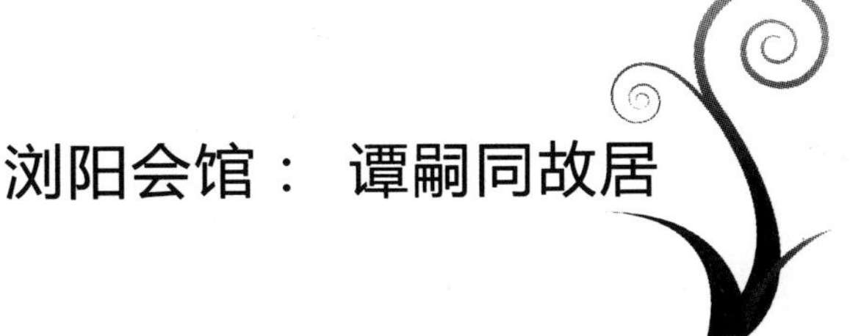

浏阳会馆： 谭嗣同故居

去浏阳会馆那天，心里犯嘀咕，好多年没到菜市口，那里的丁字路口早拆成了大马路，它还在那里吗？谁知道，车子刚在菜市口往南一拐没多远，我一眼就看见了路西高坡一座小院靠北边的墙上有一块牌子，上面写着“浏阳会馆”几个小字，心里一阵惊喜。

浏阳会馆在北半截胡同，北半截胡同和南半截胡同交叉像裤裆，南半截胡同往西撇了出去，扩路的时候，把丞相胡同和北半截胡同的东边都拆了，南半截胡同和北半截胡同的西边的一部分保留了下来。浏阳会馆正好在西边 41 号，幸免于难。只是原来它是藏在胡同深处，掩映在古树之间，现在只好站街女似的暴露在喧嚣的大街上了。

浏阳会馆里有慷慨就义的戊戌六君子之一谭嗣同的故居，他自题的莽苍苍斋，就在这座小院里主房的北套间。可惜，我走进院子，无法找到他的莽苍苍斋了，院子里丛生的大小房子，像是时光滋生出来的怪物，早把历史挤得鼻歪眼斜，面目皆非。北面的侧院稍微宽一些，我一直走到最里面，全是这样的破房子，从灰色鱼鳞瓦的房檐上，能够看到不远处的高楼大厦傲然俯视着这里，让这里彻底成为了贫民窟。奇怪的是，偌大的院子

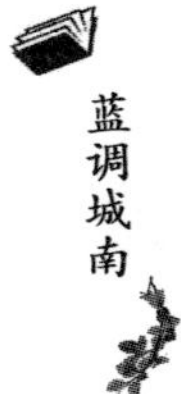

里，竟然空无一人，拥挤的房子和空旷的院子，不谐调地对峙着，许多的房门都上着锁，似乎在和我开着玩笑，随时什么时候都有可能把所有的房门打开，从里面跑出许多人来，给我一个意外的惊喜或恶作剧。

我站在那里老半天，蹒跚地走出来一位手里攥着手纸的老大爷，冲着我说：没什么看的，全都是破房子！我只好蹒跚着跟在老大爷的身后，一起走出院子。站在门口，心里有些不甘心，从1898戊戌之年到现在不过一百多年，竟然如此一朝零落无人问，万古摧残人讵知吗？大门破败得比我见到的绍兴会馆还要厉害，简直就像在天桥一带常见的穷人住的低矮而破旧的棚户院门，哪里还有一点钟鸣鼎食的意思？更难以想象当年大门两侧种以两棵青松、谭嗣同自己撰写门联“家无儋石，气雄万关”的气势了。

其实，谭嗣同在这里住的时间并不长，从9岁到13岁，他在这里只住了3年多，便随父亲到外省赴任而浪迹天涯，一直到1898年8月21日才又重返京城，到这一年9月25日从这个小院里被捕送到菜市口杀头，在这里只住了36天。但是想一想，房子也好，院子也好，和人一样，都是有生命的，人生和房屋一样，都不以长短论英雄，而是以其生命的价值和意义为衡量标准的。谭嗣同33岁短促的生命，是飞迸直落九天的瀑布，和平静的湖泊拉开了距离，如今已经毫不起眼的小院，才和它身前身后的高楼大厦对比得如此醒目。只要想一想，谭嗣同最后住在这里短短的36天里，他写下了“我自横刀向天笑，去留肝胆两昆仑”的千古名句，那一份豪气与坦荡；在他生命的最后一天，他拒绝了梁启超一起出逃的劝告，而是将浏阳会馆的大门敞开，自己坐在门前摆一壶清茶喝茶待死，那一份从容与决绝；就是再破败的院落，也足以气雄万关了。

站在浏阳会馆的门前，菜市口就在眼前，一百零七年前的谭嗣同就是在那里被砍头的，如今车水马龙的喧嚣声淹没了一切，夕阳把宽阔的街道映得一派通红，而把影子留给了这里。门前的幽暗，容易让时光涌动，历史悄悄走来。

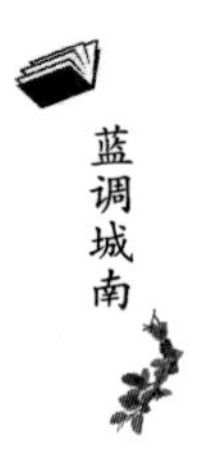

番禺会馆：龚自珍故居

起码到清光绪年间，北京宣武的上斜街还是一条很漂亮的街道，《顺天府志》上说："上斜街，北临护城河，有响闸。"并引清人诗文，说它是"背郭环流，杂莳花药"，曾有"草堂小秀野，花事上斜街"的美誉(小秀野堂为清初词人顾梁汾故居)。可见，上斜街临窗面水，一街花木扶疏，是当时风光不错的亲水小区。难怪当时许多文人愿意聚集在这条街上比邻而居，清人戴璐的《藤阴杂记》中引诗："结邻真喜近斜街，步屧寻春又一回。五日重来光景换，早花零落晚花开。"

我对上斜街的兴趣，来自这里的番禺会馆，清末时这里住过著名的诗人龚自珍。我读中学的时候就特别崇拜龚自珍，大概那时他的一句"我劝天公重抖擞，不拘一格降人才"得到毛泽东的首肯，还选进了我们中学语文课本里的缘故吧。"文化大革命"中，我从学校的图书馆里偷了几本书没有还，其中就有一本世界书局1937年出版的《龚定庵全集类编》，插队去的时候，特地把这本书带到北大荒，东传西传，不知传到谁的手里，再也找不回来，非常遗憾。1991年，中国书店根据世界书局的版本出版了影印本，我如获至宝买了一本。可以说，对这本书，对龚自珍都有感情吧。

对于龚自珍的诗，其中写到剑与箫的很多。年轻的时候，颇觉奇怪，也很为之动心。比如“挑灯人海外，拔剑梦魂中”；“气寒西北何人剑，声满东南几处箫”；“一剑一箫平生意，负尽狂名十五年”；“少年击剑更吹箫，剑气箫心一例消”；“万一禅关砉然破，美人如玉剑如虹”；“空留一剑知己，夜夜铁花寒”；“我有箫心吹不得，落花风里到江南”……事过经年，这些诗句，至今仍然记忆犹新，少年气盛，一腔热血，对这样的诗句便越发地迷恋。那时，我有一个同学住在达智桥，是和上斜街紧挨着的一条胡同，我常常到他家去，可惜那时并不知道龚自珍曾经就住在那里，便和番禺会馆常常擦肩而过，竟然一无所知。

今年，我去上斜街，东口已经被拆得七零八落，特别是路北的房子基本拆空，偶尔留下的一株老树和一扇破门，孤零零地立在那里，破败得岁月和记忆一起随尘土飞扬，当年那一街花木扶疏、护城河背郭环流在街前荡漾的前朝旧梦，实在让人无法相信了。

番禺会馆应该在上斜街 50 号，可是，我怎么也找不到。来回走了几遍，就是没有 50 号这个门牌。只好问街边坐在马扎上乘凉的老大爷，他告诉我，你身后的那个院子就是，它没有门牌。我回过头看，身后是平地凸起的一漫高坡，院子在高坡上面，得从两边的斜坡上去。我走了上去，院子很大，一溜几十米都是房山墙，不仅没有门牌，连个院门都没有呀。我只好回头有冲老大爷喊：我从哪儿能进去呀？老大爷指指两墙之间夹着的一个窄窄的小夹道，冲我喊道：从那儿就能进院子里面去。

我走了进去，两侧是房子的山墙，墙体保存完好，墙身很宽，足有十几米，可见房子是不小的。左手路东是一个长长的走道，右手路西是一个

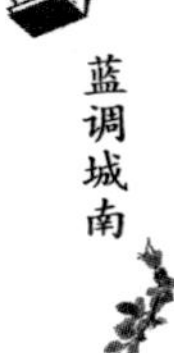

小院落，院子里站着几个街坊，一打听，果然是50号。再一打听龚自珍住哪儿，一高一矮的两位女人都指着一溜坐北朝南的房子，热情地对我说：就是这5间房。只可惜房主人不在家，无法进去看看里面的样子，我对她们两人遗憾地说了句：不知里面的结构是什么样子。然后只好打量了一下房子的外观，这5间是这院子里的正房，大概也是最好最大的了，它面前的院落，正面应该是另一个院子的北房的后墙，现在借着这面后墙盖起新房子来了。东厢房前的小房积木似的盖得参差不齐，西厢房前围起了一个独立成章的小院来，院门上还上着锁。四周如果没有这些后搭建出来的房子，这个院子应该是比较宽阔的，现在却被这些小房子蚕食得挤巴巴的了。只有正房西端的耳房，大概久未人住，蛛网纵横，梁檐窗门，老木斑驳，漆色脱落，却泄露着它老迈的年龄，是它历史身份最有效的证明了。

两位女人陪我走到后面的院子，这是一座三进三出的院子，东有三个小跨院，整座大院，院子连着院子，着实不小。走到最里面的院子，碰见一个老奶奶，和儿子住在西房，西房可是够老的了，房檐和木窗老态龙钟，看起来比老奶奶的年纪都要不知老上多少年。最南面还挤着一间小房，老奶奶告诉我以前是厕所，后来改成住户了，说着，正巧从房子里面走出一个长相挺俊俏的年轻小媳妇，大概是要去上厕所，急匆匆地走了出去。

老奶奶是广东中山县人，我想她一定知道这里的历史，但她告诉我只知道我这后院以前是番禺会馆的花园，堆着假山石，种着好多丁香，还有开着小红花的灯笼树，再多的事情，我就不知道了。你要是打听，得去前面问问潘老五。

旁边的那个高个子的女人，热情地对我说：对，潘老五他们家住这儿的时间最长了，他爷爷就住在这儿，他爸爸给番禺会馆看门。他们家哥六个，现在，还有他们哥俩一直住在这儿，我带你去找潘老五去。他知道的多。

我心里充满感激和惊喜，因为我从书上知道龚自珍 34 岁的（1826 年）时候，带着妻儿住在这里，那时候他只是一个七品小官，在这里住了 5 年，1831 年，把这里的房子卖给了番禺巨商，将其进一步扩张改建成的番禺会馆，后来捐献给番禺的同乡会，专门接待来京考官办事的番禺乡亲。那位巨商就姓潘，叫潘仕成。不用说，后来为番禺会馆看门的这位潘老五的父亲，不是潘仕成的亲戚，就是他的乡里。一家三代都住在这里，肯定知道这里的兴衰变迁史。

她带我走回到前院的东边，一个小跨院的前面一溜北房三间，最东边的一间前搭了一个小院。她敲着院门喊着：五哥，五哥！里面有人应着，很快就把院门打开了，露出的一个腿脚有些不大利落的老头和一个模样清秀的老太太，年纪都是 70 多岁了。听说我是请教番禺会馆的事情，两位老人热情把我迎进院。小院不大，呈三角形，紧贴着东边的院墙，再外面就是一座灰色的洋楼。潘老五告诉我这是后来日本人盖的一家株式会社，开的酱油厂。

潘老五是现在住在番禺会馆里年头最长的老人了，果然知道得最多。提起以前的番禺会馆，突然唤回的童年和年轻时候的记忆，让他有些兴奋。他详细地向我描述了以前番禺会馆的情景，让我一下子对番禺会馆有了跟刚才见到的完全不一样的感觉，他的描述和我的想象交织，一起勾勒出番禺会馆较为完整的地形图来。以后真的有可能要把番禺会馆重新修建

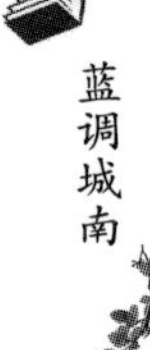

的话，也许，可以作为一个参考吧。

现在，潘老五住的这一间房子是以前的门房（大概是他父亲看大门时候就住在这里），它西边的房子（现在他的弟弟潘老六住）原来是大门的门道，后来被堵死改成了一间房子。也就是说，以前的大门是在这里的，大门外的高坡下是一级级的高台阶，下了台阶的街对面是一座影壁，在老北京，影壁一般在院子里或在刚进门迎面借用东厢房的山墙，能够建在院门外街对面的，都是不同凡响的。

进院门，正面是荷花缸，左右各有石榴两株。西院前有月亮门，门前有一棵老槐树，院内有枣树两株、桑树一棵、丁香一株。后两院也都各有一个月亮门，都有东西厢房。最后一院是花园，基本样子和刚才那位老奶奶说得差不多，花园后面没有现在的房子，也没有高高的院墙，只是一溜慢坡，和后面的储库营胡同相连接，有一个后门可以走到那里去。

东边的三个跨院只有北房，不一样大，由北往南，一个比一个小，东院墙也是斜着过来的，波浪纹的院墙很好看，一直和后院的花园连在一起。

潘老五特别对我强调的是，院墙和院门以及月亮门，盖的都是那种绿琉璃瓦，这在北京的老会馆里很少见。

非常感谢潘老五老人给予我的指点，告别之后，走出大院，来到街上，寻找着当年院门的位置，现在那里种着两棵白杨树了，可是谁会理会那里就是以前赫赫有名的番禺会馆的大门呢？当年，龚自珍，还有林则徐、詹天佑都曾经在这里进进出出呢？历史的飞逝，能够让再伟大的人物灰飞烟灭，更不要说小小的院门了。

正在那里看着，想着，刚才见到的那两位女人中的稍微矮一些的，从街对面正聊天的人群中向我走了过来，对我说：你不是想看看龚自珍住的屋子里面是什么结构什么样子的吗？你去看看我们家的屋子，里面的结构是一样的，我们家保存得最好了，原来的木隔断还在呢。平常也有来人想看的，我都不带他们进去看。

真是碰到了好心人，忙又跟着她走进院子，一路听她说她家老公公当年和詹天佑一起从广东番禺来北京修铁路时就住在这里了。她打开了前院的西边小院的院门的锁，让我走进去，是三间西厢房。里面收拾得干净利落，左右的两扇木隔断，现在的房间里是很少能够见到了，关键的是隔断上原来的花格都还保存得那样完好，只是刷了一层苹果绿的淡漆。四合院里的房子里只有这样花格的木窗和隔断，才是四衬的，就像唐装上的扣襻必须得是蜈蚣似的对襻的才是。现在的楼房里，也有人放上这样的木隔断或木窗棂，只是仿古而已，没有四合院的衬托，那些东西便显得不伦不类，像是喝茶用咖啡具。

“我有箫心吹不得，落花风里到江南”，还是龚自珍的诗写得好啊，剑胆箫心，都已经远去，许多事情是吹破不得的，破了也就再难以梦境重圆，江南江北，哪里都到达不了了。

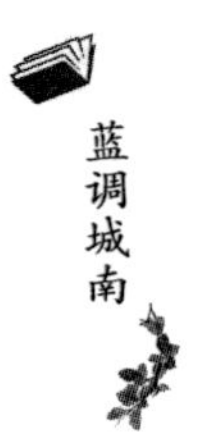

南海会馆：康有为故居

米市胡同很普通，长约二里，藏在喧嚣的闹市身后，难得的几分幽静。从南口走进米市胡同，一路上见到好几处有门墩有影壁有斑驳脱落宅门的大院，每一处都像是南海会馆。一直快走到北口，才在一块突然低洼下去的地方看见墙上一块汉白玉的牌子，上面写着“康有为故居”。这多少出乎我的意料，怎么会平地一下子塌陷下去了呢？像是一位壮汉蓦地跪倒在地一样，忽地矮了半截身子。想当初，这是工部尚书董邦达的宅第，后来由广东南海在京做官的乡里出资买下又扩充南院重新修缮而成了南海会馆，即使到清末民初衰败之后，也是有近200间房子的大院子，怎么会缩小得越活越抽巴了呢？

我知道城市在不断修路以及铺沥青路面之后，路面在不断地抬高，整个北京城都比过去高出一块，原来的院子是低了下去，但同一条胡同里其他的大宅门也只是高台阶没有了，门墩的底座被埋在地里，并没有整个院子如此低洼啊。这让我百思不解。

已是黄昏，院子里面更显得幽暗和低矮不堪。这是一座横竖都有近70米的大院子，如果不是同其他院子一样搭建了那样多的小房子，是非常宽敞的。北面跨院中间有一个小院，现在还在，只是当年被康有为称为“七树堂”的那七棵树，早已经荡然无存了。自然，被康有为称为“汗漫舫”的那如船的屋子，早变得面目皆非，即使真的是船，也千疮百孔了。据说当年院子里还有长廊，廊壁上刻有临摹苏轼观海棠诗的片石，就更不用找了，不知风云流散到何方了。去年年底，一场突然而起的火灾，差点没有烧毁了它，应该是万幸，就不要再奢望什么了。

康有为在这里前后住了16年，1882年24岁从南海进京应试，就是住在这里，一直到1898年戊戌变法失败，他的弟弟康广仁被捕，是在这里；他先走上海，后流亡英国，也是从这里仓皇出逃的。只要想一想近代史中最惊心动魄的一幕，曾经在这里上演，再破败低矮的院子，也让人不敢小觑。

不时有人出出进进，不少是租住在这里的外地人，大多又是做些小本买卖的生意人。当初，康有为也是跑进京城里的外地人，不一样的是，一为挣钱，一为革命；一是流汗，一是流血；一是学富五车饱读诗书，一是只读带画带色的花花绿绿的杂志小报了。看到这一点差别，会明白北京过去的会馆，虽然和现在的驻京办事处相似，毕竟不是一回事，时代的风云在这里凝聚又飘散，绝对不是权且栖身的苟且之处。“腐儒心事呼天问，大地山河跨海来。”康有为当年这诗句，和后来鲁迅的“心事浩茫连广宇，于无声处听惊雷”，是多么的相似，知识分子的心事传承的轨迹，又是多么的含温带热，可触可摸。那是一群什么样的知识分子！想当年康有为在这里起草万言书，该是何等的襟怀。想当年吴稚晖从天津远远特地到这里，翁同龢从朝廷深院下轿到这里，更不用说戊戌六君子常常在夜深时分来到这里聚议，多少现在听起来如雷贯耳的风云人物，都曾经和这里结缘，往来会馆间，出入七树堂，又该是多么的让人神往，让人充满想象。

公车上书之前，该是康有为最辉煌的时刻，他曾经写下过这样的诗句：“上书惊天阙，闭户隐城南。”“往来居城南，高斋绕槐竹。”他一再吟咏城南，城南寄托着他的未酬壮志和馨兰怀抱，他对城南是格外钟情的。那时候的城南，非同小可，聚集着多少如他一样的仁人志士。这和明清以来运河码头的南移，城市中心也随之南移有关，如此城南才兴建起众多的会馆。是会馆，为这些仁人志士提供了施展才华和抱负的场所；是会馆，让城南因有这些仁人志士的存在而风姿绰约。如今风水轮流转了，稍有钱财和地位的人，都不屑住在城南了，是啊，如今的北京，东商西富，格局大致如此；南穷北贫，却是北已不贫，唯独城南依然穷而未变。康有为如果在世，还会钟情城南吗？他能够再来北京下榻，会不会早被人高接远迎地住进王府饭店，起码也得是北城上风头的亲水住宅了吧？

夕阳很快落下，晚霞在迅速的飘逝，映得院子里唯一存在的一棵 20 多米高的古槐，短瞬之间像是挂起了深玫瑰色的袈裟，让一百多年的时光精灵眨眼一般定格在树梢上。古槐是一百多年前“高斋绕槐竹”的槐，只是竹没有了。

新会会馆：梁启超故居

粉房琉璃街，一个好听的名字。《京师坊巷志稿》说，明初有位来自大兴姓刘的住在这里做粉条出名，所以街名粉房，为什么又添琉璃二字呢？兴许是街北原来有永乐寺，琉璃瓦明灭闪烁于小街内外？只是我的猜想了。

这条街的南口，路东一侧的房子已拆，115 号暴露在光天化日之下，院门口很宽很高，能够走得进马车。只是连个门都没有，豁嘴子似的光秃秃地亮着院里面的一切，拥挤的房子仿佛塞进嘴里太满的东西，随时都有可能吐出来。

我有些迟疑，真的就是这里？17 岁（1890 年）的梁启超，头一次进京考进士的时候就住在这里？两年之后，他和妻子结婚也就住在这里？这里就是有名的新会会馆？

我走进院里，呈 L 形两条小路，摆在面前。直行往西，顶到头，是几间北方和西房挤成一堆儿。拐弯往北，是两排密麻麻的房子，靠东两进院，靠西三进院。如果说刚才见到的是后院，那么，这两个院应该是中院和前院了。这两个院里的房子明显的比后院要好些，硬山合瓦顶的样子都

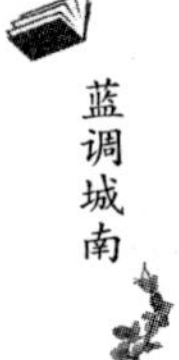

还保存着，特别是前院东边的山墙和房脊都还那么完整清晰，能够依稀看到当年会馆的模样来。

不过，在这些房子中，哪里是饮冰室呢？正好从院门北侧出来一个瘦削的老人，忙问她这里是梁启超故居吗？她痛快地告诉我：就是这儿。然后指着她对面的房子说：就是这三间房子，常有人来问，还有老师带着学生来看。

我看看这三间北房，前面都被搭起的房子遮挡住，基本看不清眉目，只有房顶的灰瓦和磨砖对缝的东山墙，特别是山墙顶端的飞檐翘起的蝎子尾，在逆光中森森的，格外吐露出沧桑。我还是有些迟疑，因为书上说是在中院的北屋。那老人肯定地对我说：就是这三间房，你可以到里面去看看，里面还有两个院子。

我便又走了一遍，先往西直走，朝东的大概是以前的厢房，其余都是后搭建的房子。折回来，我进了北院，那两个院子的房子格局和前面的差不多，很显然，院门西向，三排正房坐北朝南，东西厢房都有，典型的老北京南北走向胡同里四合院的格局。从前院后排看那三间房子，从中院看那五间房子，墙体基本完整，灰砖依然厚重结实，一百多年的时光似乎只留下风吹过的那么一点痕迹。墙边的大杨树，虽然也有年头了，但肯定不是那时种下的，那时即使不种枣树，起码也应该和这条街两旁种一样的槐树。

出来又碰见那老人，她问我：看明白了吗？然后又问我：知道不，咱北京有两个梁启超故居？

我说您说的没错，一个在东城的北沟沿胡同。不过，我想，那是梁启超后来住的地方了，他在清华当教授时日子已经好过多了，那里房子格局

是西式的，屋子里的摆设和这里也不可同日而语。梁启超在这里从 1890 年住到 1898 年戊戌变法失败，慈禧太后差点没要了他的脑袋，他从这里逃跑亡命日本。从国外回来，他又曾经在这里住过一段时间，前后大概十多年。虽然这里破旧得几乎无法辨认，但故居不是小姑娘，并不以打扮簇新为标准。年轻的梁启超，那时是提着脑袋闹革命，这里是他风雨飘摇也是他和同伴风云际会的地方。据说，梁启超在这里和妻子结婚后感情一直不错，他跑到日本，给妻子寄来一张他的照片，上面写着这样八个字：衣冠虽异，肝胆不移。他从国外回来，妻子和他又住在这里，他的前期许多著作，都是写在这里的。1916 年，为策动蔡锷将军组织护国军讨伐袁世凯的《保国会章程》，也是起草在这里。一个地方和一个人的情感与命运联系得这样紧密，即使再破再旧，也就无法从历史中剔除，被岁月遗忘了。

我问那老人您的房子是后盖的吧，她说：是，以前是人家拴马的地方。我猜想，那肯定也拴过梁启超的马吗？“却余人物淘难尽，又挟风雷作远游。”他是一个不安分的人。

走出大院，一街古槐，真是漂亮。只有这样的树，才配得上这样的地方。

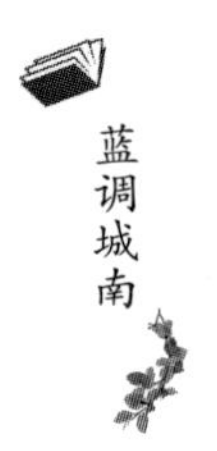

蒲阳会馆：林则徐故居

进果子巷北口不远，往东抹一个小弯，就进了贾家胡同。刚好碰见一位四十多岁的中年妇女，急匆匆地也往里面走，便请问她知道林则徐故居在哪儿吗？她停下来，很疑惑地摇摇头说：我就住在贾家胡同，都四十多年了，没听说这儿有林则徐住过的地方呀？您再问问别人吧。说着，我们一起往里走，她是位热心人，一路上碰见好几位遛弯的或是上厕所的老人，都帮我拦住人家问，都摇头。像是证实自己的印象确实没有错似的，她冲我说：您看是吧？都没听说过。您是不是记错地方了？

这时候看见一处老宅院，黑漆木门上还保留着门簪，抱鼓石头门墩也保存得十分完整，沿门一溜很长的灰墙背后藏着深宅大院。门口有一对老头老太太正倚着墙角那儿晒太阳。我站住了，她也跟着站住，看出了我的意思，对我说：这倒是个老院子了，您可以去问问。我向那一对老人走过去，问道：您二位知道林则徐故居是这儿吗？二位几乎异口同声回答：这院里没有姓林的。他们以为我是找现在住在这里的姓林的什么人了，我赶紧强调一下：我找的是林则徐故居，林则徐，知道吧？老太太先说话了：姓林的？没听说这附近住着有姓林的呀？老头像是忽然想起来了，张开惺

忪的眼皮，抬起手中的拐杖，指指前面：和平巷里有个姓林的……

那位中年妇女赶紧拉了拉我走了，她悄悄地对我说了句：连林则徐是什么人都不知道！那样子很替她的这些老街坊害羞。

林则徐确实曾经在这条胡同里住过，这是一条老胡同了，清中期尤其鼎盛，乾隆年间著名的诗人洪亮吉也曾住在这条胡同里，和林则徐一样，是进京赶考并未得志的时候。和林则徐还有一样的是，得志后因直言获罪而被贬，而且也是被贬到新疆。看来这条胡同并不怎么吉利。

快要走到胡同的南口，也没有问到，看来一条胡同的老街坊对林则徐很陌生，更不要说洪亮吉了。一个时代有一个时代的英雄，林则徐当年被贬时有诗：人事如棋浑不动，君恩每饭总难忘。后一句是他的忠贞，前一句如果改“浑不动”为“浑不觉”，大概正可以指我们后来人的麻木与健忘了。

那位热心女人很遗憾地对我说：你只好问派出所了。前面就是派出所，门口站着一个警察，上前一问，他不大肯定地告诉我：你走过了，那个公共场所边上的院子，好像是那儿。走过去一看门牌，是35号。刚进院子，蹲在门口的一条大狗冲我汪汪叫了起来，从紧靠大门的东房里走出两个男人，很客气地回答我道：这里就是蒲阳会馆，然后指着北房告诉我：当年林则徐就住在那儿。

我看看这个院子，呈长方形，东西长，南北窄，四面有房，西房四间，南北都是一明两暗的房子对称着，如果不是后搭出来的房子，可以看出三面的房子都有宽宽的走廊，三面回环连在一起。靠大门的三间东，大概是门房和仆人住的地方。这样的格局，在北京很特别，老北京四合院是

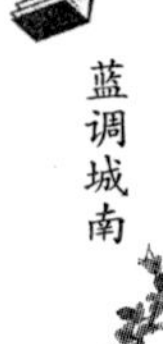

讲究正房与厢房的，就像人的辈分是不能乱的。这里的西房和南北的房子位置不同，地位却似乎难分彼此，看不出谁是正房来。林则徐住的北房，正房应该属于北房，但西房比南北房都多出一间，而且正对大门，正房应该属它才是。弄不明白。

小院不大，房子不多，当年应该是比较清静的。嘉庆十六年（1811年），林则徐从福州老家来北京会试（他就是那年中的进士），住进了福建老乡建的这座莆阳会馆里。两年后，他带妻子进京赴任，当个翰林院的庶吉士的小官，一家子也是住在那三间北房里。似乎那时单位没有给他分房子，看来官职卑微。

这时候，从北房里走出一位男人，再次证实这就是林则徐的故居。他那一侧的走廊大多还能够显露出来，几级高台阶，能够想象出当年的气派。他告诉我这房子里外格局没动，只是把门改了，解放初刚搬来时候房门是两扇对开的，带花窗棂的隔扇门，再有就是中间客厅两边原来是木隔断，现在盖成泥墙了。他又指指廊檐下一个尘土厚厚的弯弯的破灯罩（里面没有灯泡）笑着说：这大概是林则徐在时没有的，但我们搬来前就有了。

然后，他告诉我：以前在东边还有一处福建会馆，可惜后来拆了。我知道，他说的是福州会馆，现在工人俱乐部所在的地方。初来京城的时候，林则徐官低俸禄也低，业余靠给人代写书信、奏折得一些润笔贴补家用，当初建福州会馆时，他还捐了一些润笔费呢。看来他当时是希望能够住进更为宽敞的福州会馆的。想一想，如果不是在1838年的最后一天，林则徐被道光皇帝任命为钦差大臣到广州去禁烟，他就住在这里，然后根

据自己的级别、超过的平方米数再加一些银两，住进更为宽敞的福州会馆，一家老小的日子过得也会平稳得多。当然，我这是庸人之见，那样的话，也就没有了林则徐，贾家胡同也就没什么值得参谒的了。

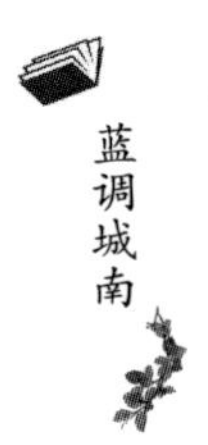

晋江会馆：林海音故居

在南柳巷找晋江会馆，很好找，一打听，附近的街坊都会说：就是住过写电影《城南旧事》的那个女作家吧？然后告诉我：就在40号和42号。一条普通的胡同和一位作家，就是这样亲密地联系在一起，这条如今已经破旧不堪的胡同，文学的普及率却高于书店。

应该感谢北京的几位专家的呼吁，保护这处晋江会馆，建成林海音故居，才免于让它夷为平地，它北边的北柳巷已经在顷刻之间履为平地，作为椿树地区三期危改工程，推土机正在它的前面轰鸣。

我先到42号，站在不大的门口，我有些迟疑，进了院子之后，看到的只是北侧的一溜儿后山墙和南侧一溜儿后盖的小房子，这两侧的房子把中间瘦长的过道挤成了逼窄的一条影子，如果这就算院子的话，这院子也实在太窄，一点儿都不像林海音笔下描写过的晋江会馆，心里的迟疑越发加重。

院里一位妇女，毫不犹豫地告诉我：这就是晋江会馆，没错！她指着紧靠北山墙旁的一个下水井的铁盖对我说：前些日子在这儿挖坑安自来水新管，看到这房子的地基可深呢，而且挖出好多瓷器的碎片，可是个深宅

大院。说着，她拉着我走到院门口，指着一侧的一个抱鼓石门墩对我说：本来两个门墩的，现在只剩下一个了，你看那门墩的地方才是原来大门的边，你再看，原来的门框还在呢。她这样一说，我发现刚才看得不仔细，竟然忽略了这个门墩。这就是林海音小时候常常倚着门口看骆驼、看那个疯女人、看胡同口像唱梨花落耍着铜锣卖酸梅汤的小贩的门墩？破损的门墩那一侧盖出来两尺多宽的房子，院门缩小了近一半，原来的大门应该不小呢。

不过，还是没有打消我的疑虑，因为这院子里根本没有正房，即使正房在 40 号院里，大门开在这里，也不合老北京四合院的规矩，晋江会馆当初盖得不可能这样不伦不类，起码应该在 42 号院子里北山墙那里有一个月亮门，再不讲究也得有个小屏门才对。这位只住在这里二十来年的妇女，解释不了我的问题，但她很热心地说：40 号院有个王大妈，她在晋江会馆住的年头最长了，我带你去问问她吧。

40 号院让我豁然开朗，一个老北京典型的四合院，虽然新搭建出了一些小厨房，但四围的房子都还非常的齐整。北房五间，前出廊檐，起码有两尺，朱红的廊柱还在；南房、东西房各三间，南房也有廊檐，稍窄一些；东西房两边各有一块小小的空地，可称之为小院落，这是讲究的布局，按照邓云乡先生的说法，“这种盖法，多为宫廷、园林的格局”。这块地方，本是种花草置山石的点缀之地，这里西侧盖房一间，是原来的厕所，房前有高高的青石台阶，院里街坊说是为了踩上去晾衣服的。很显然，北房是正房，院子开阔，三棵老槐树布局很合理，正房前左右各一棵，院中间一棵，都高出房子一倍多，枝叶参天，年龄和这院子一样，起码都是百岁以上的老人，正是槐花盛开的季节，一树一地都是如

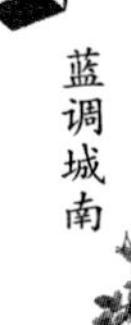

雪的槐花。

可惜，王大妈不在家，她住的南房中间那间屋子门上挂着锁。不过，围上来的院里的街坊们，立刻解释清楚我的问题：晋江会馆原来是两道门，42号那是一道面朝胡同的大门，进了大门是晋江会馆轩豁的过道，南面的院墙外是建宁会馆，往北拐是第二道门，才是进里院的大门，王大妈现在住的房子就是这道大门的门道。从王大妈东边屋里出来的一个男人指着王大妈屋前面告诉我：这里原来还有一道影壁，影壁两边有月亮门，我们家的边上原来还有个后门，可以到后面的花园去玩，但我不知道那个花园算不算晋江会馆的。

我彻底清楚了晋江会馆的格局，这样的格局，不仅讲究，也体现北京人的智慧，南柳巷是南北走向的胡同，临街开门，一般正房要朝西，不是最好的选择，晋江会馆开两道门，避免了这样不足，门中门，院中院，还有影壁和月亮门的若隐若现，使得这个其实只有一层院落的晋江会馆有了庭院深深深几许的感觉。

七嘴八舌地聊起天来，我知道了刚才和我讲话的那个男人姓龚，除了王大妈，他家是住这里最久的人了，王大妈是北京人，他家祖籍台湾，父母是晋江人，他就是出生在这个院子里的。林海音住在这里的时候，和他的母亲、王大妈都认识，1990年和1993年，林海音两次来到这个院子里的时候，都拉着这两位老人站在大门口照过相。“在台湾澳门香港的报纸上发表文章的时候都配了这照片，林海音都给我母亲寄来过呢。”龚先生对我说，其他街坊有些不大好意思地告诉我：王大妈原来是干“为人民服务”工作的。起初我没听明白，后来我明白了王大妈是晋江会馆的佣人。他们是怕说佣人不好听，伤害了王大妈。其实，佣人也是老百姓，看《城

南旧事》，林海音把里面的佣人宋妈写得多么慈祥善良。当然，我知道，这个王大妈可不是宋妈，他不是林家的佣人，因为林家搬到这里来的时候，是最难的时候，当时，林海音的弟弟因抗日被日本鬼子杀死在大连，父亲去大连收尸后回来气愤不平吐血而死，家里日子日渐艰难，她妈妈只好带着全家八口搬到这里住，因为是晋江老乡，住在这里可以不收房钱。

所有这一切，这里的街坊都知道，而且我说 1991 和 1993 年林海音来过这里两次，他们立刻订正我，不是 1991 年，是 1990 年。他们还指着北房靠西的两间很有感情地告诉我：林海音就住这两间房子，这是她在北京住的最后的房子，她是从这里离开北京到的台湾。他们说这话的时候，竟然有些伤感，让我不禁想起在《城南旧事》中那个疯女人和妞妞离开这里、离开北京的那个雨夜，小英子送她们离开这块故土的时候雨水从人家的房檐直落在头上、脸上、身上的情景。一个地方，和一个人情感的心理空间，和一个时代的历史空间，密切联系一起，这个地方才有意义吧？我没有想到，这些老街坊对林海音如此熟悉，这多少让我吃惊，让我感动，他们直到现在还把林海音当成自己的老街坊，而且是为了这个院子、这条南柳巷、这块城南贫民旧地扬名的老街坊，甭管怎么说，她走得有多远，出了多大的名，都是从北京城南、从这个晋江会馆里走出来的。我想，如果林海音地下有知，也一定会感动的。

住在正房的两位老街坊指着他们的房子，对我说：你看这房顶的老瓦还都在，但房子已经漏了，漏下的雨把窗帘都弄黄了，我们也不换了，反正换了新窗帘也得被漏雨打湿。房管局好几次来人要帮我们修房，我们都没让他们修，一修就得把房顶挑了，房顶的老瓦就没了，还能看出来当年的晋江会馆老样子吗？

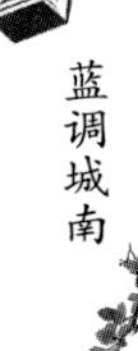

他们说得没错，这座四合院里，只有他们这一排正房房顶的百年老瓦历尽沧桑顽强健在。我说他们：你们保护晋江会馆有功啊！这话虽是开玩笑，但事实上，他们确实起着保护的作用。他们没有让挑顶而把老瓦毁掉，没有为了多盖几间小房而把三棵老槐坎砍掉，他们只是无权无势又无钱的普通百姓，能够做到这样，真是不容易了。没看见政府部门和房地产开发商联手，毫不犹豫地就把成片的老四合院拱手相送给推土机了吗？

听到我这样讲，他们连连摆手说：要说保护，得说王大妈，大门道改建成她家房子的时候，大门上有晋江会馆的匾额，是她老人家给收了起来，一直放在她家的床铺底下，到了“文化大革命”，也藏得好好的，没让红卫兵给砸了。现在，听说要把这里修成林海音故居，老太太把这块藏了五十多年的匾拿了出来。说着，他们带我来到西厢房边上的小院落里，龚先生告诉我：我小时候管这里叫小鸡院，大概以前是养鸡的地方吧。一块两米多长半米多宽的木匾竖着立在那里，木匾用塑料包着，足见街坊们的细心。我打开塑料，看见“晋江邑馆”四个黑色的颜体大字赫然在目，虽然一百多年的岁月剥蚀，木料已经老化，有地方甚至木质疏松，但字迹还是那样清晰，铁勾银划，很有力量。我想给这块老匾照张相，龚先生和另外一个人帮我把匾抬到院子中央，说这里宽敞些，光线也好些。被王大妈雪藏五十多年的匾，终于重见天日。不知道林海音来这里那两次，看没看过这块匾？王大妈对她说没说起过这块匾？如果没有，从树上飘洒下来的槐花，轻轻地落在匾上，该是林海音轻轻的抚摸。

走出晋江会馆，从 40 号的大门能够望到院里正房齐整的鱼鳞瓦，一层层错落有致地叠压着，衬托在瓦蓝的天空下，如果只看这一角，还真有些像是林海音笔下老北京的味道。42 号的大门，和 42 号到 40 号之间的那

一面灰墙，让我愣了半天的神儿。那面墙，可就是林海音小时候常常用化石往上面画着，顺着别人家的墙一直画到自己家门口的那面墙？七十多年过去了，大概不准是了；可那扇门，确实就是林海音那次旧地重游时候，拉着王大妈和龚大妈照相的大门口。她似乎刚刚还在那里，离开的时间不久。那一次，她站在这里说：我又想起了那个疯女人，然后，她问王大妈和龚大妈：我的城墙呢？

可庆幸的是，我的城墙没有了，但晋江会馆还在，而且就要辟为林海音的故居。九泉之下，林海音若是托梦，也可以吹落归心，叩响家的门扉了。

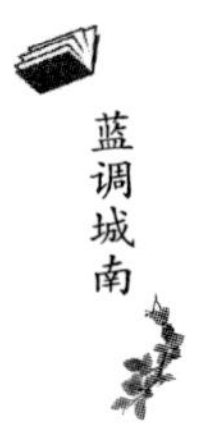

芝麻街： 林琴南故居

林琴南在北京故居有两处，一在永光寺街，一在芝麻街，两处挨着不远，隔着一条宣武门大街。《燕都丛考》中引民国时期张江裁《燕京访古录》："顺治门外永光寺街，有畏庐在焉，吾师林琴南先生故居也。先生侨居北平三十余年，终老在此。其门楹有自书联云：'扪心只有天堪恃，知足当为世所容。'"但张说林琴南"终老在此"，恐怕不确，同样一本《燕都丛考》引《尚纲集》说："携琴南移寓芝麻街，地有花圃，闲旷特甚。"看朱碧森著《林琴南传》和叶祖孚先生文章，写晚年至死的林琴南，一在下斜街，一在校场口，芝麻街紧挨下斜街，就在校场口一条到六条之间。应该说，林琴南是先住永光寺，后移居芝麻街，所谓"畏庐"，指此两处。

我先后去了这两处，都去晚了，永光寺街已经拆光，正在盖楼。芝麻街还在，从东到西的一条窄胡同，空荡荡一街无人，哪里去找"地有花圃，闲旷特甚"的情景？

在中国近代史上，林琴南是个有意思的人物，他不懂外文却以古文翻译《茶花女》而出名，一生翻译小说170部（271册），在西风东渐的变

革年代里，作用不可低估，几乎影响了一代人。但是，他反对白话文，又是政治上的保皇派，他为逊位的溥仪的婚礼跪献四镜屏得赏之后感激得涕泪泗零。他就是这样一个矛盾至极却又品性率真至极的人。

我从芝麻街的东头找到西头，奇怪了，一条长长的胡同只有靠西头的三个院门。路北一个大门紧锁，路南两个大门，只有一扇开着，便走了进去，一个小院，只有北房一间，院里有棵枣树，其余空间堆放着自行车的轮胎和各种零件，显然是个修自行车的铺子，不像林氏故居。

从北屋里走出一位老爷子，问我找谁？我说这附近曾经住过一位林琴南的吗？他嘟囔着一句姓林的？疑惑地冲我摇摇头说：没听说过。

我又说：是清末民初的时候，应该就住在芝麻街的。他接着摇头对我说：我们家住在这里一百多年了，从来没听说芝麻街上住过姓林的。

我指着他家的对门问：看那里像是深宅大院，会不会是那里？他断然地说：不会，那里原来是四川会馆的分馆。然后，他对我详细地介绍了芝麻街：我们这院子原来是四川会馆放马车的地方，我父亲当年就管马车，院子原来三大间，后来分出三户，一户开一个门，第三家门开在五条胡同里了。一条芝麻街，其实就这样两个院子，你说是姓林的能住哪儿呢？

这真让我有些莫名其妙。我是按照《宣武鸿雪图志》中的地图来找的，那上面明确地标明，林氏故居在路北，紧靠着川西会馆，就是老爷子说的四川会馆的分馆。现在，却只剩下了会馆的一座门，林氏故居的那大门，那扇曾经由林琴南自己先后在上面书写过“畏天”和“戒慎恐惧”大字的大门，哪里去了呢？

我在芝麻街的西口转了一圈，老爷子站在他家院子的门口，一一指点我说：路口对面的一家烧锅（酒厂），靠我院子这边是温州会馆，东边这

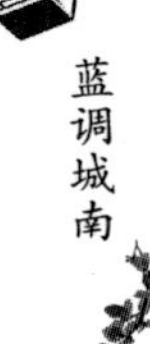

一溜儿都是四川会馆了。

如果地图的标志没有错的话，林氏故居应该就在紧靠校场口六条这一溜儿院墙之内。很可能是扩建的川西会馆和后盖的拥挤住房占了他的地盘。一座当年曾经出入皆鸿儒，往来无白丁的院子，一座曾经来过袁世凯的说客和段祺瑞、吴佩孚本人的院子，冰消雪化似的，就这样消失得一点影子都没有了。

想想晚年的林琴南，就在这里拒绝了袁世凯和段祺瑞的邀请去做官，也就在这里拒绝了为吴佩孚作画。大隐隐于市，他就是躲在这里吟诗作画，“今日王城成小隐，修篁影里掩柴扉”（林琴南七十自寿诗）。据说，他很爱到附近南半截胡同的广和居去吃饭，每次吃饭前，店家都要拿出早准备的荣宝斋上好书笺，请他把要的菜名写在上面，然后把那些菜单装裱成册，成为那时的佳话。得到普通百姓的爱戴，比去做官僚的座上客要惬意，林琴南愿意这样，他一直深患浮名，时存畏天之心，常以布衣为荣，他在诗中说：“傲骨原宜老布衣。”

如今，他曾经居住过的芝麻街，真的成为了布衣之街，布衣得一街的人都不知道林琴南这个姓林的是什么人了。再不会有什么人会要他写的菜单去装裱成册了，要的话，也只会去找歌星影星签个名，卖个大价钱了。

棉花头条：林白水故居

从魏染胡同看完京报馆出来，到棉花头条非常近，中间只隔着一条四川营胡同。现在，在北京还能够顽固去棉花头条的，一定是看林白水的故居。否则，在北京多如牛毛的小胡同里，谁还有兴趣去找这样一条不起眼的胡同呢？

如今，铺天盖地的报纸很多，知道林白水的人不多，作为中国报业的先驱人物，其实即使到现在每一张报纸上都有他的影子。辛亥革命之后，北京城一份京报，一份社会日报，是非常有名的。京报的老总是邵飘萍，林白水就是社会日报的老总。两家老总离得这样近，如我这样只要走几步道就能够走到对方的报馆，彼此一定常常会有一番志同道合的交流吧？那时候的虎坊桥一带是很繁华的，居住在这一带的文人很多，鲁迅、孙伏园等都住在附近。文气相投，便把周围的民主自由的氛围，熏陶得有几分报纸刚刚印刷完后飘散的墨香。

引起我对邵飘萍，林白水他们两位前辈景仰的是，他们一样尊崇“说人话，不说鬼话；说真话，不说假话”的办报主张与人生信条；他们一样因此而为当时军阀所不容，乃至最后遭残杀。

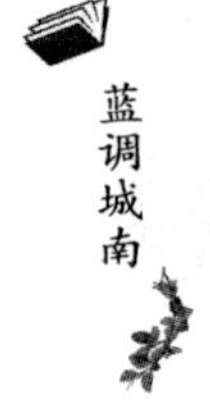

不说鬼话和假话，要说人话和真话，看起来是多么简单的事情，但是，在无情而漫长的中国历史中，却一再证明着，并不是那么容易，而且，是得付出昂贵代价的。所以，有人曾对刚刚故去的巴金先生晚年提倡的“说真话”的主张不以为然，以为真话并不一定就是真理，说真话没什么了不起。哪里知道对于中国人，无论过去，还是现在，无论是一般平民百姓，还是文人乃至更高层人士，说真话，谈何容易。对于中国人，在缺乏民主的政治生活扭曲中，说真话，这样看似最简单的事情，变得非常艰难起来，因为，说真话，除了勇气，还要有全社会的每一个人都能够具有巴金先生那样自我解剖的精神。巴金曾经说过：“我相信过假话，我传播过假话，我不曾跟假话作过斗争……正因为有不少像我这样的人，谎话才有畅销的市场，说谎话的人才步步高升。”巴金先生真的是林白水先生的知音，可是，有多少人能够如他们两位一样呢？没有这样的精神，就别谈勇气了。

在中国，正如巴金先生所说的那样，说假话谎话可以步步高升，而说真话，是要付出昂贵的代价的。就是为了说真话，邵飘萍是 1926 年 4 月 26 日被杀，林白水是同年 8 月 6 日被杀，两人相隔不到一百天，所以，当时有“萍水相逢百日间”一说，如此的萍水相逢，可不是金风玉露一相逢，却一样的胜似人间无数，只是已经渐渐地被我们遗忘了。

如今，四川营还在，棉花头条却怎么也找不着了，它就应该紧挨着四川营的呀。

在两广大街上看到移动通信大楼的建筑工地，问门口两位年轻的警卫棉花头条怎么走？他们指着身边的一条胡同告诉我就在里面。都走到它的跟前了，却没认出它来。

走进棉花头条，印象中应该在西边，但西边全是工地，占的地盘不小，移动通信就是有钱。心里一阵犯起嘀咕。再往前走了几步，一块硕大的牌子立在围墙里面的工地中，赫然醒目的林白水故居重建工程图，画着彩色鲜艳的两座小院的房子，整齐得如同笔管条直的小学生，穿着崭新的衣裳排队站在那儿。我知道自己来晚了，但前些日子在北京晚报上还看到林白水故居的速写画，没有想到竟然已经早拆了。站在那巨幅图牌下，愣了半天的神，眼前喧嚣工地上，高楼的雏形已经矗立在空中，不知道在楼群包围中的这两个小院，以后会是一种什么感觉？坐在高楼里办公的人们，会知道林白水是什么人吗？凭窗俯视这两个小院，会不会感到它们像是高楼下的一个双黄蛋？

一位老太太走过来，问我：你这是找哪儿呀？我问她：棉花头条还有吗？

早拆了，从头条到上六条都拆光了，就剩下上七条了（棉花胡同除有头条外，还有八条和九条，其余二至七条有上下之分）。

她一定笑我，还找棉花头条呢？说完，摇摇头走了。

我也只好怏怏地走了，走到工地的大门前，又找那两个警卫，请求他们能让我进去看看。那两个警卫很不屑地对我说：看什么呀，什么都没有了。我不大甘心，问：拆得那么干净？一点儿东西都没有留下来吗？留下什么呀，就留下那么一块空地，现在堆放的都是建筑材料。

林白水是一个正直勇敢的报人，也是一个潇洒幽默的名士，记得他创办的新社会报得罪了军阀吴佩孚，被勒令停办三个月，三个月后，报纸重新开张，更名为《社会日报》，他在致读者词中说："自今伊始，除去新社会报之新字，如斩首级，示所以自刑也。"如果他还活着，从故居望那

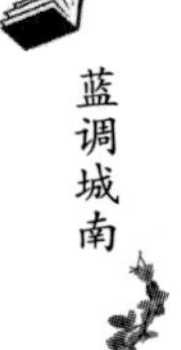

高楼，该不会再幽默一把说是头上长头了吧，新社会报的“新”字前面应该再加一个新字，社会确实在日新月异。

据说，将林白水从棉花头条这里逮走的时候，他很从容。这里的房子，前一院是报社，后一院是他的住宅。《燕都丛考》引张江裁《林白水故居记》里说：因为“其地为秦良玉屯兵之所，兵卒违反军法者，就戮于此，孤魂无归，时出为祟”。所以，认为林白水住的这院子，“为燕市凶宅之一，卜居之，多不利。”张江裁和林白水是同时代人，又是福建老乡。不过，他说的对吗？即使不是凶宅，林白水就能够逃出此劫吗？其实，这是说真话所付出的代价，真话，有时候就是如此残酷地遭来性命之虞，比住凶宅还要可怕而不测。

站在空荡荡的林白水故居遗址前，我想起这位中国报界的前辈的同时，再一次想起巴金先生，巴金先生说过：“人只有讲真话，才能够认真地活下去。”真的是那样的吗？我不仅产生怀疑，林白水不就是讲真话了吗，可是，他能够认真地活下去了吗？

几天之后，路过天桥商场，不禁又想起那天找林白水故居的情景。我知道天桥商场这块地方是民国时期的刑场，邵飘萍和林白水都是在这里被杀害的。不过，现在，又多少人还能够知道邵飘萍和林白水的名字呢？“萍水相逢百日间”，现在说起“萍水相逢”这个成语，都让我觉得沉重。

一街人头攒动，车水马龙。

棉花五条：叶盛兰故居

胡同常能给我意外的收获，胡同无论长短，都像是缓缓展开的一盘电影胶片，总会有从来没有看到过的景物，或根本意想不到的人物出现，就像电影里突然出现节外生枝的跌宕，出现萍水相逢的惊喜，让我有一种隐隐的期待，像有了悬念似的。每一次去胡同出门之前，心里总要想，这一回，会能够碰上谁？

在棉花胡同五条的西口，我见到的第一个人，是一位小脚老太太，我只是向她打听路，没有想到她老人家就是胡同为我今天上演的电影的主角。她长得身材爽朗，眉清目秀，虽说满嘴只剩下一颗门牙，但仍然能够想象得出年轻时候一定是个美人胚子。

老太太很健谈，我问她您是住这儿的老街坊吗？引起她的话茬子开了闸门的，她告诉我他们家住在这里100多年了，四辈人都住在这儿。她伸出干葱似的瘦削的四根手指，然后指着五条靠南把口的一个小商店说，我们爷爷原来就是在这儿开的一家油盐店的铺子，叫泰昌号。我们家一直就住在棉花胡同24号。我看出来了，泰昌号和24号原来是连在一起的，前店后院，一家子连做买卖带过日子，是那时的小户却殷实人家。

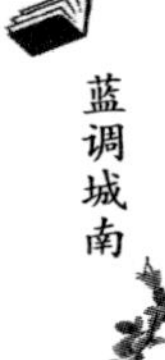

她指着五条路口把北的一个房门告诉我：这里原来是一个麻刀铺，开铺子的是一个罗锅，他有两个老婆。说起这一带来，老太太如数家珍。我继续请她给我讲古，她对我说，棉花胡同一共有九条，现在头条和上二条都拆了，其余的几条还在。早先年间说：人不辞路，虎不辞仙，唱戏的不离百顺韩家潭，说是唱戏的名角住在百顺胡同的和韩家胡同的多，其实，住在这儿的也不少。说着，她向我例数头条住过贯大元，三条住过于连全，六条住过赵桐山，七条住过裘盛戎、李少春，八条住过金少山，九条住过马福禄，我们五条住过叶盛兰。别说我们旁边的山西街还住过荀慧生，椿树胡同还住过余叔岩和尚小云呢。你说多不多吧？

看老太太说起他们，像说自己的亲戚那般的亲切，真有些为她为这些都已经逝去的老艺人，也为这些条胡同感到欣慰。一条胡同，正是因为有了这样活生生的人才有了生命的气息，更何况，这是些富予艺术生命的气息。即使岁月变迁，这些名人故居已经是人去楼空，却一样是小巷长忆，细雨梦回，空气中都还荡漾着他们唱腔的韵律。

如果不是后来走来一个小伙子，老太太不会走。小伙子对我说：你别听她瞎讲，她老了，脑子都糊涂了。老太太不乐意了，反问小伙子：我脑子怎么糊涂了，哪儿说得不对了？等听完小伙子的白乎之后，老太太早不见了。我一人从五条西口走到东口，见到好多老宅门都像是叶盛兰家，不知道哪一家确实。心里有些埋怨那个小伙子，莽撞得把老太太气走了。折回西口，走到 24 号院，希望老太太在那儿。还真在院子里，好像有意在等着我似的。我问老太太叶盛兰住在几号啊？我没找到。老太太走出院子，对我说我带你去。我要搀扶她，她甩开我的手说没事，我身子骨好着呢。我问她您多大年纪啦？80 整，说完，她自己先笑了。哪儿像 80 的老

人？踩着小脚，像踩着轻松的点儿，她领我一直快步走到东口（一路上还指点着那些老宅门，其中一个是当时名医魏龙骧的老宅，魏是京戏票友，许多住在附近的京剧名角都到这里来看过病，曾联合送他一幅“仁术可风”的匾），指着路北的7号院告诉我这就是叶盛兰的家，后来把人家打成右派，“文化大革命”批斗人家，死得早，挺惨的。听说人家的后人搬到龙潭湖去了。

院门很古朴，红漆斑驳脱落，但门簪、门墩都还在，高台阶和房檐下的垂花木棂也都还在。我走进院子，典型的北京四合院，虽东厢房前盖出新的小房，院子的基本面貌未变。我走出来问老太太进门的地方原来是不是有个影壁啊？她说我记不清了，我还是原来查卫生的时候到他们院子里来过，这一眨眼都是好几十年前的事了。

想起放翁的诗：看尽人间兴废事，不曾富贵不曾穷。叶盛兰活着的话，今年90，比老太太大10岁，心情大概和老太太是一样的。

往回走，走到一个小胡同口，老太太对我说，你从这儿穿过去就到山西街，荀慧生的老宅子就在那儿。我想把老太太送回家，刚走几步，老太太摆摆手：趁天没黑，你快去吧。多么好的老太太，让我想起自己的母亲，心里很感动，临别的时候问您贵姓？她说姓尚，我说那您和尚小云一个姓啊！她立刻开心地乐起来，笑开了只剩下一颗门牙的嘴。

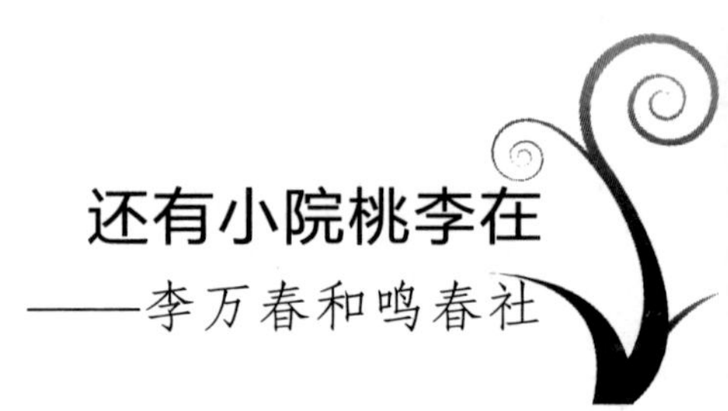

还有小院桃李在

——李万春和鸣春社

菜市口东南角有条东西走向的胡同，叫北大吉巷，靠近胡同东头，有京剧名宿李万春先生的故居。听说这片要拆迁，最近来的人特别多，那些老街坊没等我开口，就先问我了：是找李万春老宅子的吧？

李万春的这座老宅子，在北大吉巷22号，是京城里典型的倒座四合院。大门朝北，门框上一个大大的福字，近一个世纪的光阴过去了，依然清晰，色彩未褪；门柱上方有戗檐砖雕，下方有汉白玉墙腿；大门两侧，西有一块、东有四块拴马石；都是在整条胡同里非常扎眼的。

进得院子，最打眼的是一道屏门，屏墙是从东西厢房的北山墙外单独砌出来的，磨砖对缝的青砖，宽于山墙，厢房前后接出的小房的红砖，明显劣质于青砖，打补丁似的，在青砖墙前很显眼。屏门西侧的靠山影壁没有了，屏门保存得还完好，前后砖雕上富贵吉祥的篆字和花草雕饰，都须眉必现，真算是历经风霜而不凋的万幸。

这座院子，正房为南，倒座房为北，各三大间，当年都带有宽敞的走廊，正房的这一痕迹非常明显，虽然廊子都搭建成了房子，但西边要通向

后面的小院，所以必须留出空间，一根朱红色的廊柱，像是旗袍开缝中伸出的一条腿，便露在外面，泄露出逝去时光里的一些秘密。通往后院的是一个门道，门洞上方的墙上有一块硕大的菊花砖雕，逸笔草草，刀锋流利，是民国早期的风格，有些韵味，和现在不可同日而语。

见我望砖雕出神，从南房出来一位老爷子，指着砖雕告诉我：“文化大革命”的时候这上面都给糊上泥了，前些年我那孩子才把泥扒下来，现出了原样。我对他说：亏了糊上泥了，要不没准就给砸了。老爷子说：那是，那时候我这屋里住着李万春的母亲（李父 1955 年去世），后院里住着李万春两口子。心想，哪个红卫兵闯进到这里来，瞅着不顺眼，砸了它不是手到擒来的事？

走进后院（其实是西跨院），北边有一间房，西边有三间房，这三间房子和院子里所有的房都不一样，其他的房子都还是老四合院的旧模样，这三间房高出一大截，且有女儿墙，门窗都是砖券拱形，西洋的味道很浓。这就是李万春住的房子，据说前几年墙上还有“坦白从宽，抗拒从严”的字迹，字迹从来比人活得年头长，李万春都去世整 20 年了，字还在墙上顽固地留着。可惜现在看不见了，应该留着它才好，那是历史的物证，是流逝的岁月留存到现今的眼睛。

老爷子告诉我北边的那房子原来没有，是后盖的。“文化大革命”中，军代表占了他现在住的房子，军代表撤了，返回原籍，军代表的儿子住了后院李万春的那三间西房，现在人家有了楼房住，不来这边住，房子一直锁着。老爷子朴实几句话，短，却浓缩了一段历史，许多老宅子就这样改朝换代，宅第换新主，衣冠异昔时，徒留下曾经沧海的慨叹。

老爷子送我出院，走到前院那排倒座房前时，指着房梁对我说：以前

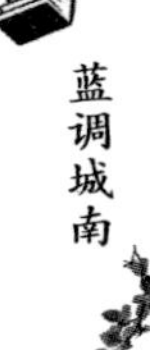

这里画的都是戏牌呢！前些年还能看见。我不懂什么叫做戏牌，以为是以前的戏码，怎么能够画到房梁墙柱上面呢？忙向他请教，老爷子告诉我是那些京戏里场面的绘画，全是彩色的，非常漂亮。我明白了，这符合这座院子的特点。这院子原是余叔岩的老宅，当初余叔岩看中了李万春，收为义子，亲授《八大锤》，并让李氏全家搬进这座老宅来住。相传李万春的父亲花了4500大洋买下这座院子，那是后来的事情了。两代梨园名宿，雕梁画栋，全部画的是戏牌，当然是别的老宅绝对没有的了。

走出李万春的老宅，斜对门21号和19号，是李万春当年创办的鸣春社，像当年余叔岩亲授他自己一样，亲自传授一帮年轻的弟子。这时候的李万春已经是武生的名角，长靠短打箭衣猴戏，样样拿得起放得下，他的关羽武松黄天霸的扮相和武功，让大家已经耳熟能详。他担当鸣春社这个老师，是叫得响的，京剧界的传承就是这样在道义中自觉与不自觉完成的。

我先进的是19号院，院子很拥挤，再进21号院，虽然格局一样，却一下子显得很轩豁，正房子和倒座房各三间，东西厢房各三间，院里有一株香椿，两棵石榴，香椿有些枯萎，石榴树却很旺盛，累累的石榴压弯了枝头。面相慈善的女主人告诉我：原来这院子还有一棵杏树和一个葡萄架呢。原来也没有东厢房，和19号院是打通的，孩子们翻把子好有宽敞的地方呀。正房原来是说戏的地方，倒座房是学员们住的地方，西厢房是原来的厨房……

正聊着，男主人推着自行车进院了，热情地拿过板凳，非要我坐下聊。石榴树下的阴凉里，清凉得很，也安静得很，虽然和喧嚣的两广大街只隔着一排房。也许，只有坐在这样的院子里，才多少能够体味到老北京的味道，如果再有一杯茶或酒（主人是非要沏茶的，被我拦住），花间一

杯酒，把酒话桑麻的情致，是区别于坐在高楼的落地玻璃飘窗前啜饮咖啡的情景的。

聊天中，我知道了，新中国成立前夕，鸣春社停办（1948）。这院子卖给一位姓郭的中医手里。解放后不久，这位中医害怕私房主一顶剥削的帽子戴在自己的头上，就非常便宜地（1600 元）卖给他家。其实，那时他父亲只是一个赶大车的，如果不是这么便宜，也买不起。谁想到，院子买到手，罪过从中医那里转移到这里。“文化大革命”期间，院子被占，老人被扫地出门，被赶回河北老家。当时他石油专科学校毕业，分配到大庆搞石油勘探，一直到前些年退休回来，一直为要回这院子而奔波。20 世纪 80 年代初期，落实政策，房管局要以每间房子 100 元的价钱收购，父亲生气地说：就是院子都烂成瓦片，我也不卖。房管局便要这些年一共 5600 元的维修费。这些年，是别人住，我们根本没住，而且，他们把房子挑了顶，破坏了原来合瓦顶的老样子，还得跟我们要维修费。荒诞的年月里，这样荒诞的事，只能够让人啼笑皆非。

一直到前两年，院子里房子才全部腾干净，没消停地住上几年，现在又要拆迁了，说是危房改造。危房改造，得是危房才需要改造，我们的这房子（这一片还有好多这样的院子）现在住的挺好的，为什么非要这样成片成片的拆掉？拆掉了这些四合院，以后还能够有吗？说着，他从屋子里抱出一叠东西，是他的剪报，全部都是关于保护四合院内容的，还有几幅画幅很大的画，画的是李万春的老宅和他的鸣春社以前的风光。画得很精细，房屋齐整，花木扶疏，当年这两处院落，像是清水墙一般光滑而清新，朴素却浓郁的京味，让现在汗颜。

他说的不仅很有感情，也很有道理。眼下大吉片整体的拆迁思路，目

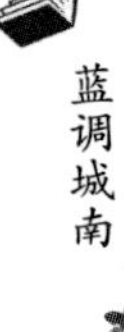

的到底是什么，应该反思。是真的为了危房改造吗？其实，这里的街坊心里都清楚，还不是看中了这是块风水宝地，卖给房产商想赚钱，想改变这里的面貌而出彩儿。大面积的整体拆迁，改变不了这里大多数人们的贫困，只是让世代居住在这里的他们被迫迁移到城市边缘，而使得他们更加贫民化，更加疏离这座本来属于他们的老城。新盖起来的高楼大厦，不仅彻底淹没了他们，而且淹没了包括李万春老宅和他的鸣春社在内的许多值得保护的历史痕迹和文化记忆。这是漫长时光的积淀，是这块土地的馈赠，是北京古城绵延至今的气脉和魂灵。

走出当年鸣春社的大院，看见李万春老宅前还站着几位老街坊，我问他们见过李万春他们一家人吗？一位戴眼镜的女的说：怎么没见过？李万春那时一跟头从他们院子的墙头能翻到我们的院里的地上，功夫好！然后，她感慨地对我说："文化大革命"那时，我20多岁，亲眼看见斗李万春，真是很惨！把人家全家弄到内蒙古京剧团去了。她使劲地摇摇头。

我知道。1979年，李万春落实政策后，从内蒙古回到了北京。还有小院桃李在，留花不发待君归。可是，他再没有回到这里一次。

以后，这一片真的是盖上新楼，住上新人，谁还会能够告诉我李万春和这些天宝往事？

几生修得到梅花：谢公祠

我先是在报纸上看到谢公祠被拆的消息，很是惊讶，简直不敢相信。清明节前，我专门去看了一趟，希望一切并不是真实的，或者拆的只是其中一部分辅助的惨败的院落，而它的那座主要建筑，那座叫做薇馨堂的江南风格的二层小楼，即在当年谢叠山绝食尽节处建的祠堂大殿还在。但是，那座二层小楼已经被掀去了屋顶，裸露出的房梁直对天空，地上只有西侧的一间小屋残存，其余一片狼藉，惨不忍睹。

自明景泰七年（1456）建造后经明清两代翻建和修缮的谢公祠，就这样在我们颓败在我的面前而一去不返。

在北京解放初期，从当时接管谢公祠时留下的清单中，尚可以看出有地五亩半，房子一百余间。它和它前面的法源寺是连在一起的，基本的规模还在，可以想象那时的情景还是颇为壮观的。可是，现在，我们只能在想象和回忆中和它重逢了。它走过了明清两代和动荡的民国时期，以及新中国成立后近60年漫长的岁月，战火、动乱、朝代的更迭、人心的起伏，它都经历过来了，但是，它却倒在了今天我们的面前。据说，在它的上面要建商品楼。商品楼，如今比谢公祠重要了。文化和历史，就这样当成了

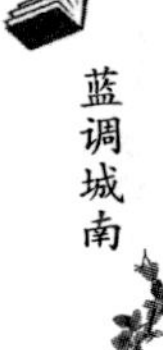

一面旗子，被我们卷了起来，需要的时候再挂出来。

谢叠山名叫谢枋得，叠山是他的号，他的字是君直，一个多么有象征意义的字。他是南宋爱国将领和诗人，和文天祥既是同科进士，又是同样为国捐躯的英雄。不同的是，谢叠山率兵抗元失败后，客寓他乡，卖卜教书，宋亡之后，流亡武夷，无论元朝如何召他进京入仕，都是断然拒绝，最后诵以司马迁“死有重于泰山或轻于鸿毛”的名言，表示了誓死拒降的决心。无奈的是元朝廷把他强行押解进京，命他做官，他依然坚辞不就。他是被关押在法源寺中，看到寺中墙上刻有《曹娥碑》，曹娥是东汉的一个17岁的普通民女，她的父亲死于河中，为了尽孝，她在河边哭了17天17夜，最后毅然跃入河水之中，为寻父的尸首和父亲一起葬身水中。谢叠山看罢《曹娥碑》后泣曰“小女子犹尔，吾岂不若汝哉”！最后，同文天祥是在菜市口被斩首就义不一样，他选择的是在法源寺中绝食而死。但相同的是，他们都死在这附近，菜市口与法源寺相距只有一箭之遥。更为相同的一点是，他们选择的是宁死不屈的爱国的道路的情怀。如果再说有一点相同的，那便是他们死后同被赐谥，一为忠烈，一为文节，可谓经天纬地，气壮山河。他们的名字便一直传颂至今，在北京，谢叠山祠和文天祥祠，一在城东北，一在城西南，遥相呼应，成为了两枚耀眼的徽章，悬挂在北京的胸襟上，如今被我们自己生生的拽下来一枚，让我们毫不珍惜地弃之一旁。

记得三年前的初春，我第一次去法源寺后街找谢叠山祠，一路问了几个人，都不知道。一直快找到了街尾，忽然看见两株高大的老槐树枝条掩映中，有一座破旧不堪的二层木楼，猜想大概就是了。正好从院门急匆匆跑出一个小伙子，便问他这楼是不是谢叠山祠？他摆摆手说：不知道，我

奶奶在里面，你去问问她。

进了院子，不大，横宽竖窄，一座木楼很突兀地立着，在院子乃至小街四周平房的对比下，鹤立鸡群一般显得很是醒目，可以想象当年它的不同凡响。从一楼西侧的房门里走出一位慈眉善目的老太太，80多岁了，就是那个小伙子的奶奶。我问她这楼是谢叠山祠吗？老太太问我你说的这个是人名呀还是地名呀？我告诉她谢叠山是人名，南宋的一个诗人，也是一个将军。老太太摇摇头说：我不知道，我们这里人们都管这楼叫谢公祠。

没错，就是它了。拐过这条小街往南走一点，就是法源寺的正门，站在这条小街里能够看到法源寺的寺顶。想谢叠山的后人选择这个地方为他建祠，因为这里就是当年他的自杀尽节之处，那时候，这里和法源寺南是连成一体的，那一缕不屈的幽灵随香火便一直缭绕不尽。自明朝修建了这座谢公祠之后，这里一度规模不小，除了二层木楼的祠堂主体建筑外，还有六座院落，一座花园和一座江南风格的水榭，雕梁画栋，游廊环绕，曲径通幽，古木参天。即使到了解放以后，还可以看到几百年历史的古槐。我对谢叠山非常崇敬，面对古代文人的气节，当代文人只有汗颜的份。正是这个原因，我才来这里寻找谢公祠。

那时，老太太告诉我今年5月份这个楼就要被收走，说是保护起来了。我说那多好，应该保护起来，您也能够搬到个宽敞的地方住。她说我可不愿意搬，在这里住两辈子了，都有感情了，再说我是回民，这里买东西方便。然后，她很热情带我绕着楼前楼后转，告诉我解放初期这里是识字班，那时楼前的广亮大门还在，楼前种着一片竹子。这楼前出廊后出厦，以前还有后院，后院有花园，有假山石，两边也有院子，待会儿你可

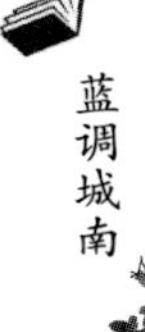

以去西边去看看，西边的院子原来被街道工厂占了。你别看楼破，都是用老黄花松做的柱子，结实得很，地震那年，楼摇晃了两下，愣是没事。

抬头望望楼上面，朱漆的窗棂和围栏，虽然已经斑驳，但前后的悬廊还在，云纹雕花还都非常清晰；楼顶有修复的痕迹，但鱼鳞灰瓦一层层基本无损。可惜屋楼顶的斗拱飞檐没有了，被楞楞的水泥抹平。我问老太太楼上住着人家吗？她说住着三户，你现在上不去，楼梯口那儿锁着呢。我问她听说原来楼上供着文天祥和谢叠山的像，您见过吗？她说我没见过，听我们家老太太说，楼上面是供过神像。这里的人是把谢叠山和文天祥的像当做神像对待的呀。

我又去后面和西边的院子，已经彻底看不出当年的样子，不过从最里面的院子后盖出来的一间坐南朝北的房子的窗户里望出去，能够看到谢公祠后厦中间的走廊，幽暗的光线中走廊两侧暗红的漆色，让人容易涌出一种历史久远的错觉。其实，走廊是后盖的，老太太告诉我住进来人多了，在中间开了走廊开了门，通往后院的月亮门的地方盖起了现在的房子。是该修修了，老太太对我说：5 月就收回保护了，到那时你再来看看吧。

三年过去了，谢公祠又熬过了三年，终于没有再熬下去，就要倒塌在我们的面前。它并是倒塌于自然的灾害或岁月的沧桑中，它是倒在我们自己人为的手中，为了盖商品楼，它只有粉身碎骨。历史，哪怕再辉煌而且是一直被我们尊崇的爱国历史，也可以就这样被我们斩草除根。

记得三年前，我寻访完谢公祠后，写过一则短文，如此写道：“想起谢叠山被押解进京之前写过的‘雪中松柏愈青青’、‘几生修得到梅花’诗句，他喜欢松梅自况，重新修复的时候，应该别忘记了在楼前楼后栽几株青松和梅花。”我真的是太天真了。

西屋出来两位坚守这里的妇女，告诉我听说这楼不拆了。可是，已经拆成这样了，又如何让坍塌的部分如鸟一样重新飞上枝头？我还听有另一说，谢公祠要异地重建。但是，这一次，我不会那么天真了。无论异地重建，还是原地重建，需要对原建筑各部件的仔细编号，然后才能复归原位。那些珍贵的木雕、砖雕、云纹饰样的垂檐、黄花松的梁柱，都被拆得七零八落，一片瓦砾之中，谈何重建？前年拆离这里不远的棉花头条，将民国时期著名爱国报人林白水故居拆掉了，倒是原地重建起来了，簇新得如同戏台上的新郎官，让人感到不那么如真实。几年之前为拓宽菜市口大街的道路，将有名的粤东会馆和过街楼拆了，也说是要异地重建，这么多年过了，重建在哪里了呢？又有谁再过问或问责呢？

谢公祠，没有想到三年前初春的一面，竟然是我们的永别。

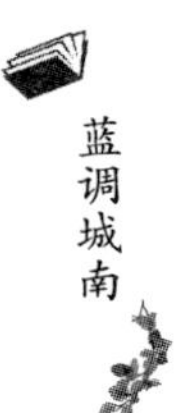

白纸坊南第一家：中山会馆

从南横东街往南拐进珠朝街一点儿，就是中山会馆。刚进街口，一股清香扑鼻，抬头看，一街槐花似雪。现在看这里凋败，以前却是珠玉锦绣，被诗人钱大昕赞美为“荆高酒伴如相访，白纸坊南第一家”。仅仅乾隆年间，钱大昕、蒋士铨、纪晓岚等一批文人都住在珠朝街，连那时的礼部侍郎王鸣盛也住在那里，就像现在一群精英扎堆儿买房一样，当年的珠朝街风水不错。中山会馆相传是严嵩的花园别墅，清末被留美归来的唐绍仪（后在袁世凯当临时大总统时当过国务总理）买下，改建为带点儿洋味的会馆，因他是广东香山县人，就叫成了香山会馆。民国元年，孙中山当了大总统来北京，就住在这里，中山会馆的名字就是这样得来（聂耳后来也曾经住在这里）。看来当年珠朝街和中山会馆，相得益彰，你红我绿，赛着出名。

中山会馆大门北边有块北京市文物保护的汉白玉牌子，也只是一个牌子而已，广亮式大门破旧得木纹纵横老裂，比老太太脸上的褶子还多，还难看。门道还在，那扇木影壁早不知去向何方。让我大喜的是大花厅还在，保存得还算完整，翘檐飞拱、雕梁画栋、垂花木刻、戗檐砖雕、雀替

雕饰，都非常清晰。四周回廊，回廊梁柱间岭南风格的花罩与彩绘，也都还依稀可见当年孙中山来时就是这里住下并开过会，革命志士在此风云际会。三进三出的院落也都还在，虽然前后搭建的房子已经将原来的花园规模蚕食殆尽。左右都有跨院，有的院门苟延残喘还在，问街坊一共有多少跨院，有说 7 座，有说 9 座，也有说 13 座，也闹不清到底多少。总之，说起中山会馆，就一个字，大！

说 13 座的，是位 77 岁的老太太，鹤发童颜，住在后院的南跨院里，她家祖辈三代住在这里，她告我她公公当年住这里时因是中山县人不要房钱。这是一座独立成章的小院，院门前有回廊和外面相连，院子里种着槐树两株、枣树、椿树、柿子、石榴各一株，南墙下种着一溜儿玉簪花。正是石榴花红的季节，一树小小红灯笼似的红花，映照得小院生意盎然。三间半大房坐西朝东，房前有青石台阶，有宽敞的廊檐，有朱红的梁柱漆色斑驳却还结实地挺立着。她告诉我说：前几年房管局来人问我要不要把房子接出来，扩大点儿面积，我说不动，我够住的，一动，廊檐没有了，老房子的格局你也就看不出来了。她说得真对，现在，整个中山会馆的廊檐都被新接出的房子挤占了，唯一剩下的只有这个跨院里还能够看出当年的模样。游廊萦回，是老北京花园式的四合院最讲究的象征性标志之一。

那时候的中山会馆就是一个公园，所有的房子前都有走廊，四周环绕一起，下大雨走到大街上都不用打伞。老太太向我感慨了一句，又告诉我一个我没有听说过中山会馆一景：我年轻的时候，珠朝街演露天电影，都在我们中山会馆里，一街的人都跑到我们这里看电影。我看看被各种小房紧紧包围的四周，像是馅过于大的包子捏成了一道道紧巴巴的褶儿，哪里有一点儿站脚的空间？便请她指给我看看在哪里可以放映电影？她带我绕

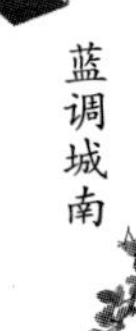

到后院的北边，告诉我后院有十间正房，院子就是大花园，然后指着中间一个大房子说：这是原来花园的亭子，我一看果然方宝顶的四角飞檐还在，当年是八面来风的。她又指给我说：亭子下面是青石板阶梯，有一座小桥，桥下有流水，水前是太湖山石，四周种的都是花草树木。最后，她一指最北边，电影的银幕就搭在这里，人们坐在亭子里，坐在四周的走廊里，都能够看电影。

说完这话，她不再说什么，只抿着嘴角冲我摇了两下头。

她带我又走回她的跨院，从屋子里拿出一本老相册，翻到一页，黑色相册纸上用银色相角别着一张黑白照片，照片上是一个英俊的年轻人坐在公园里镂空而起伏有致的假山石旁。她告诉我：这是我的先生，已经去世20多年了，这就是当年他坐在刚才我带你去看的那个亭子前的山石上照的。我看照片时，她一直望着我，望着照片，夕阳挥洒在小院里，照片上她的先生和她的脸庞都现出一些玫瑰红。可以看得出来，她在怀念那段时光，那是属于她和她先生的青春时光。时光真像是一个雕刻师，把一个人和一个院子都雕刻得面目皆非，哪里还能够想象得到这里当年居然如此漂亮。当年还有魁星楼和大戏台呢，老太太又补充说。

如今的中山会馆只有1200平方米，即使这样的规模，在它附近陶然亭地区的72家会馆里，也算是大的了，说它是“白纸坊南第一家”，不是虚夸。我看到过民国二十二年的一个统计，当时全北京市有瓦房70万间，这里所说的瓦房不少指的是四合院。即使如中山会馆这样花园式的大四合院只占其中一少部分，但是，我要问一问，这几十万间的四合院现在保存下来多少呢？可能那些漂亮的四合院后来相继盖成了气派的高楼，但没有原来老四合院的苍老和沧桑，所有老四合院存在的情感记忆和历史记忆，

也就没有了。而那些就是老北京的魂儿啊。

沿着中山会馆那后盖出蘑菇丛生般的房子间逼仄而弯曲的小道，一直走了好半天才出来，感觉比来时都长。一路走，一路还在想那个老太太，虽素昧平生，说起中山会馆，她却那样情不自禁地对我说了那么多，如果不是时间晚了，她还要和我说下去的。为什么她会这样？临告别的时候，我问她：如果能够拆迁搬家，您愿意搬还是不愿意搬？她犹豫都没有犹豫地告诉我：我不愿意搬。告诉你，除了上厕所不方便，住在这里挺好的。然后她指着院里一角说：那是一个窨井，我婆婆在世时候挖的，小便就倒在那里了。说起她的家人，她总是充满着一种无法言传的感情。我知道，这个中山会馆里有她情感的记忆和历史的记忆。那一份情感，那一份历史，都属于她和她的家人，属于她的青春。一座院子，因有了这样的情感和历史，才像一个人一样有了生命。

走出中山会馆，一街的槐花打上夕阳的余晖，变得有些发橙红色，还是那么的香，香得像是一个分别多年的老朋友紧紧地追随着你，把那么多想说的话不停地向你诉说。

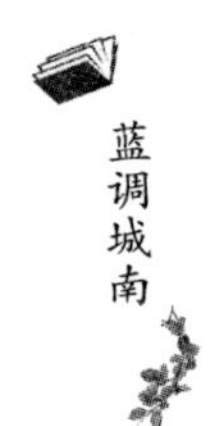

广和楼

那天，儿子从美国读书放假回来，要我带他去看广和楼。走进小店叠压脏兮兮的肉市胡同，我几乎认不出来了，两旁的售票处和广告牌都没有了，只剩下几扇铁丝大门敞开着，院子里堆满了东西，乱糟糟的像个工地，却空无一人。只有那座灰色的大楼还在，顶端的广和剧场四个隶书大字还在，要不真的不知道它为何物了。

最早的广和楼是什么样子，我不知道，但我见过的广和楼却不是这样子的。按照日本人冈田玉山在嘉庆七年（1802）绘制的图来看，那时的广和楼是何等的辉煌。古人建剧场，是把它当成神庙来建的，临街矗立起来四牌楼，中间悬挂“广和查楼”的巨幅匾额，非常显眼。进得门来，是一个广场，东边是露天的戏楼，舞台两侧有楹联：一声占尽秋江月，万舞齐开春树花。四周是酒楼、面馆、点心店，集娱乐与饮食为一身，热闹非凡，那时有诗云：雅有闲情征鞠部，好偕胜侣上查楼。

广和楼一直到清末都叫做查楼，是因明朝一位姓查的皇亲巨族出资兴建，距今400年的历史，在北京年头最老，是戏楼中大哥大。如今西边的房子把广和楼完全遮挡住了。明朝时，正阳门往南的前门大街，是京城唯

一的一条青石铺地的宽敞大道，根本没有这条肉市胡同，也没有西面的珠宝市和粮食店街，一马平川，为的是让皇上出故宫到天坛先农坛祭祀。可以想象，那时的广和楼是正面临街，俯视前门大街是什么气派。以后的商贩逐渐盖起了房子，和如今许多的街道在楼前搭建起的棚户做店铺做买卖一样，将好端端的大街弄得越来越挤。广和楼到了清末，就已经像是落魄的贵族，越发被挤在新的暴发户的后面了。

我见到的广和楼，是几经翻修之后的，像剥圆白菜一样，不知是几层皮被剥掉，早不是原来的模样了。乾隆庚子年间一场大火把它烧毁，再修建之后到了 1900 年，居然卖给了一个专门靠收白薯税发财的王善堂号称“白薯王家”的手里，广和楼江河日下是可以想见的，昔日查家贵族的辉煌，即使是一根深山老参，也得变成白薯秧子了。

不过，广和楼毕竟是多年熬制的一锅老汤，怎么也够让“白薯王家”和我们后人折腾一阵子，即使兑上再多的水，余味犹存。自乾隆下江南带来四大徽班进京，京戏辉煌，喜连成、富连成的戏班，谭鑫培、杨小楼、侯喜瑞，几乎所有的大师，没有没在广和楼登过台的，梅兰芳 11 岁第一次登台也是在广和楼。

我小时候，家住西打磨厂，离肉市胡同很近，从庆隆大院穿北孝顺胡同抄近道，几步就到了。那时候，广和楼前有巨幅的广告，院子非常宽敞，大厅的墙上挂着许多名角的剧照，即使什么戏不看，那气氛熏得你也仿佛置身其中。如果赶上有名角演出，排队买票的人能够排出肉市胡同北口。我赶上一次马连良演《借东风》，好家伙，根本挤不过去。那一瞬间，往昔的辉煌扑面而来。

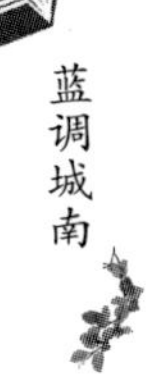

我第一次到里面看京戏，是小学三年级，我的一个同学的爸爸是个票友，演出《四进士》，让他儿子送票给我们去给他捧场。我光听他一个人站在空荡荡的舞台上哼哼唧唧，看到半截，竟然睡着了。

在广和楼，我看得最多的是电影，从小学看到高中毕业，一直到去北大荒，可以说广和楼是我电影的启蒙。记得最深的是看《青春之歌》，因为没有过多久，我就去了北大荒。刚到北大荒，只要一想家，不知怎么搞的，眼前出现的就是《青春之歌》里前门楼子的镜头。而电影片头睡莲慢慢绽开的镜头，到现在还是那么清晰，仿佛一切是昨天发生的事情。

广和楼给我最后的印象，是那年我从北大荒回来，忽然想尽尽孝心，带父母去广和楼看了一场革命样板戏《红灯记》。钱浩亮、袁世海、刘长瑜都出场了，母亲似乎是看不大懂，看见父亲在悄悄地给她讲着，我才意识到，虽然家离广和楼这么近，老两口从未来过，这是第一次，也是最后一次。我记得很清楚，那天下着大雪，雪中的广和楼，玉宇琼楼一般，不那么真实，和现实拉开距离。

我对广和楼充满感情，所以，儿子说想看广和楼，我立刻带他过来了，就像小时候穿胡同抄近道一样，心里洋溢着每次都会有的想象和期待。如今的广和楼已经面目皆非，我和儿子还是走进院子，可惜楼锁着，只能趴在窗前张望，大厅还是老样子，破旧的电影海报和卡拉 OK 的广告，泄露着一点历史变迁时的沧桑。脚下忽然呲拉拉的响，仿佛大幕拉开，京胡的过门小心翼翼的响起。低头一看，不小心，把门角一堆玻璃踩碎。

走出院子，一位来自安徽的三轮车夫，天天在这里等生意，他指着广和楼对我说：听说地基沉了好多，现在是危楼了。明知问他也没有用，还是禁不住问他：知道还修不修了？不知道，他摇摇头说。谁能知道它将来的命运？400 年的广和楼啊。

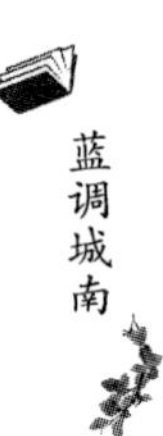

天乐园

1. 序曲

清朝初年，清政府怕百姓借戏园闹事，下令禁止在内城开设戏园，戏园子便都开在前门外楼子的东西两侧，但真正到了后来，出名的戏园子，都跑到了前门的西侧宣武一带，在东侧崇文的，只剩下广和楼和天乐园两家。

天乐园，就是新中国成立以后的大众剧场。在北京的老戏园子里，比不上明朝就有的广和楼的历史，但比起其他的戏园子，它的年头可不短，从三里河旁精忠庙边上的梨园会馆里，一块嘉庆年间的碑刻上，记载的北京当年 20 家剧场的名字里，就有天乐园，说明起码嘉庆年间它就在那里了。但它园子不大，一座三层小楼，藏在鲜鱼口靠近长巷头条路南的一条窄巷里。门脸也很小，戏散场之后，观众得从大门两旁的出口退场，东走长巷头条，西走另一条小胡同出去，这一条进口两条出口，把它包成了一个倒 W 字形。

我小时候见到的大众剧场，大门临街，很宽敞，还有几层台阶，堂皇地俯视鲜鱼口。那都是 1942 年长巷头条口的长春堂一把大火给闹的，因

为剧场紧挨着长春堂，大火殃及池鱼，把剧场捎带着也给烧了。重新建剧场的时候，便索性把大门移到鲜鱼口大街上，让它也伸出头来舒舒气。里面演戏的舞台，还是坐南朝北，除了让这场大火烧怕了，为了安全起见，把三层楼改成二层，其余并无大变。现在去鲜鱼口，长春堂已经彻底拆没了，把大众剧场后面带舞台的二层楼给显山显水的露了出来，可以看得很清楚，是坐南朝北的青砖小楼，格局还是老样子。

2. 第一幕

天乐园不像广和楼前身查楼一样，出身巨室名门，当初只是唱莲花落、十不闲、大鼓书之类的一个平民小戏园子，不过是“小丫鬟片子”一个，但发生在它里面的故事可不比广和楼的少。特别是 1901 年它被当时著名的旦角田际云（艺名“响九霄”，嗓子亮）收购之后，是它咸鱼翻身的时候，也是它故事开始的时候。如果，天乐园也像是一出大戏，那么，前面的那些日子只是过场戏，这时候，才是它正式开演的第一幕。

1900 年，大栅栏那场由义和团燃起的著名庚子大火，大栅栏和粮食店里的剧场，无一幸免，全部烧毁。大火却没有滚过前门大街，肉市里的广和楼和鲜鱼口里的天乐园幸存。一下子，前门一带只剩下了这两家戏园子，物以稀为贵，众多的戏班子没处演戏，纷纷饥不择食一般挤到这两家戏园子里来了，当时挤进天乐园的戏班子是玉成班。田际云是玉成班的班主，又是当时北京梨园行会的会长，买下了天乐园。

由于有了田际云和他的玉成班的支撑，天乐园从唱落子耍杂耍的小馆，一下子变成了上演正装大戏的戏园。梅兰芳 17 岁嗓子倒仓之后，曾经这里演过三年的戏，红极一时，也是因为和玉成班的关系，天乐园沾了

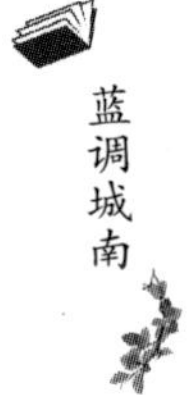

光；当时昆曲新秀韩世昌（他家就住在剧场边的崇真观）也是在这里唱红的，北大校长蔡元培先生，大老远的专门跑到这里看他的《思凡》，天乐园同样跟着沾光。如同人靠衣裳马配鞍一样，靠着演出水平的提高，名角的次第登场，天乐园名声大震，提升了档次，水涨船高，由一株小草渐渐长成一棵大树。以前有竹枝词说：天乐馆中瞧杂耍，明朝又上广和楼。这样只能够瞧杂耍到天乐园、看京戏上广和楼的时代过去了，天乐园在田际云的手里，是和广和楼平起平坐的时代。

不过，天乐园在田际云的手里，是兴旺的开始，也是酿造故事的开始。因为田际云是个新派人物，不仅自己编写并演出新编京戏，戊戌变法时候，他还支持康梁新党，借着进宫演戏之机，当过几回“克格勃”，在新党和光绪皇帝之间暗中传递信件。变法失败，康梁逃跑海外，六君子在菜市口砍头，田际云也被株连，亡命上海，如果不是另一位梨园名宿孙菊仙的鼎力相助，买通了大太监李连英，说和了慈禧太后，他的命就难保了。这才叫做真正的戏中戏，天乐园外上演的好戏，比舞台上演的正戏还要精彩而惊心动魄。从上海回到北京，田际云买下天乐园，开创了一个新时代。

3. 第二幕

逃得活命的田际云，将天乐园经营得风生水起，但是，晚年命运不济，屋漏偏遭连天雨，1917 年，他的儿子田雨农（也是玉成班的演员）又不幸早亡，对他打击甚大，从此一病不起，垂危之际，无奈之中，只好把他经营了小 20 年的天乐园卖掉。1920 年，天乐园易主，更名为华乐戏院。开头由王又宸、周瑞安，后加入高庆奎、程砚秋演出，再后来是富连

城加盟，都是一时的名角。特别是程砚秋，是从这里起的家，所以被称为“华乐是砚秋剧业的发祥之地”。这可以说是天乐园大戏上演的第二幕。

如果不是1942年的那场大火，也许，华乐还能够维持一时的风光。那场大火，可以说结束了天乐与华乐两个时代的辉煌。虽然，1943年，它在烧毁之地重新修复了剧场，却已经是元气大伤，以后为维持生计，竟不得不请来“小蘑菇”（常宝堃）演曲艺滑稽戏，又走回原来最早杂耍的时候了。

最有意思的一件事情，不得不记。1947年，当时的国大代表张道藩来京，北平市政府为拍张的马屁，指示梨园行会为张组织一场义务演出，各路名角，都得悉数登场。当时，张还是国民党的作家协会主席，一脚跨官场文场两个场子，想来北京的梨园界风雅风雅，抖抖威风。梨园行会当时刚刚换届，新任会长是武生叶盛章，耿直气盛，带头不愿意，召开梨园行会全体理事会讨论，好多人都认为不给钱就是不伺候，但又怕拒演得罪了政府和张道藩，给梨园界带来麻烦，最后，勉强同意演出，却耽误了开演时间，惹恼了台下的大兵，上台闹事，把叶盛章绑到台上示众，棍棒乱打，茶壶茶碗汽水瓶扔得满身都是，如果不是叶盛章会武功，能够抵挡一下，非死在台上不可。最后，叶盛章被警察从台上逮捕进了局子，那场面和电影里《秋海棠》演的大兵把秋海棠抓走的场面一样。忍不住让我想起叶盛章在“文革”中屡次遭到红卫兵抓走去批斗的经历，一样的被毒打，不一样的是他竟然没有任何的还手。其实，他是身怀武功绝技，而且那一年他才54岁，正是年富力强。可是，他没有还手，任凭他们把自己毒打得遍体鳞伤。最后，横尸在护城河上。

从此，华乐一蹶不振。谁能想到，这一幕，竟然是以悲剧始，以悲剧终。

4. 第三幕

我见到的它，是新中国成立以后的大众剧场了。如果说，天乐园是它的第一个时代，华乐戏院是它的第二个时代，大众剧场，便是它的第三个时代。几度春秋，世事沧桑，那时的大众剧场经过重新的翻修改造，在鲜鱼口很是堂皇醒目了，终于等到了上演正剧的高潮。

它的对门，最早是一家棺材铺，后来特别开设的售票处，不知是不是就是原来棺材铺的位置，很大的一间屋子，外面张挂着很大的广告，颇有气派。1950 年，剧场重新开张，据说除了演出洪深编写的《千年冰河开了冻》(一出描写改造妓女的话剧)，引起了轰动之外，再有便是梅兰芳时隔 37 年重返这里的舞台，一连四晚连演《苏三起解》、《奇双会》、《穆柯寨》、《穆天王》和《贵妃醉酒》五出大戏，观众顶着鹅毛大雪，连夜排队买票，队尾都排出鲜鱼口，排到前门大街上了。这大概是自有天乐园以来从来没有过的壮观，一直到现在五十多年过去了，住在鲜鱼口的老人，还清晰地记得那时的情景。

可惜，那时我小，没能见到这样的情景。但在 20 世纪 60 年代，我见过为看马连良的《借东风》，那些戏迷挤在广和楼连夜排起长队的情景，大概是一样的。一个时代有一个时代人们所追逐的明星，那时候的京剧，真的是北京人的戏剧。

我看到的，这里已经是中国评剧团的天下了。我小时候，新鳳霞、小白玉霜、喜彩莲、席宝昆、陈少舫、魏荣元、李忆兰、马泰，正活跃在这里的舞台上。可以这样的说，解放以后，一直到“文化大革命”之前，

大众剧场时代，主要是评剧的时代，大众剧场和广和楼等其他剧场的区别并能够分庭抗礼，主要也是演评剧。评剧一时在北京的普及，以至新鳳霞在《刘巧儿》里的唱腔，马泰在《夺印》和《箭杆河边》里的唱段，老人小孩都会哼唱几句，成为大街小巷传唱的俚曲，简直就是那个时代的流行曲。其主要发源地，就在这里。

我在那里看的都是评剧，看过许多次，那里演出的评剧，伴随我度过了整个童年和少年时代，是我戏剧的启蒙。印象最深的是，父亲带我到这里看第一场戏是《芦花记》，好像是小白玉霜主演。那是我第一次走进这里。那时，我还没有上小学，却记忆深刻，就连那天晚上去剧场时看到剧场大厅和舞台以及舞台前的红色的幕布的样子，都还清晰得好像昨天发生的事情一样。这是一出讲后娘的戏，狠心的后娘，给不是她亲生的孩子穿用芦花充当棉花的棉衣，冻得孩子在风雪中干活直哆嗦，还被父亲误解，最后父亲用鞭子抽打孩子，打破了棉衣，露出了芦花的那场戏，给我的刺激很大，以至几十年过去了，还记得那么清楚。我一直不清楚，父亲为什么要带我看这出戏，因为那时，我的生母刚刚去世不久，而我的继母刚刚从老家来到我家。

5. 尾声

我和大大众剧场 50 余年渊源的历史过去了，天乐园和中国戏剧 200 年相交的历史也过去了。它的位置还在鲜鱼口那里，剧场还在那里，戏台也还在那里，但其实它已经没有了，魂儿没了，气儿没了，剩下的只是形同虚设的骨架子了，专门演出评剧的剧场移到了陶然亭外的西罗园。

最近，我一连去鲜鱼口好多次，每次都能看见它，却每次都不敢认它。它在我的心目中不应该是这样子的，虽然它赶不上广和楼，广和楼外面的有开阔的小广场，里面的楼也气派而敞亮高大。它从来也不曾是那种名门闺秀一般珠光宝气，也不曾是那种豪门巨室一般流光溢彩，更不曾经是放洋归来的海归派一般洋气十足，它只是我们邻家的小姐与大婶而已，却从来都是平易近人的，从来都是梳洗打扮得清新可人的。现在，它的里面成为仓库，外面原来被出租成卖杂物和做羽绒服的摊子，这次去，前门东侧路正在修，正好要从它的东边擦肩而过，它东边的长春堂被拆成一片瓦砾，倒是把它的后楼露了出来，不过，脏得有些像是《豆汁记》里演过叫花子一般，让人不忍卒睹。这座曾经演绎过衣冠粉黛、邪正忠奸、今古传奇的老戏楼，暂时还残存着，新修的前门东侧的南北大马路，很快的就要从它的身上开过。不知会把它重建成何样，会不会再铸昔日的辉煌，成就它的第四个时代？

看一则材料中介绍，民国初期，在天乐园的舞台两侧的柱子上，曾经有过这样的一副抱柱联：指掌宏图，讲孝说忠，依衣冠演出世态炎凉；明心宝鉴，尚廉崇节，凭面目做尽古今人情。上面还有大小两副匾额：大额藏有天乐园“天乐”二字，是：通天乐境，小额是：始作曲终。

作为有200年历史的天乐园，始作曲终了。但愿前门东侧路的修建能够让它重铸辉煌，翻唱新曲。

阳平戏楼

刚进大蒋家胡同，一位跟我差不多岁数的男人，正要上公共厕所，被我拦住问路。他先没告诉我小蒋家胡同怎么走，先问我：知道为什么这里叫大小蒋家胡同吗？然后，他自问自答：明朝有个姓蒋的将军曾经住过这里。

有的书中确实有这样的说法，说明朝的大学士当过礼部尚书和户部尚书的蒋冕，曾经在这里住过而得名。这都是坊间的流传，在明清《京师五城坊巷胡同集》和《京师胡同志稿》中，都找不到这样的记载。但大小蒋家胡同在北京前门一带确实是明朝就有的老胡同了。

知道我是找小蒋家胡同里阳平会馆里的大戏楼，还是他问我：知道那是什么人建的吗？明朝的一个太监的三姨太太。这就更有演义的色彩，但那里确实是明朝有钱人建的，戏楼里现存的"醒世铎"匾额，就是明末清初的书法家王铎所书。

铎是古时法事和战时用的大铃，戏剧从来是被古人认为有述古鉴今的警世之功能。"醒世铎"，无疑是专为戏楼而写的。据说这块"醒世铎"匾额，是现在阳平戏楼唯一幸存的匾额了。"文化大革命"时，红

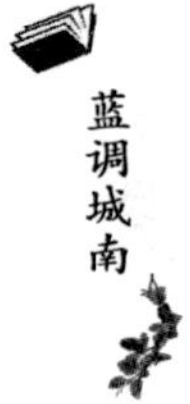

卫兵闯进来，把戏楼的彩绘和墙上的壁画全都用白石灰水刷了一遍，便也都毁坏了。幸亏管库房的一个人把这块“醒世铎”匾额给翻了个个儿，用漆布盖上，没有被红卫兵发现，才留到今天。另一处幸免于难的，是戏楼一小块壁画，当时被药箱子挡着，也才没被红卫兵发现，成为了漏网之鱼。

大蒋家胡同是由西北到东南的一条长达两里多的斜街，之所以斜，因为当年大运河在它旁边流，是按照河弯曲的流向而建。小蒋家胡同南北走向和大蒋家胡同成丁字，我是猜想大概大蒋家胡同里的房子盖满了，才往南拐了一个弯，可见当年这里的繁华，如当今地产商圈地盖房一样。

小蒋家胡同里，有门有脸的大院很多，都是当年的会馆，正要寻人问路，从山西会馆里走出一个中年人，听我找阳平戏楼，对我说：跟我走，我带你去，不过，现在不让进，你在我们的后院里能看见戏楼的顶。跟他走了没几步，到了阳平会馆，果然是左右两扇大门紧闭，靠北的是阳平会馆的正门，房檐下匾额的字迹被水泥掩盖，依稀应该是阳平会馆四个字，门板的对联是一个字都看不清了。靠南的是戏楼的大门，墙上了有块汉白玉，上书“阳平会馆戏楼”几个字。一溜长长的灰墙，可以想象当年的风光，闹中取静不说，居然立起那么高的戏楼，能够一览众山小，俯瞰前门，眺望故宫。

我到山西会馆的后院，看见高高的戏楼前后两个顶子有彩漆闪烁，密密的脚手架紧裹着，像是一个大刺猬。在四周一片平房的映衬下，显得鹤立鸡群。走出山西会馆，不甘心，敲响了戏楼的大门，有声音传出：谁啊？我赶紧叫了声：老大爷！里面说：这里没有老大爷，门吱扭地打开

了，是个小伙子。还真不错，没说两句，破例让我进去了。

里面是一片工地，迎面一面墙，应该是戏楼的后山墙，完全是新的了，正面的戏台保存完好，由于时光和灰土的尘埋网封，戏台的墙壁、圆柱和栏杆上的彩绘显得灰蒙蒙的，却比常见的那油饰一新的建筑更耐看，更接近真实。戏台三层，十二檩，上有天井，下有水井，规模与设置，在民间戏楼中绝无仅有。天井可悬制大型布景，水井，按照古建筑家马旭初先生的讲法是：一可以做水彩戏，比如水帘洞，二可以防洪，三唱戏有水音儿，可谓一举三得，是古人的智慧。

看台是明清时代老戏楼的格局，分为两层，戏台的对面是看台的二楼雅座，左右两侧呈环抱状伸向戏台，护栏有雕花栏板装饰，墙上有菱花扇窗通风。一楼是普通观众的座位，放方桌木凳，可以喝茶看戏，如今被脚手架和水泥木料挤得满满的，几乎密不透风，无处插脚。

可惜，这样一座古老的戏楼，修着修着，又停下工，说是没钱。本来说是去年就要完工，对外开放的，不知又拖到什么时候了。这座戏楼，也是命运不济，自清代以来，一直闲着，没演过戏，像是一位身怀功夫的英雄，却沦落风尘，无用武之地，直至廉颇老矣。据马旭初老先生讲，自清同治年间，这里就是他祖上的房产，后来戏楼一直成为药店的作坊。看来，这戏楼还真的和药房沾亲带故，因为新中国成立以后，它一直是同仁堂的仓库。戏味变成了药味，戏单子变成了药方子，造化真的是捉弄人，也捉弄它。

那看门的让我进来，不再管我，我可以踩着那些木料水泥袋高高低低的四处乱走，台上台下乱蹦，好像我一个人在演着什么大戏。虽然台上台下都很脏很乱，但因为正在停工，除我空无一人，整座戏楼安静得连外面

吹进来细微的风声都听得见，被我的脚步溅起的尘埃如雾似的朦胧着眼前的一切，恍惚中像是步入遥远的历史之中。这时候，戏台上要演是一出《贵妃醉酒》或《锁麟囊》什么的，才真正够味。

大观楼

最后一次在大观楼看电影，是在“文化大革命”后期，看的是朝鲜的《卖花姑娘》，满电影院里，都嘤嘤地哭湿了。一晃，快40年过去了，恍然如梦。以后到大栅栏许多次，每一次都会经过大观楼，却再没有想到进去看一场电影。有时候，会感到很奇怪，自己也不知道是为什么。大观楼，就好像是《保尔·柯察金》里的一直爱着的冬妮娅后来嫁给了别人，自己便不想再理她一样。

这个比喻，对于我是有道理的。小时候，我常到大观楼看电影。那时候，在前门附近，可供我选择的电影院有许多，广和、同乐、新中国、珠市口，再加上它，是我常去的5家。但是，大观楼与众不同的是，可以放映宽银幕立体声的电影。那是我国第一次放映宽银幕立体声的电影，它也就鹤立鸡群一般在电影院里拔了头筹。记得那是1960年年底的事情，演的上海天马制片厂拍的故事片《魔术师的奇遇》，陈强和韩非主演，还加演一个风光纪录片《漓江游记》。应该说，是那个年代的大片了。进电影院，每人发一副特殊的眼镜，看的时候立体的效果就跟变魔术似的出来了，火车就像是冲着自己头顶开了过去，漓江的水也真的就要湿了自己的

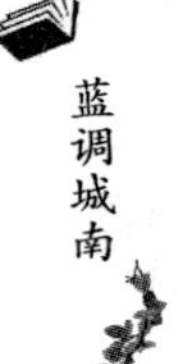

衣裳。记忆最深的，还不是电影本身，而是买票时候排的长队，麻花一样绕着一个又一个的圈，队尾还是过了同仁堂药铺的门口，足有几百人。那时候，我和弟弟轮流排队，排了大半天，才买上票。那劲头，现在大概只有排队买经济适用房，才能够和它有一拼。

那一年，我刚刚上初一。说大观楼是我童年时就认识的冬妮娅，应该是不差的。

也许，放映宽银幕的那些日子，是大观楼最辉煌的时候。据说，它一连放映了一万多场，盛况空前，大栅栏人山人海，在中国电影史上，恐怕是空前绝后的奇迹。那时候，票价不贵，如果我没记错的话，每张 5 角。当然，那时候人们的工资也低，每月拿上百元算高的了。算一算，即使按照工资上涨 20 倍的速度计算，如今每张票应该 10 块钱才是。如今看一场大片多少钱呢？再没有那么多人愿意排那么长的队买票进电影院，也可以理解了。

一座建筑，就像一个人一样，总有老的时候。在所有的建筑之中，如果礼堂像老人、商场像孩子，电影院更像是一个女人，即使有过豆蔻年华和风情万众种的时候，一旦老下来，会更加迅速得不可收拾。

在中国电影百年史中，大观楼是绝对不能够被忽略不计的。它是中国的第一家电影院，一百年前，1905 年，它取名大观楼，放映第一部电影《麻风女》，它的第一任经理买了一台法国手摇木壳的摄影机拍了第一部电影《定军山》。在此之前，它叫马思远茶楼，再前叫大亨茶园，只是一个戏园子，而且只是一个并不大也不出名的戏园子，如果后来说出了一点名气，还不是因为演戏，而是因为捧一个旦角打架打出了人命，好事不出门，恶事传千里，闹得满城轰动。在大栅栏，这样的戏园子有 6 家，庆

乐、同乐、三庆、中和、广德楼和它，却只有它捷足先登，把旧式的戏园子改成了电影院。这就是它的眼光了，把其他的老式戏园子都甩在了后面。

以后，在中国电影发展史上，它一直是处于这样领先的姿态和地位，三十年代，第一次实行了男女同座；四十年代，第一家买了法国百代的35mm的固定坐式放映机；1931年和1948年，我国的第一部有声电影《歌女红牡丹》、第一部彩色电影《生死恨》，也都是在它那里第一次放映；一直到六十年代，第一次放映宽银幕。就是它不再放映电影，只作为中国电影百年的一个历史资料馆，也功德圆满了，它有这样的资格，从诞生到有声到彩色到宽银幕立体声，它见证了这一切。

可惜的是，它竟然如此迅速的苍老了。去年，我去看它的时候，它正在装修，凌乱而破旧，仿佛卸了妆的老女人，惨不忍睹。过了一些天，我又去了一趟，装修完了，油饰一新，红柱红门，启功先生题写的“大观楼”三个字很醒目，却仍然是门前冷落鞍马稀，门口立着广告牌子，写着美容美发洗头足疗的价格，旁边是卖小食品小商品的柜台。想当年，大观楼是电影院，也兼咖啡馆，卖茶点，还卖西药，但从来没有见过如今这样颓败的景象，很难想象应该是演电影的地方洗头洗脚是什么样子，那不成了澡堂子了吗？比它更不成样子的，是对面的广德楼，门前的牌子上面的一些女人露点的照片，一男一女站在旁边大声吆喝着，进去看看呀，演出精彩呀，票价不贵，每人5元……却门可罗雀，没有一个人呼应。

今年秋天，我再次去那里，看见大观楼的前脸已经拆得干干净净，里面也在大动干戈，大卸八块的进行重新装修，听说是要把它改造成一座中国电影博物馆，这是一件有眼光的好事。

冬天，我再次去那里，那里已经建成了一座气派的电影博物馆，因中国第一部电影《定军山》就是那儿拍摄的，当年演出《定军山》谭鑫陪先生的巨幅剧照就挂在博物馆大厅的中央。站在完全装潢一新的大观楼，想起小时候见到它的情景，想起坐在里面的软椅里，电影开始前的期待，突然灯光暗下去之后，背后那扇小窗口射出的那一道银色光束，打在银幕上的感觉，只有梦能和它比。一会儿就会出现意想不到的奇迹，你希望死的人真的死了，你渴望活的人真的活了，而格林兄弟的大灰狼和普希金的小金鱼真的会说话。那时候，我和许多孩子一样，会从座位上跳起来，伸出小手摸一摸那道光束，那道光束就像水一样从手心里滑过……

一切，都如水长逝。

开明戏院

清末北京的戏院，大多都在前门外。民国伊始，西风东渐，北京最早开办的西式剧院，也在前门外，而且，巧了，民国之初先后脚建的第一舞台和开明戏院，都在珠市口，一在马路北，一在马路南，斜对着面。

第一舞台，是完全仿造上海三马路大舞台建的，年轻的时候，听说它就在柳树井，因为知道东柳树井有一家电影院，以为是它的旧址，便一头扎去。一位老爷爷子告诉我：你找错了，第一舞台在西柳树井，早没了。才知道，柳树井有东西之分，在珠市口大街上两边对称，我是南辕而北辙。后来，在书上看到，第一舞台早在 1937 年一场大火中灰飞烟灭。

但开明西院一直挺立着，新中国成立以后改名民主剧场，后来又改名珠市口电影院，如同北京许多老胡同后来也改名一样，越改越直白无味。小时候，我家住在前门外，常常到它那里看电影，后来搬家，但一路 23 路公共汽车不用倒车就可以在它门前停下来，便也常常带着孩子去它那里看电影。可以说，将近五十年来，对它很熟悉。

对比北京的老戏园子，它是完全西式的，二层洋楼，圆形门柱，椭圆形门脸，以及外观的雕饰，完全是仿罗马式剧场的风格。水磨石地面，黑

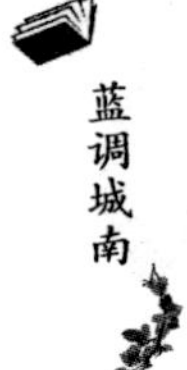

丝绒幕布，半圆形舞台，单人座椅，对号入座，更是开天辟地第一次在北京出现。戏院的楼顶，还加盖了一个屋顶花园。据说，它是当时刚刚从意大利回国的建筑师沈理源先生的作品。如今的人们是只知道盖房子的潘石屹，谁还知道沈理源？

开明戏院在北京的地位不同寻常，不仅在于它的样子是西式的，它设置的许多方法，也是仿照西式的做法，比如打破原先老戏园子是先由茶房带人入座，先看戏后收费的方法，改为设立了售票处先行售票，可以预先订票；比如取消了以前男女分座的座位分区，全市首先实行男女合座的先例；比如改革了原先一演到底的规矩，首先设立了 15 分钟的中场休息时间；比如在演出淡季花插着上演西式歌舞、日本魔术之类的娱乐性节目。

1928 年，我国第一次男女同台演出京戏，开一代风气之先，也是在那里。这大概是开明戏院办的最为引人瞩目的事情了。是京剧界的泰斗杨小楼先生，亲自向市政府递的呈子，邀请当时王瑶卿的入室女弟子新艳秋，两人合作了一出《霸王别姬》，一时轰动京城，车水马龙，堵塞了戏院前的交通。如果说老戏院子怎么也散发着前清遗老遗少的霉味，而它从里到外、从内容到形式，所洋溢出的新味和洋味，同老戏院子拉开越来越大的距离。

开明戏院在北京的地位不同寻常，还在于最初来它这里演出的，都是大腕儿，这才叫做好马配好鞍，葡萄美酒配夜光杯。1922 年，它刚刚建得，首演请来的是梅兰芳，因为梅兰芳早已有到香港演出的计划，哪怕是它的墙上油漆尚未干，但也要见缝插针请梅兰芳来演他的拿手好戏《贵妃醉酒》。

据说，当年，梅兰芳对开明戏院情有独钟，特别喜欢这里的舞台。开

明戏院对梅兰芳也是恩宠有加，给梅兰芳的剧团一天的包银高达四百五十块。自然，票价也比别人的贵，别人在这里演出一场一般门票是一块银元，梅兰芳演出的门票得要三块，所以，梅兰芳很愿意到这里来演出。1924 年，梅兰芳为泰戈尔演出《洛神赋》，就特意选择到开明戏院。泰戈尔看完之后，叹为观止，为梅先生写下一首诗，用毛笔书写在纨扇上，就在那里。

它的地理位置也非常特殊，因为再往南，一箭之遥，就是天桥，是老北京的贫民窟，那些贫民艺人和无名艺人，在那里的摆场子卖唱。要想进入当时北京的主流社会得到认可，不成文的规定，首先得先能够在开明戏院演出。当时侯宝林、白玉霜、梁益鸣（外号天桥马连良）等不少人，都是从天桥登开明，鸡毛升上天而名声大噪的。当时的开明戏院，就如同现在的中央电视台，是很多演员梦寐以求进去的地方。过去说，台下十年功，台上三分钟。其实，有时候，这台得看是哪儿的台了，天桥的台子，就是在上面蹦跶十年，无论如何也无法和开明戏院的台子亮相三分钟相比的。

如今有这样辉煌历史的戏院已经彻底没有了。因为早在三年多前扩宽珠市口大街的时候，就已经把它给拆了，它没有享受得了上海音乐厅就地平移而完整无损的待遇。第一舞台毁于过去的一场大火，开明戏院毁于今日的修路和盖楼，同样都是无情而无奈。前几天，我专门去找它，希望能够找到它的哪怕一点的遗迹也好。毕竟它曾经伴随我和孩子两代人的童年，更不要说它还曾弥散着那么多历史的记忆。但是，我什么也找不到，那里已经面目皆非，它的位置，现在大部分成为了马路，一部分成为了停车场。

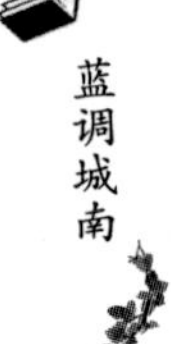

如果它还能够顽强地立在北京春天最后一场雪后的清冽风中，在它那巴洛克式的门外重新悬挂起开明戏院的牌子，而在它的门内雕花的墙上悬挂起杨小楼和新艳秋这里合演《霸王别姬》的照片，再悬挂起梅兰芳和泰戈尔当年的照片，还有那把纨扇，多少也能增添一点儿老北京味儿，让人们多一个怀旧流连的场所吧？

新中国电影院

那天，我到小李纱帽胡同，快走到南口的时候，忽然觉得眼前的景物很面熟，好像新中国电影院就应该在附近，便问一个正迎面走过来的老大爷：您知道新中国电影院在哪儿？老大爷还没张口，过路的几个人几乎异口同声地告诉我就在那儿！然后，他们指给我看，就在我眼前几米的地方，在小李纱帽和大李纱帽胡同的交叉路口靠东的一侧。

我走了过去，虽然还是那座二层小楼，但我真的认不出来它了，印象中的哪怕一点点影子，也被岁月剥蚀殆尽。现在，它已经变成了大栅栏街道办事处。当年门前看电影的人头攒动的情景，变成了今日三三两两的外地人在匆忙的游走。路口出出进进的，除了老人是住在这里的老街坊，大都是年轻的外地人。那一瞬间，真的让我感慨人和胡同一起都老了。

只有斜对面的一排垂下暗红色雕花木檐的房子，唤回我的一些记忆，那是当年新中国电影院的售票处。和现在电影院售票处只是一个紧巴巴窗口不一样的是，那时候售票处非常宽敞，宽得可以做咖啡厅，足以让现在的人们觉得使用面积的浪费。朝北是敞开的一扇扇门，进去朝西一溜的售票窗口，其余两面墙上贴着电影的招贴画。如今，像是花凋谢了一般，那

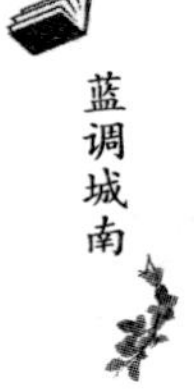

里已经完全凋敝，破旧得像是电影拍摄场里一道尘埋网封的老道具。

新中国电影院是50年代新中国初期建的，我一直不大清楚，其实附近电影院很多，比如大栅栏里的同乐、大观楼、前门的广和、珠市口的民主，为什么还要肥肉添膘再建一个？也许，它周围是旧中国有名的八大胡同，光它身后的小李纱帽胡同里就曾有20多家妓院，建一个新的电影院，为的是冲冲晦气，见见万象更新的新气象吧？

小时候，我常常跑到这里来看电影，可以说，自我童年起到我高中毕业，除了宽银幕电影是在大观楼看的，我所有的电影都是在广和同乐民主和新中国电影院里看的。它崭新的小楼，崭新的布局，崭新的座椅和灯盏，都和老电影院不大一样。它前面一点是煤市街，几乎正对着它的就是两家有名的饭馆，一家是恩元居，一家同聚馆，恩元居的炒疙瘩，同聚馆的馅饼，在整个北京城都是非常有名的。恩元居是一位姓穆的老太太开的，人们又叫它穆柯寨炒疙瘩。同聚馆是一位姓周的老爷子开的，人们又叫它馅饼周。它们的价钱都不贵，生意很火爆，我和伙伴们常常是跑到这里看完电影或看电影之前，先来一盘炒疙瘩或两个馅饼，物质与精神便都享受了。记得最清楚的一次是，我和伙伴来看电影，弟弟非也跟着我们来，我不想带着这个小不点儿，跟着伙伴偷偷地溜出大院，甩掉了小尾巴，一溜儿小跑，来到这里，美美地吃完炒疙瘩，慢悠悠地走到新中国电影院前的时候，看见弟弟正在门口等着我们呢。

如今的煤市街正在拆迁，装满拆下木料的大卡车就在新中国电影院前停着，整装待发，街上已是狼藉一片。恩元居居然还挺立在那里，虽然已经拆到它的北墙边上了，一溜楼梯还孤零零地斜刺在半空中，二楼还顽强开着业，而馅饼周早拆得光光的了。想起当年竹枝词的咏叹：居处长安未

足忧，平民食物尽堪求。至今煤市街前过，我有当年馅饼周。而今，却是馅饼周和新中国电影都没有了，恩元居也快没有了。老北京最后剩下的那一点玩意儿，就真的像是过去铺陈市里卖的铺陈一样，那么不值钱吗？全得当成破烂非收拾走不可吗？老北京这最后的一点玩意儿，要真的是被收拾干净了，老北京的味和韵也就真的没有了。纵使你可以回忆，可以怀旧，可以重建，可以从头再来。

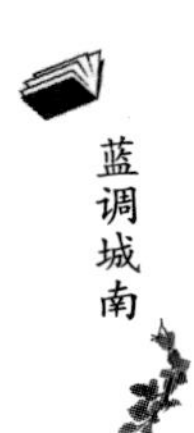

法藏寺

法藏寺，离汇文中学很近，只有一站公共汽车的路，也就一里多地，出幸福大街的南口，过马路进幸福东街就是了。它紧靠在铁路的西边，火车轰轰的从它身边驰过的时候，应该是一种别样的风景，在同一个蓝天下，现代和历史对峙着，切割着浩渺的时空。

我在汇文读书整整六年，可以说，从它身边路过的时候很多，却没有一次见到它。只能够说那时我的无知，让这个宝贝就这样在我的身边白白的闲待着，让自己错过了见到它的机会，便再也无法追回。

我是 1960 年开始在汇文读初一，那一年，因新建的北京火车站占了汇文中学的地，汇文刚刚从崇文门内的船板胡同迁到幸福大街来。也就是说，就在那一年，开往北京站的火车一列又一列的轰隆隆的通过龙潭湖，从法藏寺的身边驰过。那时候，我从教室的玻璃窗就能够望得见北京站的钟楼，我常常看它来计算着快要下课的时间，可以在铃声一响第一个鱼跃一般跑出教室，或去买饭，或去占领乒乓球台。那时候，我不知道，就在不远的地方，还有这么一个法藏寺，更不知道，其实是火车害了它，如果它的身边没有通往北京站那么多的火车，也许，它还能多挺几年。

法藏寺，是一座金代的老寺，相传建于金大定时期，即1161至1189年间，后在明景泰二年（1451年）重修。如果我读中学的时候见到它，便是明时重修的它。不过，寺在清代就已经荒废。但毕竟还存留着一座法塔，因为塔是白色的，附近的人们都叫它白塔，管法藏寺叫白塔寺。不管怎么说，终究可以一见这座历经几百年风雨的白塔的风姿。

在北京，这座塔是非常有名的，明崇祯年间印制的《帝景景物略》一书中，曾经将它和北京其他几座古塔做过这样一番比较："天宁寺，隋塔也；妙应寺，辽塔也；慈寿寺，明塔也。远可以望，近或礼之，无人登焉者……法藏寺弥陀塔，独空可登。"这里的比较，说明了这样一层意思，虽然在北京的古塔中，法藏寺的弥陀白塔不是年头最古老的，却是唯一可以登攀的。这确实是北京独特的一塔。所以明清两代，每年九月九重阳前后，前来登高望远的，不亚于现在登香山看红叶的游人如织。

《顺天府志》里说塔有七层，高余十丈："中空可登，天气晴时，北望宫阙，黄瓦参差，西观两坛（即天坛和先农坛），松桧郁茂，西山黛色，如在檐前。"登临塔顶，迎风远眺，那情景的开阔，一望无际的壮观，即使塔还在，现在登临，也是看不到了，别说去看宫阙的琉璃和西山的黛色了，就是近处的天坛，也被楼房遮挡住了。

法藏寺再有热闹的时候，就是元宵节了，《燕都丛考》引《顺天时报丛谈》里说："佛前各设一盏灯，每岁值上元节，即燃灯绕塔，念经作乐，极为热闹。"《顺天府志》中，也有同样的记载："岁上元夜，塔遍灯，僧遍绕，奏乐乐佛，金光明空，乐作天上矣。"可以想象，满塔灯火闪烁、满天乐声回荡的情景，应该是格外灿烂辉煌的。难怪有诗这样描述那时的壮观："七层窣堵七围照，烨烨朗朗分悬燎。霜露安敢蚀辉光，诸佛诸魔向灯笑。”

有一点我没有弄清，据说，塔呈八角形，每层便有八扇窗，每扇窗前放一尊佛像，书中记载一共有58尊佛像，我不大清楚，塔一共七层，每层八尊佛像，应该只有56尊才是，怎么会多出两尊来呢？

不管到底是多少尊佛吧，反正我是一尊也没有见过。但一直到清末，法藏寺的宝塔，每年的上元节和重阳日，登临者还曾经是人如蚁动，络绎不绝，和现在每年春节时候龙潭湖庙会一样的沸沸扬扬吧。它的颓败，始于民国时期。新中国成立以后，塔还在，但它已经是姥姥不疼舅舅不爱了，被遗弃在这里，只和塔相依为命存留下一个法藏寺的地名。围绕塔周围只有几十户人家，1950年盖起了24栋青砖瓦房，把地名更改为幸福村，以后的幸福大街的街道和幸福几村的住宅小区，都是由此而来的。

法藏寺的白塔，从此被包围在楼房之中，30多米高的高塔，再高，也比不过楼高呀。它再看不见它的邻居天坛，天坛也看不见它了。不过，它毕竟还在那里，虽然人们已经无情地遗忘了它，忘记了当初重阳节是如何兴致勃勃地登上它的塔顶去望远，忘记了上元节又是如何燃放起满塔的灯火奏响震天的梵乐去炫耀了。

如果我在读中学的那六年中的哪一天去看望它，是都可以见到它最后的身影的。那时，我太年轻，我不懂得它，不懂得珍惜它，甚至不知道它就在我的身边。

它的倒塌，是在1966年。不是它风烛残年自己自然地倒塌，而是人们把它拆塌。说是火车天天从它身边路过，影响火车运行的安全，便让它倒塌了。据当地的老人讲，塔倒塌的时候，塔内的经书经文散落一地，有的飘落在铁轨上，被车轮无情地碾压过去。

最初听到这样的消息的时候，我的心里很难受，便更加后悔当初怎么就没有想到去看一看它？1966 年，我高中毕业，在此之前的六年当中，我完全是有工夫去看它的，它离学校不远，只要是去龙潭湖玩，或者是去体育馆看比赛，都是要从它的身边不远的地方经过的。夏天的中午，我和同学经常去龙潭湖的天然游泳池游泳，更是要从它的边上和它擦肩而过，游泳池就在它的后面过了铁道很近的地方呀。但是，每一次，我都错过了。我便错过了永远，法藏寺，永远的没有了。

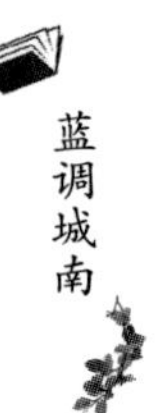

法华寺

北京城有两个法华寺，一在城北报房胡同，一在城南法华寺街。有意思的是，两个法华寺都说，当年戊戌变法时，光绪皇帝密召谭嗣同进宫，谭奉密旨找袁世凯密议，深夜去的法华寺，就是自己的这个法华寺。那天，我去南法华寺，寺前走过一个中年男人，说起法华寺来，第一句话就是：袁世凯来过这儿。

不管袁世凯和谭嗣同来没来过这儿，眼前的法华寺，真是破败得可以了。它靠近天坛，却没沾着什么仙气；它紧邻着红桥水产品市场，倒是把鱼腥味带满一街。从外表看，山门还在，非常破旧，面貌却大致保持着当年的样子，三大开间，歇山屋顶，灰瓦灰檐，木门木窗，侧面的山墙和蝎子尾也都清晰可见。只是门都已经封死，里面住上人家，在山门的西边另开一扇小门，上着锁，门帘紧挂。偌大的山门成为了大车店似的，被割成一截一截的小屋子，挤满老少几代。

山门左右两侧都有一扇宽敞的大木门，应该是原来通往东西配殿的入口。法华寺建于明代，清康熙和同治年间分别重修，现在看到的是清代的建筑。清代大建寺庙，据统计，仅在内城与外城就有大小寺庙 800 余座。

当时，这里已是荒僻之地，到处是乱坟岗子、粪场子和荒草洼地，但是，法华寺周围还建有大小寺庙不少，《顺天府志》曾有记载，在岗子路（现幸福东街）的法藏寺、火神庙街（现在幸福大街）的火神庙、广渠门内的夕照寺和拈花寺、三转桥的华严寺和景福寺，还有南岗子的放生池，一时香火鼎盛。其中，法华寺是数得上是大寺之一了。

没有想到，我走进西侧的门，没走几步都被墙堵住，无法进去，只好折身而出，再往西走到法华寺西街口拐进去，才能看到法华寺正殿的西山墙的一角，和西跨院仅剩下的三间配殿（这里的老街坊告诉我，这里是原来和尚住的地方，原来房南边还有一座月亮门，房的北面是过去停灵的地方）。灰砖灰瓦，经岁月冲洗和剥蚀，老态龙钟，却和现在的建筑材料拉开明显的距离，让历史显影一般一下子格外突出。只是现在山墙和老房争食吃一般，分别伸出舌头似的舔着中间这一点可怜的空地，盖起东西面对面的小房，将本来正殿与配殿之间宽阔的院子，拥挤得连阳光都难得一见了。一个老街坊告诉我：他们的小房子底下是防空洞，最怕下雨，灌得到处是水，这地上面的房子说塌下去就塌下去。另一个老街坊说：最怕的是着火，你看就这么窄巴的地，救火车都进不来。

据说，法华寺当年的海棠一年能开两次花，在京城非常有名。来观者络绎不绝。《行素斋杂记》中说："崇文门外法华寺佛殿前后海棠数株，独殿后一株每年春秋两番作花，亦不可理解者。"如今，哪里还能够找到这样的奇景？

按照老街坊的指点，拐进法华寺东街，找到一个公共厕所，在男厕所的边上找到一个小门再拐进去，里面豁然开朗，我终于看到了后殿的全景，现在是一家服装厂，轰轰的缝纫机声响成一片。宽阔的院落，正殿后墙上褪色的儿童画（这里曾当过幼儿园），后殿的灰鱼鳞瓦庙檐和红漆门窗，都还异常的完整。可以想象得出当年的宏伟规模，那数株的海棠开放在这样的殿前殿后，才适得其所。心想幸亏了正殿和后殿是被幼儿园和服装厂占着，要是住上人家，越来越膨胀的人口，这里和西边的情景将是一个样子，法华寺就彻底消失了。这一带老寺庙绝大多数被毁，毕竟法华寺的规模和框架还在，如果修复起来，起码和离它不远的南岗子天主教堂，一中一西，前后呼应，成为人们逛完天坛或到红桥买完鱼虾之后另一个游玩的去处。

乾泰寺

我没有想到乾泰寺和整条冰窖斜街，都高出现在的两广大街足足有两米多，致使远看它时，它仿佛立在小山坡上。我在下面经过它时，竟然没有发现。一直走到冰窖斜街的中间原来广东平镇会馆的地方，一位好心的街坊带路，才带我找到了乾泰寺。寺前有一株大榆树，站在树下的感觉像是站在过街天桥上，两广大街的车水马龙在脚下流淌，当年那里本来就是三里河流淌的地方。心里想，如果把乾泰寺修好，立在这里，一览两广，该是什么劲头？

明前期，三里河开通，流经现在桥湾时，当年有一座三里河桥，汉白玉，横跨河上，非常气派，这座桥让这里一时成为了中心地带，桥两岸寺庙纷纷而建，河东最有名的是明因寺和清化寺，桥西最有名的是铁山寺和乾泰寺。后来，三里河干涸了，这一带变成了纵横交错的胡同，明因寺、清化寺和铁山寺，都成为了胡同的名字，唯独乾泰寺前面的胡同没叫它的名字。并不是因为它没有那三位出名，它们哥四个都是明朝的老庙，论资历辈分相差不多的。而是因为它的后面出了冰窖厂，夏天里出的冰为朝廷专供，朝廷为大，冰窖压过了寺庙。乾泰寺前面的这条胡同叫成冰窖斜

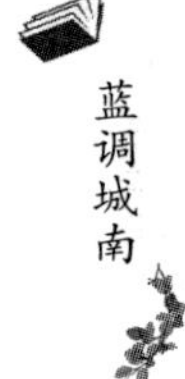

街，因为是原来河的堤岸，自然要高出河道。读中学的时候，天天经过这里，因为乾泰寺前面还有澡堂子胡同一排排的房子隔着，并没有注意那高坡是慢慢地斜下来的。老北京的胡同，谁也不敢小瞧它，它的幽深莫测，像是一本古书，翻到哪一页，都够你琢磨半天的。

现在的乾泰寺是康熙三十九年（1701 年）重修的，就是从那时算起也有 300 年的历史了。300 年的光阴，演变成眼前的景象，庙门早就荡然无存，重修乾泰寺的石碑，挖防空洞时被当成了洞壁砌在地下。但是，大殿、东西厢房和东边的跨院还都健在，整个格局没有变化，关键是当年高高在上的地势没有变，它也就驴死不倒架，一副瘦死的骆驼比马大的样子，先让那昂昂乎的房檐翘起给你看，无语话沧桑，远远地就能够看见。

榆树底下坐着几位乘凉的老街坊，大家指着一位瘦削的老太太笑着说：这庙保佑人，我们院里的老人都活到这么大岁数还这么硬朗。老太太在剥扁豆，告诉我她是 1947 年搬进乾泰寺的，那时还有一个老和尚带着三个小和尚，住在安乐林，天天到这儿来上朝。一直到 1958 年，大殿里供奉的神像还在呢，谁也不敢动。后来，都给砸了。

一个英俊的中年壮汉对我说：小时候他和伙伴玩“逮牌”（老北京小孩的一种游戏，用四方小木头相互打，看谁的被打得远），谁的木头硬就能赢，他说庙的房梁是金丝楠木的，院子里神像底座的木头硬，就用刀砍，好家伙，怎么砍都砍不动，也是金丝楠木的。他还对我说他父亲从前在果子巷做水果生意，买下了这里一间正房自己住，买下三间东厢房当仓库，那房子里面的檐子下都是琉璃瓦，后来抹顶给抹上了，只要一拆还都能够看见。说着，他带我走进院，仔细向我介绍。大殿的红漆圆柱、宽敞廊檐和一层层鱼鳞老瓦、古色古香的瓦当都还在。他现在住在东房一间，

让我进去看，指着墙说，还是当年的苇箔墙，从来没坏过，也没有漏过，住了这么多年，房管局是光收房钱，从来没修过，你瞅瞅这房子！

据说，就要动工的前门东侧路，南口就开在这里，不知乾泰寺拆不拆，路会不会为它拐个弯儿？其实，乾泰寺站在路的南口，俯视脚下，挺气派的。站在榆树下，那个壮汉对我说，下大雨的时候你来看，这里从来不带存水的，那水从寺前哗哗往下流，那才叫气派呢。

上述这些人与事，都是在今年夏天。秋天，我再去那里的时候，那里已经是一片废墟，连原来庙门前的那棵老榆树都被伐倒了。300 多年的乾泰寺，到底还是被拆了，拆得一点儿影子不剩。正好有辆大卡车停在那里，好几个工人在往车上运拆掉的木料，我走过去问他们拆的时候看见房檐里头的琉璃瓦和房梁的金丝楠木了吗？他们摇摇头，只是告诉我那房梁是黄花松木的，可是真粗，前两天往外抬时，十几个壮小伙子一起抬，才把它抬了出来，装上车运走。然后，他们感慨地对我说，那木头结实，就是再用一百年也坏不了。

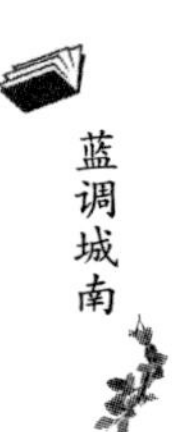

铁山寺

那天路过北桥湾，和铁山寺擦肩而过，竟然没有认出它来。

前些天中学同学聚会，一个同学知道我去了北桥湾，问我：铁山寺现在还在那里，你去看没看？我听了一愣，以为它早就拆了，在修路和房产的夹击下，居然还顽强地立在那里？第二天，拉上同学，直奔铁山寺。

铁山寺就在北桥湾的西边，两广大街的北侧，如果不是新建的大楼遮挡，一眼就能够看到。读中学的时候，我们坐 23 路公共汽车回家，都要在这里下车，我往北去打磨厂，他往南走鞭子巷。这一站叫做三里河。三里河这个地名，现在在北京地图上消失了。三里河自明朝到清中叶时确实是一条河，从前门的护城河由西北往东南流来，一直流到左安门。当初的河面很宽，可以跑船。这一带有名，不仅在于有一座汉白玉的三里河桥（1953 年修路的时候曾经在这里挖出此桥又被原地埋下，就在北桥湾西边一点儿的一个理发馆的大门前，那个理发馆后来改名叫做“尽开颜”，我有时到那里理发，据说桥有 13 米长、8 米宽，连接着北桥湾和鞭子巷，可以想象，那时候的河有多么的宽），还在于这样宽敞而风光旖旎河两岸各有一座庙宇相互呼应，南岸的是明因寺，北岸的就是铁山寺，都是明朝

时候建的古寺，《帝京景物略》和《宸垣识略》分别都有记载。所谓的北桥湾，因在桥北而得名。铁山寺，就紧靠着北桥湾的西边。

我读中学时，铁山寺前面变成了一座挺大的副食品商店，把铁山寺挡住了，但是没有毁掉，红漆的大门，轩豁的庭院，院子里的两株古槐，正殿左右的两座二层配楼，一一都健在。它西边靠着靠山胡同，胡同边上是一个小酒馆，胡同里面有一个公共厕所，站在里面撒尿能够看见它后院的房顶。

有同学带路，轻而易举就找到了铁山寺。旁边的小酒馆没有了，后面的公共厕所居然还在。由于院子和大门都不在，正殿就在小马路牙子前，东西山墙都被拆得裸露出来，一点也没有当年辉煌的影子了，以为是即将拆的老房子。只有旁边一株石榴树，没有发芽的枯枝干摇曳在风中，虽然也有岁数了，肯定是后来栽下的。不过仔细瞧，屋檐房脊的雕刻，斗拱飞檐的古朴，还是和四周其他的老房子拉开明显的距离。特别是正面窗户上面房梁的彩绘，依然非常清晰，虽然铺满尘土，颜色还是很鲜艳，难得透露着一些历史的隐语。

正殿后面西边有一座红色木门，也有年头了，是通往中院的侧门。铁山寺是座三进三出的寺庙，进了中院，大殿还在，东配殿也还在，但西配殿和后院已经荡然无存，由于变成了大杂院，后接出的房子如同丛生的蘑菇，挤得院子力不胜负。一株老香椿树，瘦削的枝条剪影一般衬在闹市的空中，或许多少还能品味出一点往日的沧桑。

从院子里走出一位要去上公共厕所的老街坊，我拦住了他请教，他告诉我们，新中国成立初期他们刚搬进来的时候，庙里的和尚还在。前院的那两株古槐，1999 年扩路的时候才没的，东西配楼是前两年才拆掉的。

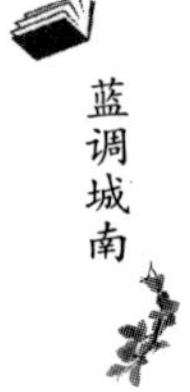

可惜了，他摇摇头说：已经有人考证出来，是明朝正德 1515 年修的呢，快 500 年历史了。

他说的没错，是那时一个叫做宗洪的和尚募化修建的，和尚的法号叫铁山，以后人们就把庙叫做铁山寺。在南城，铁山寺并不算很大，但因为年头老而有名，明重修三里河桥的石碑就藏在它里面。民国时期，它成为了办丧事的主要庙宇之一，特别是南城富商的丧事，都是要到这里来办的。可以想象，即使那一阵，铁山寺也是香火鼎盛的。用河对岸明因寺的吟咏诗句，说它是一点不差的：深藏朝市钟相近，才过城闉月便幽。

如今，明因寺早已不在。在铁山寺附近，远的不说，就在这条两广大街南北两侧原三里河两岸，精忠街上曾经最恢弘的精忠庙，鲁班胡同里的后起之秀鲁班馆，清华街的清化寺，红庙街的弘济寺、冰窖厂的乾泰寺、薛家湾的关帝庙、东柳树井的大慈庵……都没有了。安国胡同的安国寺，虽然只剩下了东配殿，前两年还有，修两广大街盖楼，被踩在家和家美大楼底下了。

如今，要想寻前朝旧寺，这一带铁山寺是硕果仅存，虽然已是老态龙钟，风烛残年，毕竟还能够触摸到当年依稀的模样。因为说不准哪家房产商看中了那块地盘，它就有可能在顷刻之间化为瓦砾。老北京就是这样在路和楼的双重进攻中，一点点丧失着它历史的魂儿和味儿。然后，我们再自作多情而得不偿失地盖一些假古董，马后炮式的做一些心理上的自我安慰，在城市建设中寻找无法对称而拙劣的平衡。

铁山寺现在的地址是珠市口东大街 217 号。想去寻访者，得抓紧。

附记

写这则文字是在2005年春节之后，2006年春节之后，我再次来到这里，铁山寺前一片废墟，只剩下原来大殿前的那株石榴，还顽强地在初春料峭的风中，不堪回首地抖动着枯枝。

寺的东边停着一辆十轮大卡车，车上满满装载着木料，五六个工人在往上面装着，都是从铁山寺拆下的木料，真想不到一座铁山寺竟然有这么多木料，而且后殿粗粗的梁柁还没有拆下来。

木料都有百年以上的历史了，但拆开的新口，显得那么新，略微发黄发红的切口，像是小树，似乎还湿润，含有水分。工人告诉我这些木料挺结实，还可以用，没有问题。

我前两天刚问过崇文区政府的相关的人士，他们告诉我：铁山寺拆后会异地重建。这是好事，只是希望别像菜市口的粤东会馆和过街楼，当年也是说好了拆完了异地重建的，但是，6年过去了，建到哪儿了呢？

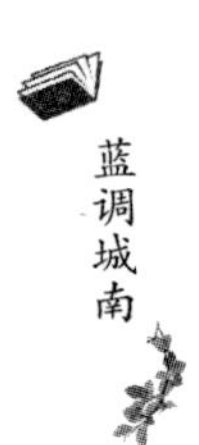

长椿寺

两年前，我在宣武医院住院了很长时间，常常到医院对面的街心小花园里散步，花园的北边紧挨着长椿寺。那时，寺正在修，大门和院墙都敞开着，我便也常常进去看，到处是泥水活儿和木工活儿，看不出它的辉煌来。

前几天，我路过那里，它基本修好，但还没有正式开放，说死说活，守门的警卫就是不让我进。我绕着它周围转了一圈，看见它坐西朝东的正殿南北各有一个跨院，各开一个门，北边的门旁挂着宣武文委、旅游局等牌子，成为了办公的地方，南边的大门紧闭，院墙却还没有修起来，正在那里干活的民工好说话，让我进去看了个究竟。好家伙，四进四出的大院子，雕梁画栋，金碧辉煌，超出我的想象。想起我以前看过的它的照片，这里院子套着院子，房子挤着房子，住有两百多户人家，成了地地道道的大杂院，就连寺的山门口都盖满了房子。世事的变化，真让人涌出曾经沧海的感觉。

《顺天府志》上说长椿寺“规模宏敞，为京师首刹。”它是一座明朝的皇家寺庙，明诗形容它：清梵数依祇树起，天花如共妙香来，不仅宏

敞，还漂亮，梵音如梦，天花飘香，美不胜收。这是当年明神宗为其母亲李太后修建（1592 年）的庙宇，内挂一尊坐在莲花宝座上李太后黄绫装裱的绣像，绣得面容“白皙丰美”，“具天人姿”，是把她当成九莲菩萨来供奉的。据说李太后的那幅绣像真本早已无存，但摹本一直到民国时期还保留着。“长椿”的匾额，是明神宗亲自题写，长椿就是长寿的意思，其对母亲的孝悌之心，和百姓一样真诚，一样值得钦敬，只是百姓没有他那样多的银两和权势，说修一座寺庙就修成了一座。

查书上记载，当年的长椿寺，比现在的规模要大得多，除了现在能看到的天王殿、大雄宝殿、藏经楼等之外，还有九莲阁、妙光阁、香林亭、一茎庵、塔院、渗金多宝塔……次第排开，错落有致，都属于它的势力范围，说它“京师首刹”，并非夸张。这其中最为珍贵的，当属渗金多宝塔了，完全用金子熔化后渗透在塔外表面一层，在中国寺庙建筑中不多见，成为和李太后画像并列一起的长椿寺的宝中之宝。听说后来移到万寿寺公园里去了，不知确否，现在还在不在。

妙光阁也是其中曾经颇为辉煌的建筑，它在长椿寺正殿的后院，是明末清初的诗人龚鼎孳为其爱妾顾横波（与李香君、柳如是齐名的金陵名妓）特意修建的，因龚官至礼部尚书，权倾一时，也才能够造得起这样的妙光阁。顾死去，龚诗云：化为魂归无色界，悲来佛是有情人。借长椿寺来为自己的爱妾祭奠，让佛都成为了凡俗情欲之人。自然，龚建妙光阁献的一片爱心，还是青天可鉴的，但与明神宗修长椿寺的孝心相比，到底还是差了一个节气，爱心对的是自己的情人，孝心对的是自己的母亲，情人和母亲，虽都是女人，重量级别，在不同的人心中，可是不同，比如龚鼎孳和明神宗，在同一座长椿寺中，有着一目了然的区别。

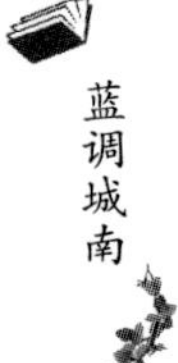

不过，不管怎么说，妙光阁如今若是还在，确实能够和前面的正殿相映成趣，据说，它那里的丁香和法源寺的丁香一起闻名于京城。只可惜这一切都已经风流云散，现在修好的长椿寺，没有了妙光阁，也不再是原来的“京师首刹”了。

看民国时期的地图，没有现在宣武医院前面那条长椿街，长椿寺以南都是建筑，分别为有名的寄园（后来的全浙会馆）、土地庙和老君堂。建宣武医院时占了这些地盘和长椿寺后面的一部分。有说土地庙和老君堂是一回事，所以长椿寺前这条街道叫土地庙斜街，叫长椿街，是扩建马路后改的名字。

寄园，我早听说过，在南城很有名，最早是清初宰相李霨的别墅，所以叫李园，康熙时卖给户部给事赵吉士，改名为寄园。那里花繁叶茂，亭台楼阁，还有大舞台，一时之盛，颇为瞩目。据戴璐《藤阴杂记》中说，寄园里原“有梨一株，逾常味。”宰相李霨特别爱吃，他死了，这株梨树也枯死了，更增加了它的传奇色彩。寄园的有名，不仅仅在于它的梨树传奇和它的园林风景，它还是一些明朝遗老遗少常常聚会的地方，可怜寄园树，亡国去如鸿的感喟，便常在这里弥漫，便多了一种凄惶氤氲的气氛。孔尚任的《桃花扇》就在这里首演，以后又接着演过两次，这出亡国之痛的禁戏，当时演得痛快，看得痛快，却最后导致孔尚任被罢官。寄园的衰败凋零，是命定的事情。乾隆以后，它已经物是人非。不过，即使再破落，变成了会馆大杂院，演出过《桃花扇》的大舞台，在建宣武医院时，听说还在，也算是驴死不倒架，大户人家的阴魂，托付在那个空荡荡的大舞台上，偶尔在夕阳下闪几下扑朔迷离的光斑。

我在宣武医院住院时，曾经问过那里的老医生，她们不大清楚寄园和

它那个大舞台，但知道妙光阁，她们告诉我妙光阁废圮之后，浙江人修建变成了浙寺，民国时期成了停灵的地方，李大钊的灵柩就在这里停放过，开始宣武医院还保留一部分寺庙的遗址，在那时候的幼儿园能够看到庙的琉璃瓦顶，现在彻底没有了，幼儿园扩建成了现在的职工食堂。她们说的职工食堂就在住院处的西边，从我住的病房侧门出去就是，我有时候也混进去改善伙食，如果不是她们这样说，我真不敢相信，我住的病房的位置就紧挨着妙光阁，夜夜有倩女幽魂和悲尽情来的佛祖叩门，也够糁得慌的。

王渔洋当年在这里登阁曾经赋诗：凭栏试骋望，远近一寒林，不见西山色，苍茫云外深。那时候的情景，已经不可想象，那时候，以长椿寺为轴心，南有寄园和土地庙，北有云山别墅和畿辅先哲祠，西望西山，一派开阔，寒林苍茫，云海苍茫，只有这样壮观景色的烘托，才配得上“京师首刹”之誉。如今闹市中的长椿寺，夹在车水马龙的长椿街和下斜街之间的三角地带，涂红抹绿，颇像一块刚刚出炉的鲜亮的三明治。

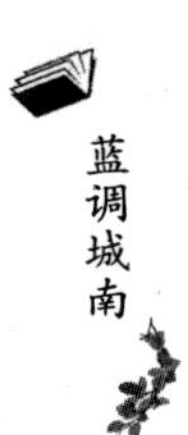

法源寺

法源寺与报国寺和天宁寺相比，我不知道它们寺庙内所占的面积，在城南孰大孰小，但从外面所开辟的广场来看，法源寺的开阔无疑是独一无二的。广场东从西砖胡同西到教子胡同，南一直顶到南横街，方砖、绿树、花坛，和前面刻有悯忠寺新修碑记的仿唐式（有些日本的样子）纪念塔，相互映衬，现代感极强，与红墙内的法源寺古老呼应对照，到是别有一番情致。

法源寺是唐寺，《顺天府志》说：“贞观十九年（646年），太宗为征辽阵亡将士所造。其地为唐时幽州镇城东南隅子城东门之东。”也就是说，唐时的法源寺是在城门外的东侧，那时候的法源寺前面应该比现在还要开阔。

一直到唐景福元年（892年），重修法源寺，僧知常书《重藏舍利记》中写道：“大燕城东南隅有悯忠寺，门临康衢。”康衢即大道，从贞观到景福，经历了近250年的时光，法源寺前大道朝天，还是一样的开阔。

《元一统志》中记载悯忠寺在蛤蟆河北岸，也就是说，元时法源寺前面是有河的，应该也是很开阔的。

法源寺前不再开阔，而逐渐被密麻麻的胡同遮蔽在新盖起的四合院之后，是到了明朝修了外城之后，到清朝南城一带越来越发达起来以后的事情了。只要想一想这样大的法源寺能够被胡同和四合院所淹没，足可以见胡同和四合院的力量，现实生存的问题要比对神祇的悯忠与膜拜要更重要一些。过去说是深山藏古寺，而北京古寺很大一部分是藏在胡同深处，由于历史的演变，很大一部分又都成为了北京人的住所，这种寺庙世俗化的情景，在别处并不多见。说是南城四百八十寺，多少藏在胡同中，是一点儿不假的。如果不是有意的保护和开发，法源寺一样是在胡同里，被破败的灰瓦房顶、高大的树阴和缭绕的人间烟火所掩盖，不是藏在深闺，而是灰土灰脸地流落在大杂院中。

将法源寺重新修建现在的样子，是非常好的一件事情，这样开阔壮观的古寺，真是给南城提气，让住在周围的人一抬脚就能走进唐朝，该是多么惬意而神奇的体验。

法源寺唐时叫悯忠寺，体现皇上对阵亡将士的悯恤之情，改名为法源寺，是清雍正九年（1731 年）重修时的事情，雍正皇帝赐名法源，体现的是法海真源（乾隆书写的“法海真源”的匾额现在还挂在大雄宝殿上）精神，意思完全改了。可以看出，不管什么寺庙，重修一次，外面的样子和里面的意思，都会有不同程度的修改，完全走回历史的原汁原味之中，是不可能的。好在一般普通人并不真的较真儿，到这里来的人，不管是悯忠也好，法源也罢，都是囫囵吞枣的，除了少数进香的，大都是把它当成公园来逛的。

如今，看看它健在的古迹和珍存的舍利，或在大门外，怀想它早不存在的双塔，据说有十丈高，一塔是安禄山修，一塔是史思明建，两位都是乱世的英雄，野心和欲望膨胀得如同刺向青天的双塔。或在第三个院落的悯忠台，眺望它同样早不存在的观音阁，可以想唐朝民谚：悯忠高阁，去天一握，想它的威严；也可以想元诗：百级危梯溯碧空，凭栏浩浩纳长风，想它的气势。当然，也可以想宋朝大将谢叠山，被金人押解到京住在这里的时候，看到墙壁上的孝女曹娥之碑，泣曰：小女子犹尔，吾党不尔若！最后自己绝食死而为国尽忠，想它的那是气节。也可以想宋亡之后金人掠宋钦宗来京，和谢叠山一样，也是安顿在这里，却是屈辱而低头在这里，两相的对比，让我们发出一些迟到的感喟。

我今年冬天和夏天两次去法源寺，错过了春天。和大多数人一样，我也来这里把它当成公园来玩的。我惊讶它门前的轩豁，也惊讶它里面的幽静，虽是菜市口只有一步之遥，却恍若隔世一般，有种超尘拔俗之气，特别是迎面走来身披袈裟的一位和尚，他见我正在照相，立刻停步，拱手相让，一直到我的相机快门按下之后才垂首敛眉轻步而去，此时整座法源寺寂无人声，只听见风吹檐铃清脆的细响，直觉得进入天国境界，耳闻梵乐清音。

我说错过春天，是因为春天法源寺的丁香自古以来最为有名，1924年，印度大诗人泰戈尔访问北京，就特地邀徐志摩来这里观赏丁香（今年秋天，台湾作家李敖阔别多年重回北京，也专程来法源寺，可惜没有泰翁那样好的运气，看不到丁香）。即使到了今天重修法源寺之后，依然非常有名，悯忠台旁、钟鼓楼下、念佛台前，种植有百余株丁香，盛开起来，烂烂漫漫，今年春天这里还专门组织了丁香诗会。清人李慈铭诗：杰阁丁香四照中，绿阴千丈拥琳宫，簇拥在法源寺的丁香花海，足见气势不凡。

说起京师花事，老北京有这样的谚语，叫做崇效寺的牡丹，花之寺的

海棠，天宁寺的芍药，法源寺的丁香。春天是要到这些地方分别赏花的，那时候北京人看花，像是现在的年轻人去专卖店似的，是有讲究的，不能够乱套的。如今，早已经没有这样的讲究了，倒不是因为花多了到处都是，看着方便了，而是没有以前那样的情致，专卖店到底没有自由市场好使。《红楼梦》的时代，赏花时是要作诗的，现在赏花时光忙着频频拍照了。春天的法源寺不仅成了公园，也真的成了热闹的集市呢。

不过，明年的春天，还是要去法源寺看看丁香。

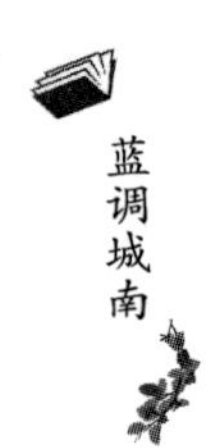

放生池

放生池是个地名，如今知道的人不多了，清朝的时候，在崇文门外，放生池是很有些名气的。据清人戴璐《藤阴杂记》中说，是一位姓范的浙江人梦见一座寺庙，“禅室悬木鱼，有人云东坡居此”，放生池便是比照他的梦中所见而建。放生是明显佛教的意思，买鱼在水中放生，说明这地方地势低洼，方才容易蓄水为池。有庙有水，原来肯定是不错的地方。

看明朝《京师五城坊巷胡同集》，没有这个地名，在清《京师坊巷志稿》中才出现了放生池，并注明有四眼井。它现在叫做永生巷，因为就在我年轻时就读的汇文中学前幸福大街旁的胡同里，所以很好找，只是再也找不到放生池的庙和水，还有那四眼井了。胡同呈之字形拐了两个九十度的大弯，窄小得出乎我的想象。刚拐过第一个弯，立刻看到南侧一座哥特式的天主教堂，鹤立鸡群在两边低矮破落民房间，更是出乎我的想象。我不知道它和放生池的庙宇有什么关系，我知道它是在1910年建的，放生池已经不在了，才有了它来接替，一中一洋，都是庙，这地方必须要有神灵的庇护和辉映？

因为不是礼拜日，教堂的院门关着，我推门走了进去，看见院里一侧

的凉棚下摆着一张乒乓球台，正有两人挥拍对阵。我请问他们能不能允许我进去看看？一位三十多岁的年轻人对我说：可以，不过你不能够到后院去，那里住着修女。院子不大，教堂也不大，但近一百年的风霜没有怎么损害它，真是万幸。六级台阶上拱形门上的十字架，和尖顶上的十字架呼应着，钟楼也保存着，只是钟不是原来的了。我推门走进教堂，高高的窗户还在，彩色的玻璃没有了。一排排长椅上，空无一人，安静肃穆，和街巷的喧嚣一下子拉开了距离。

我走了出去，问那两个打乒乓球的，每星期都做礼拜吗？刚才和我说话的那个年轻人答道都有。我又问能有多少人来？还是他说两百多。我又问谁是这里的神父？还是他向我点点头说我就是。我很好奇，接着问他好多问题，他一点不烦，相反把我引到他的卧室，告诉我原来教堂的东边大宝厂（现是市民政局），西边的永生小学，都是教堂的教区（东边原来有37间楼房为病老的修女住所，20余间平房为宿舍、诊疗所和奶牛棚，西边的永生小学原来是学校和孤儿院）。现在东边一处原来的楼还在，外表没有任何变化，但里面完全装修成另外的样子了。这么一说，我明白了，我读中学的时候，天天从幸福大街上走，为什么一直没有看见过它了。它和放生池原来都是临街的，只是后来盖起的房子遮蔽了它，周围永生巷这样密麻麻的小胡同淹没了它。

我和神父聊得不错，他高兴地送我一本《圣经》，并在扉页上题词：敬送智慧之友，愿神的智慧和祝福永远伴随您。杨科神父于南岗子教堂（这一片地方人们俗称为南岗子）。他告诉我这个教堂其实应该叫小德肋撒教堂，是为了纪念15世纪一个叫德肋撒的修女，你知道1979年诺贝尔和平奖的获得者也叫德肋撒，她是印度的修女，她说过一句有名的话：你

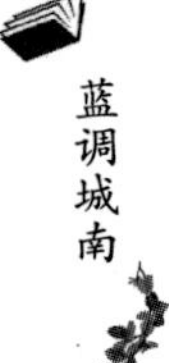

们为最小的兄弟姐妹所做的，就是为我所做的，为耶稣所做的。她所说的最小的人，指的是那些贫困有病残疾的弱者，她说的也是15世纪德肋撒说的和做的。

临别时，他再一次带我走进教堂，一直走到神坛前，指着正前方悬挂着的那幅彩色油画像告诉我：这就是那位15世纪的德肋撒，你看见了吗，画上画着好多玫瑰花瓣，她死的时候，耶稣赞扬她，称她是圣人，让苍天为它下了玫瑰花瓣雨。

画面上的玫瑰花瓣雨，鲜艳欲滴，仿佛刚刚采摘下来的一样。

蟠桃宫

蟠桃宫，是座道观，离北京的崇文门东两里多，在现在的东便门的南面。庙是早没有了，但庙前原来的一座乾隆年间的石碑还保留着，立在立交桥南的绿地里，孤零零的，缺少了庙的依托，有点儿傻，仿佛来无出处，远无去处似的，和眼前的立交桥、身后的高楼，都不那么协调。

蟠桃宫，最早是明代建的，我小时候见到的蟠桃宫，是清康熙年间重修之后一再补修过的。明代的崇文门外，别说景象和现在不一样，就是和我小时候也大不一样。明人董暄有诗这样形容："文明城外柳荫荫，百啭黄鹂送好音，行过御沟回望处，凤凰楼阁五云深。"文明城，就是崇文门，可见明代那里风光不同寻常。蟠桃宫才会建在这样好的地方，而且，又是在护城河边，庙门正对着河水，天光云影，和山门一起倒映在水中，自是选对了地方。

据说，一直延续到清朝，这一带也是风光不错的，而且地方异常开阔，护城河里还可以跑船呢。不过，蟠桃宫的出名，不仅在于风光，更在于每年阴历三月三，它这里有北京城里著名的蟠桃宫庙会，"蟠桃盛会"四个大字，当初就刻在庙的山门两侧的琉璃砖上。所以，同在明朝时候，

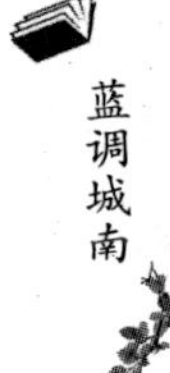

在它的北面有普陀寺、金山寺，东边有观音庵、关帝庙，当初风光和它一样的不错，但到后来只剩下它一座庙硕果仅存，主要是每年的三月三庙会，才使得它香火绵延不断。清末震钧写的《天咫偶闻》中说蟠桃宫“庙极小，庙市最盛”，并形容它“地近河堧（堧即河边空地），了无市语；春波泻绿，软土铺红；百戏竞陈，大堤入曲；衣香人影，摇飏春风，凡三里余。”并盛赞它是“一幅活《清明上河图》也。”

清时还有诗存证那时的风光：“蟠桃宫里看烧香，玩耍延河日正长，童冠归来天尚早，大通河上望漕粮。”“人眠芳草地，箭洒绿杨波。”“正是兰亭修褉日，好看曲水丽人行，金梁风景真如画，不枉元宫号太平（蟠桃宫全名叫护国天平蟠桃宫）。”前者说的是河上风光，河上能跑送漕粮的大船，那时的河可不是我在童年里看到的后河沿的小河沟。后者说的是河畔踏青，除了风景如画，还多了美女如云。中者说的是庙前的风光，我童年时候看到的样子，多少还保留着那时原始风光。庙前的空场上，到处摆满了各种各样杂耍吃喝的摊子，没有了骑马射箭的，却有投圈的、打靶的，形式大同小异，一样是绿杨阴里白沙堤，变化的速度并没有日子过得快。

传说三月三是王母娘娘的生日，蟠桃宫里供奉的就是王母娘娘，蟠桃宫的正殿就叫王母殿，墙的四面画的都是各路神仙赶来给王母娘娘祝寿的情景。每年阴历三月三这一天，王母娘娘都要举办大型的蟠桃会，我猜想那时的情景，大概就像现在我们搞的每年一次的春节联欢会一样，蟠桃宫的名字就是这样得来的。蟠桃，指的是仙桃，后来北京人把扁桃叫成了蟠桃，实在有些牵强，攀龙附会，好像王母娘娘当年吃的就是这样子的扁桃似的。

蟠桃宫，是1960年被封的。那一年，我上初一。在此之前，年年三月三，我都会去蟠桃宫。因为那里离我家很近，出打磨厂东口就是崇文门，跑着玩着，一会儿就到了。蟠桃宫的庙会，是北京人春节过后一个重要的庙会，因为过了春节之后，只有这样一个庙会，再要赶庙会，得等到来年的春节了。所以，三月三，成为北京人联系着春节的一个节日，仿佛是春节的一个尾巴。虽然到五月五端午，也是一个节日，但端午节，一般是没有庙会的。人们便像是要踩住春节的尾巴似的，去那里赶庙会的人特别多，又赶上节气到了阳春三月，桃花杏花迎春花都开了，草皮榆钱柳枝头也都绿了，大人孩子，呼朋引伴，就有更多的兴致勃勃。

大人们去赶蟠桃宫的庙会，很多人是有目的的，不是求子，就是求婚，再不济，也是为买点儿便宜东西。我们孩子去纯粹就是为玩，庙前庙后，到处是大棚和摊子，卖吃食的，耍把戏的，唱戏的，卖艺的，应有尽有。和厂甸的春节庙会不大一样的是，这里的地方宽敞，有水有花，有那么一点野景的味道。你不愿意看，不愿意吃了，可以撒了欢儿尽情地在周围跑，大人们嘴上骂我们是没有了笼头的野马散逛，但他们不会再管我们，他们自己还忙不过来自己呢。我记得最清楚的一件事情是，那一年，我父亲和我们一起去逛蟠桃宫庙会，庙会上有卖酒的小摊儿，那种酒别看是散酒，是自己家酿造的，便宜，还好喝。那一天，父亲碰上了他从新中国成立前就认识的一位姓胡的老朋友，我和弟弟管他叫胡大叔。他们两人一起坐在摊子前的长条粗板凳上，推杯换盏，喝上了劲头，父亲只是对我和弟弟说了句：别跑远了，玩一会儿还回这儿找我。就把我和弟弟放了羊，我们正好不用他管，撒开腿跑远处玩，等我们玩累了，日头也西斜了，要回家了，回头再去找父亲，人影都没有了。回到家一看，父亲已经

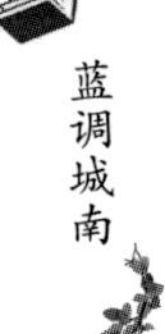

倒在床上睡着了，喝多了，是人家胡大叔搀着他把他送回家。

1960年，蟠桃宫庙会不让办了，庙虽破，却还在。到了1987年，修东便门立交桥的时候，庙被彻底拆除。现在，蟠桃宫连个地名都不存在了，只有老人路过那里，会指着大概的位置告诉人们：这里以前有个蟠桃宫。

说起蟠桃宫，那些和我父亲差不多年纪、现在还活着的老人，偶尔会对我说：早年间从崇文门外到蟠桃宫，可以坐船，也可以骑驴，那驴最有意思，不用人牵，驮着人，自己就能跑到蟠桃宫，自己又能跑回崇文门，都说老马识途，小驴也认路呢。这样的情景，我是没有赶上过，现在的年轻人更会以为是天方夜谭了。

记得八十年代，根据台湾作家林海音小说改编的电影《城南旧事》正红的时候，我们院子里一位老大爷看完电影对我说：电影拍得好是好，就是没把蟠桃宫给拍进去。我跟他解释：人家林海音写的是她自己家的事情，人家住在宣武门外宣南那一片，当然得拍宣南那一片了。老爷子对我说：那就应该改名，叫《宣南旧事》，既然是拍城南，城南能够少了蟠桃宫吗？

青云阁

小时候，春节期间，最热闹的地方是厂甸，那时候的厂甸，就跟现在的龙潭、地坛的庙会一样，卖吃的卖玩的卖艺的，扎成堆儿，特别是卖那种现在已经见不到的长过一人高的大长糖葫芦，最受我们小孩子欢迎。到厂甸去玩，我们大院的孩子一般选择的路线，是到前门，走杨梅竹斜街，因为是斜街，斜穿过去就是，路近，恨不得一步就迈到厂甸。

走进杨梅竹斜街一点儿，路南有一座青云阁，总会先映入眼帘。那是一座二层小洋门楼，瘦长，不宽，却很高，一色青砖，磨砖对缝，白灰勾缝，很齐整，上下两层，两扇门，都是拱形券式门，门额上各镶嵌着一块砖雕（上白下青）。二层楼上有砖砌的镂空围栏，但门是被砖砌死的，最上面女儿墙上有桃形牌坊的装饰。整体的建筑风格，明显可以看出是清末民初时期的印记，那时特别愿意盖这样的中西结合式小楼。这样的小楼，在杨梅竹斜街上有好多，只是它的装饰性更强，外体几乎没有任何的破坏和改观，一层门上书写着横体的“青云阁”三个大字，红框白底灰字，在整条街上显得扎眼。

厂甸春节的庙会，一直延续到“文化大革命”，我从上小学一直到高

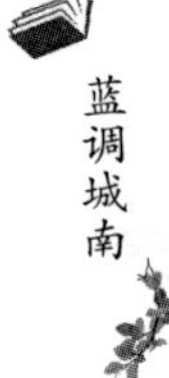

中毕业，每年路过这里都要见到它，我都会忍不住看看它，却始终不知道这“青云阁”是什么意思，它里面是什么样子，究竟是干什么用的。那时候我年纪轻，对它始终充满着好奇和想象，开始以为是一座庙，后来大了点儿，又一相情愿的以为是卖书画文具的，因为厂甸就有个“一得阁”也叫做阁，就是卖墨汁的老店。只是不明白，人家一得阁一直开着张，为什么青云阁始终都关着门?

今年从春天到秋天，我一连去杨梅竹斜街多次，每次去都看见了它，它和我小时候见到的它几乎没有什么变化，那磨砖对缝的白缝都还是那么清晰而齐整，好像是一位老人，虽然是上了岁数，却梳洗得那样利索干净，我都怀疑是不是重新修整过了。岁月没有在它的身上留下任何的痕迹，要说，真应该算做一个奇迹。只要想一想，如果在“文革”之中哪一个红卫兵小将惦记着它，瞅着它上面的那“青云阁”三个字不顺眼，说砸不就砸得稀里哗啦?起码那三个字是不复存在了。也许，那时候，它边上的琉璃厂的“封资修”更集中，更严重，更让红卫兵关注，也就把它忽略了，让它成了漏网之鱼。

在《宣南鸿雪图志》中，我看到叶祖孚先生写的一则文章，介绍了青云阁的历史，它是民国初期的一个商场，里面卖东西卖吃食的店铺很多，还有茶室和演出的小场子，只是营业的时间短，20 世纪 20 年代后期就关闭了。鲁迅先生当年逛厂甸，归来时爱到这里吃点心喝茶，然后从这里出来，到它前面不远的东升平浴池（现在是龙晓旅馆）洗个澡回家。那时青云阁里有家叫玉壶春的饭馆，很有点名气，鲁迅爱到那里吃它的春卷和虾仁面合。这在鲁迅的日记中都能够找到出处，青云阁也应该曾经是名不虚传。

像我这样大年纪的人，对青云阁很陌生了，但在更老一些的老北京人中，青云阁确实是曾经一度辉煌过。前几天，我再一次去那里，青云阁两扇红门依旧紧锁着，坐在门口有两位老大爷，都已经老态龙钟，有一位已经是半身不遂。他们告诉我，当年老北京有四大商场：西河沿的劝业场、王府井的东安商场、菜市口的首善第一楼和这里青云阁。这里是青云阁的后门，是以前送货的来停车上货的地方，它的正门在观音寺街，现在是市府的招待所。

如果说青云阁是北京城四大商场之一，规模应该不小，我想起叶祖孚先生文章中曾经引用过《肃吟馆诗集》里诗：迤逦青云阁，喧腾估客过。珠光争闪烁，骨董几摩挲。栋栋书场满，家家相士多。居然好风景，堪唱太平歌。句句写实，想应该不是浮夸，青云阁不仅有鳞次栉比卖货的店铺和吃饭的饭馆，还有说书的书场之类的游乐场所，应该是集吃喝玩乐于一身了，热闹非常是能够想象得出来的。

两位老人说的那四大商场，除了东安，其余三座都在城南，离着又都不远，更可以想象当初这里相互促进的辉煌。虽说这里是青云阁的后门，也不应该只是这样的窄小吧？我有些奇怪问他们：原来的门就这样吗？他们点点头说就这样。我又问：这两边的房子不是原来它的吧？他们摇摇头说不是，原来就是这样的。

我趴门缝往里面看看，发现里面空空的，什么东西都没有，黑黝黝的，静悄悄的，只有尘埃游弋。我问老大爷这是怎么回事？他们告诉我：这里青云阁的后院，一直是空着的，有时候当了他们的仓库。招待所在前面，不过已经都改了样子，要说还保留着原来一点影子的，就是这座门楼和上面“青云阁”那三个字了。

我再请问青云阁原来的样子，他们说：前门应该是和这里的后门的样子差不多，也有这样一个类似的门楼，门楼上也写着“青云阁”这样三个大字。它里面的院子很深，你想想，从观音寺到杨梅竹斜街，这得有多长的距离吧，你要是从杨梅竹斜街的南口走到观音街的南口，还得走一阵子吧，你走多长的距离，那青云阁的院子就有多深。院子里是那种带天井的三层楼，三层楼环绕围合在一起，就像劝业场里一样，只不过它只有三层楼高。

两位老人一直就在青云阁旁边生活着，经历了好几个朝代，对它的兴衰最了解，也就都宠辱不惊了。他们对我谈起它来，已经没有什么感情，对我的好奇的一再追问，只是感到有些奇怪，现在谁还对这些陈芝麻乱谷子感兴趣呢？他们只是对我说了这样一句：好多人到这里来照相。我听出来了，那话外之音是照相又有什么用？

我从最早看到它到现在，也有 50 年的历史了，时间已经够长的了，可它存在这里起码有一个世纪了，时间就更长。让我感到奇怪的是，在这漫长的一个世纪以来，许多地方已经拆掉没有了，比如四大商场之一比它晚好多年建得的首善第一楼，就早化为了云烟。东安商场还在，但在的是后来平地起高楼而翻建的面目皆非的商场，完全现代化，原来的东安也早没有影子了，还在的只是一个东安的名字。四大商场只剩下了劝业场和青云阁两座，基本保存原来的风貌，没有被破坏。这真的应该算是岁月留给我们的一份值得珍存的奇迹。这两座老商场，虽然模样和骨架还在，气韵却已经游离飘散了。奇怪的是，这两座老商场，如今都变成了旅馆，我们的思路就这样雷同而单一了吗？对于历史，对于现实，对于历史与现实的衔接和互用，我们真的就只剩下了这样一点想象力了吗？

致美斋

听说煤市街要扩建，赶紧去那里看看，看的主要目的是找找致美斋的老房子还在不在那里。十年前，我专门到那里寻找致美斋，那天去的不是时候，正赶上晚上，还刮着大风，黑乎乎的街上没有什么人，从南头找到北头也没有找到。这次再找不着，煤市街一拆，一街的老房子说没就没，可就真的彻底找不着了。

煤市街紧挨着大栅栏西边，是明朝就有的一条老街，两里来长，清末民初时，光饭馆就有 22 家，可以说是当时北京城的一条美食街。致美斋是其中一家最有名的饭馆了，说它有名，一是当时的名人常来这里，在南城的饭馆里，广和居因鲁迅常去而出名，致美斋因梁实秋常去而有名；二是这里的招牌菜一鱼四吃（红烧鱼头、糖醋瓦块、酱汁中段、糟溜鱼片）和烩两鸡丝（生鸡和熏鸡，红白相映），誉满京都。原来商务印书馆的辞书专家刘叶秋先生当年曾有诗赞美：四作鱼兼烩两丝，斋名致美味堪思。

其实，在老北京，饭馆都叫堂、楼、居或轩，比如过去有名的福寿堂、萃华楼、柳泉居、来今雨轩，都是京城叫得响的老饭馆。叫斋的，一般是点心铺，致美斋最早开在清咸丰同治年间，就是一家南味点心铺，以

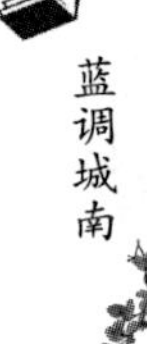

萝卜丝饼、焖炉火烧和双馅馄饨出名。同治《都门经略》中专有描写致美斋馄饨的诗：包得馄饨味胜常，馅融春韭嚼来香，汤清润吻休嫌淡，咽后方知滋味长。致美斋后来发展成为山东风味的饭馆，是和清亡之后宫廷菜出宫有关，鲁菜正好挟风气之先，当时有俗语：东洋的女人西洋的楼，山东的馆子福山的厨，福山是山东的一个地名，当时北京的山东饭馆里的厨子大多来自那里。致美斋发展到东西两院两楼，东边日出西边雨，西边做菜东边送，穿街过巷，遥相呼应，规模颇丰，引来京城各界名流和大小美食家纷至沓来，是上个世纪三十年代，正是梁实秋常常光顾的地方。

如今的煤市街，满街跑的大多是外地人，跑了半条街，问起致美斋，都是像听天书一样皱起眉头，然后是摇头，似乎这条街上根本就不存在有这样一个致美斋一样。去了派出所，大概是正在忙于拆迁，里面没有什么人，只有两个值班的中年人，一问也是摇头三不知。看来在这条街上，只能够问六十岁以上的老人，才可能有希望打听出来致美斋。按照书上介绍的，致美斋在煤市街的北口，我一头扎进最北头，和廊坊头条连接的地方，问一个倚在院门晒太阳的老爷子。老态龙钟的老爷子用含混不清的嗓音告诉我：你走过梭了，在南边，就靠着大栅栏西口那地方，是有个致美斋的二层小楼。

敢情，自清乾隆年间，以大栅栏为界，煤市街有南北之分，以后，北煤市街开了几家纸铺，索性就叫成了纸巷子，才把南煤市街叫做煤市街，原来的煤市街北口就到大栅栏的西口。我只好折了回去，过大栅栏西口往南走几十米，找到一个二层小楼，灰砖，磨砖对缝，还有雕花门楼，问问对面卖烟的一个50多岁的男人，地道的老北京人，告诉我这不是致美斋，是原来的一座老戏楼。

还不是，它应该就在这附近呀，但附近找不到一个二层小楼。我在附近转悠，心想煤市街还没有拆，它横是不能够插翅飞了吧？十年前就和它擦肩而过，这次说什么也得找到它。终于等来一位足有80岁的老爷子颤巍巍地走了过来，赶紧上前打招呼询问，他指着我眼面前马路东边一个灰色门墙的院子说：这不就是致美斋吗？然后他指着西边说：这里面是它的西院子。原来它就在我的眼前，伸手可触，却像是和我在捉迷藏，藏在灰墙后面，藏在历史后面。

因为知道西边是致美斋最早开设的地方，由于生意越做越红火，后来才又买了东边的小楼，所以就先去了西边。西边是一条窄窄的小胡同，走一二十米长的距离，见一个破旧的木门，上面有两个门牌，都写着煤市街67号，一个歪斜着当啷着。进门往北一拐，是一个院子，一座坐北朝南的U字形木楼，想必就是致美斋了。原来院子里有一个6平方米的长方形木鱼盆，养着活鱼，客人指鱼为菜，当场摔死，以示决不更换，这种旧京城的“仪注”，成为了致美斋的招牌。那时候做买卖的人实在，分外讲究信誉。楼上应该有光绪年间的书法家王序书写的“致美楼”三个字，最早应该有22个雅座。我在一张老照片上看到上楼梯左手的位置的雅座的门前的半副对联：开筵坐花飞觞醉月，足见那时的韵致和气象。如今院落和小楼都破败凋敝，上哪儿找那22个雅座去？我走上摇摇晃晃的木楼梯，楼上的房门几乎都上着锁，没有什么人在住了，都在等着拆迁。四周杂物堆积，树叶萧索，只有房檐依旧，还能够依稀看到当年的情景。站在楼上，安静得像是时光倒流一般，恍惚回到了致美斋最鼎盛的时候。

我再来到东边，高高的灰墙，一分为二，靠北临街有一座门脸房，大概是后盖的了，已经拆却一空，只剩下房檩和木柁恐龙架子似的支撑在那

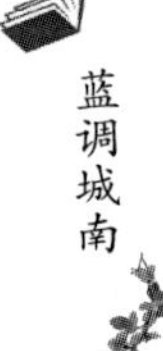

里；靠南有一扇红门，走进去，是一个院落，立刻看到也是一座 U 字形二层木楼立在眼前。外面的灰墙遮挡住了它，大概那也是后来修的。这里的木楼坐东朝西，比西边的还要破败，楼梯都已经腐朽不堪，一脚踩上去，吱吱直响，随时都有可能坍塌。楼上的房子有的已经拆空，整座楼，除了一家传来狗叫声，再没有什么人家了。望望凄清的院子，想起梁实秋在《雅舍小品》写过它的大叶树长到二楼的窗户前那一片绿荫蒙蒙的样子，真是觉得恍然如梦。

走出院子，门口停着一辆大卡车，正在往车上搬拆下的木料，带有漆绘的木头，透露着一些历史的密码，在车上分外显眼，一百多年的历史，都要被载到这车上拉走。红色的院门上已经没有了门牌，只是用粉笔写着煤市街 70 号，提醒着这些前来搬运旧木料的车辆。幸亏我来得早了一些，要不真的看不到致美斋了。

这话说得还真是对了，我那一次去煤市街是今年年初，夏天再去的时候，致美斋东边 70 号的木楼已经夷为平地，那座木楼彻底消失，眼前只有一片瓦砾，在明晃晃的阳光下，有些刺眼。

福寿堂

提起福寿堂，现在好多人不知道了，在清末民初，福寿堂可是北京城里有名的大饭庄，其地位起码是可以和现在的北京饭店相比的。老北京的饭庄有冷热之分，冷饭庄一般只承办大型宴席，不卖散座。福寿堂就是这样一家冷饭庄，它的地盘很大，颇具规模，有四五个四合院连环套着，能应承上百桌人吃饭，当年前门一带的富商如同仁堂的乐家、瑞蚨祥的孟家、马聚源的马家，常到那里去宴请客人，和现在一样，在推杯换盏中就把事情办了，酒饭从来都是人情世故的润滑剂。

福寿堂的名气大，还在于它的菜确实做得好，它是一家山东饭庄，不说别的，光是在鸡身上做文章的菜就有 30 多种，足以让现在的饭馆叹为观止。福寿堂名气，还在于它院子里的花坛和戏台气派非凡，几百人在那里看戏，在当时的京城也是少有的。据说民国初年，一位富商在那里办寿筵，杨小楼、王瑶卿、梅兰芳、荀慧生等名角纷纷登场，从中午 12 点一直唱到夜里 3 点，挤得福寿堂前车水马龙水泄不通。

福寿堂让我引起兴趣的是，去年报纸上为迎接中国电影百年，说起电影在中国第一次放映的地方，就是福寿堂。福寿堂在前门外的西打磨厂，

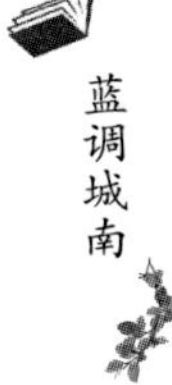

我从小就住在那里，一直住到21岁到北大荒插队，也是我所知甚少，去年才第一次听说光绪二十八年（1902年），一个叫做雷玛斯的西班牙人带着机器和胶片，到福寿堂的戏台放映电影，让中国人第一次见到这洋玩意儿，当时，女人还不许进去看。立刻搜索记忆，却怎么也找不到福寿堂究竟在打磨厂的哪个位置了。问问老街坊，都说听说过福寿堂，却都不知道它在哪里了。这倒燃起我非找到它不可的兴趣和愿望。

一连回去打磨厂好几次，终于问到一位明白人，告诉我你别找了，早没有了。原来在打磨厂西口路南临前门大街的是有名的八大祥之一瑞生祥，它就紧挨着瑞生祥。我觉得他说的有道理，因为当初打磨厂西口最热闹，重要的买卖铺子都在那儿，光饭馆和旅店就有20多家，也都云集在那儿，那么有名的福寿堂当然也应该在那里。我找到了这个位置，现在还是一家饭馆，落地玻璃窗里挂满了一排排烤鸭，齐刷刷地伸长脖子看着我，有些搞笑的样子，让我觉得不大对劲。左思右想，福寿堂的院子大，应该是有后门好进货，而有后门的店铺都是路北靠着后河沿，那里宽敞才好停车运货，路南要是有后门，就顶着北孝顺胡同的人家了，这绝对不可能。我带着这个疑问找到王永斌老先生，他是民俗专家，年轻的时候曾经用脚实地考察，几乎走遍前门这一带。我请教王先生，他证实我的疑问是对的，他告诉我，你找的那个地方是个饭庄子，但不是福寿堂，叫做福兴楼，也很有名，是北京城当时的八大楼之一。福寿堂应该是在路北，这是没有问题的，它的位置应该再在打磨厂里面一些。

这打开了我的思路，福寿堂既然是家冷饭庄，就不怕藏在深闺人未识，干吗不再往里面找找呢？我便又请教王先生：我家原来住的粤东会馆斜对面路北有一家旅店，门脸很气派，还有狮子门墩，院子也非常大，有

花园，也有后门通向后河沿，我小时候进里面玩过，福寿堂会不会在那里？王先生说有可能，抗日战争爆发后，原料运不进来，福寿堂倒闭之后，确实改成了旅店。

我又折回打磨厂，这回带着几个对那里也感兴趣的电视台的人，他们想去拍拍那些老房子。走进打磨厂中段，还没到南深沟，离着粤东会馆还有一段距离，看见一家原来的颜料店保存完好的女儿墙，大家都感兴趣，我忙问过路的一个行人，正兴致勃勃地议论着，一位精神矍铄的老爷子也走过来加入议论之中。一打听，老爷子姓岳，今年77岁，就出生在他身后边一家小卖店里，原来是一家铜铺，他是生在这里，长在这里，自然对这里了如指掌，对我的提问，他一一回答得清清楚楚，指点周围的那些老房子，如数家珍。我才忽然发现，虽然我从小生活在这里，其实对于这里的历史是那样的陌生，隐藏在这些如今看似破旧的老房子里面的故事，显得那样的隔膜。而只有亲身经历的人才会触摸到它们真实的脉搏，哪怕是从它们身上如今留下的老年斑，也能够感受到那上面沧桑的年轮。

回答完我的一个个问题之后，老爷子问我你还要找哪儿？我告诉他我其实最想找的是福寿堂。我问他福寿堂是不是粤东会馆对面的那家旅店？他立刻摇头：那不是福寿堂，那是叫溆阳旅店。我赶紧问他：您知道福寿堂在哪里吗？他说我带你去，说着拉着我的手往西走去，走了大约一百米左右，指着路北的一面院子说：这就是福寿堂。

水泥包裹着两扇斑驳红木门，新旧杂陈，也许木门是原前的，水泥肯定是后修的。门前没有台阶没有门槛，倒是和原来的相符，那时车是能够开进院子里的。

老爷子挥挥手让我进去看看，经过一条窄窄的过道，往右一拐是一条

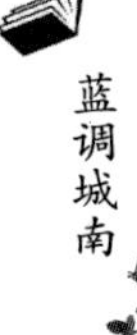

走廊，廊柱和房檩的旧木头裂开着纵横老迈的皱纹。然后往左一看，别有洞天，是一个宽敞的院落，房檐四周环抱，呈六角形轮廓，院落一下子显得格外别致，环抱的房子，大概就是一间间雅座。院子里虽然盖起丛生的小房，堆放着零乱的杂物，依然能够看得出当年的轩豁。院中央还有假山石和花坛的痕迹，更可以想象当年的堂皇，也许戏台就在这里呢，或者在后面的院子里。想再往里面走，已经走不过去了，左右也被堵死了。原来应该有这样的院子四五座，而且是可以通往后河沿的，都被割去变成其他门牌号的院子了。不过，就是只剩下这样一个院子，也足可以窥斑见豹了。

所有的房屋都上着锁，院子显得空旷而安静，能够听得见从前门大街传来的嘈杂声，也似乎能够听得见当年的京戏，那京腔京韵和着鲁菜的香味一起弥漫在空气里。心里暗想当初那个西班牙人为中国人放映的第一个电影的地方，是在这个院子里吗？想到这儿，四周的喧嚣如潮退去，灯和一切光线都已经暗下，一束光从身后打过来，影像映在墙上面，电影开始了。逝去的一切，历史，包括记忆和想象，都清晰地呈现出来，那么的亲近。那一束光，正是落日斜阳透过枝桠影射过来，带着毛毛虫似飞舞的尘埃。

一百年前的斜阳也应该是这样的。

天章涌

如今，提起酱菜园，知道六必居和天源的人有，知道天章涌的不多了。知道天章涌的，至少得是我这样岁数的，起码六十上下。只有这样的人，才能回忆起来，天章涌和六必居、天源齐名，它们是旧京城的三大酱菜园，呈三足鼎立之势，足以傲视群雄。

咸菜这玩意儿，是农业时代的产物，对应的是漫长冬季和青黄不接时青菜的短缺。我不知道咸菜是不是咱们中国的发明，咱们的历史确实悠久。这些年来，日本小包装各式小咸菜盛行，有些挤兑咱们的老咸菜。这真让我为我们历史绝对悠久的三大酱园鸣不平。

它们的历史确实悠久：六必居创建于明嘉靖九年（1530年），天源创建于清同治八年（1869年），天章涌创建于光绪七年（1881年）。排行有序，个个都是曾经沧海难为水。和历史腌制在一起的，是它们的滋味，一样的丰富而有讲究。同酒讲究酱香型、浓香型、醇香型一样，旧时京城的酱菜园，分为“老酱园”、“京酱园”和“南酱园”三大派系，前者讲究用老黄酱腌制，味道偏咸却酱香浓郁；中者用甜面酱腌制，味道咸中发甜；后者用南方方法腌制，甜中带酸。六必居和天源是“京酱园”和

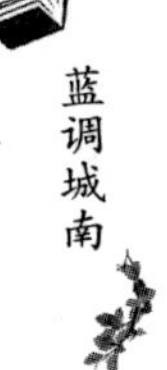

"南酱园"的代表，天章涌则是"老酱园"的代表，愿意吃这一口的，主要奔天章涌。

天章涌的门脸，原来在前门五牌楼下靠东那一侧，在正阳德鲜果庄旁边，比起藏在粮食店街里的六必居，地理位置占着优势。它门脸不算大，里面却很深，属于口小膛大的葫芦形，前堂是柜台和一排排装着各种咸菜的蓝花大瓷缸，后面是它的腌制车间。那天，我特意去前门找找它的位置，现在的五牌楼南移了，它应该在现在地下通道出口的东北角上。虽然那位置的房子已经是面目皆非，变成一个叫"金都府"的旅店，但我还是能够想象得到当年的样子来，风中似乎还能闻得到飘出的浓重酱菜味儿。

据说，它的店门前不仅摆着写有"天章涌"的古色古香的木坊，还飘着上书"酱园"的二尺长一尺宽的幌子，这两样东西，就像古代酒馆前飘扬的酒旗，是老式酱园里传下来的玩意儿，别说现在见不到了，就是在民国时期也是绝无仅有的一道风景。试想一下，如果现在的酱园门前，还能有这么两样玩意儿，该是什么劲头？听说前门商业区今年年底改造，许多老字号都要恢复，不知道其中包括不包括天章涌？如果还在原来的那个位置，还在门前有这样两样玩意儿再现，起码多一份古风悠悠吧？让人们知道老北京，即使卖的是并不值钱的小小咸菜，原来也是如此讲究的。

其实，这就老北京人的传统。老北京人，即使穷得叮当响，只有窝头和咸菜疙瘩吃了，那咸菜疙瘩也切得跟头发丝似的，那般的匀称、那般的细。

小时候，我家住得离天章涌很近，常到那里买咸菜，特别是如果吃炸酱面买黄酱，肯定去那里买，天章涌的黄酱，从春二月到夏入伏要经过半

年的多种工序，做得地道，在北京城是有名的。比起六必居，它那里的东西也便宜一些。只可惜，后来它淡出前门，也淡出了我的视线之外。据说是公私合营之后在20世纪50年代末和别的店铺合并，天章涌的老牌子就彻底地被摘了下来。它的店铺开始给了月盛斋做了车间，后来又成了仓库，现在成了旅店。

记得我到北大荒插队时每次回家探亲买咸菜，好回去对付那一冬一春没有任何青菜只能喝冻土豆加淀粉熬的一锅黏糊糊的汤（我们称之为"塑料汤"），都是去六必居，而再也找不到天章涌了，天章涌就这样渐渐地被我们所遗忘，仿佛它来无影去无踪，根本没有在前门大街伫立过快一个世纪那么久似的。

我有时会偶尔想起它，便想同样都是酱园，同样经历了那个年代，六必居和天源都保留下来了，为什么偏偏它中道夭折了呢？这里肯定有些阴错阳差，但我总有些百思不解。特别是前些日子，我看到这样一则材料，说起天章涌的买卖做得踏实、诚实，讲究薄利多销，才在当年的酱园界立足，他的第二代传人曾经说过这样一句名言："一分利常在，十分利垮台。"便越发对天章涌敬重和怀念，也越发对它的夭折惋惜而叹息。在讲究利润最大化的今天，十分利都看不上眼，别再说一分利了（房地产和汽车都是30%到40%甚至更高的暴利），我们有些商家甚至为赢利而不择手段。天章涌是我们一面多么好的镜子。

可是，天章涌却没有了。

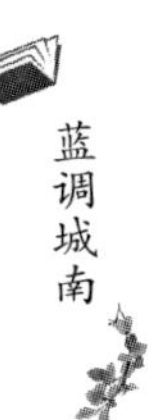

通三益

老北京的干果店，在城南有名的，有这样八家：通三益、义吉成、长盛魁、观音寺、普义永、义昌、瑞昌和广慎厚，号称八大家，横扫南城。通三益始终在龙头的地位，从来没有动摇过。一直到新中国成立以后，好多家都找不到了，通三益还在。就是将近两百年过去了，走到了现在，所谓八大家中其他那七家，人们连听都没听说过，但通三益还在，像一株老树，还在摇曳着苍劲却依然绿色的枝条。

通三益，在前门大街的路东，出五牌楼不远就是，紧把着通向肉市胡同里广和楼的一条窄巷子口南。那时候，广和楼的广告牌，竖在巷口的墙上，红红绿绿的，把通三益的店铺都映衬得很光亮。现在，想想，也会觉得非常奇怪，小时候，不仅我一个人，我们大院里几乎所有的人家，如果买干鲜果品，比如买个干枣啊、核桃啊，或者梅干菜什么的，都是一定要去通三益的。其实，前门大街上，这样的干果店有许多。一直到现在，只要一想起前门大街的干果店，想起来的总是通三益，而把其他的店，都无情地抛在脑后。

后来，我仔细回忆，我自己对通三益最开始的认识，来自我们粤东会馆后院蒋家的老太太。后院一排三间大瓦房，她和她弟弟两家住，老太太是无锡人，出身地主，家里有钱，吃喝讲究，保养得细皮嫩肉，长得非常富态，就是入春入冬的季节爱咳嗽，整天见她喝秋梨膏，说是喝这玩意儿最管用。她只有一个闺女，已经很大了，白天上班，没有人帮忙，秋梨膏喝完了，老太太有时候会让她弟弟的孩子也就是她的侄子，去帮她买秋梨膏。她的这个侄子比我大三岁，常常拽上我和他连跑带玩一起去买秋梨膏，去的地方就是通三益。老太太就认通三益，我从小也就记住了通三益，虽然一直到我离开北京，离开那个大院，到北大荒去以后，我也没尝过秋梨膏是什么滋味，通三益却熟悉得不能再熟悉了。最有意思的是，在北大荒漫长冬季里那缺吃少喝的日子里，大家常常说起北京的吃食，来进行一顿顿的精神会餐解馋。说起通三益，我也会像说六必居的酱菜、全聚德的烤鸭、月盛斋的酱牛肉一样，如数家珍而情不自禁地说起它的秋梨膏，好像我真的喝过它多少次一样。每一次说完它之后，我都下决心，回北京休探亲假时一定买一瓶秋梨膏尝尝。

通三益中“三”字，和打磨厂的三山斋眼镜店中的“三”字，意思一样，说明当初开店时候，应该是三户人家一起做的买卖。我查了一下材料，果然如此，是来自山西太古县一个叫榆皮面庄的李、杨、王三户人家，跑到北京，想发财。听听这名字，榆皮面庄，就像现在那些远得不能再远的小村庄里的农民，也要跑到北京里淘金一样，北京城寄托着从古到今多少年轻人的梦想。

通三益最早开业在清嘉庆初年（1796 年），店址选在通州，我猜想是嘉庆年间和现在一样，通州地皮和房子比城里要便宜很多，才把最初创业点选在门槛比较低的通州吧。通三益迁到前门大街，是嘉庆二十年（1815

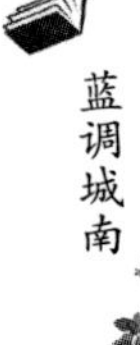

年），那时，三户人家只剩下李家一家，二十年的工夫，他已经发了财，积攒下足够的银两，从通州县城向市里进军了。他先在布巷子里买了一处大宅院做自己的住房，然后在前门大街买下了这块抢眼的地方，占据了有利地形，前店后厂，选在那一年端午节的良辰吉日，在鞭炮齐鸣中，把通三益的招牌打了起来。据说，生意非常红火，开张不到一年，已经在前门大街有了影响，人们都知道了新冒出的这家通三益。

秋梨膏作为通三益的拳头产品而声震京城，是 61 年之后的光绪二年（1876 年），在通三益的少掌柜手上诞生的事情了。他是慧眼识英雄，早早相中了常到通三益为宫里采购秋梨的一位太医，下了铁杵磨针的工夫，火到猪头烂，终于疏通好这位太医，讨下秋梨膏的宫廷秘方，制作出了秋梨膏，让旧时王谢堂前燕，一下子飞入寻常百姓家。通三益的名气不胫而走，就连当时北京四大名医之一施今墨，给那些咳嗽久治不愈的病人开的方子，都有一帖是通三益的秋梨膏。后来在巴拿马国际博览会上，通三益的秋梨膏又一举夺得了金奖，名气越来越大。秋梨膏，让通三益如虎添翼，在城南干果店的八大家中，拔了头筹，无人再能撼动。秋梨膏这一宫廷秘方，成为了李家的私家珍藏，从来都是秘不告人的，都只是由李家人亲自到车间配制，不许旁人入内，据说制作工具是一种带锡的铜锅，搅拌还必须用一种槟榔勺子，极其特殊，就连保存的器皿都异常特别。这样的秘方，李家几代相传，一直保存到新中国成立以后 1956 年的公私合营。

通三益在前门大街上是一座门脸三间的二层木制小楼，一直挺立到 20 世纪 90 年代，现在是一家亿隆商厦。为了建这个商厦，通三益给它让路，有时我们自以为是却糊涂得不知道哪炕热了，一个老字号通三益的清时的老楼，和一个亿隆商厦新式的大楼，哪个价值更大？现在，谁还知道什么亿隆商厦呢？

我小时候，最初看到它的二层楼围栏中横匾上，不像一般店家写着店名的牌号，而是在中间写着三个大字："秋梨膏"；左右各写"止咳强身"和"北京特产"。秋梨膏，就是通三益的别称，一说起秋梨膏，必然想到的是通三益。

横匾上的"秋梨膏"三字改成"通三益"，左右改写"干菜海味"和"糕点糖果"，是20世纪80年代以后的事情了。那时候，路过它那里，看着这些字，心里暗想，不突出秋梨膏，而突出通三益，特点可就不突出了。当然，这说明通三益经营的品种增多，范围拓宽，秋梨膏只不过是其中的一种而已。不过，这也说明通三益的底气，多少不如以前，那时的通三益，不用表明自己的字号，只说秋梨膏，就敢自信别无分店，只此一家，一准是我们通三益，就像现在说发哥一准是周润发一样，说彪哥一准是付彪一样，充满自信，也充满情感。

如今，前门大街上，许多老店铺都已经早没了踪影，通三益也不例外。每次走过那里，心里都有些怅然，总会想起小时候和蒋老太太的侄子一起去通三益买秋梨膏的情景。那时，它的门前有几级石台阶，人小，便总觉得台阶挺高的，站在台阶上面，人也觉得高了，前门大街的车水马龙，好像都在脚下流淌似的。它店里的样子，记得还那样的清楚，三间门面房子，都是非常大的开间，店里很敞亮，进门靠右的一溜儿柜台，买秋梨膏就是到这里，柜台挺高，我们要踮着脚尖儿。进门靠左是放着一个个敞开的袋子，高低不平，大小不一，一排排，错落有致的参差在那里，有点儿像是天安门前的观礼台。各种海味、干菜和干果，都放在袋子里，人们可以自己随意挑选，各种味道羼杂一起，很奇怪的气息流动着，很好闻地刺激着鼻孔。

那一年，我从北大荒回北京，有半个月的探亲假，我插空去呼和浩特看了一趟姐姐。正是刚刚过国庆节的秋天，我在通三益买了两瓶秋梨膏给姐姐带去。那是姐姐第一次喝秋梨膏，也是我第一次喝，甜甜的，浓浓的，有一点儿涩，有梨的味道，也有一点儿中药味儿。我不知道，机械化批量生产的秋梨膏，和当年蒋老太太喝的那种李家用槟榔勺搅拌的手工制作的秋梨膏，味道是不是一样。我只知道，那一年，是1971年，我记得很清楚。

豆汁丁

我看有关豆汁的文章，都愿意拿梅兰芳和林海音说山。说梅兰芳怎么怎么爱喝这一口，在上海蓄须明志的时候，想豆汁想得要命，弟子荀慧生自北京到上海演出的时候，如何如何买了4斤豆汁，装在大瓶子里，给梅兰芳带去一饱口福。说林海音阔别多年从台湾回到北京之后，人们问她最想吃点什么？她是怎么怎么想喝这一口，真到那里喝的时候，又是如何如何一连喝了6大碗，还没喝够，还想喝。

我不知道这里有没有演义的成分，我只知道，梅兰芳也好，林海音也罢，都是名流，不过是借助名人来抬高豆汁的身份罢了，所谓水涨船高，沾了名人的一点仙气，丫鬟也就可以叫小姐了。

有一点，却是可以肯定的，那就是无论梅兰芳还是林海音，他们喝豆汁的地方，去的都是豆汁丁。

豆汁丁，不论过去，还是现在，都是北京唯一的一家豆汁店。为什么，很简单，不是物以稀为贵，是想喝的人没那么趋之若鹜，那味道也并不真的像文人说的那么好喝。它不过是用做绿豆粉条或团粉剩下的下脚料发酵后做成的一种汤水，再怎么说，能好喝到哪儿去？20世纪30年代徐

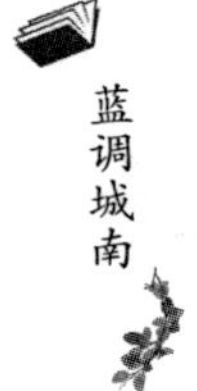

霞村写过一篇《北平的巷头小吃》，里面写到豆汁，说是“凡是喝过上等的绍酒和俄国的酸牛奶的人，大概可以想象到它那种酸中带鲜的美味。”这实在过于美化它了，是文人惯用的夸张。确实都是发酵的产物，奶和酒，与豆子的下脚料的成分毕竟不一样。其实，那时豆汁只是穷人的一种小吃而已。旧社会，卖豆汁的，都是挑着担子穿街走巷，吆喝着卖，担子一头是一个有火炉的豆汁锅，一头是放碗和咸菜的小桌。谁来喝了，就把担子放下，围着担子，就热喝上一碗。简单，便宜，比味道重要。

豆汁丁最早也是挑担卖，只不过，他卖得最早，在清末就已经在北京城有名了，卖豆汁姓丁的这位回民，便被喝豆汁的人们称之为豆汁丁。北京人愿意这样称呼，比如其他有名的小吃，爆肚冯、羊头李、年糕杨、小肠陈、奶酪魏、豆腐脑白……都是这样的称谓，简单明了，特色突出，透着亲切，足可以和现在时髦的人头马有对称的一拼（人头马，是翻译，当初肯定受到了我们这样将姓放在后面传统称谓的影响）。一直到了1910年，豆汁丁的第三代，才在花儿市中段路北的火神庙前摆上了一个摊子，有了一张长条案大桌子，有了固定的大锅。作为豆汁的买卖，算是很发达了。那是北京城露天里有名的小吃一条街，除了门框胡同，就属这里了。那时火神庙前各种小摊摆成一长溜儿，一直往东到羊市口，很是红火。豆汁丁名声大噪而日隆，是发生在这条小吃街上的奇迹。现在，这座明代的庙还在，小吃街的声名和地位早就远远赶不上门框胡同了。

豆汁丁真正有了店铺，是1958年的事情了，开在蒜市口。那时蒜市口是一个丁字路口，正中间是一座庙，叫做大慈庵，后来改造成少年之家。豆汁丁的店铺就紧挨着少年之家。我第一次去那里喝豆汁，是先去的少年之家报考那里的话剧队，老师让每人朗诵一段，记得很清楚，同学朗

诵了郭沫若的诗《地球，我的母亲》，我煞有介事地朗诵了《炉中煤》，那一年，我上初二，1962年。从那里出来，同学带我进了旁边的豆汁丁。二分钱一碗，可能有人确实爱喝，它也应该算是北京的特色，说心里话，没有想象得好。

如今，路宽了，庙和店都拆了，豆汁丁搬到街对面，名字也早改为锦馨豆汁店。还是满北京城唯一一家的豆汁店。只是背后有一片楼群，让它显得有些压抑，以前无论是在花市还是在蒜市口，它都是有庙帮衬，不能说是烘云托月，起码感觉不一样。前些天晚上路过那里，特意去尝尝这一口，浓还是那的浓（在别处喝的都太稀），味道有些不如以前，别说焦圈得讲究一个脆、咸菜丝得讲究一个细，而且得撒上芝麻粒，浇上辣椒油，如今那焦圈是皮的、咸菜切得粗的粗细的细奶奶孙子都有；更主要的是喝豆汁最讲究是一个烫，根本没有了烫，虽然锅还是坐在火上。倒是好几位老人，专门到这里来喝这一口，自己带着勺，喝完之后洗洗勺，心满意足地走人，让人觉得豆汁真的和他们一样老了，老得快成了和京戏一样，不能称得上是国粹，起码是“京粹”了。

附记

《豆汁丁》发表后，一位署名“过客”的网友在网上指出文中提到的大慈庵具体的位置有误。他是对的，将他的批评附在这里，以表示我的感谢之情：

“此文让人回味。但是豆汁店旁的少年之家不是大慈庵。大慈庵的位置在蒜市口往西，现已拆除了的香串胡同和高营胡同之间，坐北朝南。这里曾改为前面是副食店、粮店，后面是“北京市前门区东柳树井小学”

本人就在这里度过六年的小学生活。为还原历史，别无他意，特此纠正。”

只是少年之家原来确实是座庙，叫什么名字，我最终也没有弄清。还高人请有以教我。

金糕张

鲜鱼口内，南孝顺胡同北口路西，有一座二层八角的转角楼，虽然老态龙钟，有点儿摇摇欲坠的样子，但是，现在还顽强地挺立在那里。漆色早已经斑驳脱落，木料也沧桑得皱纹纵横，年头老得起码是祖爷爷辈的了。

这座转角小楼，我从小就见过它，那时候什么样儿，现在还是什么样儿，这么多年，一直没有受到什么致命的破坏。这样老式的建筑，保存得这样完整，在这一条街上，算是不容易了。只要看看它东边一点儿的大众剧院和正明斋，早已经是面目皆非，惨不忍睹；更不用说长春堂了，已经被拆得连一点儿影子都没有了。这座转角小楼的存在，真算是万幸。

我前几天再次去那里看它的时候，孝顺胡同的东侧已经迫不及待地开拆了，一直往东拆到长巷头条，一片狼藉，这是准备打通前门大街的东侧路的工程。我打听了一下，孝顺胡同只是东边一侧在拆迁范围，这座转角小楼在西侧，正好被保护了下来，要说它真的是命大，造化大，这么多年，历经这么多的动荡变迁，久经沧海，都能够走到悬崖边上而幸存，算得上大难不死，必有后福。

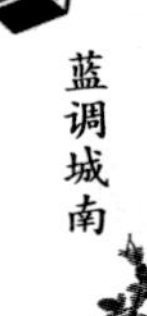

这座转角楼是老北京有名的金糕店泰兴号，最早开张在清末，是家老字号，因为掌柜的姓张，人们都管这家老店叫做金糕张，就像豆汁丁、爆肚冯、羊头李等一样，人们都愿意把他们的姓氏放在买卖的后面，这是老北京的一种风俗吧，像是一种昵称，叫得顺嘴，叫得比他们的店名也显得亲切。叫的时间长了，叫习惯了，都叫它是金糕张，人们倒忘了它的本号泰兴。

金糕就是山楂糕，现在还有卖的，现在吃的果丹皮、山楂片之类的山楂制品，都是它的变种，只不过那时候真的是讲究质量和信誉，没有像现在敢把烂山楂再加上化工色素去糊弄人。当年慈禧太后爱吃这一口，专门派人出宫到金糕张这里买山楂糕，金糕张一看是皇宫里来人，又是老佛爷要吃，哪儿敢怠慢，赶紧连夜精心制作，进贡给老佛爷。老佛爷果然爱吃，连连称赞，只是觉得山楂糕这名字不雅，赐其名为金糕。有时候，你还真得佩服老佛爷，一个金字，点石成金，好家伙，这玩意儿如金子一般，一下子抬高了它和泰兴号的地位。据说，泰兴号的生意一时间特别兴隆，四城的人前来买金糕的人很多，算是现在的名人效应吧，老佛爷成了泰兴号的一块最大的广告。当时还有人专门给它送了一块匾额，上书“泰兴号金糕张”六个大字，成为鲜鱼口一块醒目的招牌。

老北京的金糕店，最出名的有两家，一是鲜鱼口的泰兴号，一是大兴的富川斋。两家特点不一样，做山楂糕，都是在山楂成熟后的秋天做，泰兴号的金糕做时加白矾，金糕颜色殷红，明光透亮，但一般放不过伏天；富川斋的金糕做时不加白矾，金糕色泽金黄，能一直吃到过伏天。泰兴号和富川斋的掌柜的都姓张，但人们只把泰兴号叫做金糕张，这样说，不是说人家富川斋的金糕做得比泰兴号差到哪儿去了，而是说明人靠衣裳马靠

鞍，生意也得靠人抬，泰兴号沾了老佛爷的光，富川斋无可奈何。名人经济，从清末就有，生气不得。

老北京人爱吃金糕，认为它消食清火，不过，我小时候吃这玩意儿，还是比较金贵的，并不是什么时候想吃就能够吃得上的，一般是要等到过年，我家才买一点儿金糕，主要是和白菜心再加点儿白糖拌在一起，红白相映，酸甜爽口，作为一道凉菜吃。那时候，是不是到金糕张这里买的金糕，我已经记不大清楚了，但肯定是在前门这一带，而且，买金糕的时候，父亲总会带着我一起去，金糕店的名字忘记了，但买金糕时候的样子记得还很清楚。金糕是很大的一块，放在玻璃柜里，卖金糕的，问你买多少，然后用一把很长很细的刀子，切下一块，上秤一约，用一种叫做半透明的江米纸包好给你，这种江米纸可以吃。我便托着块金糕，像托着一块软乎乎的豆腐似的托回家，先急不可耐地把这层江米纸吃了，再切一块金糕尝尝鲜。

如今，金糕张这座小楼，虽然破旧不堪，几经转手，像是一个为生计所迫而不得不嫁了好几次人的老女人，显得是那么的无奈，人老珠黄一般，出租给别人卖一些零七碎八的东西，潦倒到如此地步。不过，毕竟，它的小楼全须全影儿的还在，这就是历史给我们留下的宝贵的财富。鲜鱼口一条街，老店铺颇多，但除天兴居、兴华园和便宜坊，还保留着当年的样子，其他许多店铺已经彻底没有了。金糕张这座二层小楼，物以稀为贵，就显得那么珍贵。重建这条老街，恢复鲜鱼口的历史风貌，它将是一块活化石，那些后建的店铺，哪怕是按照原来的图纸或照片，仿旧建的跟真的一样呢，也无法赶得上它。许多历史的记忆、岁月的肌理、风尘的瘢痕、传说的演绎，都沧桑记录在那座转角小木楼上啊。

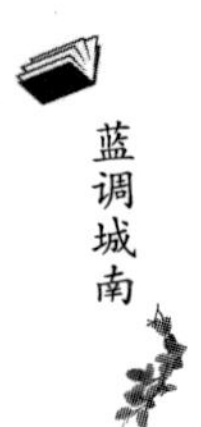

爆肚冯

小冯是北京的老字号“爆肚冯”的第四代传人，我和他又有好几年没见了。

在北京，爱吃这一口的，没有不知道“爆肚冯”的。北京的小吃，渊源有二，一是出自皇室，是在清朝御膳单里查得它们的名字的；一是来自民间，是下层百姓智慧的发明。前者如萨其马、艾窝窝等，爆肚就属于后者，将牛羊的肚子分开肚片和肚仁，在锅中轻轻一涮，佐以各种调料一吃，清爽可口，开胃暖胃，简单实惠却格外好吃。看着简单，真正做起来，差别大了，我到别家店里也吃过爆肚，包括到东来顺，可以不客气地讲，不是肚子选得不好，就是爆出来老，嚼不动，而且有膻味，没有几家赶得上他家的。

光绪年间，小冯的老太爷从山东到北京谋生，发明了这一口，最早在后门桥开起了买卖，到了第二代，他家的爆肚有了名气，得到了清宫里的赏识，成为了御膳专用，宫里的牛羊肚子特供给他家，把生意从后门桥搬到更热闹的大栅栏里的门框胡同，扯起了“爆肚冯”的旗子，在北京一下子就传扬得更远了。那是遥远的事了，一直到民国时期，20 世纪 30 年

代，门框胡同真正的是小吃一条街，水涨船高，“爆肚冯”和这条街一起红火起来，这条短短百来米的胡同里，云集着不下二十来家小吃店（现在只剩下了瑞宾楼褡裢火烧一家），当初“爆肚冯”的南面是豆腐脑白，北面是奶酪魏，都是名家，站起来膀子一般齐，生意相互促进得比翼齐飞。传到小冯他父亲是“爆肚冯”的第三代，已经走到了解放以后。那时我们院子的大人带着我们孩子到门框胡同，常常要去吃他家的爆肚，可以说认识他家的爆肚，比认识小冯本人还早。忽然间，“文化大革命”来了，“爆肚冯”就在那一年断了烟火。一直到粉碎“四人帮”后才又续上了香火，这样一晃，“爆肚冯”走了一个多世纪。只是我不知道接上这杆大旗的是小冯。“爆肚冯”老了，小冯和我一样大了，到了扛起大旗的时候了。

我和小冯算是同学了，他比我小 4 岁，是 1967 届的初中。那一年，我去下乡，他去上山，在水利工程工地里当工人，从此天各一方再没有见过面。大概在 20 世纪 90 年代初期，西四小吃街刚开张，像我这样北京小吃的顽固爱好者当然要去了，谁想刚在卖爆肚的地方一落座，就看见小冯向我走来，真是恍若梦里一样，青春虽都已经蹉跎，但还得如年轻人一样挑起生活的担子。他告诉我他父亲照顾门框胡同的老店，他支起了这个新摊子。那天，他的客人特别多，没来得及细聊，不过看见他的生意红火，挺替他高兴的。

我再一次见到小冯是在 90 年代的中期，也是真巧，要不就是我和他有缘分。那一天，我完全无目的地在街上散步，走过了劲松的东口，看见百货大楼在前面开了一家分店，便走了进去，一看地下一层全卖小吃，鬼使神差就走到了卖爆肚的摊位前，谁让我馋这一口呢？小冯又向我走过来，就像电影里演的镜头重复似的，和上次在西四小吃街一样，戴着回族的小白帽，笑容可掬，一双凹陷的眼睛还是那样有神。我笑着对他说你和你的爆肚在北京城简直是无处不在，我只要想吃这一口，就准保能遇见你！

第三次，是在五年前，在原来雷蒙服装店改成叫做了“王府井小吃城”，见中华老字号都在二楼，往楼上走时，心里还在想，没准能碰上小冯，谁想刚上楼梯，就见他向我走过来，他已经看见了我。那样子，那姿势，就和前两次一模一样，岁月好像定格在那一瞬间。

正是下午时分，没到饭点，客人不多，他坐在我对面，静静看我津津有味地吃他亲手为我做的爆肚。他不善言辞，那一刻却忽然说起我们在学校里的一些往事，他的记忆力极好，心细得让我感到温暖。我问他生意怎么样，他说现在竞争很激烈，这个地方离王府井稍偏了点，一到晚上夜市一开，双方争夺客人很紧张。不过，毕竟是老字号，他这里来的回头客多，有好多海外回来的老人爱吃这一口的，都特意找“爆肚冯”，这让他欣慰，也不敢大意，料都是专门从大厂进的，他亲自精选的。如今，他家的“爆肚冯”已经在这里和门框胡同老店、SOGO、当代商城开了四家，甭管怎么说，也是发展了。他一直在这里盯着，每天从早上盯到晚上十多点钟，辛苦倒不怕，怕是以后“爆肚冯”的第五代没人愿意干这一行了。他说这活儿单调，又不挣钱，年轻人谁愿意干呀！我问他你的孩子呢？他说他的孩子今年刚考上大学，学的是艺术系，学钢琴，一年光学费就是九千块钱。

我发现他说这话时，神情很复杂，既有着欣慰，又有着苦恼。一晃，我们的孩子都到了当年我们青春的年龄了，心里的感慨当然会有许多。我

知道，对于小冯，孩子会让他想起自己的青春，小店则让他想起父辈，命中注定，他一肩挑起了这样两头。午后温暖的阳光洒进来，填平他眼角渐起的皱纹，辉映在他背后“爆肚冯”的牌号。毕竟是老字号，如今的北京城，还剩下多少老字号了呢？新中国成立前，大栅栏一带，包括“爆肚冯”的老字号，有300家到400家，现在只剩下五十来家。

如今，王府井小吃城已经没有了，不知小冯到哪里去了，前些天，我带着几个朋友去门框胡同找“爆肚冯”。“爆肚冯”已经择地开在廊房二条，和门框胡同交叉的地方。一座二层小楼，生意挺红火，正踩在中午饭点儿上，居然都找不到座位。老爷子不在，是小冯的妹妹在这里打点，一打听，小冯在小红门又开了一个店。他妹妹给我一个他的电话，打过去，是他的店伙计接的，他有事不在。

爆肚还是非常得好，那天，我们特别要了涮羊肉，没有想到，一样的好，比别处的涮羊肉都要好。现在的涮羊肉都是用的冻肉，而且是用的碎肉，冻在一起切成片，看着挺齐整，涮进锅里，一下子就散了，柴得没有了羊肉味儿，什么肉涮进去都是一样的味道。没过两天，我带着我弟弟一家又来到这里，专门吃涮羊肉，一吃，也都说好。

现在，这条廊房二条，除了他家“爆肚冯”，还羊头李、小肠陈和月盛斋马，一共四家老字号聚在这里，是他父亲牵的头，相互帮衬着干，希望能够有更多家老字号加盟。他父亲一直想把这条胡同弄成了小吃一条街，借着煤市街的改造，将来这几家老字号都能够露在街边上，听说宣武区政府专门听取并采纳了他的意见，恢复当年门框胡同小吃街的辉煌。我知道，这一直是他老人家的一个梦。

这两天，在报纸和电视上看到，小肠陈和他家“爆肚冯”门前人山

人海，因为人们听说那里要拆迁，都跑到那里吃最后一口老北京的味儿去了，弄得他家招架不了。拆迁之后，“爆肚冯”要搬到菜市口南的烂漫胡同，那里偏了些，不知以后命运会是如何，还能不能搬回来。昨天我去那里，是下午三点多，早过了午饭的饭口，他家“爆肚冯”前挤满了人，下午饭还没有到点，店门只好关着，先发号排队等候，人们的热情依然不减。

我根本挤不进去。

牛街小吃

说心里话，北京小吃如今已经落伍了，翻来覆去的豆汁、爆肚、卤煮和糖耳朵，或是一再吹乎的老佛爷爱吃的栗子面小窝头……已经让人吃腻。要到台湾和新加坡，看看那里，都是华人的小吃，琳琅满目，风味别致，真的为北京的小吃有些感到脸红。北京小吃曾经有过辉煌，那是在清末民初。想想那是一个世纪之前的事情了，莫非就如一个人老了，就得一定衰落不可了吗？我真的有些弄不明白。

我弄不明白的还有一点，北京小吃，绝大多数是清真的。无论现在的隆福寺的小吃店，还是门框胡同旁边的小吃街，都是清真的，回形清真文字的招牌，是必须要张挂出来标示的，即使是新中国成立以前挑着小担子穿街走巷卖小吃的，担子上也都要挂着简单的清真招牌。为什么呢？回民，在北京城只是一少部分，为什么却占据着几乎全部的北京小吃的领地？清朝的时候，是北京小吃最红火的时候，旗人并不是回民啊，为什么从慈禧太后到平民百姓的胃口，都被回民改造成了清真口味了呢？

那天，我遇到一位高人，他年轻时在城南餐馆里学徒，曾经当过南来顺的经理，没有建菜市口大街的时候，南来顺在菜市口路南，是当时北京

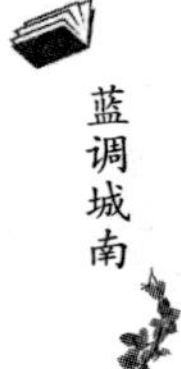

最大的小吃店，几乎囊括了所有的北京小吃，可以说是一辈子和北京小吃打交道，不仅是知味人家，而且是知底人家。

他告诉我，北京小吃，清真打主牌，是有历史渊源的，最早要上溯到唐永徽二年（651年），那时候，第一位来自阿拉伯的回民使者来长安城拜见唐高宗，自此伊斯兰教传入中国，与此同时带来清真口味的香料和调料，比如我们现在说的胡椒，明显就是，胡椒的一个“胡”字，说的就是回民，其他如茴香、肉桂、豆蔻都是来自那里，那琳琅满目的众多香料和调料，确实让中原耳目一新，食欲大增。要说改变了我们中国人的口味，最早是从这时候开始，是从这样的香料和调料入味的。

大量西域穆斯林人流入并定居中国，是元代，我们北京最著名的回民住的地方牛街，就是在那时候形成的，他们同时便把回民的饮食文化带到了北京，如水一样蔓延了人们的喉咙，是比香料和调料还要厉害的一种耳濡目染和潜移默化。写过《饮食正要》的忽思慧，本人是回民，又是当时的御医，里面写的大多是回民食谱，宫廷里和民间的都有，大概是最早的清真小吃乃至饮食的小百科了。比如现在我们还在吃的炸糕之类的油炸品，在老北京，在汉人中，以前是没有吃过的，那是从古波斯人就爱吃的传统清真小吃，如果不是牛街上的回民把它传给我们，也许，我们还只会吃年糕，而不会吃炸糕。

应该说，牛街是北京小吃的发源地。

他说得有史有据有理，牛街的小吃，到现在也是非常有名的，即使在地下小作坊里没有卫生许可证做着黑小吃的，也打着牛街的招牌，才好推销，牛街确实是北京小吃的一种象征，一块金字招牌。

过去说牛街的回民，“两把刀，八根绳”，就可以做小吃的生意了，

所谓两把刀，就是有卖切糕或切羊头肉的刀，就行了，别看只是普通的两把刀，在卖小吃的回民中，是有讲究的。切糕粘刀，切不好，弄得很邋遢，讲究的就是切之前刀子上蘸点儿水，一刀切下来，糕平刀净，而且分量一点儿不差（和后来张秉贵师傅卖糖一把准的意思一样）。卖羊头肉，更是得讲究刀工，过去竹枝词说：十月燕京冷朔风，羊头上市味无穷，盐花撒得如雪飞，薄薄切成如纸同。那切得纸一样薄的羊头肉，真得是功夫才行。粉碎“四人帮”之后的80年代，断档多年个体经营的传统小吃又恢复了，在虎坊桥南原23路终点站，摆出卖羊头肉的一个摊子，挂着“白水羊头李家”的牌子，一位老头，切——其实准确应该叫片，片得那羊头肉真的是飞快，唰唰飞出的肉片跟纸一样的薄。每天下午五点钟左右，摊子摆出来，正是下班放学时间，围着观看的人很多，老头刀上的功夫，跟表演一样，让老头卖的羊头肉不胫而走。

八根绳，说的拴起一副挑子就能够走街串巷了，入门简单，便很快普及，成为了当时居住在牛街贫苦回民的一种生存方式。所以，最早北京小吃是摊子，是走街串巷地吆喝着卖，有了门脸，有了门框胡同的小吃街，都是后来的事了。

回民自身的干净，讲究卫生，更是当时强于汉人的方面，赢得了人们的放心和信任。过去老北京人买东西，经常会嘱咐我们孩子：买清真的呀，不是清真的不要啊，在某种程度上，清真成了卫生的代名词。

北京小吃，就是这样在岁月的变迁中慢慢地蔓延开来，不仅深入寻常百姓之中，也打进红墙之内的宫廷，成为了御膳单的内容之一。可以这样说，北京的名小吃，现在还在活跃着的爆肚冯、羊头马、年糕杨、馅饼周、奶酪魏、豆腐脑白……几乎全是回民。民国时期和新中国初期，北京最有名的小吃一条街——大栅栏里的门框胡同，很多来自牛街的回民，有统计说，那时候全北京卖小吃的一半以上，都是来自牛街。开在天桥的爆肚满的掌柜的石昆生，就是牛街的阿訇石昆宾的大哥，真的是树连树，根来根，打断了骨头连着筋，和牛街，和清真，分也分不开。

这样一倒根儿，会发现北京小吃，其实，也可以叫做牛街小吃，即使现在有些落伍，还真是不可小视的，它的根很深呢。懂得了它的历史，才好珍惜它，挖掘并发扬它的传统优势。同时，也才会品味得到，别看北京古老，真正属于北京自己的东西，其实并不多，基本都是从外面传进来的，开放的姿态和心理，才能够形成北京的性格。

大丰粮栈

那天黄昏，我在西打磨厂，忽然听见有人招呼我的名字，回头一看，是一位熟悉的老街坊，忙走过去问候。这时，一位陌生男人走到我的身边，面目清秀，高个子，50多岁，很直截了当地冲我说道：你是肖复兴？你写的老北京的文章，我看过，但有地方你写得不对。赶紧向他请教：哪儿不对，请您告诉我。他说：你写西打磨厂泰丰粮栈就写错了，应该是大丰粮栈，全名叫做大丰粮货栈。看我还有些疑惑，因为这家粮栈就在我家住的粤东会馆的正对面，从小我们大院里所有人都叫它泰丰粮栈，一直都叫错了？他不容置疑地对我说：大丰粮栈就是我父亲开的，我家里现在保存着那时的信封，信封上写的就是大丰粮货栈，要不你到我家看看！说着，把我领到他家。

我们都知道他家姓江，住在大丰粮栈东边一个小夹道里面，在我的童年，那个窄小的夹道有几分神秘，夹道的尽头，往西拐了一个小弯儿，那里有一扇红漆大门，因为有很宽的塞余板和走马板，大门显得很宽敞。不过，那扇大门似乎总是关闭着，我是从来没有进去过的，总见一个比我小几岁的小男孩独自一人穿过瘦长的夹道出出进进，从来不爱和我们一起

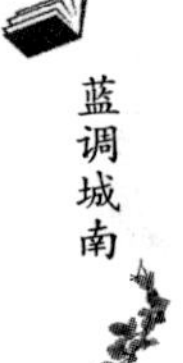

玩，甚至说话，显得有些高傲，也有些忧郁的样子。那个小男孩一定就是他了。

现在，他把我带到大门前，红漆斑驳脱落得很厉害，门联上的黑字还比较清楚：家传事业承冠冕，国倚长才辅圣明。这大概是他父亲江老爷子的心愿吧。这是一个北京小三合院，虽不典型，但很精致，因为前面是大丰粮栈的办公和储存货物的十多间房屋，院子有东西厢房，没有倒座房，却多了东边一溜儿刀把式的房子，两间西房是他家原来的厨房，北边一间是他家原来的厕所。院子很宽敞，中间的一株石榴树很粗很高，绿荫掩映了整个小院。他指着石榴树告诉我：去年温家宝总理专门来到我这院子里视察，就是这石榴树的枝子碰了温总理的头呢。

他现在住在那正房五间里，房前有走廊和高台阶，房间的开间很大，每一间足有 20 多平方米，如果加上前面原来办公用的房子，占地有 1000 平方米。这在打磨厂的货栈里，算是规模大的了，而且它的前脸完全是西式建筑风格，匾额虽然看不清了，高窗铁栏，水泥墙面，却还是以前的，明显和清末民初的老房子格局大不一样，在当时也应该属于新潮。刚刚走进他的屋子，他就拿出一个老信封给我看 ，果然，信封上印着大丰粮货栈，还印着当时的电话电报的号码和地址西打磨厂 129 号。他指着这地址对我说：这门牌号当时只有 129 号，前后都少一个号，因为当时我父亲买下的这块地方是三家铜铺。然后，他告诉我抗战爆发后，东北沦陷，他父亲从沈阳跑到北京，开了这家大丰粮栈。开头叫晋汇丰银号，后来也叫过聚丰证券行。

70 年过去了，房子依然结实完好，和传统四合院里房子不一样，房顶是水泥白灰吊顶，吊灯四围的岔角有彩色的花朵装饰，这么多年过去，

那颜色还是很鲜艳。他指着地面上铺的花地砖告诉我，这是从西德进口的，当时只要是铺西德的地砖，全部都是这一种图案，你看吧，瑞蚨祥铺的也是这种花地砖。岁月无情，那么多人那么多日子的踩踏，花地砖上的图案居然还是那样清晰而色彩斑斓，一副宠辱不惊的样子。他不无得意地对我说：这房子是四梁八柱，两层麻，四道漆，就是现在你往墙上和柱子里钉根钉子进去，你拔都拔不出来，就那么结实。

可见当初江老爷子的心气儿是很壮的，无论前面的办公用房，还是后面自己的住房，都做得精良时尚而一丝不苟。可惜，1953 年，江老爷子患上脑溢血，力不可支，把前面的办公用房交了公，成为了铁路宿舍，演变成了大杂院，大丰粮栈，便也提早结束了自己本来雄心勃勃的路程。如果没有后来爆发的“文化大革命”，江老爷子一家可以安安稳稳地过太平日子。他有两个儿子，长得都随老伴，个头高高，面容白净，都可以“家传事业承冠冕”。可是，“文化大革命”来了，家里整套的红木家具，文物收藏，名人字画，连同他那一大家子，统统被抄家抄去，扫地出门。我记得那时派出所的一个警察，姓张，外号叫“大屁股张”，就是在那时趁机占了他家的一间房子，每天很得意地从那夹道里晃晃悠悠挤出来。

他告诉我，“大屁股张”那时占的是他家原来的厕所。那时，他家所有的房子都被占了，他哥哥在北工大教书，跟着嫂子住进了娘家，他在服装厂工作，和父母三人被迫住进斜对门也就是我们粤东会馆旁边的大杂院里的一间小屋，住了整整十年，住得父亲死去，母亲苍老，哪里想到大丰粮栈竟然最后害了他们一家。

“文革”结束，抄家时有记录的东西可以退赔，于是，一张八仙桌退赔了 15 元，一把太师椅退赔了 5 元。历史就这样和善良的人们开着玩笑。

他指着我坐的沙发旁边的一张花梨木的写字台对我说，这也是退赔给我的，可光一个桌面是原来的了。说着他从里屋拿出一个瓷笔筒和一小木匣对我说：再有就是这两样东西了。我看了看，画有线条人物的笔筒出自宫廷，匣子里是一套康熙五十年印制的《佩文韵府》。时光如水，流逝得这样的快，将一切冲刷干净，留在沙滩上的，只是断楫残桨，和惘然的回忆。

告别之际，他忽然又想起了什么，指着房子中间对我说：以前这里有木隔断，是一位姓田的老木匠帮我家打的，隔断中间都是一些名字字画，“文化大革命”中把隔断给砸掉了，你看这里还有隔断的痕迹。我问他当时为什么把隔断给砸了呢？他反问我：你怎么会不知道，当时这里变成了街道的缝纫工厂了嘛，不仅把隔断给砸了，还把窗户推前到房檐下了。

我这才忽然想起，我并不是从来没有来过这个院子，从北大荒插队回来，一时待业在家，到处找活儿干，曾经用平板三轮车帮助街道缝纫厂把做好的服装拉到大栅栏去卖，到的就是这里。那时，我还不会蹬平板三轮车，一路上狼狈不堪。那时，他家这一排房子都打通了，成为一个大车间，缝纫机嗡嗡地响着，院子里堆满了乱七八糟的东西，哪里有一点儿现在这样的样子。几度青春老，千年白日长，只有这个沧桑小院，老眼厌看南北路，流年暗换往来人。

乔家大德通

电视剧《乔家大院》热播之后，山西祁县乔家大院的后人寻根，来北京前门外，找到他们在西打磨厂开的大德通银号。这家大德通，在西打磨厂 213 号，我很熟悉，是座高台阶的小院，路北，拱形券式大门，门脸不大，墙头爬满铁丝网，显得格外森然。小时候，看见它的门口总有军人站岗，据说，里面住着一位将军，解放军打进北京城不久，他就一直住在这里。那时候，不知道它以前是银号，我们都管它叫做将军院。

小时候，我从来没进去过，也从来没有见过这位将军，只是想象他的样子。那时候的将军，没有现在这样多，现在连打乒乓球的、说相声的都是将军了。那时候的将军，是真正从枪林弹雨中闯过来的，在我的印象中，真的是得和岳飞或者关云长一样叱咤风云、铁马秋风一样才是，便总把他想象得格外了不得。

在后河沿，原来有它的后门，从那里望它，和从打磨厂里看它，是完全两种不同的感觉，也许，后河沿的地势低，它的后山墙显得那样的高大，可以看出是一座很巍峨的二层楼，三层硬山脊，悬山顶，青砖灰瓦，红柱红窗，翘翘的房檐，逆光中的阴影，有几分不言自威的气势，和想象中的将军形象倒格外吻合。

老街坊曾经告诉我里面的样子，是一座非常齐整的四合院，和北京四合院不一样的是，它北面正房是座二层木制小楼，前出廊后出厦，有高高的台阶。这是典型的山西银号的格局，在施家胡同老北京银号一条街上，所有山西银号都有这样一座二层小楼。大德通一直开到新中国成立初期，转卖他人，将军住进去的时候是从他人手中买下的。

老街坊还告诉我，新中国成立以前大德通门前就有警卫站岗，大门外一道推拉式的铁栅栏，大门上方是一块非常大的长方形的匾额，上面由右往左书写着“大德通银号”五个大字。进门是大门道，正面是一道靠山影壁，左边即西墙开一道门，进去是院子的倒座房，银号的营业厅。将军住进后把它改成了车库，我前两年来的时候，这里朝南开窗，变成了对外营业的餐馆。

这两年多，我常常到西打磨厂，它的样子没有什么变化，几乎和我小时候见到的一样，让人恍惚觉得时间定格在往昔。上一次，我来打磨厂的时候，第一次走进这座小时候倍感神秘的将军院，现在已改成为 57603 部队的招待所。招待所的负责人黄先生，证实了我童年的印象，这里确实一直住着一位将军，在他老的时候，部队分配给他新的房子，他也不愿意离开这里，一直到他故去。东西厢房和倒座房都保留得完整，院子非常宽敞，院中央原来有一架葡萄架，西边还有一个宽敞高大的天井。黄先生告诉我，东边的楼下据说还有一个地窖，不知具体的位置，但是前些日子二层楼重新装修时候发现墙都是双层的，这些都是为了藏钱用的银号的特征。黄先生说，前些天乔家后人来，特别想把大门前那推拉式铁栅栏买走，拉回祁县乔家大院的展览馆里。

我发现，这里大概是西打磨厂现存最好的四合院了。除了二层楼顶的老瓦被换成水泥，倒座和东西厢房都还是鱼鳞灰瓦，起码有百年沧桑了。关键是房檐下所有的砖雕，还都那样的完整清晰，一点损坏没有，真是难得。倒座房老式掀起式样的窗子和花窗格以及铁挂钩都还顽强健在，窗子上方雕刻在窗楣板上梅兰竹三幅图案也都还栩栩如生。

最后，黄先生热情地引我到前厅，让我踩着椅子爬上他们的柜台，让我看看房梁下的檐檩枋板上有什么东西？好家伙，是前后两层的龙纹浮雕，如此藏龙卧虎，蛰伏在这里，一副“明经思待诏，学剑觅封侯”的幽幽心思，不知是属于当年大德通乔家主人的，还是属于那位后住进来将军的。

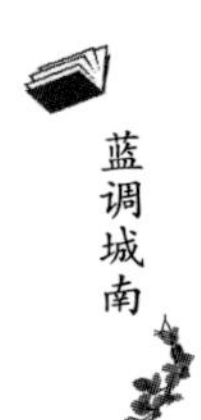

前门外

读李健吾先生文章，看他说道："繁华平广的前门大街就从正阳门开始，笔直向南，好像通到中国的心脏。"我心里泛起一阵疑惑，为什么李先生要这样说，前门大街真的有这样大的力量，能够通到中国的心脏吗?

那是李先生30年代写的文字。旧时的前门大街和现在大不一样。作为前门大街的象征，前门楼子是明正统二年（1437年）建的，它位于北京中轴线的地位，除了皇宫、天安门，就要属它了，连鼓楼和钟楼都赶不上它。现在，它都裂开了缝，刚刚正式启动对它修复的工程，密密的脚手架，像是包扎伤员的纱布似的，包扎着整个前门楼子。想想，连它都裂开了缝，整个前门大街，都真的老了。

以前的前门大街——以前到什么时候？起码是要在比李健吾先生写文章还早的时代，比现在要气派、宽敞得不知道有多少，由前门楼子和箭楼，瓮城、正阳桥和五牌楼组成的配套装束，是前门大街的凤冠霞帔，是前门大街奏响的序曲。没有现在南面的肉市、果子市、布巷子和北面的珠宝市、粮食店的街道胡同，更没有在它们前门盖起的店铺房子，一马平川的前门大街，是皇帝外出到天坛和先农坛祭祀的御道，黄沙铺地，清水洗

尘。一直到清朝前期都是如此，康熙年间，孔尚任当时有诗为证：前门辇路黄沙软，绿杨垂柳马缨花。如今，别说马缨花了，就是道两旁的绿杨垂柳上哪儿找去？

前门大街真正的辉煌，是清末在前门楼子东西两侧有了京奉和京汉线的火车站之后。不过，鳞次栉比的店铺棚户雨后春笋一般冒出，让那时的前门大街也就再没有原来的气派和宽广了。御道变成了商业街，大小店铺一点儿也不守规矩，拥挤不堪，杂乱如同乡间的集市。当时有竹枝词：人马纷纷不可论，插车每易见前门。那时的“插车”，就是现在的堵车。

那时有这样的谚语概括北京几条有名的商业街：东四、四单、前门外。前门外指的就是前门大街和它所辐射的几条街。以前门大街为轴心，东西有打磨厂和西河沿、鲜鱼口和大栅栏四条街，成并行齐整的矩形，规矩方正如同棋盘，所以又被称为棋盘街，当时有诗：棋盘街阔静无尘，百货初收百戏陈。向夜月明真似海，参差宫殿涌金银。形容它们夜晚的繁华，并不夸张。如果按现在的功能划分，当时的西打磨厂是旅店街，西河沿是金融街，鲜鱼口和大栅栏是商业街，彼此的分工，是时光筛选的结果。

更让前门外骄傲的，自清初禁止在内城建戏园，北京外城所有的戏园子，全部都散落在这四条街上和它们附近。以娱乐业为主的八大胡同，也在这周遭不远的地方。说当时的前门外是“向夜月明真似海，参差宫殿涌金银。”足可以和后来上海灯红酒绿的大世界相媲美了。

即使按照新中国成立初的格局来看，只看前门大街，由北往南数过来，甭数远，只数到鲜鱼口和大栅栏附近为止，就可以看出当初的鼎盛。以我所知道的，东边依次是大北照相馆（原来的北京绸布庄八大祥之一的瑞生祥)、前门报刊社、三轮车社、正阳德食品店、天章涌酱园、九龙斋鲜果店、前门百货店、庆林春茶叶店、天盛号酱肉铺、永义合乐器店、通三益食品店、庆颐堂药铺、老大芳糖庄、力力餐厅、福建春茶庄、服装店、前门医药商店（原前门大药房）、都一处烧麦馆、天成斋鞋店、鲜鱼口西口、食品店（原田老泉帽店）、正明斋饽饽铺、老正兴上海餐馆、新华书店儿童门市部、普兰德洗染店……西边依次是协合祥鲜果店、月盛斋酱肉铺（原永增和钱庄）、谦祥益绸布店、表兴钟表店、恒泰五金店、中原照相馆、华孚钟表店、民族乐器门市部、一条龙清真馆、盛锡福帽店、前门储蓄所、红光理发馆、前门颜料店、大通食品店、大栅栏东口、公兴文化用品店、谦祥胶鞋店、新华书店、洪盛兴柳条杂物店、祥聚公饽饽铺……

我数得绝对不全，在这不过两里来路的两边竟然聚集着这样繁多的老字号，足以勾画出那时的繁华。那时，我们大院里讲究点儿的街坊，买酱牛肉是一定要到月盛斋，买点心要去正明斋和祥聚公，买酱菜要去天章涌，买秋梨膏当然更是只去通三益了，就是买一包茶叶末，也得去庆林春。那是那时我们追逐的名牌。记得最清楚的是，母亲从老家带回来一块土布，要把它染了，去买几分钱一袋海尚蓝的染料，别处的不要，踩着小脚也跑到快到大栅栏口的那个前门染料店。我插队前买的柳条箱子，是在洪盛兴，花了十元钱，到现在还记得清清楚楚；朋友帮我从凌晨排队到中午才买到一块英格牌手表，是在华孚钟表店，一直走了三十来年，1992年，我刚刚走出苏黎世的海关，它坏在生产它的瑞士本土上；我从北大荒回来探亲和朋友照相，是在红光，从北大荒带回那么多的底片，洗印也是在红光。读中学的时候，和刚刚从北大荒回北京待业在家的时候，我常常

到大栅栏口北面的高台阶的新华书店，并不买书只是蹭书读，即使读到店要打烊，也没人管。以至有了孩子，我带他专门到这里和马路对面的儿童门市部买书。

是的，我从小在前门外长大，自然对这里充满感情。只是，如今的前门外变得让我脸红，近十多年来，越来越差。虽然重建起了五牌坊，那只是竖起一座仿旧的牌坊而已，并不能够将过去的辉煌那么轻而易举地竖起。李健吾先生说的“好像通到中国的心脏”的感觉再也无法找到了。

去年夏天，我领一位从美国来的朋友专门去看前门外，从前门火车站一路走过来，见到的都是兜售假货的外地人，追着你的屁股推销他们的东西。前门大街上的老店铺，大多都找不到了，从肉市胡同里探出头来的全聚德，占领了原来力力餐厅好几家老牌子的店铺的位置。天章涌没有了，通三益没有了，老大芳没有了，庆颐堂药铺变成了长春堂，都一处门前多了乾隆爷微服私访时到这里来吃烧卖的雕塑，月盛斋门可罗雀，人们似乎并不买老字号的账。廊房头条和珠宝市更成为了外地假冒伪劣下商品摊贩的天下，人如蚁动，嘈杂声一片，还夹以扩音喇叭肆意的叫喊。走到大栅栏里的门框胡同，同乐电影院早已关闭，小吃店改成旅店，地上污水横流，垃圾到处都是，一股霉味四处飘散。卖货的商贩和他们的“托儿”，在携手上演着，他们每天都有拿手好戏，卖烤白薯的妇女，和拿相机给她和她的烤白薯照相的外国人争执，非要人家买她一块烤白薯不成……

这位朋友对我说：一个城市都有自己历史形成的贫民区，这里早晚得成为北京的贫民区。他的话，让我一惊，心里在说，这么老又曾经这么繁华的前门外，怎么可能呢？但心里又一想，怎么就不可能呢？如果我们不好好珍惜的话。潜移默化惯性和惰性的力量，有时比时光的力量还大。

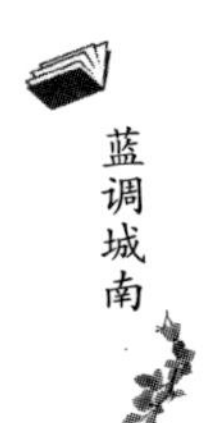

东打磨厂

北京城现如今消失的胡同很多，东打磨厂是其中的一条。

这是一条老街，和西打磨厂一起，兴起于明朝，横亘在前门和崇文门之间。明《京师五城坊巷胡同集》和清《京师坊巷志稿》中，都只有“打磨厂”的记载，那时的打磨厂并没有东西之分。过去讲究是门见门，三里三，三里多长的胡同，在北京外城里，打磨厂是最长的一条胡同，除此之外，绝无仅有。

打磨厂有东西之分，自1947年始，那时的《北平地图》把它分为了东西两段，以中间的新开路胡同为界，以东为东打磨厂，以西为西打磨厂。新开路，现在叫新革路（“文化大革命”时改的，以后的人难懂这“革”的意思了，这“革”字是当时革命的缩写，现在有个词能和这个“革”字有一拼，即“酷”），非常好找，因为大名鼎鼎的同仁堂制药厂就在新开路口，轩豁的大门口和醒目的大牌子，让你不认识也得认识了。如果你是从崇文门而来，看到了它，就知道前面是西打磨厂了；如果你是从前门而来，过了它，就走到了东打磨厂的地界了。

西打磨厂多旅店商店和饭馆，东打磨厂原来以扇庄、宫灯厂和书局多

而著称，可以说是明清以来到民国初期的文化街，历史要早于琉璃厂。对比喧嚣的西打磨厂，走到东打磨厂，一下子就安静了下来。一直到我上中学的60年代，走到那里，老书局是没有了，但老书局旧的房子还在，高台阶，大窗户，厚窗板，一一健在，沧桑无语，却演绎着历史春秋。我还能够看见做扇子和宫灯的车间窗子，临街大开，鲜艳的宫灯和精巧的纨扇折扇、雕翎扇，在里面像是演着满目生辉的古装戏。特别是读初三时候看了郑振瑶演的话剧《桃花扇》，走过那里，看到那些美丽的折扇，忍不住想起李香君的那幅“叶分芳草绿，花借美人红”的桃花扇，一把折扇所含有的忠奸情恨，真可以说是民族特色的大写意。

说起扇子，大概是东打磨厂最值得骄傲的了，它制造折扇自宋朝开始，拥有700多年的历史，其中一直保留到新中国成立初期的有名的戴廉增扇庄，也有300年的历史了。至于新中国成立后还在顽强生存的天益扇庄、聚顺扇庄，都是我在童年时见过的，它们都是前店后厂，制造经销一条龙。只可惜如今都已经风流云散，每次路过这里时，我都会想起当年见到它们时的情景，高档的用湘妃竹做扇骨，一般的两层宣做扇面，素的一色白，热闹的水浒一百单八将彩绘，可以说是琳琅满目。令老街坊现在念念不忘的，是那时画有同治和光绪年间十三位戏剧家的“同光十三绝”的扇面，曾经是东打磨厂的骄傲，谁走到这里都要多看上几眼。

据说扇骨上的雕刻也非常讲究的，一柄细细的扇骨上能够用蝇头小楷雕刻出长长的《般若波罗蜜多心经》来。那扇子真的不能够只叫做扇子了，就是艺术品，而且是独一无二具有中国特色的艺术品。如果现在还能够保留哪怕一家，让从故宫逛完出来或从崇文门便宜坊吃完烤鸭或是从王府井购完物的游人，到东打磨厂来都很近，来看看赋予中国民族特色的折

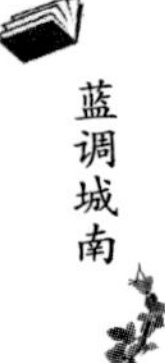

扇制作过程，该是什么样的民俗味道？可惜，如今是一家扇庄都找不见了。

找不见的还有当时那一溜密麻麻紧挨在一起的书局，据说从东打磨厂东口开始迤逦排开，路北有大有书局、义文书局、益昌书局、致文堂、瀚文堂、老二酉堂6家，路南有宝文堂、学古堂、文成堂、泰山堂、万居书局、文达书局、河北书局7家，一条不过一里半长的小小胡同里一共有13家书局，就是现在满北京城也难再找到这样的书店一条街了吧？

其中最有名的，要属老二酉堂和宝文堂，一个路北，一个路南，一个开在清光绪年间，一个开在道光年间，都是北京城里最老的书局，同扇庄和宫灯厂一样，也都是前店后厂，集排版印制和销售为一体，是如今出版社和书店的前身，经历了从农业时代的活字印刷到工业时代的印刷机印刷，可以说是一部活历史。

新中国成立以后，宝文堂书局迁到东四八条，毕竟还在，第四代传人还在坚守着，如今不知道哪里去了。据说牌匾上“宝文堂”的三个字，是当时的工部尚书贺慈寿所书，在公私合营时期被当成废品处理了。老二酉堂一直坚持在东打磨厂，却也在“文化大革命”之前早早就寿终正寝。前两天听说，去年拆迁时老二酉堂的窗户护板还在，上面还能看见“老二酉堂书局”的漆字，不知保存好没有，别再出现宝文堂的牌匾被当成废品卖了就好。

如今东打磨厂已经名存实亡，修新世界商厦和祈年大道的时候，先后两次无情地占去了东打磨厂的大半条街，街如果也像人有生命的话，如此的截肢或腰斩，是要流血流泪的，是疼得会叫喊的。有时，我会想，人真的是够残忍的，而且是那样的忘恩负义，为了眼前，立刻就能喜新厌旧把

过去的一切抛弃，像砍伐大树一样，把东打磨厂拦腰砍去。

如今，东打磨厂只剩下盲肠一段很短的胡同了。从东边走进去，没走几步就到了新开路，同仁堂制药车间一眼就看见了；从西边走，走到北官园的路口，就看见东口了，祈年大道的车水马龙，喧嚣一片。有一次，我走到北官园的路口，还傻傻地问几位老人：翟家口（因为那里有明嘉靖年间的兵部尚书翟銮的花园遗址，后来那里改建成翟家口小学，我的朋友作家罗辰生曾经在那里教书的时候，我到那里找过他，真是非常大的院子，古色古香）在哪儿呢？人家以一种洞中方一日，世上已千年的神情望了望我，对我说道：还找翟家口呢，那是哪年事了？早拆没了！不仅翟家口，北官园以东，包括三川柳、喜鹊胡同、巾帽胡同、豆谷胡同、莲子胡同等许多胡同，都已经统统拆光了。

现在，在东打磨厂的东口，新建的一座银行大楼，楼面贴着的门牌上写着是西打磨厂街 1 号。明明是东打磨厂，却写着西打磨厂。再短，东打磨厂还在，这样非得让它提前消失，真有点强行“安乐死”的意思了。

胡同就是这样的被腰斩，历史就是这样的被改写，以后的人们也就再无从知道北京城还有这样一条东打磨厂胡同了。

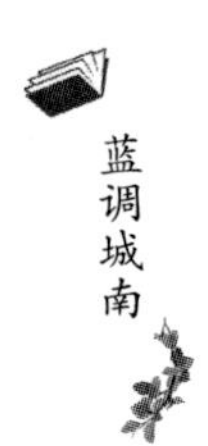

后河沿

写东、西打磨厂的文章，在北京晚报上发表后，一连接到好多素不相识的读者打来的电话，心想大概东、西打磨厂确实是一条有名的老街，要不怎么会有那么多人关心？其中好几位读者关心的问我：在西打磨厂靠西口的地方为什么拐了一个弯儿？拐弯儿处，当地的老人为什么把它叫做“鸭子嘴”？它北边也就是后河沿到打磨厂的出口那块地方，为什么管它叫做“胳膊肘”？

这问题问得确实好，是老北京人才能够问得出来的问题。这个后河沿，以前叫做东河沿，我们住在附近的人都叫它后河沿。这两种叫法，各自有理，都有案可稽。明《京师五城坊巷胡同集》里，称它为东河沿。清《京师坊巷志稿》，称它是后河沿，并专门注明有“井二”之外，还特别写有的它的词条：“右在崇文门大街西，与兴隆街北，深沟胡同东，东与东城交界，西与中城交界。”这里所说的中城，就是前门大街。它说的地理位置非常清纯，和现在人们说的后河沿一样，而且，把它的地理分界线的作用说得也非常明显。

可以说，自从明初建了城墙，引来凉水河的水，有了护城河之后，就

有了后河沿。它在城墙和护城河的后面，后河沿的“后”指的是这个意思。但是，住打磨厂的老街坊说的后河沿的“后”，指的是在打磨厂的后面，也说得通。老百姓约定俗成起的地名，总有自己的道理。现在改名叫西河沿，和打磨厂对面的西河沿，容易混淆，只好在前面分别加上一个“崇文门西河沿”、“前门西河沿”，啰嗦不说，哪儿有后河沿形象？说后河沿，一下子拔出萝卜带出泥，让人立刻联想到明城墙、护城河和打磨厂。叫后河沿的时候，明城墙和护城河都在，如今，明城墙和护城河早没了，东打磨厂基本也没了，只剩下西打磨厂了，后河沿显得孤零零，名字和地方对不上榫子，像是被遗弃在这里似的。

《京师坊巷志稿》里说：“正统间修城壕，恐雨水多水溢，乃穿正阳桥东南洼下地开濠口以泄之。”这个“正阳桥东南洼下地”，就是现在说的后河沿的“胳膊肘”地方。明朝正统年间，为了泄洪，在后河沿斜着往南挖的这条泄洪沟，形状很像人的胳膊肘弯曲的样子。当年洪水就是从这里泄出，在北孝顺胡同以东、长巷头条以西冲出了一条河，流到豆腐巷、芦草园、北桥湾，进入大运河，这条泄洪河，大约三里长，就叫成了三里河。现在，从桥湾、小桥、水道子、薛家湾的地名，都可以看出当年水的影子。而从护城河里流出的水经过打磨厂这块地方无形中由东到西低洼下来，就被人们称之为“鸭子嘴”。

现在，从西打磨厂西口进去，走一百米左右，看见前面明显的拐弯，地势也明显低洼，那就是“鸭子嘴”。北边有个岔路口，很窄小，斜着往东北方向插进去，走一两百米，以前就可以看见护城河了。护城河的北岸就是老北京火车站，以前，从那里往西拐个弯儿，是个很大的卖火车票的售票处。老火车站废弃后，售票处还在，站台却变成了篮球场，那时放学

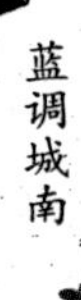

后我们常常从这里跑到那里去打篮球，一直到“文化大革命”时期，我们还常在那里打篮球，那时，空旷的四周，没什么人，很清静，最难得的是前门火车站的钟楼能够准时提醒我们时间，成为我们比赛时候的义务计时员。

清末民初，后河沿，除了打磨厂一些前店后场的店铺货栈的后门和货仓开在那里之外（比如福寿堂饭庄、淑阳客店的后门就开在那里），沿着河沿陆续搭建起高低错落的房子，一般都是低矮的棚户，占地为王，很像如今私搭乱建的违章建筑，便形成了这样一条“亲水住宅”。其实，不过是打磨厂迫不得已生下的私生子，随便扔在那里，成为了外来小手工业者自谋生路的操场，虽赶不上打磨厂那些老字号、老会馆深宅大院的气派和堂皇，却也凭着自己的本事和劳作，拾遗补漏，紧靠在皇城边上立下了足，不敢说和打磨厂分庭抗礼，起码不客气地分它一杯羹。

后河沿渐渐成为了一条小作坊街，当年老北京城的斜木行（专门做棺材）、小器作（专门做多宝格、古玩底座）、戥子铺（专门做称金银或药品的小秤）、锤金作坊（为装饰古建筑外观、老店铺牌匾做薄如蝉翼的金箔），鳞次栉比。再往东，靠近崇文门一带，做牙刷和刮舌头的刮子或罗圈（蒸锅笼屉用）的小作坊多了起来，档次和工艺的含金量，明显弱了下来。不过，一条后河沿走下来，从生到死，从用到玩，金木水火土，应有尽有。

小时候，我们从打磨厂到后河沿去，一般走北深沟，拐个弯儿就到。那时，护城河的水很深，也还清亮，可以游泳。河上有一座木桥，过了桥，穿过铁轨，就是城墙根儿，现在的地铁，就是在这个位置上轰轰地驶过，东到崇文门，西到前门，这一线地铁是当初把城墙扒倒后修成的，代

价不可谓不高。北深沟外就是正义路，有城墙的时候，厚厚的城墙隔开，我们是到不了正义路的，只能够到城墙根儿下玩，一般我们约人打架，都会到那里，因为那里在城墙的映衬下，显得月黑天高，格外适合干这种事情。修地铁，先在那里的城墙扒开一个缺口，正是我读中学的时候，放学回家可以坐公共汽车到正义路下，穿过城墙的缺口，比走桥湾要近便。更重要的是，有了这个缺口，我可以和我的中学女友约会在正义路，那里有一个漂亮而幽静的街心公园。她和我同住在西打磨厂，到那里路最近，又有花前月下，是最佳的选择。我到现在还记得非常清楚，是我读高一的春天，那里的柠檬黄的蔷薇花一丛丛正在怒放。这一切也是以扒倒了城墙为代价的。

那时，河的南边，有一个豆汁铺，地方简陋，东西便宜，是专门为那些前门火车站下班的铁路工人和刚刚下了火车的贫苦过客预备的，经常会看到他们坐在粗板凳上，就着热豆汁辣咸菜，啃窝头和贴饼子，晚上，点着油灯，依然是食客盈门。如果到了夏天，满天艾蒿的烟雾，开始弥漫在后河沿，那是熏蚊子用的。

可以说，自从有了后河沿，那里一直就是老北京贫民聚集的场所。一个地方，地理的位置所带给它的地理意义，往往是有些宿命意思在里面的。尽管它北面是明城墙和城墙里面的皇宫，南是打磨厂、大栅栏的繁华闹市，东是崇文门，西是前门，都是富庶热闹之地，但这些连它的亲戚都不是，而只是它的阔邻居而已，是无法帮助它的。无论是往前看、往后看，还是往左看、往右看，它都夹它们的中间，仿佛“三明治”一样，自然是受气。不过，这么多年所形成的那些大小店铺，却也都是凭本事吃饭，便也知足常乐；虽是夹在它们中间，却也闹中取静，没有那么多的喧器，走在那里，还有那时的河水清清和河边的杨柳依依，也是老北京的一道风景。

这道风景，以地铁轰轰烈烈从这里驶过时结束。

鲜鱼口

虽是伏天，挥汗如雨，来鲜鱼口的人，还是很多。大多是外地人，看完前门大街和大栅栏，顺便看看新修的鲜鱼口，往南一拐弯，还能看看原来大蒋家胡同如今台湾街上的小吃。显然，如今的鲜鱼口是台湾街的一部分，以前的孝顺胡同、新潮胡同等几条胡同被打通，连成一片。无疑，这是开发者的一种改造老街的新思路。可以说，是大鲜鱼口的概念，也可以说是台湾街拔出萝卜带出泥，把鲜鱼口带出的一种新姿态。

已经是下午六点钟了，太阳依然没心没肺地辣辣地照着，依然是一街的人流如鲫。不过，看得出人们更多的是进了天兴居和锦芳小吃店，还有便是到力力餐厅吃四川凉粉或担担面。一街的人是逛的多，吃的少。宽敞的烤肉季里几乎门可罗雀，一些店前，站着打板数来宝的人在招揽并不买账的游客。

如今的鲜鱼口被定位为老字号美食街，和以前门框胡同的小吃街相比，名分大多了，店铺内外装潢也好了许多，但仅就小吃而言，品种少了好多，也缺少了如“爆肚冯”一类平民小吃的支撑，显得高不成低不就，人气聚拢在外面而不在里面。

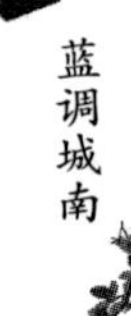

如今新开张的12家老字号，只有便宜坊、天兴居和金糕张三家是鲜鱼口的老店，而且只有后两者是原址老店。鲜鱼口新是很新了，原汁原味的“鲜”很少了。金糕张倒是恢复了原来转角楼的样子，卖的金糕却完全没有了原来的样子了。单一塑料纸包装金糕，在哪个超市都可以买到。从原来前门大街移植过来的同三益，窄小的门脸和店堂，尽失原来的品味和气魄。原来卖的琳琅满目的各种干果、干菜和海味，如今删繁就简只剩下小瓶装的秋梨膏，单调得如同树叶摇落后硕果仅存枝子。除了我进去，没有看见一个游人跟进。

进到天兴居喝了碗炒肝。毕竟是如今鲜鱼口最负盛名的老店了，也是我从小到大经常到的地方。“谚语流传猪八戒，一碗过市炒肝香”，那时候流传的民谚，让这家老店名扬。8元钱一碗，不算便宜，但味道同一些小店相比，还算不错。只是，酱油放多了，颜色有些重；盐也稍微多了点儿，味儿有些咸；除此，肠子少了，也切得块儿小了点儿。来这里的老北京人稍多些，想必和我一样，这里的口味更适合怀旧。很难想象，如果鲜鱼口没有了天兴居如今人气最旺的老店在老址上的支撑，全都是移动漂移，或外来户的拼凑和拥挤，鲜鱼口还是原来的鲜鱼口吗？

北京老街的改造，面临着新旧选择的两难境地。但在我看来，老街之所以成为老街，就在于它的不可复制和唯一性。维新是举，对于老街的改造伤害最大；完全商业化的开发，老街本身所独具的历史和文化内涵，便容易成为涂抹在外的一层粉霜。这里涉及对于老街文化属性的认知，以及对于城市改造伦理的尊重。如果从这认知和尊重出发，鲜鱼口老街，尽管以前也有吃有玩，却毕竟和门框胡同的小吃街不一样，它是以帽店和鞋店多而著称，弄成美食街，有悖于历史，也尴尬于现实。北京美食特别是小

吃，如今被弄得单调而品味下降，并不能为老街自身救赎，观音寺街的青云阁改造成小吃城一年便关闭，便是警钟。并不是所有的老街都要千篇一律地改造成烟袋斜街或南锣鼓巷那样的商业街。老街的改造，值得各方面仔细审视和研究。因为北京如鲜鱼口这样的老街越来越少，容不得我们再拿它们做实验。

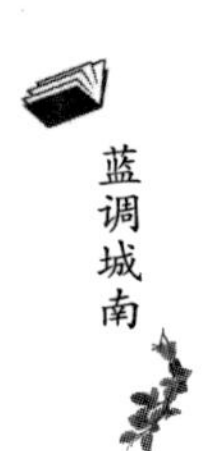

冰窖厂

在我的小时候，我们都习惯管那一带叫冰窖厂。这是笼而统之的叫法，这种叫法，包括冰窖厂胡同、冰窖斜街和冰窖厂小学三个地方。冰窖厂胡同，是围绕着冰窖厂小学转了一圈的环行胡同，冰窖斜街是由大蒋家胡同开始，往珠市口大街偏南斜出去的一条斜胡同。

明嘉靖《京师五城坊巷胡同集》里，有冰窖胡同的记载，它所说的冰窖胡同，是指现在的冰窖厂胡同，也就说那时还没有这条斜街。清光绪《京师坊巷志稿》中，也有冰窖胡同的记载，但这里的冰窖胡同指的却是冰窖斜街。为什么要这样说？因为在冰窖胡同这一条目的后面，接着有这样的注释：“有乾泰寺，康熙三十九年重修。有唐县、漳州、浙瓯、建宁、平镇诸会馆。”乾泰寺就在冰窖斜街的南口，连着珠市口大街，而那些会馆都在这条斜街上。并且，在冰窖胡同这一条目的后面，《京师坊巷志稿》中还特意标出“冰窖厂”，以示区别于冰窖斜街。

从这样胡同名称微妙的变化之中，我们就会发现，明朝这里就有了冰窖厂，那是专门在冬天从附近金鱼池里凿出冰，运到这里储藏，到夏天再挖出来卖，是当年北京城的一座天然的大冷库。那时的冰窖有土窖和砖窖

之分，砖窖是用砖砌成，窖顶有筒子瓦覆盖；土窖就是挖一个坑，没有顶子，上面用芦席或稻草盖上，再糊上一层泥草草完事。冰窖厂是土窖，却很大，一尺五大的冰块，照样能够存放几万块。这里的老人告诉我：现在的冰窖厂小学有多大，当年的冰窖就有多大，填上了大坑，盖起的楼，小学的围墙就是沿着冰窖厂那大坑的外沿建起来的。

有了冰窖厂，才有了旁边的住家，有了周围的胡同，围着它包成了一圈，包子似的，冰窖就是包子馅，一户户簇拥着它的住家，就成了包子褶儿。而冰窖斜街则是以后在明末清初时候渐渐形成的。因为金鱼池在冰窖厂的东边，珠市口在冰窖厂的西边，冬季从金鱼池往冰窖厂里运冰，当然斜插走近；夏天从冰窖厂往外送冰，往东走，走已经在运冰时走斜出来的路，是轻车熟路；但要往西走到珠市口去，就要再往西南直接斜过去最近，便形成了这条在中间略带一点儿拐弯的斜街。可以说，这条斜街是运送冰块的马车轱辘压出来的。

小时候，因为这里离家近，到珠市口电影院（原开明戏院）看电影，我常走的就是这条运送冰块的马车碾过的斜街。那时，又有院里和我一般大小的孩子在冰窖厂小学上学，我常常会到这里的小学校里玩。因此，对这一带还算比较熟悉。那时候，夏天在大街上能够看见运冰的排子车，我们常常捡块碎砖头，悄悄地跟在车后面，用砖头砸下点儿小冰块吃，叫做“冰核儿”。当然，那些冰块不再是从冰窖厂里拉出的。1937 年，北京有了第一家制冰厂，天然冰就被淘汰了，冰窖厂成为了一个只可遥想当年的地名了。

前些天，我前后两次旧地重游，主要是看到一篇文章中提到冰窖胡同里有这样一副门联：地连珠市口，人在玉壶心。确实不错，将冰窖厂和紧

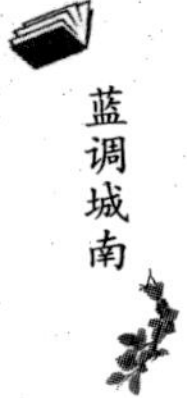

连着的珠市口两个地名，巧妙地嵌在一起。仔细想想，以前去过那里无数次，从来没有注意有这样的一副门联，也许是年龄小，不懂而疏忽了，便决心找找这副对联去。

两次将冰窖胡同和冰窖斜街都整整转了一圈，也没有找到这副门联。因为要修建前门东侧到两广大街南北大马路，南边的出口处正在冰窖厂一带，这里的拆迁很红火，速度也很快，第一次来的时候，乾泰寺还在，第二次来，已经被拆除一空，冰窖厂小学前的房子也拆得差不多了。或许，这副门联就在这一片倒塌的瓦砾之中？

只有冰窖斜街的东半段，槐树阴凉下，久经沧海似的，处变不惊，还显得宁静，多少还保存着清末民初时候冰窖斜街的一点影子。路南的12号院两扇木门破旧得有年头了，但有一副门联清晰还在，多少让我有些喜出望外，因为这是转了两次，在冰窖厂一带发现的唯一现存的门联了。我站在那里仔细端详，由于门上安了一个“注意防火”的塑料牌，把门联下联的头两个字挡住了，怎么猜也猜不出是两个什么字。这时，走过来一位买菜回家的老太太，看我在那里望着她家大门颇费猜疑，好心地对我说：我回家给你找个钳子去，把这个牌子给卸下来，你不就看见里边的字了吗？不一会儿，她还真的拿来一把钳子，帮我一起起出两个钉子，把牌子卸下来一角，看见里面藏着的字，这副门联算是全了：吉占有五福，庆集恒三多。不用问，这是一家叫做吉庆的店铺，民国时期，冰窖斜街，或私家居住，或开店做买卖，商人居多。一问，老太太果然说是，但再问是家什么店铺，她摇头了。

正巧，一位和我年龄差不多大的男人骑着自行车回来了，车筐里放着一棵洋白菜。老太太把他叫住，让我问他，他说是家买卖，做什么买卖

的，不清楚了，因为新中国成立以前好早就关张了，成为了大杂院。不过，他指指旁边的14号，对我说：这是我家，我爷爷在这里开的一家鞋铺，叫瑞华。提起他爷爷，他有几分敬佩，他爷爷13岁开始在一家鞋铺里学徒，26岁时，鞋铺关门了，旁边的几家老板早就相中了他爷爷，愿意出资合股让他爷爷挑头另找地方开业。他爷爷选中了这个院子，取名叫瑞华。这是一家前店后厂式的商铺，两进院落，前面临街的三间原是倒座房，破墙开窗，改为门面房，一间客厅，一间展厅，一间账房；前院是车间；后院住人。瑞华虽赶不上内联升、步瀛斋，在冰窖斜街却属得上一号。他佩服他爷爷，还在于他爷爷有远见，培养两个儿子，一个跟随自己经商，一个北大毕业从政。这个经商的儿子，就是他爸爸，新中国成立以后，公司合营时候，瑞华关张，只留给这一处院子给他和兄弟们。

他指着他家对面9号（现在的街道办事处），告诉我：这里原来是前门大街公兴纸庄老板刘家的私宅。可以说是整片冰窖厂最漂亮的地方。它的东边5号和7号，原来没有房子，是一片空场，拉骆驼运煤，就卸到那儿，后来成了煤铺。它的西边15号是平镇会馆，院子很大，但也没有它气派。原来的大门不是像现在开在中间，一开门，里面什么都看见，原来是开在东边，进门后是一个大影壁，院子里都是花砖地，房子都是四梁八柱，前出廊，后出厦，是典型的大四合院。“文化大革命”时给占了，后来落实政策，给了人家1万块钱。

他又指西边路南20号，告诉我说：那是原来北京有名的糖老虎家，“三反五反”的时候，他贪污了22个亿。再往前是县长李家、茶叶马家和皮货商家。这一街商人多，新中国成立初期，这些人家对政策不理解，害怕得纷纷地把自己家里的红木家具都扔出来，换上杂木家具，心里才安稳

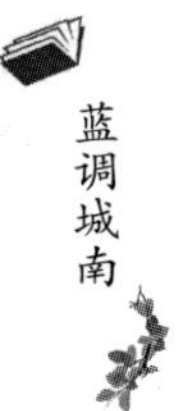

些。想想，那时扔了一街的红木家具的情景是什么样子，大概是冰窖斜街有史以来从未有过的壮观吧。那时候，像他们这样有钱的人家，就是夏天吃冰都和别人不一样呢，盛放冰块的箱子，都也要用他红木的，下面再放一层锡，中间放冰才不容易化。这么穷讲究，不烧香引出鬼来才算呢。

他又告诉我：50年代，抗美援朝的时候，街道让这些人集中到我们院子里开会，认为皮货商家有钱，非得让他捐一架飞机，他其实哪有说得那么有钱，实在是捐不出来一架飞机，最后自杀了。

一条胡同，因有了历史与人生丰富的积淀，变得厚重起来，变得有生命起来，让人对它充满感情，就像对待一个老人一样，哪怕它就要被拆掉而死去。

我沿着他所说的那几个院落分别走去，心里的感情有些异样，是小时候无数次走过这里从来没有过的情感涌动。按照临分手时他对我说的，这条斜街的拐弯路西，也就是同冰窖胡同交叉的地方，原来有一家茶馆，旁边有一口井，井旁边住着一户人家姓张，大家都叫他水张，附近的人家都到他那里买水，他也给茶馆送水。老人们都还记得他，在没有了冰窖的一段很长的年代里，水张给人们带来了水的滋润与清爽，让这一条胡同有了水花飞溅与水声叮咚的声响。所以，老人们到现在还怀念着水张。

《京师坊巷志稿》里曾经专门记载过这口井，可惜它早就没有了。没有的还有乾泰寺。还有三官庙，在清震钧的《天咫偶闻》中，说到去三官庙的人很多，“全无名利之图，所求者，读古人书，友天下人士而已”。可见也是一时香火鼎盛。可惜，这些地方，现在成为了一片废墟，新修的马路要从那里笔直穿过。

附记

前两天又去冰窖厂，很是惊讶，那里已经拆得七零八落，14号曾经是瑞华鞋铺的院子没有了，它旁边的12号院子还在，但是，大门换成了黑铁皮的了，老太太回家取钳子帮我把大门上的牌子给卸下来才看到那副门联没有了。它对面街道办事处的墙上贴着拆迁公告，有意思的是，公告上不知被什么人大大地写上了“反拆”的两个字。

拆迁的速度远远地超过我笔的速度。

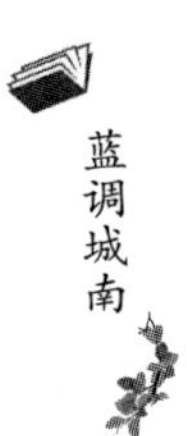

孝顺胡同

孝顺胡同，我非常熟悉。它以鲜鱼口的小桥为界，左右分为南北孝顺胡同。明朝前期，这里是一片水泽，小桥就在这里立于河上。我小时候，那里有一家叫做小桥的商店，卖鱼卖肉卖青菜，还卖小百货，我常常奉家长之命到那里买东西。到了那里，就到了孝顺胡同，左拥右抱两条胡同，有那么一点儿“铜雀春深锁二乔”的感觉。

前些天去那里，看到商店已挪作他用，但大门上面墙体上“小桥商店”的字样清晰还在，真不知道岁月是实在太老了，老得走不动步停滞在那里了，还是并不老，你看那字几十年过去了，不还是毫无褪色地写在那里，仿佛是日子刚刚过去不久似的吗？

孝顺胡同是在旧河道上建的老胡同了，明《京师五城坊巷胡同集》里管它叫孝顺碑胡同，说明那里还有牌坊的。到了清《京师坊巷志稿》里，就叫成孝顺胡同，想见是牌坊没有了。到了1965年，名字被改成了晓顺胡同，可以想象出20世纪60年代特别是“文化大革命”前后人们的思想，连孝顺一词都不能容忍，以为是封建被打倒再踩上一只脚的东西，就更遑论孝顺牌坊了，要是能够从明朝立到那时，也六亲不认得当成“四

旧”给砸了。

北孝顺胡同有两个北口，靠东一个叫罗圈胡同，靠西一个叫戥子市，呈裤裆形通向西打磨厂，现在都并入了北孝顺。罗圈胡同以前做罗圈的小铺子很多，戥子市一溜儿十几家专门做称金银或药品的小秤的作坊，在清末非常有名，满北京城只要是做戥子的人，没有不到这里来的。

小时候，到广和楼看电影，我们常常不走直道，出打磨厂西口左转弯进肉市胡同，应该是最佳的路线，不，我们偏偏要从这两条裤腿里转来转去，然后从北孝顺里的肉市一巷窄窄的小胡同里钻进去，出去了，旁边就是广和楼。这几条胡同交叉一起，迷宫似的，常常是我们在电影开场之前玩捉迷藏的好地方。

在这两条裤腿连接的地方，有两处很醒目的建筑。一处是靠戥子市的灵应三官庙，一处是靠罗圈胡同的富来店。别看孝顺胡同如今变化很大，但这两处建筑基本上还保留着原貌，也算是奇迹。

前几天，我去那里，庙的庙门还在，门被砖堵死，但门楣上“灵应三官庙”几个字还是依稀可见。旁边开了一扇小木门，走进去，正殿的房檐梁柁还是原来的，院里自来水龙头后面立着当年建庙的石碑，碑上的雕花还在，字迹已残，看不清什么年代了。

富来店保存得更好，外观基本未变，二层西式青砖小楼，四扇拱形券式窗子，墙上有对称的蓝花瓷砖，房檐两侧各有一只石狮（据说一共应该是四只，“文化大革命”中有两只被砸），造型活泼，是在北京胡同很少能够见到的。三个匾额，上面的字迹还很清晰，铁锈红的底子，颜体的黑字，“富来店”居中，“安寓”“客商”左右对峙。有人说这里以前是金银首饰店，我看是一家旅店。在北孝顺胡同里，以前以旅店多而著称，不过

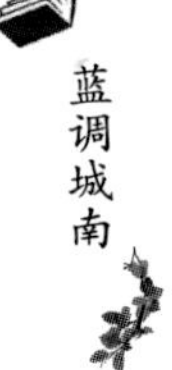

这样气派的富来店，当是北孝顺之冠。

我查《燕京丛考》，没有富来店和三官庙的记载，后两处建筑，想来该是民国后期的了。如果是清末民初，那么说，陈宗藩先生是把它们都忽略了。如此醒目的建筑，怎么会视而不见呢？不过，也可能是需要记录在案的实在太多，陈先生不得不忽略。

除了富来店和三官庙，孝顺胡同还有一些当时在京城有名的地方，比如北孝顺的燕喜堂，是和打磨厂里的福寿堂一样的冷饭庄，号称老北京八大饭庄之一，里面带戏台的，清末以唱梆子为主，红极一时，后来谭鑫培都曾经在里面唱过戏；再比如南孝顺的三友轩，那是京城象棋大师谢小然先生主持的棋社，曾吸引过全国象棋高手；还有西胜镖局，因为紧靠着前门火车站，那时为护送货物而兴起的镖局，大多在这一带，西胜镖局当年是和大刀王五的源顺镖局齐名的……

总之，这样说，无非是想说明孝顺胡同因毗邻前门外商业街，虽不过是小胡同，当年确实是非常繁华的。听说今年年底要在前门东侧修路，不知会不会拆迁到这里，别的地方已经找不到了，现存的富来店和关帝庙这两处建筑，会不会免于一个“拆”字而受到重视，挖掘潜质而被最大限度地利用，让它显山显水地露出来，成为这一地区历史一个鲜活的注脚？

看《京师坊巷志稿》，上面有这样的记载：“杨升庵年谱：宏治元年十一月初六日，生于京师孝顺胡同。”杨升庵，即明朝文学家杨慎，宏治即弘治，弘治元年，即1488年，五百多年的历史了。杨升庵曾殿试第一，官至翰林院编撰，后因直书抗谏，被贬官云南三十余年，客死他乡，再也没有回到过北京。那年去四川新都看那里的杨升庵祠，想如果孝顺胡同里还能够找到杨升庵的故居哪怕只是遗址的大概一点影子，该是多么的好。

那天我去孝顺胡同，虽有再也找不到杨升庵旧址的遗憾，却在南孝顺胡同里看到满满一架粉红色的蔷薇花怒放，色彩对比在灰暗的胡同里，那样的明亮。出南孝顺，刚进北孝顺，忽然看见前门楼子就在胡同的一片灰瓦上面闪烁，海市蜃楼似的在光影之间浮动。这是在这附近任何一条胡同里都难以见到的景观，这一发现，让我不禁站在那里凝视，发现一个外国人也正站在那里观看。我们俩人禁不住相视一笑。

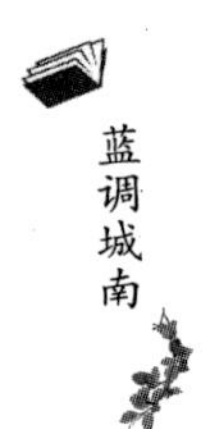

乐家胡同

在《京师五城坊巷胡同集》和《京师坊巷志稿》中，都没有乐家胡同的记载。也就是说，它最早应该是形成于清末或民初之际。以我的判断，是先有了它东边的同仁堂制药厂，才有了这条胡同。据说，以前这里只是制药厂的风火道。同仁堂的掌柜在制药厂旁边买了地盖了房，将家眷搬到这里住，一边是住宅，一边是制药厂，两边夹起了这条夹道，因为同仁堂掌柜的姓乐，就把它叫做了乐家胡同。

乐家胡同分为南北两截，北边很窄，只能走一个人，大概是北京现存最窄的胡同了。走到头原来有一块“泰山石敢当”的石头，小时候晚上放学我们常常躲在石头后面吓唬女同学。从这块石头那儿往西拐了一个小弯，便是胡同的南边了，路面比较宽，我们放学之后常到那里踢足球。它的东边是制药厂的高墙，墙上有两扇窗户，铁栏杆围着，里面养着蜜蜂，嗡嗡地叫着飞着，挤成一团，成为我们每天必看的一景。我们围上去，蜜蜂特别来情绪，簇拥在铁网子前看我们。房顶上，不是晾着甘草片，就是晾着山楂干，有时候球踢上房（有时是我们故意踢的），我们就顺着电线杆爬上房顶，趁机抓一把干草片或山楂干吃。记得有一次正蹲在房顶上干

草片在嘴里嚼得正美，被同仁堂的人抓个正着，灰溜溜地等着各自的家长前来领人。

乐家胡同北口对面，就是我读书的二中心小学，所以这条胡同属于我的童年，几乎天天要从这里走几个来回。我们小学有个大队长叫秦弦，名字很特殊，长得又漂亮，所以印象很深。我上二年级时，她六年级，我入队时，她给我戴的红领巾。她家就住在乐家胡同，印象中，乐家胡同西侧只有一个院门，平常都是大门紧闭，便总有一种庭院深深深几许的感觉。于是，这个大队长对我多少也有些神秘。不过，这次来乐家胡同，看到西侧一共有9号、11号、13号三个院子，大门朝南还有一个漆着红漆鲜艳的7号院，一下子冒出这么多院子，童年的记忆显得那么的不可靠。

坐在13院门口有一个男人，正在做熬中药后过滤药渣的网子。他告诉我7号院是大画家吴光宇的私宅，他问我吴光宇你应该知道吧？我知道，他是中国山水画大师吴镜汀的侄子，北京仕女画派的代表。他接着说：那里前后两院，前些年把后院卖了，卖了4万元，人家前两年一倒手，卖了40万元。

然后他告诉我9号、11号、13号三个院子的格局一样，最先分别住着乐家老掌柜的三房姨太太，中间的11号院子最好，老掌柜的最喜欢到这个院里来。我进了这三个院子，都是两进院，西房为正，配以南北厢房，前院往左有一个小过廊通向后院。果然如他所说11号最好，即使现在看也是非常齐整而敞亮，而且地面很平整。其余两院已经拥挤不堪，几乎无处下脚。我是第一次走进这院子里来，没有想象中的古树深院、闲花满地，倒有一种梦被打破的感觉，有些惘然若失。

我出来，接着和他聊起来，才知道，他和我差不多年纪，而且还是二

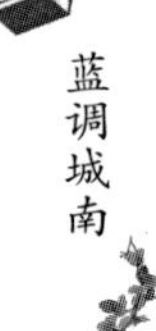

中心小学和汇文中学的校友，他是住在这里的老街坊了，赶紧向他讨教。他说：我住在这里的时候，这里住的大都是些同仁堂制药车间的工人家属了。那时候是新中国成立初期，前院不住人，我还能够看见在前院用小石磨磨细药呢。你说的姓秦的人家大概住在我们13号，住的时间不长就搬走了。

走出乐家胡同，就是同仁堂东制药厂一侧的新开路，《燕都丛考》里说："大栅栏同仁堂药肆……肆主人乐氏寓新开路，栋宇连街，支族繁衍，北平商业以斯为最。"可见，乐家祖业辉煌的地方，应该是在新开路，乐家胡同只是老掌柜的偏室之地。有意思的是，人们偏偏把这里叫成了乐家胡同。

我从新开路又折了回来，一路走一路想，忽然想起"文化大革命"期间，新开路改名为新革路，乐家胡同改名为同乐胡同，世事沧桑有了一种小孩涂鸦的玩笑感。在乐家胡同北口，我看见一座二层的小楼，一面是青灰色的墙，磨砖对缝，一面是朱红色镂空花纹的老式窗棂，我小时见到什么样子，现在还是什么样子，保存得相当完好。这里原来是乐家闺女的绣楼。这一瞬间，时光似乎在这里定格。

小观音阁

小观音阁胡同现在叫洪福胡同。原来这条胡同里有观音阁和弘福寺各一座，所以，以前和现在的名字都有讲头。这条胡同有名，还在于里面有北京城最短的一条胡同——狗尾巴胡同（后改名为高博胡同）。狗尾巴胡同的北尽头，正好顶着我住的粤东会馆的后园墙。

到小观音阁，从西打磨厂的北翔凤或同乐胡同往南走都行，它就夹在这两条胡同之间，像一块夹心饼干。那天，我是从同乐胡同进去的，穿过窄窄的胡同，顶到南头，往东，原来叫贾家花园，现在划归同乐胡同了，往西，便是小观音阁了。似乎因有了同乐胡同边上同仁堂乐家的铺垫，它显得分外的安静，气定神闲，不同一般。我走到一座黑漆木门前，那门的木头已经破旧，黑漆更是褪色得泛白了，但门前的石头门墩还保存得完好无损，门上的对联也清晰可见，上面写着“凤藻池丹陛，龙光赐紫宸”，和常见的“忠厚传家久，诗书继世长”不大一样，透露着一点皇家气息。我拿着照相机正在看个究竟，旁边的一位老大爷走过来冲我喊道：“你可以照相，这是个郎中家。这门可有年头了。”

我们聊了起来，这里曾经住过清末一位从宫廷里出来行医的郎中，现

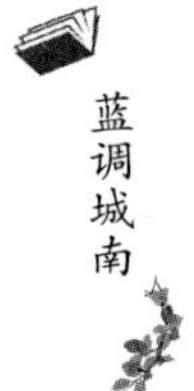

在住的是他的后代，当年院子里面有绿竹木影壁，前些年，郎中剩下的一个竹子做的药箱外壳，还卖了500元，人家说要是里面一格一格装药的匣子还在，最少也能给12000元，那是从宫里面带出来的。

老大爷指指西头，问我看见没有一扇和这门脸相仿也刻有对联的红漆木门，他告诉我那是清末民初北京城一个专门卖香蜡的商人家。我知道因为清朝皇上在北京特别爱建庙，庙多，使得清末民初卖香蜡的就跟着特多，而且都在前门一带，当时有名的合香楼香蜡铺的主人就住在这附近，不知这家是不是。老大爷接着对我说，“文化大革命”时，老太太都有90岁了，被揪出批斗，就跪在门口，怀里抱着全是蜡烛。

我问他贾家花园小学还有吗？那所小学比三中心小学大，有花有树，不过，是私立学校，到那里上学的得是有钱的人家。小时候，我常常到那里去，当成去公园玩，暑假的晚上，那里还放露天电影，银幕就挂在两棵大树之间。

他指指东边说，早没了，盖了楼了，真可惜了。然后，他问我：你知道贾家花园是谁建的吗？贾桂家。看过京戏《法门寺》吧，就是明朝的那个大太监。那里以前有山有水，有亭台楼阁，后来改成普励私人学校了。我小时候我爸爸跟我说，他还见过从那里挖出来的汉白玉的石桥来着呢。

他说贾家花园是贾桂家的，就不对了，清戴璐《藤阴杂记》里说，那是当时的尚书贾公治的宅第，和贾桂都姓贾，却是不同朝代的两家人。他说的贾桂和这条胡同倒是也有关系，原来胡同里的弘福寺，便是贾桂的私家宗祠。贾公治是山西曲沃人，所以后来他把花园的一部分变成了三晋会馆，另一部分变成了学堂，开初叫乔山书院，民国以后叫普励小学，新

中国成立以后叫贾家花园小学，现在都归了三中心小学，改名叫前门小学了。

不过，不管他说得对不对，贾桂也好，贾公治也好，都是宫里的重臣，建花园也好，盖洪福寺也罢，不约而同都选中了这块地方，除了这里的风水不错之外，这里离皇城近，也是一个原因。

说起古来，这里附近不止一条胡同和皇城就是有着这样千丝万缕的联系，打断了骨头连着筋，谁让它们都靠着皇城那么近呢？不要说贾桂、贾公治，或是那位从宫廷里跑出来的郎中，就是一般如眼前这位老爷子，和宫廷似乎有着一衣带水的自我良好感觉，这是在别的胡同里难以找到的感觉。

在老皇城附近，如小观音阁这样可以左穿右穿的小胡同很多，密如蛛网一般，辐射开来许多海葵似的触角，让你仿佛走进一座老城的心里去。这样的胡同，是当年皇城敏感的神经，是如今历史残存的标本。心里暗想，这样的胡同千万别被地产开发商看中，要是被钢筋水泥所切割得零零碎碎，北京城可以是一座很现代化都市的拷贝，却很难再说是一座历史色彩浓郁的皇城。

远远地，老爷子还在和我挥手呢。

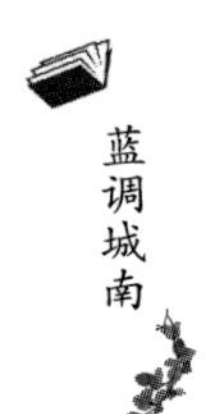

奶子胡同

如今，提起奶子胡同，只有上点儿岁数的老人知道了。从地图上看，它在鞭子巷头条到四条中间，是一条南北走向的胡同。鞭子巷，是当初做鞭梢的地方，明朝就有的老胡同，在《京师五城坊巷胡同集》里有记载。奶子胡同是清朝才有的，这和奶子府有关。奶子府，早在明朝就有，不知为什么这条胡同到清朝时才出现，也许，到清朝时才想起将奶妈集中一起便于管理吧。要说那时设的衙门，真是五花八门，乱花迷眼，为了给宫里面的皇子皇女们喂奶，还要专门成立奶子府。据说，奶子府归锦衣卫管，大概起码也得是个处级单位，中央直属，专管喂奶，名分可笑，来头不小。

成立这么一个奶子府，也是应该的，因为它要管的，远超乎我们常人家的孩子喂奶，绝非区区小事。每年四个仲月，即阴历二月、五月、八月和十一月，从京城刚刚生了孩子的妇女中筛选 20 名，年龄必须在 15 岁到 20 岁之间，其中生男孩子的和生女孩子的妇女各 10 名，进奶子府待命，生女孩子的妇女喂皇子奶，生男孩子的妇女喂皇女奶。这 20 名便成为了终身乳母，势力随奶水滋润，身份了得。另外，在每季度再选乳妇 40 名，

进奶子府备用，这叫做坐季奶子。再选 80 名乳妇，登记在册，随叫随到，这叫做点卯奶口。你想想，奶子府要管着如此繁杂地挑选工作，还得管理从终身乳母、坐季奶子到点卯奶口，这样从初级、中级到高级的三级奶妈，工作量不比现在的人浮于事的处级部门小。

奶子胡同就这样应运而生，是住奶妈的地方，我猜想是住那些点卯奶口和年纪大喂不了奶的坐季奶子的妇女，起码住了一个朝代，是皇家奶妈一条街。胡同的变化，是清亡而皇家奶妈和末代皇帝一起出宫之后的事情了。北京地名的形成，很有意思，看似是无形之中甚至是约定俗成形成的，其实，在其形成的过程和背后，都有当时政治、经济无形的手在作用着，历史的痕迹总会或明显或不明显地刻印在地名的肌理里。法国著名现代思想家列斐伏尔说的话证明了这一点，他说地景中不露痕迹地显示着昔日过程，“空间一向是被各种历史的、自然的元素模塑铸造，这个过程是一个政治过程。空间是政治的，意识形态的。”

鞭子巷在 1965 年改名为锦绣头条到四条，奶子胡同，存活过了“文化大革命”。是因为奶妈是属于无产阶级劳动人民的，是“文化大革命”中依靠的对象。它到了 1981 年，才改名锦绣中巷。这样地名的改造过程，再一次证明了列斐伏尔理论的意义。

现在，找这个奶子胡同，还真难了。修两广大街的时候，将锦绣头条、二条和三条的绝大部分拆了，只剩下四条、三条东头几户和锦绣小学校。怎么找，都没有找到奶子胡同。按照地图的标示，奶子胡同南北走向，连接着头条到四条。我在四条的东边找到一条南北走向的胡同，北头顶到三条的小学校，西侧几个小院门，东侧只有一个门，是派出所。心想会不会就是奶子胡同？

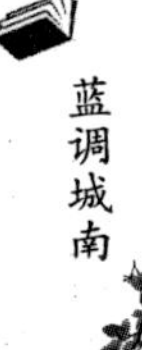

正巧，在胡同口遇见一位没牙的老大爷，在这里住了近 70 年，赶紧请教他。一听说请教，他忙抱拳说道不敢不敢，一套老北京人的礼数，然后告诉我这就是奶子胡同。这让我有些得来全不费工夫的惊喜，接着向老人讨教。

老大爷告诉我：西边原来北头住着梨园行的一户人家，中间住着一位姓马的私塾先生。派出所的院子原来的一家姓刁的商人住，三进三出的大院子，门口原来开在四条的。“文化大革命”，红卫兵冲进院子，要抄他的家，他用暖壶里的开水烫人家，这不是找死吗，最后活活被红卫兵给敲死了。

虽然得到了意外的收获，不过，我对老大爷说这里就是奶子胡同，多少有些怀疑，因为地图上的奶子胡同应该连接着头条到四条，不该只是这样短，不该被小学校挡住才是，你想想，当年要起码住 80 名候补奶妈，不可能只是这样几户院落。

回家后，我找到我的一位中学同学，他家当时住锦绣二条，他在锦绣小学上的学，应该对奶子胡同比较清楚。他详细地告诉我，奶子胡同是一条丁字胡同，它只连接着二条和三条，南北紧靠着小学校的西墙根儿，东西紧靠着小学校的北墙根儿，顺着往东走到头，就是原来的鲁班馆。这是民国时期为纪念鲁班建的一座庙，这一带制作硬木家具的作坊很多，最著名的有龙顺成，庙就是这些厂家和木匠出资合建的，沿庙前的空地渐渐形成了硬木家具一条街。想一想，和以前的皇家奶妈一条街对比，世事变化真大，胡同的变迁，让今天找不到奶子胡同，也就不是什么奇怪的事情了。

他肯定地对我说，没错，奶子胡同就是这样一条丁字形的胡同，我小

时候常在那儿玩。你说那位老爷子讲住在现在派出所对面的梨园行的人家，老爷子记错了，是住在奶子胡同，姓孔，给戏班子拉二胡的。再早些年，这附近倒是真住着好几位梨园行的，梅兰芳和李多奎就在三条和头条住过。

我问他：会不会奶子胡同出了三条往东拐了一点儿，连上了那位老大爷说的那条胡同，以前都叫奶子胡同？他说：再以前的事，我就不清楚了。

曾经见过这条胡同的人，都不清楚了，以后，谁还会能够清楚呢？一条胡同消失了，一段历史也就消失了。谁还再清楚曾经有这样一条胡同，虽然不起眼，虽然不那么长，却是连接着皇城连接着皇太子和公主生命的奶妈们的命运呢？

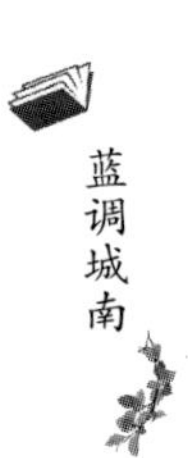

苏家坡

一开始，我总把苏家坡叫成武家坡，薛平贵和王宝钏阔别 18 年相遇的武家坡，让我把时光和地点一起闹混。那里的老街坊便一再地订正我：不是武家坡，是苏家坡。不过，心里暗想，当初把这条胡同取名为苏家坡一定和我一样，也是想起了武家坡的，想借借那仙气，起码是浓郁的亲情气。

苏家坡是自清中期才开始有的一条胡同。如今的苏家坡呈阿拉伯数字的 7 形状，北接大市胡同，南接西晓市。按理说，它的南边应该和金鱼池连接，那里盖了楼，腰斩了它的一截。而北边 7 上面的那一横，兔子的尾巴似的，更是越发地短，因为建两广大街的时候几乎把它的那一横全部拆掉，便短得如一声几乎听不到的叹息。

那天我从南面进的苏家坡，迎面先看到南口西面一面墙上有“隆庆”两个黑色大字，便驻足观看，由于外面抹的一层石灰墙皮脱落，这两个字才水落石出一般显现出来。

一个小伙子走过来，热心地对我说：这里原来是一家酒馆，那外面的一层石灰是“文化大革命”的时候抹上去的。

还真的多亏了外面的那一层石灰，想当年却一定是为了反对封资修才涂抹上的，本意并不是为了保护，却无形中保护了它。历史，就是这样在人们的手中拨弄着，意外只是阴差阳错，不是上帝的额外的照顾。

现在这家酒馆变成了小饭馆，大概是原先的延续。我问小伙子这酒馆是什么人什么时候开的，他指着旁边的两扇木门对我说：主人原来就住在这院子里，这一溜儿房子都是他家的。可见是户殷实人家，清末民初，不少中等商户置业安家在这里，因多姓苏的人家便被称之为苏家坡。北京这样以姓氏为胡同名字的有很多，比如南城就有贾家胡同、潘家胡同、甄家胡同、裘家街、翟家口、姚家井、韩家潭、大小蒋家胡同等，都带有胡同最初形成的那种原始状态，都有一种别样的人情氛围在，体现出农业时代的辙痕，是老北京胡同独有的名实兼备的朴素至极的味道。

苏家坡就是在那个时期渐渐成为这样一条胡同，对比附近其他的胡同，它显得风光不错，破落是新中国成立以后，特别是“文化大革命”前后，均贫富的思想作祟，搬进不少莫名其妙的住户，挤压了人家的房子，这里反客为主，成为了大杂院。昔日的风光只剩下了这“隆庆”二字。

小伙子是热心肠的人，不一会儿把他的几位亲戚都叫了过来，对我说：你问她们吧，她们都是住在这里的老人，知道的多。

几个老太太纷纷向我介绍住在这里的老板开好几家买卖，酒馆是后来的事了。最开始，这里开的是一家木厂，然后指着那两扇木门对我说：你看看那上面还有字呢。我仔细看了看，是一副门联，字迹模糊得如同茶水被冲得淡至无色无味，如果不是她们说，我还真的没有注意门板上居然有字。趴在门前仔细看，依稀辨出是这样两行字：恒足有道木

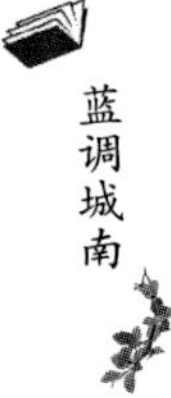

似水，立市泽长松如海。可以猜出，这家木厂的名字叫“恒立”，到是与“隆庆”相对仗。

小伙子指着门对我说：你看这门中间有个洞，是我用手指头抠出来的。

我看果然有一个酒瓶口大小的洞，但不信他用手指就能够抠动。

他说：真的，小时候我常常到这院子里玩，大人在里面打牌，不让我们小孩子进去，我就用手指头抠了这么一个洞，把里面的插销拨拉开，就进去了！

我打开门，看见里面洞旁边果然有插销的痕迹，现在的插销挪到上面一点儿了。我用手试了试，木头已经老化得很疏松，一抠就往下掉木渣了。这两扇门实在够岁数了。

一位老太太指着旁边的一扇木门（这一扇木门比旁边的两扇门还大）告诉我：原来这里是一个大圆门，走马车，运木头的。我走过去，看到圆门墙的墙砖还在，按照那痕迹推断，应该还有一扇木门对开才对。老太太说，“文化大革命”时住进一户，就住紧靠门的东房，和房管局的人认识，房管局就帮他把房推了出来，多占了一扇门的地方，人家自个儿把那扇大门做床板了。

如果不是老太太说，你绝对不敢相信一扇门居然也有这样的兴衰变迁。一个地方和一棵树一样，岁月让它长出年轮，这样生动的细节让它长出生命的枝叶，让你不由得感叹：阅景无旦夕，凭栏有古今。

类似“恒立”、“隆庆”这样的商户宅院，在这条胡同里还有几家，但按照《京城坊巷志稿》说，苏家坡最值得一看的是金华会馆，恒立与隆庆只是小菜一碟。金华会馆是苏家坡最老最堂皇的建筑，大门楼，前后

院，东厢房，还有专门供奉文昌公的小楼，这是浙江人进京赶考的秀才或做买卖的商人住的地方，书童和佣人另住一院，马车有专门的院子伺候。足可见当时的排场，苏家坡日后的兴盛，大多依仗着它的辉煌，和眼下一些楼盘要先卖给有钱有势或有名的人物后拉大旗做虎皮逐渐红火起来的意思是一样的。

我一直找到了大市胡同，只找到 8 号当初放马车的院子（如今是一个破败的杂院），问了好几个人，都没有找到金华会馆，便又问树阴下乘凉的一位老人，她一脸不屑地反问我：你几年没来苏家坡了？还找金华会馆呢！

不用说，早拆了，建两广大街时候拆的，那时，拆得痛快，不仅金华会馆一处顷刻之间就被夷为平地。苏家坡 7 字上面的那一横，就这样在铲土机的轰鸣中风吹帽子似的给吹没影儿了。苏家坡从此一无可观。一条古老的胡同，时光可以把它销蚀，却不可能把它毁灭，毁灭它的只能是我们人自己。

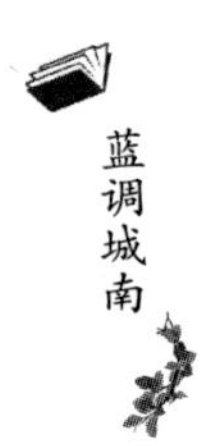

薛家湾

钱氏宗祠和关帝庙，都在薛家湾，而且都在路北，一个 39 号，一个 11 号。到薛家湾，这两个地方颇值得一看。

薛家湾是一条老胡同，明朝就有了，由东北往西南稍稍偏斜，由高到低，随波就弯，明显旧河道的样子，就是现在去依然能够感觉得到，当年是一直能够流到三里河再流到大通桥下的。走在这样的路上，水波荡漾的恍惚和沧海之变的感慨，会油然而生，眼前的景物，变得有些迷离。

钱氏宗祠，非常好找，门楣上黑底白字的“钱氏宗祠”四个楷体字还清晰可见，虽然地势低洼，门框凹陷，院子比街面都要低，显得格外老迈而龙钟，但驴死不倒架的气势还在，和周围的院落还是一眼就能够区别开来的，老院落的沧桑感，让历史翻开这一页，定格在那里，逼视着你不由得停下脚步。

想一想，钱氏宗祠雍正二年（1724）建立，道光十八年（1839）重修，即使从道光算起，也有了 166 年的光景，那字居然没有被风吹雨淋得剥蚀，也真是奇迹。钱氏宗祠是钱家后代为了纪念他们的先祖钱镠而建，钱镠是唐末一个了不起的人物，一举平定董昌叛唐，保境安民，发展经

济，一武一文，张弛有度，左右有功，被唐昭宗封为吴越武肃王，并赐予免死牌。临终之际，他为后代立下遗嘱“子子孙孙要善事中国”，我看这“善事中国”四个字，至今仍可以被我们共同受用。

千年的变迁，钱氏一族风流云散，其中一支清前期迁徙到北京，就在薛家湾安家落户，那时，还应该算是殷实人家，但也绝对没有了钱镠当年气吞吴越的风光。因为我进钱氏宗祠看了看，虽年久失修已是破败不堪，前后三院的模样还在，还能多少想象得出当年的规模来。前院的祠堂，后院的花园，中院供奉钱氏夫人的牌位，是按照庙的意思建的，占地300平方米左右，并不大，就是现在潘石屹为富人盖的别墅，最小的也比它大。而且，它的院门很小，地处低洼，不是轩豁祠堂常见的，让我很有些吃惊。据说原来祠堂里有雍正和康熙题写的匾额，不知现在在哪里。不过，道光年间重修时刻下的石碑被埋在院子里的地下，是聪明的保护方式了。

走出潮湿而拥挤的钱氏宗祠，望着窄小犹如瘦骨嶙峋老人的大门，门板上应该刻有“武肃勋名久，彭城世泽长”的对联和“铁券高声”（“铁券”即免死牌）的横楣，现在依稀只能看得出“武肃”和“彭城”几个模糊的字样了。据说钱氏的后裔还有居住在这里的，不知确否，我一直走到最后一个院子，都是空空无人，只有到了最后一间房子里，一个人躺在床上正在午睡，敞亮的玻璃窗宣泄着他的鼾声，荡漾在四周破败的院子里，心里暗想真是贵族出不了三代。不过，再一想，钱锺书、钱学森、钱其琛，都是这一脉钱氏后裔，一千多年历史的绵长，大浪淘沙，那么多的钱氏后裔，成为了中华民族的精英，也实在是前世有德，后代有功，天意怜惜，春华秋实。

如果不仔细看院里的老房檐，鱼鳞灰瓦生锈似的沉淀着悠长的岁月，关帝庙是一点都看不出来，更无片偈可考。旧京城关帝庙很多，仅崇文这一带就有十余座，这一座关帝庙建于明成化十二年（1476 年），如此苍老到现在看不出眉眼来，也是正常。

现在，关帝庙在薛家湾的东头，看不出和其他院落有什么特别之处，当时却是地处要津，其他的几条胡同都是从这里分道扬镳拐了弯儿，可以猜想当年关帝庙是这里的中心，应该说是先有了这座庙，才有了后来的人间烟火和人气聚集起来的胡同。也就是说，没庙之前，这里只是三里河岸边的一片荒地而已。很多地方的形成，除了地理的意义之外，还有着诸多其他的因素，宗教是其中因素之一。

原来庙前竖有牌坊，牌坊上有块“关帝圣境”的木牌，民国时期这里与薛家湾分立门户，叫做关帝圣境胡同。那木牌上除了刻有“关帝圣境”四个字外，中心还刻有大大的一个“佛”字。我的一个插队的荒友告诉我：我有一个同学从小住在薛家湾，你说的那块木牌，他偷偷地给藏起来了。你要想看，哪天我带你去!

关帝庙对门，高台阶，门上有副对联：栽培心上地，涵养性中天。正扶门细辨，门内忽然大狗狂吠，我只好夺路而逃。不过，这副对联真好，可以说是整条薛家湾胡同性格与心地的写真。

芦草园

前门城东，兴隆街南，一直到桥湾，很多胡同是以前三里河的故道。从草厂二条出南口，往南依次有草厂、芦草园和大席小席诸胡同。你会发现，这些胡同和草都有关系：芦草园即明朝时的芦苇塘，所以在《京师五城坊巷胡同集》里，芦草园称芦苇园；草厂即那时积草的草场，大概有点儿林冲风雪草料场的味道，空旷而苍茫；大席和小席胡同，是后来用这些苇草编席的地方，从那时起才开始有了过日子的烟火气。这样来看，前后三种胡同发展的脉络一目了然，一定是三里河干涸之后，先有了芦草园，后有了草厂的一到十条，再有了大席小席胡同，方才从芦苇到积草到编席，一步步走来，水到渠成，一方水土养活一方人，也完成了胡同自己的演变历史。

我第一次到芦草园来，是读小学四年级的时候，那时，北芦草园有个少年之家，那里举行学生演出，我和同学一起到这里参加过演出，我负责吹笛子。院子里有个露天舞台，舞台不大，院子可挺大，不知以前是做什么用的，大概是以前的什么庙改建的，北芦草园原来有雷音禅林和火神庙两座庙，会不会是其中的哪一座？

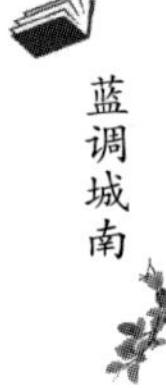

五年级的时候，我再一次去那里的少年之家，是参加乒乓球比赛，赢得了两场，第三场碰上个比我高一头的大个子学生，他出其不意地打了一个滑板，我跑到右边，球却突然拐到了左边，这个球到现在我还记忆犹新，那时我第一次见到滑板，一下子乱了阵脚，败下阵来。谁想过了些天，少年之家把一些同学请到它那里，和刚刚横扫欧洲胜利归来中国青年乒乓球队的英雄见面。那一次，请的学生应该都是刚刚结束比赛的获胜者，不知怎么把我也叫了去，让我很是兴奋。我记得很清楚，每个同学和每个乒乓球国手打一个球，轮到我上场，是和李富荣挥拍对阵，那时，他也就十七八岁，年轻得让人不敢相信。

芦草园，就这样和演出和乒乓球和李富荣联系在一起。那时候，我觉得芦草园的这名字挺美的。芦花放白，秋水茫茫，能够让人产生遐想，虽然，那里早就见不到芦苇和芦花了。

芦草园分北、中、南三条胡同，斜向东南，和东边几乎对称着斜向西南而来的薛家湾，在北桥湾汇合，可以明显地看到当初河道的影子，河水就是在这里汇合而继续向东南流去，三里河的那座汉白玉的石桥，就是横跨在两股河水的汇合处——即现在芦草园和薛家湾的相交点的位置上。

现在来看，北、南芦草园两条胡同基本平行，中芦草园拐了几个弯儿，像是有些弹性的弹簧似的，把南北芦草园衔接起来。就在从北芦草园往中芦草园第一个拐弯儿的地方，一大片灰砖灰瓦的大宅院，高高的院墙，翘起的飞檐，赫然醒目，在整个芦草园地区显得异峰突起，先声夺人。我在搜索过去的记忆，怎么对这样的大宅院一点儿印象都没有了呢？才发现，芦草园和我童年的印象是那样的不同，童年的记忆，只有少年之家的玩耍和想象中的似是而非。也才觉出，我已经起码三十来年没有到芦

草园来了。

我问一位正要上公共厕所的老人，他说这是两处院子，现在，西边的是银行宿舍，东边的是私宅，以前做什么用的，我不知道，只知道东边的那家姓丁，以前院子里有戏台，丁老太太请人看戏，热闹气派极了，来往的车把街都挤满了。

我走进东边的院子，果然气派，只看那靠山影壁上的花砖和二道门月亮门，就看出和一般的院子不一样。不过，月亮门是用水泥砌的，和雕梁画栋的院子不四衬，我猜想原来不是一道垂花门，一定也得是木制或和现存影壁一样花砖砌的一道屏门。第一个院子就已经用铁栏杆围住，栏杆里还有一条大黄狗，虎视眈眈地望着我，我只好退了出来。

西边的院子，更为气派，大门两旁的抱鼓门墩，房檐下草盘子的砖饰，大门上门联“国恩家庆，人寿年丰”，八个颜体大字，非常清晰爽目。戗檐砖雕，也保存得那样完好无缺，特别是戗檐一侧还有精美的花卉浮雕，更是一般四合院少见的。我走进院子里看了看，三进三出的大院落，两旁还有很宽敞的东西跨院，因为住的人家过多，过道里堆积着杂物，人为地分割出许多各自的空间范围，零乱拥挤得已经看不出连接着院子的是回廊还是过廊。不过，依然可以看出这不是一般的大宅院，在城南现存的四合院里，也是比较少见的精品。

走出院子，碰见一位对门的街坊，正出来晾衣服，问她知道这是什么人家住的大宅院吗？她说：听说最早是长春堂孙家的。我恍然大悟，怪不得，当初长春堂靠卖避瘟散一年就能够赚钱十多万，买了好多处房产，他家置办得了这样的大宅院。而且，长春堂在长巷头条，离这里很近。

那街坊又对我说：听说日本鬼子进北京，逼长春堂买前门楼子，讹他

200 万；国民党来了，长春堂着了一把大火，把大众戏院给烧了，又赔出 300 万。长春堂从此就不行了，这房子兴许是那之后就卖给了别人，新中国成立之后成为银行的宿舍。

一座院落，和一个人一样，也有着枯荣兴衰，岁了时尽，演绎着同样的悲欢离合，南北东西。

芦草园，这样的院落该有多少？小院春深，垂帘影沉，昔日的旧梦，都已随日子的逝去而一样渺渺地远去，一直到淡出我们的记忆之外。

难道不会吗？我们的记忆就一定可靠？就一定长久？自明朝就有的芦草园，从古河道演变成芦苇塘再演变成老街巷的芦草园，就像一个人从孩提时代走到了老态龙钟，我们还能够记得住它多久，又能够记得住它多少？我们一般更愿意把“回头率”投向年轻时尚的美眉，谁还会多看一眼已经衰老的“老帮菜”？

西半壁街

西半壁街，如今真的彻底成为了半壁街。它东西走向，和南北走向的西草市呈丁字形。由于前两年修两广大街，它的北边全部拆除，只剩下南边一溜儿破败不堪的院落，还不是全部，东头也拆没了，成为了死胡同。

去西半壁街，或是从两广大街的南面，跳上高高的土坡，或是过珠市口，从东边的拐进西草市胡同。西半壁街，给我有些悬空的感觉，走进去，眼前的样子，一切两半的盲肠一样，和对面的大楼做着滑稽的对比和抗衡，让人直感到岁月的沧桑与无奈，仿佛一脚跨进两条河流似的身处两个时代。

别看西半壁街如今显得苟延残喘，只剩下了半条命，却是枯树依然长叶一般有着旺盛的生命力，专程找到这里来的人，比到它旁边几条整齐的胡同的人还要多。坐在街北边空地乘凉的老太太，对这些外来人已经司空见惯，不用问，都知道他们都是来找13号源顺镖局的。镖局的这个“镖”字，指的是武器，镖局就是武装保护运送货物的。没有铁路交通的时候，汽车马车的长途运输，常常会遇到半路杀出来的强盗，镖局就是对付这些劫匪的，要的是得有一身武功。源顺镖局，同比的镖局不一样之处，在于

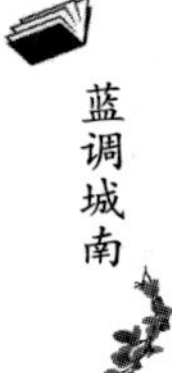

它的主人不是一般等闲之辈，而是大刀王五。在老北京，提起大刀王五，就像当年提起燕子李三一样，几乎无人不晓，他是绿林好汉，是老百姓心目中的英雄，武艺高强、急公好义、替天行道。

源顺镖局是清光绪五年（1879 年），由大刀王五买下这个院落创建的习武的地方。镖局的活儿干了二十来年，1900 年，八国联军入侵北京，大刀王五看不下去，挥舞大刀，挺身而出，奋力抗敌，大刀虽锋利而寒光逼人，却怎抵洋枪洋炮，寡不敌众，就　在离开这里一里多的前门外的护城河边（即后河沿）中弹而亡，留给后世这样一个壮烈的民间草莽英雄形象。即使他所创建的源顺镖局经过一百多年早已经面目皆非，人们依然愿意前来这里凭吊一下英雄，补一补浩然长气。

我也是怀着这样的心情找到了这里，据说当年是朱红漆大门，门前高挂一面书有“源顺镖局”四个大字的杏黄大旗，大门里还有“尚武”和“济贫”两块匾额。来之前，我就猜想肯定是看不到了，但我没有想到这里的门居然这样窄小，靠东盖起了房子削去了门的一半，房子的山墙还探出门前两尺的距离，门前原来能够飘扬杏黄大旗的轩豁空场，自然就被挤压得荡然无存。至于门道两侧原来的金字横匾“德容感化”、“义重解骖”，由于后搭建起的房子，被当成床板。据说王五的那把一百多斤重的青龙偃月大刀一直保存到 1958 年，“大跃进”时被大炼了钢铁，王五如果再世，也英雄气短。

源顺镖局原有前后两院和西跨院，现在只有后院的格局基本保存原样，院子依然很宽敞，东西厢房（原镖师住和存放货物）和北房（原厨房）几间不大齐整，还接出了新的小房。坐南朝北的三大间平房一溜儿排开，灰檐灰瓦，龙蛇一般匍匐在地，似乎还存活着当年的虎豹气息，只要

杏黄旗一动，就能够腾空而起。这是当年的正房，应该是大刀王五一家人住的地方。推门而出的一身中式衣褂的老爷子问我：你找谁呀？恍惚中以为是大刀王五呢。

出源顺镖局往东走几步，隔一个门，17 号就是老北京染布行业的会馆靛行会馆。早先因有河流从天桥流经这里，用水方便，致使染布业发达，当然也就很快地使河流变成了臭烘烘的龙须沟。据统计，仅仅东西半壁街附近几条胡同当年就有小染坊 81 个（附近有的胡同里现在还堆放着当年染布后怕缩水而压布用的滚石）。我不大清楚靛行会馆建于何时，只查到最早的靛行会馆是盖在鹞儿胡同，鹞儿胡同在西半壁街的西边，隔着前门大街，离着不远。道光十一年（1831 年），鹞儿胡同的靛行会馆由于屋宇颓毁无力重修，公议而出售，西半壁街上的这座靛行会馆，是一百多年之后在 1949 年后建的，据说规模比鹞儿胡同的要大，有大殿三座，东西配殿各两间，大殿里供奉着梅福、葛洪和谢科，就像梨园行供奉唐明皇、木匠行要供奉鲁班、金融业要供奉乙玄坛老祖、药业要供奉伏羲、神农、孙思邈一样，这三位是靛行要祭拜的祖师。它的院外还有门楼，门楼上面有写着“靛行会馆”四字的匾额，还有一块道光十五年（1835 年）刻印的石碑。当年的碑刻被埋于地下，据说就埋在南墙之下，20 世纪 90 年代初还在，不知是否现在还在不在。也就是说，靛行会馆比源顺镖局的历史要老得多，当年建得也气派得多，从房子前出厦、红漆圆柱和高台阶来看，比源顺镖局的要讲究，却比源顺拥挤而破烂不堪。

我从里院走出来，一个中年男子看出我在访古，冲我说：你甭找别的了，看看你头顶，可是当年的老玩意儿了。我抬头一看，一扇老化得几乎快成为化石的木门楣，上面端庄的颜体三个大字：五圣祠，字被不知何人

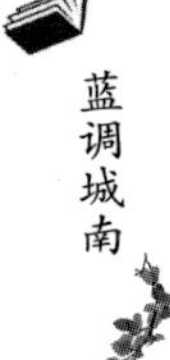

用粉笔勾勒出醒目的白边。我不太清楚五圣应该是祭祀五位何方圣人，又和靛行是什么关系。不过，我知道以前的行业会馆往往和庙宇连为一体，商业借力于民间信仰，是其凝聚力常见的一种形式。还是这位中年人对我说：前些日子中央电视台来西半壁街，就光到大刀王五的院子，没到这里来，其实这里更有年头，好多人不懂。

走出靛行会馆，看见顺源镖局门前挤满自行车，是一群外国年轻人，中间有一位像是中国人，我问她这些外国人是哪儿的。她冲我摇头，原来是韩国人。只好用拙劣的英语，才知道这是一群美国大学生，专门到北京旅游的，专门来寻大刀王五的。他们骑上自行车呼啸而去，也没有到靛行会馆这边来，虽然只有一步之遥。看来大刀王五就是名气比靛行会馆大，这是没办法的事情。

久春和西草市

到珠市口南的西草市，和到东直门外簋街的感觉相似。稍稍不一样的是，簋街是这几年兴盛起来而成为了美食一条街，而西草市则自清末民初就是北京城有名的戏装一条街。古语说是民以食为天，但对于戏迷而言，还有句俗话叫做戏比天大。作为北京人，一个美食，一个京戏，可都是天啊。簋街和西草市一北一南，一根扁担挑起物质与精神的两头。

草市就是卖柴火的，和它附近的菜市、煤市、米市、刷子市一样，都是原来卖东西的，珠市口以前也是，卖猪的，叫猪市。卖的都不是什么值钱的东西，穷市而已。草市演变成戏装一条街，卖柴火的改成卖戏装，下里巴人改成阳春白雪了，老北京的街巷就是这样完成了它们从猿到人的变迁的。

如果你是从前门一路走过来，你会多少明白为什么这种变迁独独选择了西草市。这一路左右，肉市里的广和楼、西河沿的正乙祠、粮食店的中和、鲜鱼口的天乐、小蒋家胡同里的阳平戏楼、大栅栏里庆乐、庆和、广德楼……那些老戏楼老戏园子都在它附近，咫尺之遥，那时有“中城珠玉锦绣”的民谣。戏院子多，角儿多，做戏装行头就多，近水楼台，从来都

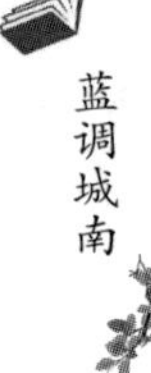

是做买卖的入门诀窍。况且，当时，它只不过是草市，地价肯定比别处便宜，这和如今那些美食小店选择了篦街的道理相同，经商路数和巴甫洛夫两点之间直线距离最近一样，亘古未变。从清末民初到新中国成立以后，西草市一直都是戏装一条街，即使是“文化大革命”前后凋零，毕竟还有样板戏支撑着，这条街从来都是宠辱不惊。

据说，清末在西草市的戏装店最负盛名的，有久春、三顺、双兴、德光四大家，我猜想，正好对应着三庆、四喜、和春、春台四大徽班。凡是梨园里的名角，都到这四家定做戏装，名牌就是这样创下来的。前几天，我去西草市，一街的戏装店，比我想象的还要红火，百花、东亚、徽宝、玉秀轩、梨园阁……一家家鳞次栉比。却都是新近开的，老字号只剩下久春一家硕果仅存。

久春很好找，一街的人都知道它，它是西草市靠北头的第一家，赭红色的墙、金色的铜匾，匾额上书法家米南阳题写的“久春”两个行书大字，都很醒目，远远地就能看见。我走进的时候，已是黄昏，店里各种色彩缤纷的戏装、凤冠霞帔和髯口，琳琅满目。坐店的应该是久春的第四代，久春第一任老板叫张华庭，他在清末将自己经营的做一般服装的店铺改为了戏装店，在西草市拔了头筹。那时有个叫张月波的在那里学徒，学会了一手制作戏装的好手艺。别看都姓张，并不是一家人，张华庭过世之前，张月波把店盘了下来，成为了久春的第二代主人，立马把 16 岁的儿子张济民从农村老家叫来，跟着自己学做戏装。张济民便是久春的第三代。现在，坐在我面前的便是张济民的女儿，她和弟弟张宝民是久春的第四代传人了。是她和弟弟一起请 80 岁的父亲出山，重操旧业，让百年老号重新亮出了牌子。

张济民的这位女儿很奇怪地问我怎么知道这么多？我告诉她我是戏剧学院毕业的，当然知道一点，才专门前来拜访，便请教她久春原来就在这里吗？她说原来在附近不远，这里是原来家里两间住房，腾出来改成了门市，在上面搭了间阁楼住人。说着话，从后面的楼梯上走下来一位老太太，鹤发童颜，精神矍铄，一看就知道是张济民的老伴刘瑞华。老伴前两年去世，都是靠她撑起了久春这块老牌子。想当初，梅兰芳、周信芳、程砚秋……多少名角都穿过久春做的戏装，张君秋刚出道第一次到上海演出，穷得叮当乱响，赊钱也特意到久春做的行头呢。现在好多人都是冲着她来的，日本、韩国、美国都有人不怕远跑到这里找她订货。

我请老人和我照张相留念，她很高兴地答应了，然后对着镜子仔细地梳着头（那细致的劲儿如同做她的戏装），别上发卡，走到门口和我照相。题写着“久春”大字的铜匾就在她的头上面，在夕阳的辉映下闪着金光。我对她说这两个字写得真气派，她笑着告诉我米南阳是我侄子。

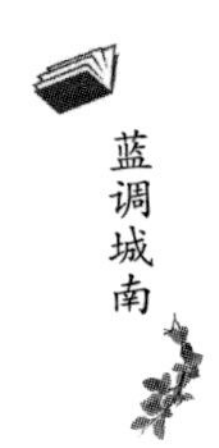

雨中神木街

到花儿市西口的时候，雨下得正大，跟瓢泼似的，打得马路上泛起白色的浪花，汽车跟船似的开。一咬牙，还是过了马路，一头扎进了花儿市。

花儿市在明朝时候叫神木厂街，据说明朝要在北京建都时到四川伐树，见有大树如神，格外敬畏而加以供奉，在修建北京的时候，便把这里当成堆放木料的地方，称之为神木厂。我读中学的时候，几乎每天上学都要走这条街，从我家住的打磨厂穿过花儿市到羊市口拐弯儿，等于穿过半条花儿市街。每天要走半个小时到学校，为了省下每月两块钱的月票钱。虽然，那时走在这条街上，已经没有了当初叫神木厂和花儿市的气派和芳香，但这两个名字，还是很好听，一个神木，一个花儿，属于植物，而且是很好的植物。

一眨眼的工夫，四十多年过去了。对于一条有着近半个世纪历史的街道，四十年的时间并不算长，但却让这条街道老得这样神速，快得让我认不出来了。原来把着西口的启元茶庄、天合成杂货铺、电影院、百货商店、新华书店……现在硕果仅存，只剩下新华书店苟延残喘还立在那儿，

其余的都变成眼前工地上的脚手架和前面的烂泥塘。想当初，有时偷偷从学校溜出来，跑到花市电影院看电影，5分钱一张学生票，现在的学生一定以为是天方夜谭。不知怎么回事，走过这里，心里猜想着电影院的位置，还清晰地记得当年看的玻利维亚的电影《珍珠》和苏联的《白痴》，看半天也没看明白，却莫名其妙地忧郁，和着走出电影院时夜色降临的朦胧一起弥散。从北大荒插队回到北京，买的第一件大件是一个蜂窝煤炉子，我去北大荒这几年，母亲一直使着又老又破的煤球炉子，生怕中了煤气，我下定决心要买这个蜂窝煤炉子，是母亲到街道办事处要了票，然后和我一起到的天合成买的这个炉子。母亲踩着小脚和我一人一边抬着炉子回家，走在这条街道的情景，似乎就在眼前。

再往东走，路被两边的高楼和工地挤压得窄得有些喘不过气。如果没有两边的槐树，吃凉不管酸地还是一样在雨中飘开着槐花，多少残存着以前的一点影子，真的像是走进迷茫的梦里。

路北应该是火神庙，火神庙前面就是一个挺大的邮局，读高中时候我有一个女朋友，在北航附中上学，我们偷偷地通信，整整通了三年，每一封信，都是从这个邮局里买了邮票贴在信封上扔进邮筒里，4分钱一张邮票，吞吐过我多少秘密和心情。如今，邮局早没有了，火神庙还在，这座明隆庆二年（1568年）建的庙，曾经在这条街上最为香火鼎盛，以后闻名京城的花儿市一条街和小吃一条街，都是在它前面迤逦排开，老北京最早的街市，都是有庙作为依托的，关键在于庙市的火红。我上学时候走过它身旁的时候，它是隐藏在一片破旧居民大杂院里，琉璃瓦的庙顶只在有阳光或者你注意它的时候偶尔明灭闪烁几下。现在，它一样如此，建筑工地恐龙架子似的脚手架压迫着它显得很不起眼，庙前的院子是拆了，一面

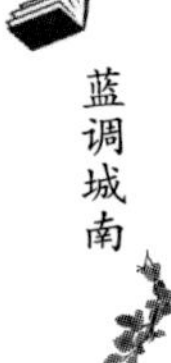

后院墙还在，挡住了主殿和东西配殿，我走过去，站在墙外的土坡上，殿脊上那红绿琉璃的双龙戏珠，在雨中还是一片迷蒙。

往前没走几步，路南就是花市最有名的清真寺，它的门不大，朝北，东边的影壁墙上，白底黑字的“清真寺”非常醒目。如今四周被木栏杆围着，正在修建。从明永乐十三年（1415年）开建以来，它一直没有断了修，尤以明清两代为多。当初，它是以射箭距离为圈地的标准，不知是皇上还是哪位官老爷的主意，一箭射出，有多远，就占多大的地盘，可以想象，明时这里的地还是非常的宽阔，不像是现在已经寸土寸金，成为房产商垂涎的地皮。顺着栏杆边的一条泥水荡漾的小道，以为能够走进去，谁想却进了它旁边新建的小区，它成为了小区的组成部分，前边有几座中式的瓦房，和它很对称，呼应着俗世与神界的气息，衔接着高楼与它的距离。站在小区里看它的礼拜大殿，坐西朝东，寺顶重檐，着绿色琉璃瓦，显得非常气派。在老街巷的改造中，保存古物，注意与现实的匹配，这该是不错的一例。

走过清真寺，就到了羊市口，该拐弯儿了，进珠营胡同，就快到学校了。羊市口里面有一个叫大众的电影院，旁边有个青山居，都是花儿市有名的去处，电影院是民国时期就有的了，青山居是明末时候的茶馆，后来变成玉器店，青山居，我没有去过，电影院，我倒是常客，它和花儿市电影院是我逃课时有了可以比较之后挑肥拣瘦的选择。

如今，这里已经变成了宽敞的大马路，大雨像是一群放学的孩子，可跑出了学校和窄小的胡同，喧哗着响成一片，正跑到马路中央撒了欢儿地蹦溅着水花，释放出憋屈一天的心情。

三转桥

三转桥，是一条胡同，明朝就有，《燕都丛考》里说："东唐洗泊街，西唐洗泊街，其间小胡同曰三转桥。"确实很小，也就半里多长。但在《京师五城坊巷胡同集》中，记载有文昌宫，在《顺天府志》中，记载有华严寺，是一座明朝寺庙，"寺久废圮，光绪二年，僧洗尘重立殿宇。"胡同小，却是皮薄馅大，不可小觑。

三转桥，早已经没有桥。有桥，起码是在清中期以前的事情。有桥必得有水，那时候，三里河从它的东边的南河槽折西到西河槽，然后拐向南到三转桥，流到东半壁街向东，一直流入张家湾河道中。据说，桥就在拐弯儿向东的这个地方，也就是现在三转桥南口和东半壁街相连的地方。不过，谁也没见过。虽然，多少年来，人们老念叨，桥只是一个总没有出现过的"戈多"。

就在这个据说有桥地方，原来有一个烧饼铺，我是见过的。它做的"螺丝转"非常不错。"螺丝转"是烧饼的一种，和普通的烧饼不一样的是，面要扦得非常的薄，在上面洒匀油和一层花椒盐，卷成筒状，轻轻压扁，上炉烤成金黄，表面看起来一圈圈的，像是螺蛳盘绕，像是在那里小

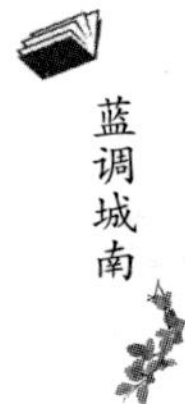

憩，憨态十足。这种“螺丝转”，一圈圈的条儿，像丝一样一样的细，吃起来非常脆，能够在你嘴边啧啧有声地蹦，很有嚼头，所以老北京人又叫它“干蹦儿”。我读中学的时候，常常到这里吃一个“螺丝转”，就充当午饭了，一个才 5 分钱。我便记住了三转桥，它离学校很近，出了校门前的街口，过马路穿过东半壁街就是，用不了五分钟，就能够走到。

那时候，三转桥附近有好多这样的烧饼铺和小饭馆，成为我们学生中午找饭辙的好去处。那里，卖面的粮店、卖日用百货的油盐店，也特别的多。总之，别看三转桥胡同不大，又挺窄巴，比起学校前和东半壁街，它要热闹许多，烟火气息浓，人气儿旺。

前些日子，看到两则材料，一则说北京最早的一家理发店，1910 年开业的胡记理发店，在三转桥；一则说北京外城最有名的喜轿局，光绪年间开张的合兴喜轿局，也在三转桥。心里对三转桥不禁刮目相看，一条那么不起眼的小胡同，居然曾经藏有京城昔日如此两大名胜，想可不是上中学时候认识的只卖“螺丝转”的样子呀，便去探个虚实，访访这两大名胜。

旧地重游，轻车熟路，三转桥变化不大，找到它不费吹灰之力，但找这两大名胜，难了。转了一个来回，也没打听到。想想，也是，新式婚礼时兴以后，谁还再坐花轿呀，合兴喜轿局早在新中国成立前就关张了，胡记理发店关得晚，但 1958 年合并到三转桥理发店，也销声匿迹了，问现在的年轻人，他们上哪儿给你找去？

再转到三转桥的北头，看见一位老太太从西边的一个小院里出来，手里拿着一盆洗好的衣服，要晾到路对面的晾衣绳上，绳下有一盆白薯，老太太怕衣服上的水滴湿白薯，请人帮忙，我赶紧上去把白薯拿开，说起话

来。怎么那么寸，真叫做踏破铁鞋无觅处，简直是得来全不费工夫，老太太指着晾衣绳旁边对我说：胡记理发店，原来就在这地方，那时候是一间房子，“文化大革命”后房子要塌，拆了，盖了这后面的楼。原来理发店的南边是一家糊顶棚的铺子，北边是一家粮店，现在你看还是粮店。

真的是太巧了，巧得让我都以为再接着说下去，理发店里胡掌柜的，就能够举着推子走出来，当场给我理个发。

老太太告诉我，理发店很小，只能放三把椅子，以前叫胡记剃头棚，那时候剃头的都是挑着个挑子，拿着个“唤头”，沿街走，能有个剃头棚，就不容易。以前是用剃头刀子剃头，以后有了推子，改推平头，老胡头是第一个把剃头棚改名叫胡记理发店，理发店是从外国传来的叫法，是新式的，按现在的话说是赶潮流呢。老胡头个儿高，人挺和气，有个女儿，小时候走道腿不大好，大家都叫她“八倒儿”。后来，他家的理发店拆了，分给他房子，他女儿就住旁边这院里的一间南房。

和老太太的交谈，让我很惊喜，毕竟是一段历史，而且是北京城第一个理发店的历史，即使理发店的房子没有了，老理发师也没有了，但历史还在。

我又问起合兴喜轿局，老太太摇摇头。仔细想了想，还是摇头对我说：没听说三转桥有个喜轿局呀，倒是有个扎纸人纸马吹吹打打的，那是给死人送殡的杠房呀。然后，她向南指指：就在前面路西喽。

告别老太太，一直向南走去，三转桥中间因有东厅和西厅胡同东西横穿，形成了一个小小的十字路口，路口的东边有一家很大的菜市场。路口的西边，就是老太太说的杠房。过十字路口，是三转桥的南半部，比北半部短，也窄，一溜儿小铺子，和我上学时候见的一模一样，就好像一个总

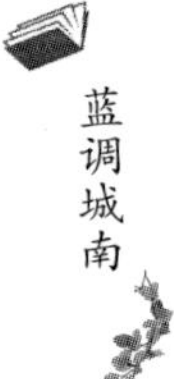

也没有长大的孩子。走到南口了，是丁字路口，前面往右是东唐洗泊街，往左就是我来时走过的东半壁街。

在这里，我见到坐在家门口正修自行车的一位老大爷。

老大爷告诉我，他在三转桥这里住了 70 多年，抗战前就搬到这里，开了家修自行车的铺子。应该说是住在这里最老的老人之一了，怎么也得 80 多岁，身子骨硬朗得还舍不得放下从小练就的修理自行车的手艺。他如数家珍地指点着这一条胡同，翻过来倒过去地说，熟练地把一条胡同弄成如一块听话的面团一般。他告诉我这里有几家油盐店有几家店铺有几家绒线铺子，老大爷对我说绒线铺子就是现在的小百货店，不仅仅是卖绒线的。然后，他告诉我其中有名的油盐店有这样几家：利恒泰、晋六居、合增店。其中晋六居和合增店，我以前听说过，不仅是在三转桥有名，在城南都有名气，它们两家，和三转桥南现在东半壁街的位置上的另一家迎门冲，号称这一带油盐店的三大家，都是在清末民初开张的，彼此竞争，一直红火到民国后期。

老大爷又告诉我他家北面原来有一家茶叶铺，一家纸铺，还有一家叫做祥源斋的点心铺，再北边有一家叫做永德堂的药铺，是三转桥最大的铺子了，就在我刚才看到的那个菜市场的位置。听老大爷这样说来，三转桥，远比我读中学时候见到的要热闹得多。三转桥成为了附近普通百姓购买日用品的一条商业街，吃的、喝的、用的、包括药品，应有尽有。

它当初的繁华，不仅在于民国时期，它附近的居民众多，还在于在它的南边不远的南岗子，有一座娘娘庙，供奉的是天仙圣母碧霞元君，这位娘娘的生日在四月十六日，所以每年四月十六都有庙会，是南城一个比较大的庙会，从北边来的人走瓷器口，必要从三转桥穿过，因为三转桥是一

条由西北往东南斜向的斜街，这样走到娘娘庙近便。庙会的兴旺，也是促进三转桥商业发达的一个原因吧。

临分手前，我再一次问起合兴喜轿局。刚才老大爷一直都没有提起它，它是当年一家很有名的买卖，老大爷不会忘了它吧？

老大爷的回答和那位老太太的一样，对我说，三转桥只有一家做纸马的杠房呀，没有喜轿局呀。

我有些迷惑不解地说：我在书上看到的，写得很清楚，说合兴喜轿局就是在三转桥呀。

老大爷放下手中的一个自行车的轮子，又仔细地想了想，说：你说的那个合兴，应该是在东唐洗泊街上。然后，肯定地用手指着西南说，就在前面不远，靠北头。以前，人们管东唐洗泊街就叫喜轿街，倒是和我们三转桥紧挨着。

他应该说的是没有错的。我应该相信他的记忆，比书要真实，准确。他的记忆里，有他70余年近乎一辈子的日子，有他和这条小而窄的胡同密切相关的情感和生命。他吃过的盐比我吃过的米都多，他走在这条胡同上的脚印，磨砺成了这条胡同的老茧，结实而醒目。

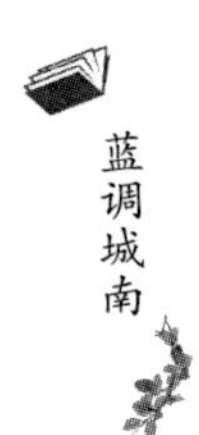

四块玉

四块玉，也是一个好听的街名。中国数字嵌进诗中和话中，都是有讲究的。如果叫三块玉，就差了点儿；叫五块玉，听着也别扭；要是叫两块玉，更显得有些“二儿”（北京土话：傻）。叫一块玉，就更不着调，只有叫一枝花、一剪梅的，没听说叫一块玉的。还是四块玉听着舒服，稳重妥帖，端庄蕴藉；而且，四块玉还是元曲的一个曲牌名，便更透着那么一点古老的韵味。

四块玉是一条弯弯曲曲的胡同，从现在红桥市场开始，一直往南延伸到现在的天坛东路。建红桥市场时，占了它的一块地。现在找四块玉，都跑在体育馆路的南边了。

四块玉，这么好听的名字，一定有来历的。有两种版本：一是相传明永乐十八年修天坛时剩下了四大块汉白玉，放在天坛东门外，正好是这里，后来运到东单刻成“公理战胜”的牌坊（就是现在中山公园里的“保卫和平”的牌坊）；一是清代这里原来有一眼井，井台是用四块汉白玉围砌成的。这两种说法似乎都不可信，前者太夸张，哪里会有那么大的汉白玉扔在一条根本不起眼的小胡同里？后者，我查《京师坊巷志稿》，

那里根本没有井的记载，汉白玉的井台就无从说起。

不过，那里确实有玉，并非谬传。我的一个同学从小家住在四块玉，他告诉我胡同里有挺大的玉石板，是不是四块，记不清了，那时，他和小伙伴们常常跑到上面去当滑冰玩。后来玉到哪儿去了，就不知道了。

对于居住在这里的老人，一般对这四块玉，没有什么记忆了，但对一个叫李清泉的人，记忆却很深，他住在东四块玉，新中国成立以前，四块玉附近是一片菜田，他是这里有名的菜霸，外号“菜李四”。平常日子就无恶不作，日本人来了，又当了汉奸，狗仗人势，越发变本加厉地欺负百姓。新中国成立之初，给枪毙了，枪毙“菜李四”那天，是四块玉热闹非常的一天。

我对这条胡同很有感情。小时候到体育馆看比赛，或到跳伞塔、射击场玩，都要坐有轨电车到它边上的电车总站下车，那是那时唯一的选择。这个电车总站，可有年头了，据说在民国十年（1921 年）就在这里了，叮当当的，从这里驶出了北京城的第一辆有轨电车。记得那年看苏联迪纳摩篮球队来华比赛，为的是看当时世界最高的 2 米 18 的中锋克鲁明。去的时候还好，散场时候，人多得根本挤不上车，只好顺着四块玉往前走回家。那年摩托车运动队选人，学校推荐了我，到跳伞塔考试，第一关就是骑自行车，那时，我还不会骑，只好怎么来的再怎么回去，顺着四块玉弯弯曲曲的胡同，灰溜溜地走回到电车总站，坐车回家，咣当当的电车声，格外地响了一路。

我的孩子上小学在光明小学，每天骑车必须穿过四块玉到天坛东路上。那时，他刚刚学会骑车，骑得还飞快。那天在西四块玉的拐弯的地方，撞上了一个老太太，老太太手里提着一篮子刚买的鸡蛋，一下子撞碎

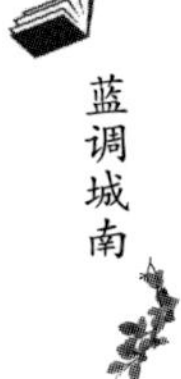

了好几个。赶紧下车向老太太道不是，老太太一看是个孩子，没说什么，笑着嘱咐他小心点儿，让他走了。孩子回家说起来，非常感动。这件事对他影响很大，让他和人相处对善良和宽容格外的注意。我一直在想，如果当初老太太不是这样，而是拽着他不放他走，就是没讹他，起码得让他赔鸡蛋，一个刚刚上小学的小孩子对这个世界的认识会是不一样的。以至以后孩子只要一走到这条胡同，都会忍不住想起那位老太太。

前些日子打电话给韩少华，他说他新搬的家，我问他搬到哪儿去了，他告诉我四块玉。我说那太好了，那里离天坛东门近，你可以天天去天坛溜公园了。韩少华是一个多么有才气的作家啊，十多年前突然病倒，现在恢复得不错，家临这样一个公园，对他真是特别的重要。他说是啊，天天家人都推着轮椅带他去天坛转转。没过多久，我在晚报上读到韩少华的新作，特别为他高兴，顽强地和疾病奋争，顽强地继续写作，对于他不那么容易。兴来尚能气吞酒，诗成不觉心渍笔，一个文人，莫过于能够重新执笔为文重要了。特别是看到他给自己的专栏起名为“四块玉笔记”，更让我会心一笑。

四块玉，一个普通的街名，对于我竟然几十年来绵绵延延串联起这么多的故事。

珠市口

按照侯仁之先生的观点，老北京的中轴线北端起点在后门桥，南端终点在永定门。其中靠近永定门的珠市口，是中轴线上一道重要的街口。从地理意义上说，它是中轴线南北一道无形的分水岭。

这里的发展，和明朝扩建外城相关，那时这里只是买卖生猪的集市。珠市口是从猪市口演化而来的。清朝时期，前门地区得风气之先，经济文化上繁荣，在乾隆年间达到高峰，执全城之牛耳。也就是说，从那时起，原来中轴线北端后门桥一带的繁华热闹，已经被这里所替代。有意思的是，最初这里的繁荣，就像现在圈地盖楼盘一样，圈好最有用也最有效的黄金地段，只是南到珠市口为止。纵横交错的会馆店铺戏楼酒肆饭庄，都集中在这里，很快成为了如今中关村或 CBD 一样的繁华之地。

从前门楼子前面，由北到南，好几条重要的胡同，比如东侧的布巷子、果子市、蒋家胡同、冰窖斜街，西侧的粮食店街、煤市街、王寡妇斜街、陕西巷……南口都是开在珠市口大街上。珠市口，像是一道堤坝，这些胡同流淌出来的一股股汪洋恣肆的水，流到这里，被这道堤坝挡住。珠市口以南，天桥、红桥和万明路、香厂路一带形成了阵势，都是以后清末

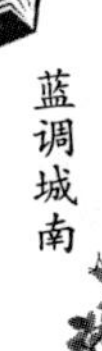

民初的事情了，那些地方，成为了当时贫民窟的代名词。所以，民国初期，朱启钤当政时，曾经大力整治这一带，希望把它改造成为模范的新市区。

陈宗蕃先生所著的《燕都丛考》引《顺天时报丛谈》中说："盖以珠市口大街为经，用以区别雅俗耳。"这话进一步说明，珠市口地理位置的显赫，不仅仅是一道贫富之分的分水岭，也是雅俗之分而难以迈过去的一道梁。

那时候，有"道儿北"和"道儿南"的俗称，只有老北京人知其含义，这个"道儿"，指的就是珠市口，足见珠市口地位的重要。从清朝到民国，好的店铺，都在珠市口以北；好的戏园子，也都在珠市口以北。就像现在一般有钱的人，不愿意到南城买房子住的心思一样，那时有钱的主儿，可以到"道儿南"的天坛城根下跑马踏青，射柳为戏，是断然不会到"道儿南"的天桥去看戏的，虽然天桥也有不少家戏园子、落子馆。《啼笑姻缘》里到天桥听沈凤喜唱大鼓书的樊家树，是落魄穷酸的文人。

同样，一般在"道儿北"演出的演员，也是不会到"道儿南"去演出的，如果不是被生活所迫，不得不真的到"道儿南"去了，再想回到"道儿北"来，可就难了。民国初，有个叫崔灵芝的，是个秦腔旦角，红极一时，和梅兰芳齐名，无奈之中去"道儿南"演出，便再也没有回到"道儿北"来。相反，如果"道儿南"的演员，要想出名，必须得使出吃奶的劲儿到"道儿北"来演出。珠市口，就是他们鲤鱼跳龙门的龙门。当年，侯宝林、新凤霞、小白玉霜，还有唱河北梆子的李桂云，一个个从天桥出来，都是必须跳过这道龙门，先得跳到珠市口的开明戏院里演出，赢得掌声，得到认可，方才可以再到"道儿北"的其他剧场里演出而最

后成名。珠市口，当时就是这样的牛，像如今的央视舞台似的，必须得从那里沾一次团粉、走一遍油，才能够把自己像干炸丸子一样，炸得一身金黄，抖擞着出名。

从前门楼子正南往南走，走的是北京城中轴线南端最为重要的一段，走一里来地，遇到的第一个十字路口，便是珠市口。如今的珠市口，最显著的标志，是坐落在两广大街南侧的那座哥特式基督教堂，1921 年建，原来是和墙砖一样的灰色，现在被涂抹成鲜艳的葡萄紫。它立在那里，还真有点儿威严的劲头，像是一个有意思的象征，将过去年月里珠市口地标一样权威的地位，用它来代表，来显示。

当初珠市口的十字路口，被人们称之为“金十字”，主宰在中轴线的南北东西。一些有钱却在前门找不到地盘的商家，一些缺钱想找便宜一些地方的商家，便把目光投射到这里，珠市口形成了一股新的地景地貌——像是前门大笔一挥墨汁洇染蔓延出来的效果，前门如果像是一顶大礼帽，它就是那帽檐儿。当时，庆仁堂药铺，就是把它的分店南庆仁堂开在珠市口十字路口的东侧；泰森茶庄老板王子树也是看中了这块地盘，特意请清末翰林张海若书写了牌匾，把茶庄开了这里；功德林素菜馆，也是这样的心思，从石头胡同迁到这里。开明戏院和第一舞台（现在丰泽园饭庄的位置）选择在这里，就更是这样的心理期冀的效果。

小时候，我家住西打磨厂，穿过兴隆街，再穿过大蒋家胡同和冰窖厂，抄近路，斜插过来，就到了珠市口。那时候，在冰窖厂胡同有一副非常有名的门联：地连珠市口，人在玉壶心。将我所走的路线巧妙地连接起来，玉壶指的就是冰窖厂，那时候，冰窖还在（后来变成了一所小学校），夏天，走在这条胡同里，常常能够遇见拉冰的人力车，我们一帮孩

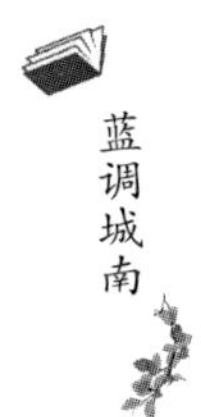

子就跟着车后面，捡起路边的碎砖头，趁拉车人不注意，用砖头凿冰块下来，当冰棍吃，没等到吃完，珠市口就到了。

那时候，珠市口东边的古刹大悲庵已经看不到了，但别具风格的过街楼还在，崇文区文化馆和宫灯厂也在那边；西边有清华浴池和开明剧院，纪晓岚的阅微草堂和德寿堂老药店也在。阅微草堂变成了晋阳饭庄，那时候人小也没钱，我没进去过，但我没少到开明剧院看电影，一直到20世纪90年代，我的孩子小的时候，还带他经常到那里看电影，并且很有些得意地告诉他，梅兰芳就是在这里为印度大诗人泰戈尔演出了《洛神赋》，感动得泰戈尔一塌糊涂，当场在纨扇上题诗赠给了梅兰芳，好像我自己当时在场亲眼看见过的一样。

我也没少到那里的教堂去玩，记得20世纪70年代，教堂成为崇文区夜大的教室，作家母国政曾经在那里任教，我曾经到那里找过他。后来，教堂改为了绸布店，我也曾经到那里买过布料。我也曾经到车间大门四敞临街的宫灯厂，找过当时在那里工作过后来成为诗人兼画家的寇宗鄂，也曾经到那座二层小楼的文化馆，找过正在办崇文区内部文学杂志《春雨》的郁德生。而北京剧装厂也在珠市口的路南，琳琅满目的剧装，凤冠霞帔，绚烂似锦地辉映在童年和少年的记忆里。那时候，那一带文化气氛很浓，还能看出如陈宗蕃先生所说的这里所呈现出的一些雅来。

现在，新修的两广大街，替代了珠市口。难得保留下来了这所教堂，还有阅微草堂和德寿堂。一条老街，一道逝去的风景，一段流年碎影的回忆。在北京中轴线上，珠市口这样具有地理意义的老街巷，要格外重视才对。

那天，特意又来到珠市口，中轴线上一条意义非凡的老街，随日月变

迁而变化的痕迹，真是很大。忽然看到一辆公共汽车从身边驰过，是 23 路，才想到也有亘年不变的，23 路公共汽车就是这不变的一种，像是珠市口老街的一个活化石，打我小时候就穿梭在这条老街上，如今依然如故，不趋时势，不易身姿，和珠市口不离不弃。

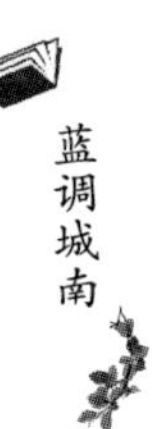

天　桥

天桥在前门的正南，过珠市口和山涧口就是。天桥的名字，自明永乐年间就有，那时，这里还是一片泽国，一条河从前门西响闸，经梁家园的臧家桥、虎坊桥，再向东南，永定门前，一直到金鱼池、红桥，转了一圈，最后流入左安门外护城河。流经永定门前，便是现在的天桥。明永乐年间，修了天坛，皇上去天坛祭天，必要经过这里，便在这条河上用汉白玉修了一座单孔拱形石桥，因是天子要过的桥，所以叫天桥，与桥前桥后的御道是呼应的。天桥和天坛都有一个“天”字，意义可是不大相同。当然，天子把自己就当成了天一样的大，那是别说。

城南地势低洼，现在也是能够看得出来的，天桥一带水路纵横，起码一直到清乾隆年间还是如此，那时从天桥的南端到永定门下，开了三道明渠，疏通河流，当年也就是乾隆五十六年（1791 年）乾隆手书的《正阳桥疏渠记》的碑刻，现在还完好地保存在红庙街 71 号的大杂院里，成为了天桥那时风光的见证。红庙街离天桥很近，就在天坛西路的北侧。乾隆爷算是干了件好事，使得这一带更加水域开阔，波光潋滟，而且，还在水中种有荷花，在水边栽上柳树，建起酒肆茶楼饭馆，山水风光，自是不

错。乾隆年间五十五年的进士张问陶，进京做官后，正好赶上天桥这样的好时候，他专门有诗歌咏天桥："种柳开渠已十年，旧闻应补帝京篇，天桥南望风埃小，春水溶溶到酒边。""明波夹道且停车，人为临渊总羡鱼，尘外蒙蒙千树柳，随风绿到第三渠。"记录的就是那时天桥疏渠改造的情景，说的就是那时天桥的亲水景观。

如此水景，和一步之遥的珠市口大栅栏的闹市，对比明显，透着自然一股的清新劲，离城里又近便，很是吸引当时文人到这里来饮酒作乐。那时的诗人洪亮吉和黄景仁在这里聚会，并留下相互唱和的诗句，黄诗："回鞭却指城南路，一线天街人云去，揽衣掷杖登天桥，酒家一灯红见招。"说的那天桥是何等的迷人。那时的天桥，确实是京城的一景，和后来的热闹而杂乱的贫民市场、杂耍场，是完全两回事情。

天桥的没落，是在清末，那时，这里的水渐渐地没有了漂亮的规模，清水渐渐地变成了后来臭烘烘的龙须沟。光绪三十二年（1906 年）修路，民国十八年（1929 年）安装有轨电车，先后两次破坏了汉白玉的天桥，但桥两旁的汉白玉的桥栏杆还在。到了 1934 年，再一次扩展马路，桥栏杆也被拆除，天桥便彻底完成了从有到无的过程，便只成为了一个有名无实的地名的存在。

陈宗蕃《燕都丛考》中说："民国五六年，先农坛外商人支茅作屋，建水心亭，设茶肆，游人颇盛，秋季水涸，都人放马赛车于此。"可以说，建水心亭，是天桥最后的辉煌了。水心亭是在民国五年（1916年），当时五区署长高尔禄提议，在先农坛东墙外的空地上，建了这么一片小公园。既然叫水心亭，自然那时周围还是水汪汪一片。据说，水上有桥，游船可以从桥洞下过去，可见还是一片不小的水，难怪当时对水心亭有这样的诗句流传：潋滟空蒙，可比去年西子；粉白黛绿，何如当日秦淮。

天桥的风光和风水不再，是在没有了水之后，一步步形成的。当年的高尔禄应该算是一个好官，至少还有这样一个水心亭的政绩工程，他离任之后，水心亭渐渐荒芜，最后被军阀占领，添上炉灰渣子，改成市场，当时叫做公平市场，现在还留有公平胡同的地名，就在天桥商场的北边。

但即使那时，一直到民国二三十年代，虽然没有水的滋润，天桥还是很红火的。这从张恨水的小说《啼笑姻缘》里，就可以看出。只不过那时的天桥和乾隆之前的水上风光不一样了，变成了集贸市场和茶馆酒肆书棚棋社曲艺摊和露天大棚中耍把式的游乐场所，民间风味、人间烟火就贫民意思，更浓了。这样的风光，一直到新中国成立之后，我到那里玩的时候，基本格局没有变。以现在的天桥大街为界限，东边，就是现在的自然博物馆到北边天坛西路口那一大片，主要是小摊贩和估衣棚；西边，就是现在天桥剧场到北边的永安路口那大片，是游乐场所。民国初年，还有这样的诗称赞：酒旗戏鼓天桥市，多少游人不忆家。那时候的北京人，尤其是爱吃爱玩的北京人，不到天桥来的人少，就像现在的北京时尚人士，不会不到什刹海或三里屯的酒吧街去一样。这大概和当时当政的朱启钤的思想有关，他雄心勃勃地大力改造城南，希望把城南这一片一直往西到虎坊桥改造成模范区。

天桥一步步沦落风尘，应该是在“文革”之后，到如今破败得快成为了外地贫苦打工者的天下，北京人除了偶尔到天坛到天桥剧场或到自然博物馆，很少有人愿意光临。20 世纪 70 年代中期，我在永定门外一所中

学教书，几乎每天都要经过天桥，那时还有中华电影院，沿电影院往北是一街商店和饭馆，周围都还没有现在这样乱成了一锅粥。我还常常到中华电影院看电影，记忆最深的是“四人帮”被粉碎，“文革”中被批判为大毒草的《早春二月》，重新公演，就是我和妻子一起去中华电影院看的，那时妻子的肚子里正怀着儿子。等儿子落生后，我常常带着他去自然博物馆。那时这一片虽不繁华，但终究没有那么喧嚣和杂乱。现在，虽然在天桥的南边，从天桥商场开始一直到永定门，新修的大道，平坦开阔，中间还有绿地花园，东西的天坛和先农坛都露了出来，完全是和现代化接轨。但是，和天桥一对比，显得真的不那么协调，相差了一个时代。天桥实在是太破了，像是一个被遗弃的龙钟老人。

对于天桥，我始终充满感情。20 世纪 50 年代末 60 年代初，我读小学和初中，正是爱玩的年纪，常常到天桥去。那时候的天桥，已经到了尾声，快走到了寿终正寝的尽头。从我家穿金鱼池到天桥去，只消走不到二十分钟，主要是看那里的杂耍。那时的杂耍，还是保持着原来的传统，围着场子开演，然后敲锣转着圈收钱，因为我们孩子小，挤在人群中，人家一般不会跟我们要钱，我们就可以不用花一分钱白看，俗话叫做“看蹭儿”。可以说，对于我最早的艺术的启蒙，就是在天桥。

旧时天桥有名的天桥八大怪，都是民间流传，说法从来都没有统一过。有这样一说：赵瘸子的杠子、万人迷的杂唱、人人乐的口技、韩麻子的相声、小金牙的拉洋片、穷不怕的白土撒字、呼胡李的洋铁壶、怔米三的大铁锤。洋铁壶，指的是把洋铁壶绑在腰间，鼻子里塞着洋铁筒手里拿一梆子，边走边拉边唱，边打击洋铁壶，从洋铁筒里发出鼻音伴奏，乱七八糟的，图个热闹。大铁锤，指的是抡在流星锤使劲往光肚皮上砸，类似

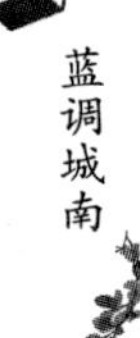

气功。

还有这样一说：蛤蟆教书的老头儿、滑稽二黄的云里飞，变戏法的花狗熊、耍中幡的王小辫、三断指的傻王、耍金钟的曹麻子、顶宝塔碗的程傻子、撂跤的宝三儿。

当然，版本不一，还有很多。

我到天桥，最爱看的是宝三儿撂跤、拉洋片的和变戏法的这三样。

其实，我去天桥那时，宝三儿已经不怎么出场了，出场的都只是他的徒弟，甚至是徒弟的徒弟了，按照老北京人讲话，叫做“耷拉孙儿”。他们穿着粗麻布褡裢，出场后，且不真摔，晃着膀子，转着圈子，逗蛐蛐似的，不停地逗贫嘴，你说一句：“今儿咱们给老少爷们儿撂上一跤，看看谁有真本事，我要是不把你摔个嘴啃泥，算是我对不起你！”他回一句：“我还真是老太太尿尿不服（扶）你，看我怎么把你撂个老太太钻被窝儿吧！”过去，老北京有句歇后语：天桥的把式——光说不练，说的就是这个。如果真的赶上宝三儿出场了，虽然他只是象征性地来一个扫堂腿和大背挎动作而已，但还是能够招来大家热烈的欢呼，就像现在看李连杰或成龙出场一样。

拉洋片，是我到天桥去唯一要花钱的。不过，看一次，也不过几分钱而已。拉洋片，又西洋景，一个大木头匣子，前门有一个个的窟窿眼，坐在板凳上，眼睛对准窟窿眼，往里面看，就是所谓的拉洋片。拉洋片的人，一手拉着线绳，一手敲着锣鼓，嘴里连说带唱。里面的景儿，随他手里的线绳来回换，他嘴里的词儿也跟着来回地变，就像是现在电影里的话外音。我已经记不清他的嘴里都唱的什么了，但他唱的头一句，到现在总还是像响在耳边，忘也忘不掉：“往吧里头再看喽，这又是一大片……”

那头两个字“往吧——”，他总要拉长了音儿，在我听来，总觉得唱的是“王八”二字，便常常在学校唱来给同学听，气同学是个“王八”，所以记忆深刻。现在，想起来那音调，真的是韵味十足，只要一想起这两句，立刻就觉出了地道的北京味儿，是那种夹杂着煤球炉子里的煤烟味而和炝锅的葱花味儿的北京味儿，一起袭上心头。

变戏法的，印象最深，长得什么样，到现在一闭眼，都还能够真真地想起来。是一对胖胖的两口子，女的公鸭嗓，主要在一旁帮衬着，男的穿一身长袍大褂，所有的戏法都在那袍子里藏着。他嘴上和女的应和着，手里一个劲儿地紧忙乎，一会儿从袍子里变出一把扇子，一会儿变出一对鸽子。最爱看的是最后的压轴戏，他总要来一个骑马蹲裆式，然后身子往后一退，一撩长袍的下摆，立刻从裤裆下面变出一大玻璃缸欢蹦乱跳的金鱼来。尽管每次看到最后，都是这一套，每次依然是大惊小呼不止。

这样的精彩的节目，一直看到“文化大革命”的前一两年。“文化大革命”一来，天桥彻底走到了尾声。延续了几十年的天桥艺场，一片凋零，再也不会给我们带来那么多欢乐和记忆了。

“文革”后期，有一天，我路过金鱼池，走到快到天桥的精忠街和红庙街之间的时候，看见一个四合院的如意门楼前站着一个胖乎乎的女人，走进一看，竟然就是在天桥变戏法的那两口子中的一位，她愣愣地站在那里，眼神迷茫。不知道他的男人现在干什么了，他们两口子在天桥的场子里变戏法的情景，却一下子都浮现在眼前了，心里忽然有一种说不出的凄凉来。

以后，我看清人《都门杂咏》中有专门“咏戏法”一诗：“海碗冰盘

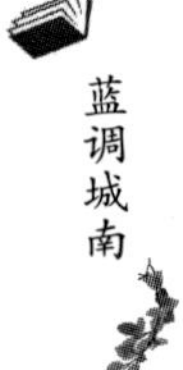

善掩藏，能拘五鬼话荒唐。偷桃摘豆多灵巧，第一功夫在裤裆。”便总忍不住想起他们这两口子，总觉得这诗就像是为他们两口子写的。

再也见不到这变戏法的两口子了。

再也见不到往昔的天桥风光了。

永定门

对于北京城中轴线南端终点的永定门，我是非常熟悉的，小时候，我家住在前门附近，俗话说：门见门，三里三，常常走着就到了永定门。我母亲养着几只鸡，总让我到永定门外的沙子口去买鸡麸子。那时，还有有轨电车，叮叮当当地响着，从前门到永定门也就四站地，3 分钱的票钱，我却总是走着去，可以剩下那 3 分票钱买根冰棍或糖葫芦吃。永定门，是我的目标，只要一见到它那高高的城门楼子，3 分钱就算省出来了，仿佛它成为了冰棍或糖葫芦的化身。

在南城，除了天坛，永定门是最巍峨的标志了。据说永定门还有一个颇为堂皇的箭楼和瓮城，沿瓮城下来，《燕都丛考》说："东西有小街市，东曰棋子胡同……西曰佑圣寺。"这些地方，我没有什么印象了，倒是记得很清楚的是一个拱形的城垛，从城门的两旁蜿蜒下去，像是永定门两撇浓重的大胡子。路过时我总要爬上去玩，上面有许多酸枣棵子，如果是秋天，能看到带刺的枝子上结满小小的酸枣，红红的像挂满的小红色灯笼。

那时的永定门四周没有什么遮拦，如果往南望去，一直能够望得到南苑，当年皇帝到那里去打猎就得从永定门出城；往北望，前门楼子仿佛就

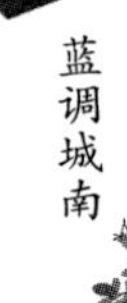

在眼前，皇家气派近得扑面而来，近在咫尺。当然，自古都说北京城是南穷北贱，那时从前门一路往南走来，是越走越穷，过了珠市口到天桥就够穷的了，到了永定门，就更是穷得拾不起个儿来了，像是一锅洗澡水，洗到最后，只能够是又脏又臭又浑了。

永定门附近确实非常穷，到处是破破烂烂的棚户土房，一簇簇蘑菇似的，参差不齐的一直拥挤到城垛边，甚至城垛上面。但是，这一切似乎都不能影响永定门巍峨与威严的地位，这一点，每次我从沙子口买完鸡麸子往回走时感觉最明显。沙子口，之所以叫沙子口，因为永定河水泛滥，河水里的沙子冲到这里，冲击而成了沙子坑，据说当初的沙子堆积得有两尺多深，可以想象，这里的地势很低。所以，不管你是站在什么位置，只要一抬头永定门就赫然矗立在眼前，你就知道，要进城了。如果再想一想当年解放军和平解放北京城，就是在永定门举行的进城式，然后一路大踏步地走向前门，它的巍峨与威严就更染上异样的色彩。毕竟它是老北京城中轴线南端的起点，是北京几座外城门里最大的一座，从它的城门洞里穿过，你才算进了北京城。

1957 年，永定门被拆除了，拆得干干净净，一座拥有几百年悠久历史的永定门，一点影子都没有了。那一年，我整 10 岁。每次再路过那里，见到空荡荡的一座水泥桥和一条护城河，总觉得北京城如同缺了门牙的豁嘴子。

去年开春，再路过那里，那里老桥西边正在建新桥，一打听才知道，永定门要重新修复，完全按照原来的模样，平地再建一个永定门出来。起初，我心里挺高兴的，起码可以让童年的情景再现，满足一下旧梦重温的怀旧情绪。但是，后来，我越琢磨越不是滋味，即使是完全用原来的图

纸，甚至是按照原来那种砖石和木料以及施工方法，就一定能够建出一个原来的永定门吗？还能够是那种原汁原味的永定门吗？

我想起在雅典古城中古希腊时期的巴特农神庙，罗马古城中和帝国大道两旁古罗马时期的历史遗迹，并没有重新修复，原来是什么样子，就还保留着什么样子。我也想起去年的春天到土耳其，在伊斯坦布尔城随处可以见到的拜占庭时期遗留下来的古城墙，即使只剩下了断壁残垣，也只就那样让存在着原始的姿态，并没有修复它，然后围绕着它再建一个公园，以彰显其历史与文化。在土耳其南部的安塔利亚，那里紧靠地中海有当年埃及艳后克莱奥佩特拉和安东尼幽会沐浴之后观赏日出的神殿遗址，我看到只剩下了五支汉白玉的罗马柱，势单力薄顶着断裂而残缺不全的石块，它也并没有按照原来的样子修复成一座神殿，来吸引人们的目光，相反这里却一样游人若织。

从永定门我想起前两年对重新修复圆明园的争论，看来，我们对古文物和历史文化的认识，有一定的误区。我们以为这样做是为了人文奥运服务的，但我们没有想到，其实外国人来北京是要来看真正的古代文物，并不是要看你修复的古建筑的。因为这是一个最简单的道理，重新修复的建筑，再逼真，也只是新的建筑，是赝品而已。可以做一个简单的设想，如果把雅典的神庙或安塔利亚的神殿，也如我们的永定门重新修复起来，该是一件多么可怕的事情，那里还会有那样多的游人若织吗？

最近，我看到有文章提到 1964 年在威尼斯通过的《国际古迹与修复宪章》，明确反对任何文物与古建筑的复建的。我国的《中国文物保护法》也明确规定全部毁坏的文物不得复建的。于是，对于永定门的重新修建的怀疑，就越发严重。即使永定门劳民伤财修复起来了，其价值与意义究竟有多少呢？永定门真的能够死而复生吗？历史真的可以修复吗？

但是，永定门到底还是重新修复起来。修复后的永定门的北面，是开阔的广场，绿树绿地如带，鲜花草坪如茵，不管怎么说，还是很漂亮的，比以前贫民窟的样子，要气派得多，而且把天坛和先农坛也都露在外面了。只是，永定门的城门楼子，刚刚修复好，没有多久，又开始重修，而且里面还新安装不锈钢的扶手，让人有些越发的奇怪，让人不禁再次将原来的疑问重新提出：永定门的重新修复，其价值与意义究竟有多少呢？有些梦已经破了，破梦真的能够重圆吗？

永定门，北京城的一个漂亮的赝品，怎么看，怎么不舒服，像是我们人为点在我们自己脸上的一颗痣，后人会以为是真的一颗美人痣吗？

翔凤胡同小考

据我考察，北京最狭窄的翔凤胡同，是明末清初建立起来的。明嘉靖年间《京师五坊胡同集》里，没有它的名字。一直到清《京师坊巷志稿》里，才出现了它的名字。以我来看，是因为到了那时，前门地区的进一步繁荣，导致了外地进京做买卖的人多了起来，原来在明朝建立起来的打磨厂和崇真观这样两条东走向的主要胡同的住房，显得有些挤了。于是，就要见缝插针，向两侧进军，在空地上盖房。这一点上，和我们现在房地产开发的思路大致相同。

因为向北是护城河，余地有限，便向南，在打磨厂和崇真观，也就是现在的兴隆街之间大兴土木。如今这一片的洪福胡同、同乐胡同、堂子大院、南深沟，包括翔凤胡同，就是在这样的背景下陆续建起来的。翔凤胡同，可能要晚于那几条胡同。什么原因，大概要从翔凤胡同的名字说起。

当地百姓管这条胡同叫墙缝胡同，这种叫法，一直延续到了新中国成立初期，我小时候，家住打磨厂，和它只有一步之遥，那时候，大人孩子还是这么叫它。称之为翔凤胡同，是后来的事了，大概嫌墙缝胡同不雅，

取谐音，弄了一个学名，墙缝胡同成了它的小名。

之所以叫它墙缝胡同，因为它窄如墙缝。可以想象，是由于两边盖的房子，才把它挤迫成这样的逼仄。特别是胡同的南端，一尺来宽，只能走一个人，如果对面来人，双方得侧着身子，才能擦肩而过；如果来人是胖子，那就麻烦了。说其窄为北京胡同之最，这一段应该不是虚夸。这一段并不长，但到了晚上很黑，小时候走这一段路很害怕，有同学专门蹲在这里扮鬼，吓唬女同学。

还有一点，可以帮助佐证，便是它胡同的样子很特别，并非正南正北，而是弯曲形成一个不规则的T型，人们把它分成北墙缝、南墙缝和西墙缝三条盲肠似的小胡同。便也可以想象，如果不是四周盖起房子的挤压，不会挤出来这样一条分出岔来的胡同。它的样子和成因，和我们后来在大杂院里纷纷盖出了小房后，过道变得越发狭窄，只能过一辆自行车那样的情景，好有一拼。

《京师坊巷志稿》里有关于它的记载："翔凤胡同，或作墙缝。旧有泸溪会馆。"泸溪会馆早已不存，猜想大概是它当成最辉煌的院落了。但它的院落肯定是藏在翔凤胡同的背后，不过是把门开在翔凤的胡同里罢了。我小时候，北京有名的中医董德懋先生的诊所开在翔凤胡同的北口西侧，大门朝北，但他家住的二层小楼的院门，却开在翔凤胡同的路西。胡同南口，别看窄，却内藏玄机。胡同西端是一家油盐店，东端是一家中药店，如哼哈二将为它站岗；紧把胡同口朝南的小院，院子很深，院墙几乎占满南翔凤胡同西侧的一面墙。在我的记忆中，高台阶上两边蹲着抱鼓石门墩的那扇木门，似乎从来就没有开过，不知道里面住的什么人，对于我一直是个谜。

为横空修一条南北大道，翔凤胡同基本已经拆除，残存一段是原来的南翔凤。如今，最能给翔凤胡同带来名气和安慰的，是这里一家叫做利群的烤鸭店，还顽强屹立着，如今名气颇大。它是北京典型的小四合院，改造成了私家菜坊。别看不大，来客却络绎不绝，不少是洋人，还有外国首脑。我想，他们不光是为了那一口吃食，还希望看看地道而且是硕果仅存的翔凤胡同吧？

想到这儿，便忍不住想起在江苏同里古镇看到的和翔凤胡同一样窄小的巷子，叫做穿心巷。如今，因其窄而出名，全国各地到那里专门在雨中撑一把油纸伞走一走穿心巷的人很多。如果我们的南翔凤胡同还在，不也是一样可以一巷穿心，和历史有一个别样的邂逅？

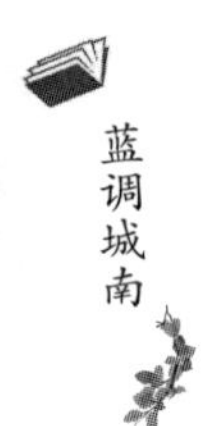

广渠门外

北京的东郊一词的出现，应该是在 20 世纪 50 年代。正处于新中国成立之初的北京，要兴建第一批工厂的时候，东郊被醒目地画在新北京建设的版图上，日后，渐渐地成为了北京的工业区。对比西郊西山一带，东郊一马平川，除了农村，还是农村，没有任何可以骄傲的名胜或风景。虽然在《城垣识略》里记载有过元代的名园双清亭；在《日下旧闻考》里记载明朝有过为修天坛而积木的皇家神木厂；但都早已经属于历史黄发的记忆。新中国成立伊始，那一批新兴的厂房和升腾起朝气烟雾的烟囱，便没有任何负担而可以阔步向前，拉开了建设北京城的东进序曲。

在广渠门外，那时的地，真的是开阔。广渠门中的“广”和“渠”都是大的意思，信是一点不假，在这里迈开北京的工业步伐，也算是找对了地方。那时出广渠门外一条笔直却并不宽敞的大街，分别叫做广渠门外大街和广渠路，都是借广渠门而为自己一时的瘦小争光添威，增加点儿底气。一条孤零零的 23 路公共汽车，串联起这两条路，一直连接到珠市口——北京城的城区中心。

东郊的概念如同“广渠”的意思一样太大，我就删繁就简，先拣这

两条对于东郊最为重要的两条路说说。

出广渠门不远，有打坯坑、石香炉、垂杨柳三个小村，新中国成立后兴致勃勃开始新生活的北京人也会起名，舍前两个村名，而将这块地方合并为一，取名为垂杨柳，用想象中的诗情画意抹去旧时的落后和荒僻。以后，就是在此建立了北京人民机械厂的总厂。

再往东，便是双井，也是一个村，相传这个村有两口井，日本鬼子占领北京的时候，也曾经进驻过这里，找这两口井，却怎么也找不到了。北京造纸厂和北京内燃机厂，后来就建在这里。

双井之南，号称九龙山。其实，不过以前有一座小土山包而已，但山路蜿蜒如龙，便起了这样一个响亮的地名。据说，明末时，山上有一座庙，因住过李自成的军师宋应策，而让这里有了些微的名气。在这里，建起了人民机械厂的主厂区，成为了我国生产印刷机最大的厂家。

再往东，还是一个村，因有八棵大杨树而叫八棵杨村。人机厂最早的职工宿舍就盖在那里，后来的北京吉普车厂就建在了这里。北京化工二厂就在它的旁边。

……

那时候，北京起重机厂、内燃机厂、轧辊厂、建筑机械厂、重型汽车制造厂……一个个国营大工厂，如雨后春笋在这里拔地而起。这里曾经是北京的骄傲，如果有谁能够在这里的工厂工作，将是各家的骄傲。那时，往南一公里以外，和这两条路平行的南磨房一带，还是一片农村，一直到60年代中期，我读中学下乡劳动，还曾经到那里收过麦子。而60年代，这两条路的周边已经是鳞次栉比的工厂，托起北京东北的一道特殊的风景。那时候说我在东郊工作，就是说我在国营大企业工作，语气和底气，

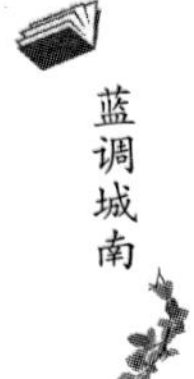

包括找对象，都占有先机呢。

如今，人们已经不再称这一带为东郊，CBD是其中最值得骄傲的一部分，双花园（即名园双清亭一带，因后来又有同仁堂建起的乐家花园，被称之为双花园，以后在那里建立了光华木材厂）、是其中交通便利价格不菲的住宅小区，而双井往东以前的造纸厂、化工厂曾经污染过而人烟稀少的地方，今年卖出的10号、15号地先后成为了北京最昂贵的地王，寸金寸土而令人瞠目。东郊，谁还敢再称它为东郊？

记得90年代初，我曾经住在那里的双井的东北角。城区的扩大，楼房开始多了起来，三环路已经修通，立交桥轰隆隆正在日夜加紧修建，双井路口西南矗立起了高高的新世纪大厦，大厦一层的红楼餐厅格外红火。路口的东南角则是那一带最大的九龙山商场，后来改成了那一带的第一个超市。在超市的旁边，建立起了东郊第一座现代化的宽敞的邮局，我的许多信件、报刊、电报从那里收发，和邮局里起码两代工作人员建立起了美好的友谊。

在90年代中后期，周围的工厂已经开始有搬家的迹象，因为东南风刮起时，污染的空气呛人。越来越东扩的人群和城市化的步伐，已经让这里不安分起来，它就像一个突然长大的孩子，个子蹿了起来，腰身轩豁了起来，有股子一夜恨不高千尺的劲头。三环路的畅通和环线300路公交车的通车，广渠路往东展宽了一倍的马路修了一半，鼻子灵敏的地产开发商已经春江水暖鸭先知一般进驻这里，在双井十字路口的西北建起了一座金碧辉煌硕大的圆形售楼处……向东，向东，成为了这里亢奋的旋律，五六十年代的北京东进序曲，那时候已经汇聚成为了一曲多声部的东扩之交响。

进入新世纪以来，这里的变化更快，广渠门外大街和广渠路的拓宽与延长，十号地铁的开通，让交通更加便捷，血脉一下子畅通和激活一样，周边像一棵树，不仅枝叶茂密，一下子也花朵缤纷，鲜艳而风姿绰约了起来。

想一想，一个地方真的就跟一个人一样，和新中国60年的岁月一起长大，在长大的过程中，它和我们曾经生活过这里的人一起，融入了情感和回忆。一个能够让人有回忆的地方，才会有血有肉有年轮一样，不仅仅成为地图上不断更新名字和色彩的区域，而成为我们城市和我们生活的一部分。东郊，这一带，从过去年代里的僻远破旧的农村，到新兴的工业区，到现在活力劲爆的新型社区，不就是这样子吗？它就像我们看着长大的一个人，如今出落成如此模样，却不能说它就已经定型成人，因为它还在建设之中，建筑工地上还在尘土飞扬，而宽敞的马路上堵车，特别是砸双井桥上下的严重堵车，更让人头疼不已。再有，房子盖得是多了，房价却噌噌地往上涨。十多年前，我家住在双井，那时候，我家的西边新盖起的富力城每平方米6千多元，我家东边的九龙花园每平方米5千多元，现如今，蹿到每平方米三四万元了。最后悔不迭的是，当初没下笊篱买它一处房子。

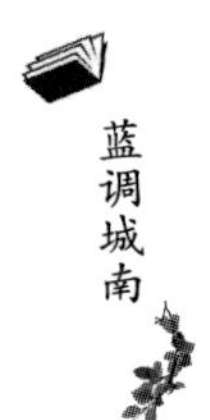

长巷短忆

一

我已经很久没有来长巷了，算一算起码有 30 多年，可以说自从搬家之后就再没有来过。鲜鱼口和打磨厂倒是来过，但都没有往里面拐拐，和它们擦肩而过，视而不见。没有想到这一回，我一连去了好几次，一种既熟悉又陌生的感觉，让我对自己是否真正来过这里产生了怀疑。

长巷一共五条胡同，我最熟悉长巷头条和二条。小时候经常穿过长巷头条到鲜鱼口，或拐进庆隆大院，那里有一家洗澡堂子，父亲不是带我到鲜鱼口的兴华池，就是到这里的澡堂子里来洗澡，澡堂子前面有一片很宽阔的空场，可以带个小皮球来这里踢球。

小时候的记忆是多么的不可靠，仿佛长巷头条只是一条穿堂胡同，起着连接其他地方的作用，而记忆只成了酒肉穿肠过一般排泄得没有了一点渣滓甚至味道。

这一回，我前后去了三次，才算是把长巷头条多少摸清楚一些。

去之前，我查了《京师坊巷志稿》，里面说：“明史河渠志：成化中，有议于三里河从张家湾、烟墩桥以西疏河泊舟者，遣尚书杨鼎、侍郎乔毅相度，言三里河旧无河源，正统间修城壕，恐雨水多水溢，乃穿正阳桥东南洼下地开濠口以泄之，始有三里河名。”这里所说开的濠口，指的就是从后河沿往东南过打磨厂到北孝顺胡同和长巷头条这块地方。也就是说，大运河终点码头南移之后，这里在明成化年间是一条泄洪河，一直通向左安门外的护城河，与大运河相汇合。可以说，三里河地名在先，而长巷头条地名在后，明嘉靖三十二年（1553 年）修了外城之后，三里河才没有了水，有水波荡漾的三里河，只存在了不足百年的历史。有了长巷头条之后，才逐渐有了长巷二条、三条和四条，都是顺着三里河旧河道蜿蜒而成。

前不久看报纸报道老师领着一帮大学生实地考察和测量，惊讶地发现长巷这四条呈扇面形往东南方向弯曲，扇面的中心就是现在长巷四条小学的位置。这多少有些大惊小怪，因为自明朝有了这几条胡同，书上早就有这样的记载（长巷五条除外，五条是清朝后出现的胡同）。

二

这回去长巷头条，这种旧河道的感觉非常扎眼，因为当初东岸在长巷头条，西岸在北孝顺胡同，所以现在长巷头条的东边一侧的院门前面一般有高高的台阶，明显的高于西侧。这是以前小时候我来长巷头条多少次都没有注意到的。这次，我站在长巷头条路西的 13 号（以前的湖北会馆）前，和一位老太太聊天，她对面的 20 号（原来的山西人开的一家银号）

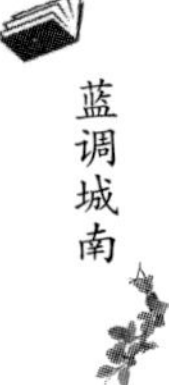

大院门前就有高台阶，正好从门里出来一个男人，站在台阶上，像站在戏台上高出我们两人一大截，心里想过去有水的时候，他就是站在水边，一招呼，船就摇过来了，而我和老太太起码是在水中半米以下了。

自有长巷头条，因其靠近前门的商业中心和京奉火车站的交通枢纽，这里一是银号多，二是会馆多，新中国成立以后这里有中国评剧院的宿舍，赵丽蓉当年还在这里住过一段时间。在《京师坊巷志稿》中记载就有“泾县、南昌、汀洲、江右、丰城诸会馆。”如今，泾县、丰城和汀洲会馆都还在，我挨个找到，分别在60号、53号和62号，只是都变成了大杂院，62号和长巷二条43号连在一起，是原来汀洲会馆南馆，大门应该在二条，头条是后来开了后门，院子不大，但坐北朝南的正房，显然是南馆原来最后的一个院落。

老太太住的这个湖北会馆，在《京师坊巷志稿》里没有记载，也就是说应该是光绪之后建的，是清末民初的事情了。不过，这个院子保存得比别的会馆多少好些，虽然它也变成了大杂院。读小学时候，我的一个同学家住在这院子里，我来过，还留有一些印象。有宽敞的门楼和廊檐，连着一排倒座房（倒座房的朱红木漆依稀还在），前后两个院落（猜想也许都有回廊衔接），以坐西朝东为正房，以南北为厢房（这是老北京南北走向的四合院常见的格局），后院的左侧还有一个小跨院，现在都盖上了房子。老太太就住在前院紧靠大门道的北房一间，8平方米，院子里有一株枝叶参天高大的杜梨树，还是老太太搬进来时亲手种的呢。如今老太太已经87岁，住在这里已经50多年。她告诉我她的东山墙原来是一块影壁，她的屋前原来种着花草，院门的门楣上原来挂着“湖北会馆”的金匾。“那么好！”老太太形容不出来金边匾的样子，对我这样说，由衷地赞美

和怀念都在这三个字里面了。

我告诉她，听说这里要拆，还要恢复三里河的原貌呢。老太太连连摇头：我可不愿意拆迁。我说拆迁多好，您不用再住8平方米的小屋，可以住上大一点儿的好房子了。她接着摇头：拆迁补的那么一点钱，哪能买得起房子？

自从老伴去世，她就是一个住在这里，偶尔女儿来看看她，幸亏她身子骨还很硬朗，残年余生，实在不想再折腾了。她说的是实情，旧城的拆迁，只能是肥了开发商的腰包，让富人更富，并能够搬进城市的中心，而让穷人离城市的中心越来越远。

三

告别老太太，来到鲜鱼口，过去鲜鱼口靠着长巷头条这一截叫梯子胡同（因是原河堤，渐渐高起来的坡像是梯子而得名），是以前长巷上头条和下头条的分野。下头条把口路西的一座二层楼，雕花砖墙，拱形门窗，都是西洋风格，是当年这一带最为气势堂皇的建筑了。楼中间匾额底色变成了斑驳脱落的铁锈红，但“永昌发”三个瘦筋体的大字还很清晰。我一下子闹不清这个“永昌发”到底是什么字号的买卖来了。

正好路过这里一个高大魁梧的老爷子，看出了我的疑惑，高声地对我说：这就是长春堂啊，就是当年那个要买天安门楼子的长春堂啊！

他说得没错，是长春堂，乾隆六十年（1795年）在这里开张，不过当初只是坐西朝东一间不大的铺面平房而已，盖起这座楼来，是民国以后起码是在长春堂于1924年发明了避瘟散以后的事情了。

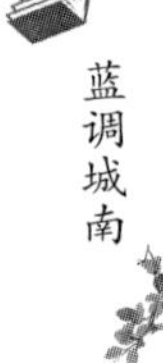

说起避瘟散，不能不提长春堂的第三代传人，说起这第三代传人，老人们即使记不起他的名字孙三明，但都会知道他的外号“孙老道”，因为他确实在房山的娘娘庙里受过戒，取法名“火居道士”，而且因为信道信的虔诚，自己出资还在永定门外建了一座和祖上药铺长春堂一样名字叫长春观的庙。他的入道，帮助他完成了避瘟散的发明，因为他闻着庙里的香火味道非常好闻，发誓要把这样好闻的避瘟散发明出来。1924 年，他以 500 块袁大头（当年这 500 块银元可是巨款），从大栅栏里的云香阁里挖墙脚挖走了关键人物杨山，杨山是制香的行家，他带着两个徒弟倒戈长春堂，帮助孙老道研制出了避瘟散。避瘟散，现在的人们已经不大清楚是什么药，当年，可以说一直到后来我小时候，都是非常有名的避暑良药，到了夏天，家家没有不备上一两盒避瘟散的。避瘟散，足以抗衡当时称霸一方并大肆倾销我国的日本仁丹。记得在演过去的老电影里，不是出现仁丹，就是出现避瘟散的广告牌子，打擂台的背后，暗暗隐藏着人心的向背。当时北京城流传着这样的民谣：三伏天，您别慌，快买闻药长春堂，扑进鼻里通肺腑，消暑祛火保安康。渐渐地，长春堂形成了可以和同仁堂、鹤年堂相媲美的药铺，成为当年北京号称的三大药铺之一。当年，避瘟散的商标是就是孙老道的道装半身像，当时有种锡制的八卦小药盒子，专门装避瘟散，八卦盒配孙老道像，绝对的中国特色，让避瘟散大行其市，让孙老道的名字也不胫而走。

不过，这位老爷子说长春堂买天安门楼子的事，记得有误。日本鬼子占领北京之后，知道长春堂生意红火，发财有钱，确实有向长春堂敲竹杠的事情，那是让长春堂买前门楼子。那时候，前门比天安门有名，天安门有名是北平和平解放毛主席登上城楼以后的事情了。那时，日本鬼子横，

长春堂的老板没辙，只好掏钱，成为了长春堂历史的一桩奇闻逸事。

还是这位老爷子告诉我：那年长春堂着大火，把人家大众戏院都给烧了，赔人家好多的钱。后来长春堂就不行了，现在这一片连大众戏院都成了北京杂技团的院子了。

老爷子这回说得一点儿都没错，那一场大火烧得非常有名，因为有做避瘟散的薄荷被烧，当时有“鲜鱼口内薄荷香”之说流传。那是1942年初秋，长春堂因电线失火，连带着大众剧场（当时的华乐戏园）遭殃，当时正在那里演出的富连成戏班子的全部戏装都被烧光。也有说长春堂是私做毒品“白面儿”而引起锅炉爆炸。这后一种说法可吓坏了长春堂，老板亲自出面，在长巷头条他自家开的庆丰堂饭庄，宴请警察政界和新闻界的各路人马，重金贿赂，不仅最后把事情给抹平，还要少赔华乐戏院很多钱，惹得当时富连城剧社社长叶龙章的三弟叶盛章手持钢刀找长春堂老板讲理，吓得长春堂只好赔钱了事。

这一来一去都要花钱，加上长春堂自己的损失惨重，元气大伤。长春堂发达以后，买下了长巷头条里好几个院落作为房产，或建百货店。那时候的长春堂，很像现在财大气粗的公司，钱多得扎手，便纷纷投资，四处伸手，遍地开花。昔日的辉煌，都消失在这一场弥散着薄荷香味的大火中。新中国成立以后，长春堂搬到前门大街上，从这里的匾额来看，“永昌发”大概只是一家小买卖了。它对面的小店的女老板告诉我这里以前是卖眼药的。

走进长巷头条，路西往南一溜原来都是长春堂的地盘，现在成为了杂技团的仓库和培训班，有个别身材姣好穿着入时的年轻女子出入，不知到底是做什么的。往来千里路长在，聚散十年人不同，更何况已经过去了

200 来年的长春堂呢。一个地方和一个人一样，都得经过从青春年少到终老垂荒的春秋演绎，生命的气息散发在了飘逝的岁月里了。

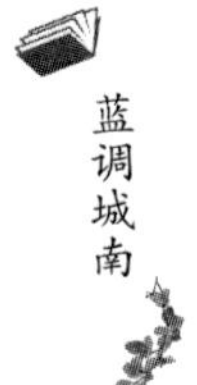

四

如果说长巷一至五条这五条胡同像是一出戏，也有开场、有高潮的话，不仅对于我，而且对于所有来这里的人而言，都会认定高潮应该在长巷二条的汀洲会馆。

这样说，是绝对有道理的。汀洲会馆建于明弘治年间（1488~1505），如果按照建成的 1505 年来算，迄今已经有整整 500 年的历史，不要说在整个长巷五条胡同，就是在前门外这一带的所有会馆里，论年头也是绝无仅有的硕果独存。更何况，它大小 6 个院落的格局还都健在，房屋虽然几经修葺，也几经破坏，但基本的风貌还都保存着，没有大的变动。

就我个人而言，汀洲会馆对于我有一段特殊的感情。我的朋友建国，是我从小学到中学的发小，到北大荒插队又在一个生产队，相加起来在一起的时间前后有 14 年，一直到回到北京各忙各的不在一起，从来都是如影相随。那时候，他家就住在汀洲会馆东院三间坐北朝南的北房中间的一间，那一间房子是前后起脊，也就是说比平常的房子的径深要宽出一半，他家就从中间的房柁那里截上一面隔断墙，房子一分为二，中间拉一布帘，立刻变成了两间，即使分成了两间，也比平常的房子大些，起码比我家住的屋子大。这就是汀洲会馆的格局，大会馆，就是和一般的会馆不一样。那时，他父母和一个妹妹一个弟弟一家 5 口人住在这里，再大的房子也就显得小了。我是他家的常客，特别是插队回家探亲和我从北大荒调回

来之后，更是常常到他家去散心。

那一年，我的父亲突然脑溢血去世，我和弟弟以及两个姐姐和姐姐的孩子回家奔丧，窄小的家一下子住不下，我和弟弟就是到了建国的家住的。那时，建国还在北大荒，他的父母让建国的妹妹借住到同学家，让建国的弟弟和我们哥俩挤在里屋的一张床上，外带早上还得管我们的早点，我们起床的时候，豆浆和油饼都已经买好，放在桌子上了。

一个地方，和自己难忘的记忆如此密切的连在一起，这样的地方对于我，其历史的层叠中便也添加上了属于我的一层，如果有一天那些层层叠叠能够变成化石或煤层，闪亮着的或燃烧着的，应该也有我的那一份记忆。

按照老地址，我在长巷二条48号找到汀洲会馆，它的样子让我几乎不敢相认。靠西的一溜磨砖对缝的灰色院墙，和鲜红的大门，都簇新得像是待嫁的新娘，哪里能够看得出来是有500年历史的老会馆，历史的痕迹就这样被我们一抹而尽。只有大门旁边的公共厕所还在，否则，还真的认不出来了。大门是虚掩着的，轻而易举就进去了，里面空荡荡，没有一个人，地上所有的方砖都是新铺上的，所有的房子都是新翻修的，红门花窗，油漆鲜亮，在阳光下闪着晃眼的光亮。

我在东院里找到建国家的房子，现在是那一排三间北房的中间的门道，左右打通，没有了隔断，前后有门，直接可以通向后院。我才发现原来建国住的这房子是前出廊后出厦，很是气派呢。站在那里，我给建国打通了手机，正是星期天，他在值班。我告诉他我正在你的故居里呢！

那一天，回忆扰乱了我，我看得不够仔细。过了几天，我又去了一趟，绕着六个院子转了两圈。还是没有一个人，院里安静得如同超凡入定一般，一下子远离万丈红尘而万根剪净，紧邻大栅栏闹市的喧嚣，不知过滤到哪里去了。特别是地上还有断裂的重建汀洲会馆的石碑和残破的汉白玉的饮马石槽，正院前的一株老松参天，在绿荫蒙蒙中洒下斑斑点点的破碎阳光，真的觉得是回到了前朝旧事之中。以前找建国时候从来没有到这里来过，现在细细打量，发现院落很是轩豁，正院坐南朝北的正房 5 大间，廊檐宽阔，圆柱粗壮，房基高出地面一截，有几级青石台阶，不知是不是原来的，可以看出，门窗和瓦檐都是后修的。不过，梁柁都还是原来的江南杉木，和一般会馆里的黄花松截然不同，否则绝对不会支撑了 500 年如此漫长的岁月，依然坚固如昨。在北京众多的会馆里，用这种杉木做梁柁的，这里大概是独此一家。特别是廊檐内的顶部的两个椽子，用的也是杉木，雕刻成的大象的鼻子，左右对称弯弯伸下来，支撑和装饰作用兼备，吉祥如意的象征意思洋溢，真的是奇思妙想，巧夺天工。房檐下四个挑尖梁头上，分别雕刻着神鱼、神牛、天马、天羊的纹饰，和椽子上的象鼻呼应，虽都是木料本色，未加油饰，却更清楚看出木纹线条的古朴天然，也可以看出当年匠人的匠心独运，一笔笔的刀工都一丝不苟，和现在粗糙的或机械一体化建筑装饰对比，一眼就能够看得出来的。

听说房梁上还有彩绘，可惜我没有找到。站在院子里，我又给建国打通了一个电话，他还在值班。他告诉我说，别说他也没见过彩绘，连我站在这个正院，他从来都没有进去过。然后，他又说：看样子我也得赶紧过来看看，照张相片留个纪念，没准过不几天就该收门票要钱了。

五

走到五条，是长巷的尾声了。

五条同前四条胡同由西北到东南走向不同，它是正北正南的走向，像是一道堤坝，拦腰截住了前四条胡同。它的东边一点就是芦草园，当年三里河有水的时候，长巷头条还是河道的时候，应该是一直和芦草园连接一起的。五条一定是后于前四条胡同出现的，应该是没有问题的。长巷五条以前叫高庙胡同，在明《京师五城坊巷胡同集》里没有，到了《京师坊巷志稿》里才出现了这个名字，也就是说它的清时出现的胡同。那上面注明："关帝庙俗称高庙"，现在的长巷四条小学就是这座庙的遗址。

五条不长，院落不多，靠西南的一大截都是高高而齐整的灰墙，墙内是头条的院子，很是气派。它的大门开在头条的路北，高台阶（可以看出当年河道的影子，这里和我在长巷上头条看见的那家山西银号高台阶那河岸的感觉完全一样），往西北又是一截长长的院墙。这个院子从外面看来就发非同小可，过路的一位老人告诉我新中国成立前这里是一家叫做"积宝"的银号，因我没有听清这个字，请老人在我的本子写下这两个字，老人写的全是繁体字，一下让我感到他和这样院子一样的老，老去了一个时代。然后，老人又告诉我新中国成立以后这院子是中南海工作人员住，听说是给什么首长开车的司机。

五条最出名并最有年头的要属芜湖会馆，它是和三条交叉把着南口朝东的7号院，明代就有的，历史和汀洲会馆相近，里面的样子却大不一样，破败得连院门都没有了，豁嘴子似的，光秃秃地露出院子里面的五脏六腑，可以说找不到当年的一点影子。和汀洲会馆相比，简直像是历史遗留下的两个孩子，一个终于又找到了家，而另一个彻底成为了弃儿。而且，我猜想，当年它的大门也不是开在五条，而是像头条的那家"积宝"银号一样开在胡同里面是三条口的路南，因为在明代还没有五条。

最有意思的是，在五条路东一个小院，我看见半扇门，门摇摇欲坠，破裂得木纹纵横，但红色漆皮隐隐还在，“荆楚家风”四个双边勾勒的楷书大字也还能够看得清楚。门口站着两位中年女人，告诉我以前这院子是摇煤球的，摇煤球的居然也讲究“荆楚家风”，可见那时摇煤球的也是脸黑心红。她们俩笑着说：摇煤球的，能讲究什么呀。话里带着对这个小院的不屑。我忙问她们原来是住在这里吗？其中一位对我说：我原来住在花市头条把口对着崇文门大街。我说那是好地方呀，你怎么搬到这里来了？她“咳”了一声，扯起了她的伤心往事，原来那是她家的私产，她的父亲以前是开着一家店铺的资本家，“文化大革命”刚刚来，人家还没怎么着呢，老爷子自己先风声鹤唳怕了起来，把房产交了公。我说那你现在可以把房子要回来呀。她说：哪儿那么容易呀。她禁不住“咳”了一声又叹了口气。

我不忍心再接着惹她伤感，忙转移了话题，又指着那扇门上的“荆楚家风”，笑着对她们两人说：这半扇门要是卖到潘家园去，值点儿钱，你们可得仔细看好着它，别让小偷偷走了。她们俩的小心情立刻好转，笑着对我说：你看着好，你把门拉走得了，给我们换上新门就行！

没过几天，我又去五条，路过那里，那半扇刻着“荆楚家风”的大门没有了，速度真够快的，换上了两扇新门，漆上的鲜红颜色，像是涂抹上了劣质口红的两瓣性感的嘴唇。

那两女人还在，站在门对面，正在聊天，不知聊的是什么话题，很热闹、很开心的样子，没有认出我来

2005 年 6 月 5 日于北京

附记

今天过前门，特意到长巷头条看看，从前门火车站往南，后河沿到打磨厂路北的那一片三角地的房子，都已经拆成瓦砾。对面的长巷上头条，一样让我吃惊，虽没有全部拆完，到处是碎砖乱瓦，断壁残墙，只剩下梁柁的空房架子，像是战场上纷乱的图景。好几辆卡车在搬运废弃的木料和砖瓦。一辆装满灰瓦的卡车，一片片灰瓦一层层码得整整齐齐，棱角还是那么鲜明，一点破损的都没有，哪里能够想到起码都是经历过百年的历史沧桑呢？我问正在搬运的工人：这瓦是准备运到哪儿去呀？他们告诉我运到郊区盖庙，都是新庙。我说这可都是老瓦了，值老钱了！他们说那是，现在是烧不出来了。

走到13号湖北会馆前，眼前更是一片凋零，大门和院墙都已经拆光，院子里面大房子也已经拆得七零八落。只剩下那棵杜梨树还在，绿叶葱茏，枝桠参天。想想，不过是三个多月前，我还到这里来过，和那位亲手种下过这棵杜梨树的老太太聊过天。不知道那位老太太搬到哪里去了。真庆幸那次来过这里，否则，一切只能够从照片和回忆中寻找长巷上头条了。

现在，整条长巷上头条只留下南口的几座房子，因为长巷下头条要往东南偏移，拆迁的步伐从这里往南取齐，继续进发。整条胡同很安静，找不到一个人，正巧一位骑自行车从西边孝顺胡同里出来的妇女，穿过瓦砾，骑到这里，我拦住她，她跳下车告诉我：这条准备修建的前门大街东侧路，东要拆到长巷二条的西边的房子，西要拆到孝顺胡同西边的房子，然后一直取直拆到两广大街。

再往南一点，就是鲜鱼口。让我特别吃惊的是，鲜鱼口路南，也就是把着长巷下头条口西的原来的长春堂，被彻底拆光，露出了原来大众剧场的房顶。两个月前，路过这里，长春堂还在，拆迁的速度超出我的想象，更超出我的文字记录。长春堂即使再有名有价值，也得逊位于图纸上笔直的道路设计，它没有享受得了德寿堂的待遇，让两广大街为它拐了一个弯儿。

自明朝就有的长巷上头条，从现在开始，只剩下了一个尾巴，而下头条还好，只砍去半个头——长春堂彻底只能够从照片中去寻了。

草厂散步

一

草厂一共有十条胡同，从地图上看，非常有意思，草厂这十条胡同和长巷那四条胡同，东西对称，各自呈弯曲状态，也就是说，长巷是从西北向东南弯曲，草厂是由东北向西南弯曲，它们的汇合点是芦草园，然后到北桥湾。

在北京众多的胡同里，很少能够见到这样大面积的有规律的对称走向。为什么芦草园和北桥湾成为了它们的中心，让一西一东的长巷和草厂那么多条胡同，都能够如此江河归海一般在这里碰头?

同长巷一样，草厂也是三里河的旧河道，《京师坊巷志稿》里说："正阳门东偏，有古三里河一道……今天坛北芦草园、草厂九条巷，其地下者俱河身也。"也就是说草厂九条是旧河身，草厂其他的几条胡同都是以它原来流向而修建成的。北桥湾恰恰是古三里河从前门一路流来到这里拐了弯儿，与金口河旧渠相通，通过南桥湾，流向金鱼池到红桥到左安

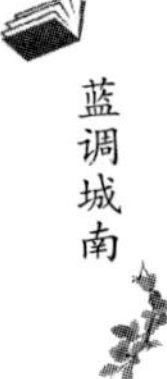

门，进护城河。如此，我们就不难想象为什么是长巷和草厂诸多胡同以北桥湾为中心呈现出对称的姿态了。如果说北桥湾像是一只鸟的嘴巴，芦草园就是鸟的脖颈，而长巷和草厂就是鸟左右伸展出的一对翅膀了。

《京师坊巷志稿》又说："芦草园即《坊巷胡同集》之芦苇园也，盖前明有积草之地，故其北草厂诸胡同皆以是名。"我们也就明白了，古三里河干涸废弃之后，芦草园一带成为了芦苇荡，后来形成的草厂十条胡同，都成为了为朝廷的积草之地，那时候朝廷里用的烧草、饲养用草，以及做窗帘或凉席用的芦苇，其中大部分都是从这里而来（其余从台基厂和神木厂）。也就是说，最早的草厂是朝廷的后勤基地之一。

草厂虽然自明朝就有，《坊巷胡同集》记载那时叫做羊房草厂胡同一至十条，草厂真正有了规模，应该是清中期和后期的事情。《京师坊巷志稿》里记载草厂十条胡同里，条条都有几处相当不错的会馆，这些会馆大多是在这时期建起的。我前些日子从一条到十条转了一圈，发现除了草厂七条12号原广东惠州几家会馆（现在是一家房地产经营管理中心）是个例外，惠州会馆有里外两个极其宽敞的大院子，门和院墙是北京城里少见的橙红色，而且有西式的圆柱和弧形的女儿墙。这里的几乎没有三进三出大的宅院，大都是老北京城里那种典型的精致的小四合院，而且那种南北走向的胡同里的小四合院，都不是以北房为正房，是以西房或东房为正房。院门都不大，一般都是道士门，有门檐，有台阶，门楼一般都有雕花的墙砖，门楣有吉祥的彩绘，门面有精致而绝对不重复的对联。院墙宽，却都是磨砖对缝，走进大门，一般都有一座厢房山墙做成了迎面影壁。院里四四方方，有正房和倒座房呼应，两侧厢房对称，院里一般会种上一株或两株果树，或石榴或海棠，如果是杨树或柳树，肯定是后来栽上的。那

种雍容清净、玲珑剔透的样子，是老北京过去说的“天棚鱼缸石榴树”四合院的格局。这样的四合院，在草厂三条、五条和草厂横胡同里，特别地明显，保存得很好。

走在这样的胡同里和院子里，和走在喧嚣的前门大街是绝对不一样的，和走在兴隆街上的感觉也不一样（从西面来草厂必须经过前门大街和兴隆街）。前门大街太杂乱，新旧杂陈，二八月乱穿衣似的，先自己乱了自己的方寸；兴隆街过于破旧，彻底没有了自己的方寸，一街摆出来的水果摊、菜摊和小饭馆的摊子，像是晒得疲惫不堪的狗列队伸出的舌头，总想舔一舔过往路人的腿似的，让人局促不舒服。走在这里，仿佛草厂胡同是一个个巨大的过滤器，一下子将喧嚣过滤掉了，安静得除了风吹着胡同里杨树叶子哗哗的响声之外，几乎听不到什么说话的声音和走道的脚步声音。

那一天中午，我走在草厂五条，忽然听到一阵柔和的鼾声，起起伏伏，如同河水里冒起的温馨气泡起起落落。因为一条胡同里格外安静，那鼾声便显得格外清晰。走过 27 号湖南宝庆会馆的时候，才听出是对门紧贴大门的墙里传出来的，正是午睡时分，睡得那样的安稳、香甜。心里暗暗地笑，大概只有在这样的胡同里，才能够听到这样的鼾声吧，在大楼林立的社区里，纵使有花园和会所，怕是无法听到这样富于生活气息的鼾声了。那种暧暧深巷、依依炊烟的田园感觉，让人恍惚走进了前朝的氛围之中。这时候如果大门吱扭一声开了，开门的是一个胖丫头，门缝里露出一只狗的脑袋，便真的是一步就跌进了老北京说的那种“先生肥狗胖丫头”的画面里面了。

如果这时候，忽然又有红漆或黑漆的古色古香的大门上的对联扑入眼

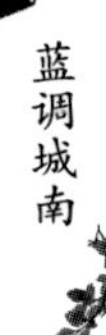

帘，那种步入天宝往事的感觉会更加浓厚。在草厂三条，我看见了这样的门联，5 号的“诗书修德业，麟凤振家声”，13 号的“林花经雨香犹在，芳草留人意自闲”，是两种风格，一个写实，一个写意。在草厂八条 8 号的门上有“孝（悌）家声传两晋，文章德业着三槐”，在草横胡同 33 号的门上有“忠厚留有余地步，和平养无限天机”，都能够触摸得到当初主人的心底与胸怀，讲究忠孝仁义、德业和平这些儒家传统的。一座院落，一条胡同，便也就有了寄托，像是脚踩在了实地上，有了结实的依托。这样的画面，便不仅仅是“先生肥狗胖丫头”，也不仅仅是“天棚鱼缸石榴树”了，一种或是小家碧玉、或是大家闺秀的红袖添香的意境袭袭拂来。

二

在十条草厂的胡同里，草厂九条是其轴心，地理位置非常重要。就像《京师坊巷志稿》说的那样：“草厂九条巷，其地下者俱河身也。”即使现在来看，那种河身的感觉依然明显，尤其是胡同北口路东一侧好几家大门前高高的台阶和院墙，是很扎眼的。其中最为醒目的是 17 号、19 号两院，门前都有高台阶，都有抱鼓石门墩，都有带瓦当的房檐，都有一溜儿长长的院墙，墙体一水的磨砖对缝（17 号墙体下端被水泥沙石灰抹了），19 号保持得更为完好，墙体下端的方形镂花的通风孔都健在。特别引人注目的是 19 号院门上的门雕，图案清晰，花纹锦簇，笔笔精致，浑然一体，走遍这十条胡同，是见到的保存最完整最漂亮最气派的门雕了，一点儿不亚于长巷二条 2 号雕有宝瓶的那座门雕。说是叹为观止，一点儿都不过分。

正好从19号院门里走出来一位男子，见我仰望他们的门雕，很骄傲地对我说：七条胡同里也有座门雕不错，可都没有这一座好。然后，他指着门雕下方的墙上的一台空调说：你没有看见吗？我们安空调都不敢碰着它。说着，他又指指脚下的门墩：你看，这门墩原来上面有狮子的，“文化大革命”都给砍下去了。那时候没人管啊！

17号的院门前也站着一位男子，隔着老远冲我说道：你来看看这里，这房檐的瓦当上还有“吉祥”两个字呢。

我走了过去，抬头张望，房檐很高，蒙蒙的暮霭中看不大清楚。他指着北边说，那边还有这样一对“吉祥”，看见了吗？在他耐心的指点下，终于看见了，“吉祥”两个字各在两个相挨着的瓦当上，瓦当不大，那字迹却还清晰。不大明白，长长一溜儿房檐，为什么只有左右对称各一对“吉祥”？

仔细打量17号和19号，这两个院子的房檐是连在一起的，院墙一般高一般齐，它们左右的院子的房檐和院墙明显要矮一截，而且往里缩进一截。它们的气派颇有些昂昂乎趾高气扬的样子。我问这两位街坊：这两个院子的主人原来是做什么的？肯定的有钱的主儿了！

19号的男子说：这两个院子是一个主人，听说以前是一个有势力人的私宅。

我问他知道这位大人物是谁吗？

他说我也说不清了，17号的男子插嘴道：说是袁世凯的一个侄子！最早先这里是山西人开的银号，原来这两个院子是通着的。两个院子的格局一样，19号的那边的房子更好一些，进大门过门道后，还一个月亮门。

我走进这两个院子，虽然已经在南北两侧的厢房前都搭建的小房，但

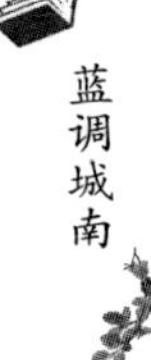

仍然能够看得出，当年的格局是一样的，典型的南北走向胡同里四合院的格局，坐东朝西的三间房为正房，坐西朝东的三间倒座房，然后是南北对称的厢房，厢房的西侧各有一间耳房，靠南的耳房的北边是通向大门的过道。果然19号的房子更齐整，好像也稍微宽敞一些，院落和廊檐都能够看出当年的样子，廊檐下红漆的圆柱和台阶，虽然都已老态龙钟，但依然可以感觉到当年的风韵。19号院子中种着一株椿树，17号院中种着一株核桃树，但年头都不够老，都是后种的了。

一个十来岁的小孩子一直跟着我，从19号院跑到17号院，指着南边的耳房房檐对我说：这上面原来还有画呢。现在已经看不到了，但是，宽宽房檐垂花木板上的红色还是没有褪色。小孩子又指着对面的耳房说：你看，这边的房子的窗户上的窗格子还是以前的。是那种老式的云格窗棂，以前是糊窗户纸或钉窗纱的，虫声新透绿窗纱，才能够品出味道。现在已经凋零得如同姿色全无只剩下一副骨头架子的老妇人。

走出17号院，那位男子还站在大门口的高台阶上，便问他两个院子一个主人，为什么开两个门？他告诉我：你没看出来吗，两个院子是有区别的，一家主人，就像有两房姨太太，能出一个门吗？

我不知道他说得有没有道理。说罢，他就和19号的男人走了，要出胡同北口洗澡去了。他们所说这里是袁世凯的宅第，是不是确切，我不大清楚，但说这里以前的山西人开的银号，是对的，有案可稽。一是山西作家成一写的长篇小说《白银谷》中专门写到西银号老号蔚丰厚京号，确实就在草厂九条。二是山西平遥著名商人雷履泰当年开设的西峪成颜料庄的分号，也在草厂九条，后来颜料庄的分号改成了银号。我只是不清楚，17号、19号的银号到底的哪一家，或者后来索性成为了一家？

我追上那两个要去洗澡的男子，希望从他们那里知道更多一点东西。但是，他们也不清楚了。正好走过路东的前门派出所，他们对我说：这院子保存得最好，你进不去，趴在门缝上也能够看见里面，那房子和房子前面的檐子都清清楚楚。我趴到门缝上一看，果然，坐北朝南的一排房子，虽然看不出到底是多少间，但在朦胧的暮色中依然看得见房子如同小媳妇梳的刘海一样非常整齐，房前的院子很宽阔。便折回一点儿，走进派出所的大门，希望能够被允许进去看一下，年轻的警察客气而有礼貌地拒绝了我的要求，但是耐心地向我介绍清楚了派出所的格局，派出所占据的是两座院子，我趴在门缝中看到是派出所的后院，它没有南房子，和前院子相通。我猜出了，那后院的大门原来应该是开在朝南的位置上，这在这样的胡同里是有先例的。这样的院子因在胡同的拐弯的另一个小胡同里，便显得更幽深一些。

我谢了这位小警察，告辞时问他知道以前是什么人住在这里吗？他说这我就不清楚了。后来，我看诗人侯马写的一首诗中说他 1993 年在这里当警察，说这里是一个著名花旦的小妾的私宅。

走出派出所，夜色降临了，一条胡同里没有一个人，只有斑驳的树影和房子黑皴皴的剪影交错着，九条掩映在水墨渲染之中。

不知为什么，在那一瞬间，我想起了草厂九条南口原来有一个小学，叫草厂九条小学，我小时候住的广东会馆里有一个人，这个人贪玩，酷爱养鸽子，最后大学没有考上，到那里当老师。学校的校长是个长着兔子三瓣嘴的豁嘴子，不仅长着这样可怕的嘴，嘴上还留着两撇黑黑的小胡子，更加增添了他的厉害劲头，那样子总我想起黑社会的黑老大，我们小孩子给他起了外号叫“小胡子”。他常常到我们大院里找他玩，所以我对他的

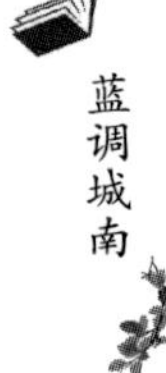

这个嘴和那两撇小胡子印象很是深，也因为这个嘴和胡子让我有些害怕他。但是，他人不错，我们院的这个老师的对象就是他帮助介绍的。那个对象在长巷四条小学当体育老师，个子高，跑得快，我们小孩子当年给她起了个外号叫“二级风”。因为有了这样两个老师一个校长经常在我们大院里出现，那时候上小学，我们都特别害怕被分配到长巷四条小学和草厂九条小学，总觉得他们三个都很厉害，在他们手下当学生，没有什么好果子吃。走道，我们也尽量避免走这两条胡同，生怕碰见他们。所以，小时候，我很少走草厂九条，对这条胡同很陌生。现在，忽然想起了童年的这一切，显得那么的不真实似的，好像是梦中的臆想。

现在，这两位老师一位校长大概都是70上下的人了，也不知道他们现在何方。如果现在能够在这条胡同碰见他们该多好，他们起码对草厂九条熟悉一些，也许这里历史风云跌宕的银号或花旦小妾幽深的私宅，多少能够告诉我一些故事，更何况还能够告诉我这些年来他们的世事沧桑与人生况味。

浮云一别后，流水几十年。只有草厂九条还是老样子（如果只看外表的胡同不进院子看里面越发拥挤膨胀的房子），和我童年时候见到的样子没有什么太大的变化。它就像一个会过日子的人家，即使吃的和住的憋屈、窄巴一些，但出门打扮的，得是有模有样，有款有型。有委屈，咽进肚子里；有故事，藏在胡同的深处。

三

草厂这十条胡同里，我最熟悉头条、三条。那里住着我最难忘的两个

小学同学。

三条住着黄德智，我们之间的友谊一直延续到我从插队回北京最初的日子里。他家以前应该是一户殷实的买卖人家，资本家出身的包袱一直压着他。我插队走的时候，他被分配到肉联厂炸丸子，我从北大荒回来后，他还在那里炸丸子。他写一笔好书法，是他从小练就的童子功，足可以和那些书法家媲美。可是，英雄无用武之地，他照样只能炸他的丸子。我到他的车间找过他，那一口直径足两米的大锅，在热油中沸腾翻滚的丸子，样子金黄，模样不错，我笑他你天天能吃炸丸子，多美呀！他说：美？天天闻着这味道，让人直想吐。

那时，我们一样怀才不遇。我正在一所郊区的学校里教书，业余时间悄悄地写一部叫做《希望》的长篇小说，每写完一段，晚上就到他家去念，他坐在那里听，一直听到30万字的长篇小说写完，他从来都是认真地听着，从春雨霏霏一直到大雪茫茫，听了足足了有一年多的时间。每次听完之后，他都是要对我说：不错，你要写下去！然后拿出他写的字和字帖，向我讲述他的书法，轮到我只有听的份了。我们既是上场的运动员，又是场外鼓掌的观众，我们就这样相互鼓励着，虽然到最后我写的那部长篇小说《希望》也没给我们带来什么希望。

到现在我还总想起那些个难忘的夜晚，有时候我们就这样一个朗读着，一个倾听着，一直到夜深时分，他那秀气而和善的母亲推门进来好心地询问着：你们俩今儿的工作还没完呢？明天不上班去了吗？告别的时候，黄德智会送我走出他的小院，一直送到寂静得没有一人的三条胡同的北口，我穿过翔凤胡同，一拐弯儿，就到家了。那条短短的路，总让我充满了喜悦和期待。以后，我搬家离开了那里，和黄德智的联系渐渐的少了，但每一次路过那附近总能够让我忍不住想起黄德智和那些个难忘的夜晚。

头条靠近北口原来有个广州会馆，印象中是一个典型的北京四合院，宽敞的院子里，别的记不清了，一株枣树却总在记忆里疏枝横斜。那里住着我小学的一个女同学，到现在我还记得她的名字，叫做麦素僧。她首先引起我的注意的，就是这个名字，这个麦字的姓氏，肯定说明她的家是来自广东，广东姓麦的人多，而老北京人很少听说有姓氏麦的。其次，她的名字素僧也让感兴趣，当时班上（以后在任何地方里）其他的女同学，一般都叫英、敏、玲、兰的居多，没有见过一个叫僧的，而且还是素僧。当时心里想，僧不就是和尚吗？一个女孩子，为什么起名叫和尚呢？怎么都想不明白。

麦素僧长得非常白净，小巧玲珑，在我的眼里，挺漂亮的，而且还是我们班的班干部，不是班长，就是卫生委员，具体的，我已经忘了。我知道她家住在头条的广州会馆里，之所以这一点印象很深，是因为我家住在打磨厂的粤东会馆，都属于广东的会馆，便自己先把这两个地方亲密地联系在一起了。但我从来都没有去过她家住的广州会馆里，她也从来都不邀请同学到她家去玩或写作业。经过头条，我路过广东会馆的大门，是两扇黑漆大门，都是关着的，多少有些神秘，其实这神秘是自己的心情闹的。每一次路过她家的院门的时候，心里常常会莫名其妙地想入非非，幻想着这时候门突然打开了，出来的正是她该多好。

终于，有了一次机会，有一天她没有来上学，老师在下午放学之前说她病了，让一个同学到她家把今天发的作业本给她送去，问谁离她家近？我很想说我离她家近，但心里有鬼，怕别的同学猜透我的心事。不向老师

说吧，又怕别的同学不长眼把这份美差给抢了去，心里正犯嘀咕，一个同学非常无意地说了句却是正中了我的下怀：肖复兴住得离麦素僧家最近。老师就把作业本给了我，什么话也没说，下了课。我像是得喜帖子似的，抱着作业本向头条的广州会馆走去。那两扇黑门并没有关，只是虚掩着，我一推就进去了，院子里和我想象的几乎一样，但我没有想到会有一棵老枣树，立刻联想到我住的粤东会馆里也有这样的老枣树，心里莫名其妙的高兴。其实，那天，我没有见到麦素僧，听见我站在院子里喊着她的名字，她的父亲还是母亲或是保姆，我已经记不清了，反正是出来了一个人，从我的手中把作业本拿了过去，一切的事情就算是完成了。而她还在发烧躺在屋里，连一句应声的话都没有听见。我甚至猜想，也许那时她睡着了，根本就没有听见我在院子里喊她。过了两天，她病好了，见到我，也没再提这事，我当然也没好意思对她说那天的作业本是我送去的。

记得最清楚的一件事情，发生在五年级的暑假，学校组织我们到芦草园的少年之家看节目，在那个小小的舞台上，我竟然看到她和我们学校六年级的一个叫张建的男生在演《小放牛》。那情景，我怎么也忘不了，是个晚上，她和张建边唱边跳，脸上还化着妆，在灯光下闪烁着。不知为什么当时心里不是滋味，心想我也会唱歌跳舞演节目，舞台上站在她旁边演出的应该是我才对呀。从那以后，我对她的感情似乎逐渐淡了下去，一直到小学毕业，她大约是考上了女十三中，彻底地淡出我的视野之外，梦幻一般暂短一瞬的少年也就随之结束了。我相信到现在她也不知道我内心里藏着的这个秘密。现在想想，那时候，小小的年纪，我是在吃醋呢，真的够可笑的了。

童年的事情，再怎么可笑，总是在心里温馨地记忆着，想忘也忘不

了。其实，《京师坊巷志稿》里记载："草厂头条胡同有归德、广州、兴国、麻城，金箔诸会馆。"但我只记住了广州会馆一个。

前些日子，我曾经两次去草厂头条，按照我的印象找到那个广州会馆。院子里面的枣树居然还在，只是院子显得小了许多，我向住在那里的人打听以前有个姓麦的人家，所有的人都摇头。走出院子，胡同里别的街坊告诉我：那不是广州会馆，广州会馆早就拆了盖了楼。记忆就是这样闪现了偏差。然后，他指指南面一点，是有座几层高的楼房，在强烈的阳光下，闪着恍若隔世的光斑。广州会馆在北京有北馆和南馆两座，北馆就是在韩家潭李渔的芥子园，麦素僧住的南馆。现在，南北两馆都彻底地没有了。

前两天的一个晚上，我专门到草厂三条黄德智家找过他，可惜主人已经换了，新的女主人知道黄德智，却不知道他确切搬到哪里去了。只是草厂的老胡同还在，而且还保留着当年的老样子，如同一位老友，即使阔别多年，依然故我，站在那里，就像那无数个难忘的夜晚黄德智送我到胡同口，站在那里向我挥手的样子一样。晚雾迷蒙，凄迷昏黄的路灯下，一种小院隔雨相望冷、珠箔飘灯独自归的感觉袭上心头。

西河沿

西河沿，对于我是一个亲切的名字。以前门楼子为中心，这条胡同和打磨厂东西遥遥相对，像是前门楼子左右伸出来的一对手臂。护城河还在的时候，它们是河畔古船的两支长长的老桨。

1947 年，我刚刚出生才满月，娘和姐姐轮流抱着我，从张家口坐火车来到北京，住在打磨厂。姐姐 15 岁那年找到的第一份工作，就是在西河沿里一个叫做六联证章厂里描绘各种徽章。用一种叫做烧蓝的东西，类似亮晶晶的碎玻璃渣子，贴在徽章的模子里，用酒精喷灯把它烧化在徽章上面。姐姐做的就是这样的活，计件算钱，一天头也不抬，能做 200 多枚徽章，一个月能拿上几十元工资，算起来，做一枚徽章只是能够赚一分钱。那时，父亲，每月也就 70 元工资。姐姐的钱，对于当时生活拮据的家，起的作用是很大的。我最早去西河沿，就是姐姐带我到她的这个叫做六联的徽章厂。我记住了六联，也记住了西河沿。

前不久，我去西河沿，是从西口进去的，这是我生平第一次从西口进，以前去西河沿，都是从东口进的，出打磨厂西口，过前门大街，就是西河沿的东口，当然从东口进，方便而自然，更何况，姐姐工作的六联离

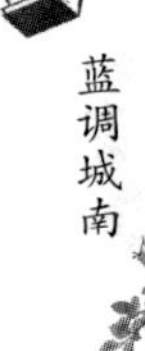

东口不远。

那时，东口第一家是华北楼，这是一家老餐馆，华北楼是后来改的名字。《燕都丛考》中说："斌升楼食肆原名龙源楼，清穆宗微行，尝饮宴于是。"不知说的是不是它。走过它便是当时鼎鼎有名盐业、交通银行大楼和的劝业场，然后再走过当时北京城最大的菜市场，就快到了六联了。仿佛华北楼、盐业、交通银行、劝业场和菜市场，是六联出场前一阵锣鼓点中先走出来的摇旗呐喊的兵士，烘云托月地把六联才托出来。每一次和姐姐去六联的时候，走进西河沿东口，都有这样轰轰烈烈的感觉。

这次从西口进西河沿，大概是缺少了那几个重量级的大家伙，感觉很是陌生，一点也没有当年那种熟悉而亲切乃至气派的印象。西口对面的宣武门东河沿已经拆得一片狼藉，一条当年槐荫掩映的胡同，只剩下口上所剩无几的破房子，房子旁边搭起了帐篷，住着盖楼的建筑工人，一副大干快上的样子。刚进西河沿的西口，正乙祠前也是一片狼藉，脚手架和泥水砖瓦，遮挡着一半的路。心里暗惊，西河沿成了工地，已经被腰斩了一半。也就是说，和打磨厂一半的东打磨厂已经没有了的命运，几乎相同，除了口上硕果仅存的几个老门牌外，一半的西河沿也已经在地图上找不到了。

明清一直到民国时期，前门以西一直到宣武门，都叫做西河沿。新中国成立以后把它一分为二，以新华街为界，分成了前门西河沿和宣武门东河沿两截。现在，宣武门东河沿这半截彻底没有了，以前的西河沿也就真的一半已经没有了。

同打磨厂一样，西河沿是一条老街，自明朝到清中叶，西河沿都是有名的书肆一条街，这名号让位给了东打磨厂和琉璃厂，是清末民初的事情了。所以，一直到清前期，这里常是文人到的地方，清顺治时诗人王渔洋曾经专门为西河沿写下过诗：玉河杨柳见飞花，露叶烟条拂狭斜，十五年前曾系马，数株初种不胜鸦。现在还能够找到这样的景象吗？当初，河沿紧临着护城河，护城河那时宽可行船，清可数鱼，一岸烟柳飞花，书肆迤逦，风光和现在不可同日而语。我在一幅清乾隆年间乾隆南巡图中，看到那时的西河沿真的是水汪汪一片，宽阔的河两岸，店铺云集，酒旗店幌，亭台楼阁，现在无法想象。如果说那时的情景和塞纳河畔的旧书市风景有一拼，大概并不为夸张。

即使到现在，那样亲水河畔的风景不在了，西河沿可看之处，依然很多。如果同打磨厂相比，它们的旅店一样的多，但西河沿后来以银号多而出名，则是打磨厂所不具备的了。康熙五十一年（1712 年）重修的正乙祠，最早就是为了供奉乙玄坛老祖，这位老祖就是传说中的财神爷赵公元帅。后来成为了银号公馆，在里面的戏台上演戏，聚一时之人气，可以说是为西河沿的金融一条街奠定了基础，以后的日子里，银号在西河沿丛生，叫上名的，叫不上名的，数不过来了，一直到民国时期建的盐业银行（1931 年）和交通银行（1937 年）两大银行，都巍峨地出现在这条街上，可以说是奇迹了，使得西河沿一条街气势不凡，洋味十足，即使是现在看，也不落伍。现在，那座爱奥尼克柱式的盐业银行大楼，和由中国著名的建筑师杨宝廷先生自己设计中西结合风格（顶部有斗拱琉璃飞檐）的交通银行大楼，都还矗立在东口，成为了西河沿的标志性的建筑。

当然，对于我而言，西河沿的标志性建筑不是它们二位，而是劝业场。1952 年，娘 37 岁，不幸英年早逝，父亲从老家带来我的继母，继母还带来了一个孩子，加上我的弟弟，一家 6 口人，日子过得越发得紧巴。

听来证章厂定做铁路徽章的一位铁路上的什么主任说，正在修京包线铁路，需要人，挣钱多，不听全家人的劝阻，姐姐飞快地从六联证章厂辞了职。那一天，姐姐带着我和弟弟先去了证章厂办完手续，然后就去了旁边劝业场，一人买了一双白力士鞋，当场换上鞋，在劝业场的二楼的照相馆里照了张相片，特意让人家照全身的，为的是照上新买的白鞋，算是给娘穿孝，也算是给她自己和我们兄弟两人留下分别的纪念。

第二年的春节，姐姐就回家来了，和她辞职时没有和家里商量一样，回家是来结婚的，父母都没知道，她自己已经先斩后奏了。姐姐是想早点成家，好和姐夫一起，每月给家里多寄一点钱，以解家里的燃眉之急。那一次，姐姐领着我和弟弟，到劝业场，给我们一人买了一双皮鞋，那是我第一次穿皮鞋，因为怕我的脚随年龄长而长，买的鞋号码大好多，穿在脚上直晃荡，上院子里的那厕所，蹲起来刚要离开茅坑时候，大皮鞋掉进了茅坑里。

那座光绪末年北京城第一座洋楼商厦，便这样永远存活在我的记忆里。虽然，那一年，我才5岁。那时，王府井没有建百货大楼，西单也没有建西单商场，劝业场就是那个年代里我的百货大楼和西单商厦。临街的巴洛克式的西洋柱子，里面宽敞的天井和四周有雕花铁栏杆的回廊，以及全部都是敞开式的柜台，柜台里琳琅满目的货物，都像是一张张老照片，深刻地镶嵌在我童年的生命相册里。三楼那时还有一个剧场，可以演戏，随到随看，评剧和曲艺居多，门口有闪烁着的霓虹灯和演员的剧照；二楼的回廊上还曾经开过批判一个流氓的群众大会，大家站在一楼的天井里，我头使劲地仰着，伸成了鸭脖子……

一直到我的儿子落生，已经到了20世纪80年代的初期，儿子才三四岁，买的第一双皮鞋，怎么这么巧，也是在劝业场里买来的，还是羊皮大盖鞋，新式样，儿子高高兴兴地穿到了上学前班。

我知道，关于劝业场一切的记忆，一切的感情，都源于17岁就离开家而远去内蒙古的姐姐。所以，当我看陈宗蕃在《燕都丛考》中将西河沿和打磨厂做比较时说："西河沿和打磨厂相并峙，而街道与商户则较打磨厂为少强……而最足以令人注意者，则为该街极东之劝业场。"便非常觉得他说得那样对我的心思。他接着形容劝业场："层楼洞开，百货骈列，真所谓五光十色，令人目迷。"更完全是我童年中的印象了。

是的，我这次来西河沿，是专为寻找姐姐曾经工作过的六联证章厂的。我有些后悔从西口进来，路显得很远，总也走不到头的感觉似的。因为童年几乎都是从东口进，到了六联算是到了终点，一直就没有到过西口，一种陌生感就越发明显，仿佛它根本就不是我童年印象中的西河沿。我问了几位一直住在这里的老街坊，他们都对我说：这里和原来的样子差不多，街道和房子的变化都不大。也就是说，我从童年都走老了，它还是原来的样子，仿佛没有长大一样。其实，它一样也变老了。一条街和一座建筑，只要没有被毁掉拆除，它和人是一样的，生命中的回忆和身体上的肌理，都会在默默中显示着。

路西口215号是原来铜锤花脸裘盛戎的故居，现在被油饰得金碧辉煌，新的让人起疑，暴发户似的，故意抖落出一身黄袍马褂穿起来，格外扎眼，和整条街那样的不协调，门楣上有新匾写着"慧苑"二字，肯定不是裘盛戎起的名字。它对面就是正乙祠，正乙祠旁边的283号，一溜高高的灰墙西式洋楼宅院，据说曾经是清代朝廷里御医的老宅门。当初建它时，和斜对门四合院的裘宅相比，格外透着洋气，现在却显得落伍，不

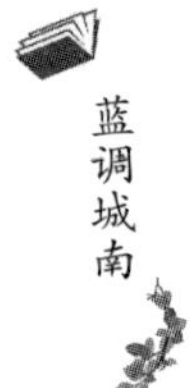

过，比起装扮一新的裘家老宅，它的色调和样子，和整条街道是那样的和谐。所以，看来，重新翻盖如新的赝品，不足为取；修旧如新，也是不足为取的。那种感觉，总有些老太太皱纹一把的脸上涂抹上大红大绿的油彩一样，让人不大舒服。

在这条街上，这样的西式洋楼，还有好几座，都是过去的商户，其中最有名的要数196号路南的原中原证券公司了。里面过厅上的云格窗还在，地上的花地砖还在，木楼梯歪歪斜斜，摇摇欲坠，好几块楼梯板都已经破裂翘起。楼上是四围栏杆围起一个天井，一间屋子的连同窗子的外墙已经拆空，光线从那里肆无忌惮地涌进来，打在生锈的铁栏杆上和彩色的窗玻璃上面，让人回到了逝去的岁月，是那种茅盾先生在《子夜》描写过的证券交易所的情景，人声喧哗，人头攒动。让人感慨西河沿曾经拥有过的繁华，真正是人去楼空，一个人也没有，所有的房间都上着锁，只有沾惹着尘埃的光线无声的流动，只有栏杆旁放着的一盆龟背竹，绿色的叶子那样明亮，以今天的生机对抗着尘埋网封的往昔。

在街上一连问了好几位，都摇头，没听说过六联，都指给我这些老房子看，告诉我到西河沿的，都是来看这些东西的，正乙祠呀，中原证券交易所呀，裘盛戎故居呀……哪有找六联的呀！一位好心人把我引到192号，告诉我这是原来的蒲仙会馆，又来到133号，说那是原来的关帝庙，对我说这都还值得看看，特别是蒲仙会馆里有棵黑枣树，现在正开着一树小黄花，漂亮……他们说得都没有错，但是，我要找的并不是它们，而是六联证章厂。

一直快走到街中，也快到中午吃饭的时候，看到一位蹲在地上倒花盆里的土的老爷子，心想他岁数老些，兴许知道，便请问他知道六联吗？他问我：六联是干什么的？我说是家证章厂。他一听证章厂，眉头微微一挑，问我：你找它干什么呀？我如实地告诉他：我姐姐当年在六联工作过……他接着问：你姐姐叫什么名字？他有些奇怪我，我也有些奇怪他，怎么问这么多？看来我们两人的好奇心碰在一起了，命中注定，我是问对人了。他站起身对我说：我爱人以前就是六联证章厂的，你去问问她，兴许还能知道你姐姐呢。说着，他拎着空花盆走到街对面一间临街的房子前，我不知道跟着他进去好呢还是不好，会不会有些贸然？他回过头来见我还站在那里，叫我：来呀！

进了屋子，蜂窝煤炉子上正坐着锅，呼呼地冒着热气。老太太正躺在床上，老爷子招呼着：有人问你们六联证章厂。老太太起来了，一个高高个子的老太太，六联证章厂，让她来了精神，遥远的往事和日子，是伴随着青春一起逝去的，也在这一瞬间回溯到了眼前。她仔细告诉我六联的具体位置，还告诉我西河沿有好几家证章厂，她在其中好几家干过，要说最大的还得数六联和红旗证章厂，要数年头老，就得数六联了……我看见她浑浊的眼睛里闪着光，心想说起六联来，姐姐大概也是这样子吧？接着，她问我姐姐的名字，可惜她没听说过，或者记不得了。她问我姐姐多大年纪了，我告诉她快 70 了。她说她今年 70 整了。我一再感谢了她，走出门时，她还在对我说那时她们做了一批又一批的中苏友好纪念章……

按照她的指点，我很容易找到了六联。这是路南的一座二层的小楼，门脸不大，我走进去，楼后面有一个院子，也不大，楼上楼下都住满了人家。别看不大，却是当年西河沿最大的一家证章厂，我听姐姐说，之所以叫六联，是因为六个资本家当时联合办的这个厂，是六个小资本家。娘去世的时候，六个小资本家每人拿出一点钱给姐姐，说家里出了事，你才这

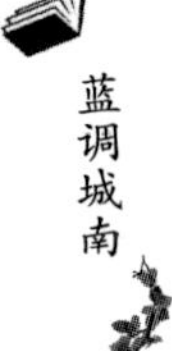

么小，把钱拿回家，添点儿力吧。这件事，让姐姐忘不了，是六个好资本家。

由于它的东边一点正在修路扩展煤市街，拆了好多的房子（当年有名的菜市场也拆了），到处是一片碎砖乱瓦，尘土飞扬。四周有些杂乱，这座小楼笼罩在嘈杂的市声和灰尘之中。我站在正午直射的阳光下，抬头望着它，虽然，童年时的我，曾经好多次见过它，并走进去过，但是，我没有一点印象了，陌生得像是面对一个从未见过的人和地方。

当年，姐姐就是在这里踏进了人生的第一步，为家里挣了第一份钱的，又是从这里离开，走得那么毅然决然，走得那么远那么远，为的是给家里多挣一点钱。15 岁到 17 岁，姐姐那时是多么的小，按照现在的情况来说，她还是个孩子。站在这里的时候，我才忽然明白，在西河沿，整条街的标志性建筑，对于姐姐和我来说，不是正乙祠，不是劝业场，不是华北楼，不是中原证券交易所，不是盐业银行和交通银行大楼啊，是六联，是六联这座并不起眼灰色的二层小楼。

大栅栏

以前，只要是到北京来，谁能够不去大栅栏呢？就好像现在外地人来北京，谁能够不去王府井呢？到北京的旅游项目之一，就是到王府井逛逛，打着小旗子面目毫无表情的导游，挎着大包小包累得坐了一地的游客，在王府井这条步行街道上，到处可以看见。可以这样说，眼前王府井的景象，大致就是以前大栅栏的拷贝。

但是，现在，外地人已经很少到大栅栏来了，北京人更是没有兴致到这里来，偶尔会有我这样的老北京人到这里怀怀旧，是少之又少的了。时尚的年轻人，到西单的中友，到建国门外的赛特，到宣武门外的SOGO，哪怕是到雅秀和万通去呢，谁会到这里来呢？早把大栅栏这个词都从购物一条街的字典里抠出去，甩到一边去了。

现在的大栅栏，除了同仁堂、瑞蚨祥、张一元，还有前些日子把妇女商店又改回了原来的祥义号，这四家老字号还顽强地挺立在那里，像是四根柱子，有些力不可支地支撑着大栅栏没有彻底的坍塌，大栅栏真的是姥姥不疼舅舅不爱似的，人老珠黄，衰飒如此。

是啊，以前，到北京来，谁能够不去大栅栏呢？为什么非要去大栅栏

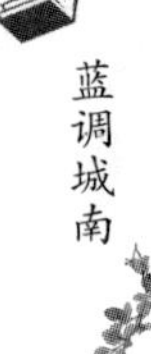

干吗？就因为大栅栏里的老字号多。以前的民谣说：大栅栏里买卖全，绸缎烟铺和戏院，药铺针线鞋帽店，车马行人如水淹。这里说的买卖全，全都是老字号，可以说，没有一家没有出处，没有一家没有来头的，没有一家没卖出个特色的。

为什么大栅栏能够如此红火？它旁边从前门楼子外往南开始数，和它平行而列的廊房头条、二条和三条，应该说最早和它是同时落生的亲兄弟，大栅栏以前就叫廊房四条，四条胡同是平起平坐的。清乾隆时怕百姓造反，在它的东口和西口安上了高高的木栅栏，名字才改叫大栅栏的（这木栅栏在光绪庚子年间被义和团的一场的火烧干净，后来改建铁栅栏，一直到新中国成立的时候还在）。为什么那几条原本也是风风火火的胡同，到后来渐渐的都没有它风光了呢？

在我看来，有这样几点原因：一是清时这里紧靠皇城，进出城这里最近、最方便，自然得风气之先；二是原来大运河的水运码头，从什刹海南移到城南大通河下，三里河的漕运离大栅栏不远，后来的京奉京汉火车站，也开在前门楼子一左一右，交通便利，京城首屈一指；三是附近会馆多，北京城400多家会馆，有300多家在附近，商人往来多，商机自然也就多，买卖就容易在这里扎堆儿；四是一般百姓从前门逛厂甸走杨梅竹斜街，或从广安门到虎坊桥走李铁拐斜街进城，大栅栏都是必经之地，人来人往，人气容易凑齐，自然而然就足。当然，有人认为，大栅栏里有戏园子（附近还有，如广和楼、中和戏院等），附近又有八大胡同，也是让它想不火都不行的一个因素。这应该也是对的，娱乐业的发达，和大栅栏这条商业街的发达相辅相成、相互促进，自然是相得益彰，水涨船高。

现在的大栅栏，已经很乱，改建和新建的店铺，连结构带门脸，都变

得面目皆非，过去的日子，掩埋在厚厚的尘埃里，过去的历史，更是随风飘散得没有了踪影。尽管在东口竖立起了写有大栅栏的仿古的牌坊，毕竟不是以前的真东西，像是戴在头上的假发。就是现存的同仁堂和张一元，门面都已经不是原先的了，同仁堂的西墙上“同仁堂老药铺”那两排大字，原先是单一座影壁，立在门框胡同对面的，现在的是移花接木了，字也是按照老照片描上去的。可以庆幸的是，瑞蚨祥基本保存了下来，可以说是大栅栏唯一幸存的活标本了。大栅栏如此的变迁，损失惨重，已经如人一样脱了形，让人不忍目睹。想想，其实好多是我们人为造成，我们不知道珍惜，不懂得那曾经是我们一笔无法再生的财富，就像树上的叶子，落下来了，即使还能够再长出来，但已经不再是原汁原味原来的叶子了。也就是说，即使我们还能够恢复原貌，也只是赝品而已了。我们现在只能够这样安慰自己，大栅栏已经被糟蹋成这样了，退而求其次吧，即使是赝品，如果整治好了，也会强胜于无。

我最近连续去大栅栏好多次，我渴望弄明白原来的样子，那些曾经风光一时的老字号到底都在什么位置。如果有一天能够实施对大栅栏的改造，会不会真正的和以前一样，而不会桃代李僵，加进自以为是的东西。

大栅栏一条街，并不长，只有 275 米，宽也就是 5 米左右，这样一条街，是无法改造成现在的王府井的，更不可能改造成为现代意义的商业街的。在这样一条短短的街上，在民末时候左右挤满了 80 多家店铺，而且家家都是老字号，那该是何等的风光，又该是何等的财富。我请教了一些人，也找了好多材料，参考了《宣武鸿雪图志》和王永斌老先生所著的《北京的商业街和老字号》，终于基本弄清楚了这条老街的本来面貌。我愿意提供给对大栅栏有兴趣的人，再去那里的时候，可以对照一下新老店铺的位置和样子，去发一点感慨和思古之幽情。

从大栅栏东口往西，南面依次是：公兴纸庄、（粮食店街口）、长和厚绒线店、逸民药房、长盛魁干果店、四箴药房、精明眼镜店、东兆魁帽店、吴德泰茶庄、天惠斋鼻烟铺、及时钟表店、恒义钟表洋货店、协盛祥新衣店、宏仁堂药铺、瑞蚨祥货栈、步瀛斋鞋店、华美药房、三庆戏院、三盛荷包店、张一元文记茶庄、东方鞋店、同仁堂乐家老铺、保泰和药店、达昌眼镜行、聚文斋扇庄、欧美大药房、聚明斋扇庄、德隆皮货店、老美华鞋店、云香阁香蜡店贸栈、银号、华盛顿钟表行、生大漆店、达仁堂药铺、大观楼电影院、兴顺纸烟行、白敬宇眼药房、远东帽店、万顺果局、信增钟表行。

北面依次是：滋兰斋糕点铺、晋昌果局、有福来纸烟店、文魁斋糖葫芦铺、（珠宝市口）、天信成绸布店、祥义号绸布店、东鸿记茶庄、聚兴烟店、聚庆斋饽饽铺、瑞蚨祥绸布店、二庙堂咖啡馆、庆乐戏院、马聚源帽店、同济堂中药铺、盛祥新衣庄、临汾会馆、厚德福饭庄、广盛祥绸布店、凤翔金店、裕丰烟铺、（门框胡同口）、同乐戏院、一品斋靴鞋店、大香宾饭店、广生行化妆品行、老德记大药房、瑞蚨祥皮货店、美华鞋店、朝鲜人冰棍房、老发霞鞋店、西鸿记茶庄、瑞蚨祥西号、大昌源鞋店、广德楼、永顺和干果店、曲臣氏药房、永和茶汤铺、聚顺和干果铺、永利果局。

.如此众多的店铺蒜瓣一样挤在一条街上，真正是寸土寸金，人来人往，摩肩接踵，热闹得不同寻常。那时的竹枝词云：箫管歇余人静后，满街齐响自鸣钟。看，就是所有的店铺关门之后，从各家店铺里传出而响彻满街的钟声，该是多么悠扬，那该是一种什么样的情景，即使是在现在的

商业街上，能够看得到吗？

在这些众多的店铺里，我许多是没有见到的，但我要说说我见过的或听说过的几家。

对于我们孩子而言，最感兴趣的是大栅栏里的那几座老戏园子。大观楼，我另文单写，不再赘述，只说其他。其中之一是广德楼，它是清嘉靖年间就出现的老戏园子，不过光绪庚子大火把它也给烧了，我们见到的它，是 1904 年重建的，在大观楼的对面，很窄的一个门脸，我小时候，它还在，而且是 1904 年的老面貌，那时候改名叫前门小剧场，很长一段时间演相声，很多相声演员都在那里演出过，演出的形式很特别，是按时收费，每十分钟收 2 分钱，你随时可以进去，爱听多听会儿，不爱听，可以拔脚就走。因为每十分钟才收 2 分钱，是消费得起的，我们那时候经常到那里听相声，我弟弟是个相声迷，更是常常旷课跑到那里，然后跑回课堂上，在上课的时候就忍不住把刚刚学来的相声悄悄地说给同学听，听得同学哈哈大笑，少不得老师的批评，然后便是老师找家长，但是我弟弟依然走着逃课到广德楼到教室到老师办公室到找家长再到广德楼的老路，循环往复，乐此不疲。

再有便是门框胡同口的同乐，同乐以前叫同乐轩，这多的一个轩字，更像是茶馆，不大像戏园子。它是清光绪初年建的，不大，据说，不能够演正戏，只能够演一些文戏里的折子戏。我们见它的时候应该是它最为辉煌的时候，它那里演电影，剧场里的几根柱子，给我的印象最深，那柱子是北京老式茶馆里才会有的样子。如果买的票座位是在柱子边上，那柱子遮挡视线，总得歪着头，一场下来，脑袋歪得很累。散场的出口在门框胡同里面，正好可以吃点小吃，一举两得。它后来还演过环行立体电影，也

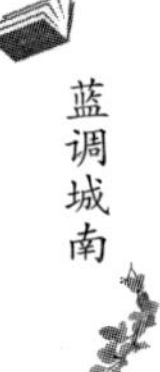

算的开风气之先。而且，它就那样驴死也不倒架，一直挺立到 20 世纪 80 年代末。记得那时我恋爱的时候，还专门到那里看电影，看过电影，再带着对象穿街走巷到打磨厂的老宅看看，想想就像发生并不太久的事情。

庆乐也是一家老戏园子，据说最早开在明末清初，是到清末已经是很有气派的剧场了，临大栅栏门口先是立一块牌坊，进牌坊有几十米长的一条走廊，那派头有些像广和楼。据说戏台也大，台前的两根大柱子之间就有 5 米多，柱子上有对联：大千秋色在眉头，十万春华如梦里。气派也很大。我小时候去那里，已经没有门前的牌坊和台前的对联了，那时，李万春和他鸣春社常常在那里演猴戏。后来在“文革”前后，改成风雷京剧团，在那里演出过现代戏，还一度改成了杂技团，有些二八月乱穿衣，乱了章程。

二庙堂咖啡馆，在传统商业气息浓厚的大栅栏里，可谓是独领风骚。它原来紧靠着庆乐的南边，是戏散场之后人们最好的消遣去处。它开在戊戌变法的 1898 年，可以说是变法的产物。作为西式的咖啡馆，是老北京最早的之一，而且挤进大栅栏，想象得出当年西风东渐的劲头很猛。可惜，我没有见到它，我专门请教过附近在这个行当里干过的老人，他告诉我，二庙堂是座二层小楼，楼下卖一些牛奶、冰淇淋、沙氏水、柠檬水等冷热饮和西式小点心，楼上是咖啡座，人们可以上楼喝咖啡歇脚消磨时光。

厚德福，也是我没有见过，却是非常向往。它是北京城开业最早的一家河南餐馆，开业和袁世凯当了大总统有关，因为袁是河南人，梁实秋先生专门写过文章，盛赞那里的名菜铁锅蛋，说是“厚德福的铁锅蛋是烧烤的，所以别致。当然先要置备黑铁锅一口，口大底小而相当高，铁要相当

厚实。在打好的蛋里加油盐佐料，羼一些肉末绿豌豆也可以，不可太多，然后倒在锅里放在火上连烧带烤，烤到蛋涨锅口，作金黄色，就可以上桌了。这道菜妙处是在于铁锅保温，上了桌还有嗞嗞响的滚沸声……”可惜，如今这道铁锅蛋已成绝响。我专门请教曾经在厚德福干过的老人，他告诉我，其实铁锅蛋里加的东西还有很多，还有鱿鱼、海参、干贝、海米、玉兰片、南芥菜丁，再加上头汤，放在微火上还得不停使劲地搅拌。厚德福还有道有名的菜，梁实秋没说，厚德福的鸡菜都是打名人的牌，比如三国的司马懿是河南怀府人，便有司马怀府鸡，包青天是河南开封人，又有包府玉带鸡。他还告诉我，厚德福门脸很小，在一条黑乎乎的窄胡同里，胡同口在大栅栏，里面的座位也不多，都是老主顾去，一般找都难找。他又告诉我，梁实秋总写厚德福，因为他的爷爷是清朝里四品大官，厚德福开业时，是厚德福的大股东。

我特别要说的是大栅栏南口的天蕙斋，这是一家老鼻烟铺，开业在清道光年间，庚子大火烧毁，它在原地重建。鼻烟作为一种闻品，现在已经很少人喜欢了，但在清末民初，它却很有市场，就像现在的香烟一样，分为十级，档次高低，价钱不等，满足不同人等的需求，上好的鼻烟，一两相当于当时 44 斤一袋洋面的价钱。梨园行里的人，对鼻烟特别情有独钟，天蕙斋是他们常去的场所，边闻鼻烟边聊天说事，成为一种享受。据叶祖孚先生讲：“天蕙斋是一间门脸，分前柜后柜，两间小房，演员们在前台聊天，后柜则是他们授艺说戏的地方。你要是找哪位演员，在别处找不到，到天蕙斋一准能够找着。天蕙斋实际上是京剧演员的‘文艺沙龙’。”

我对天蕙斋的认识，来自我们大院里老孙头，他住在我们大院东厢房把着最北头的一间小屋，和老伴同住。老孙头是个英文翻译，家里常有外

国人来，他在家里上班，就是翻译一些文字材料。在他的家里，有我们院里唯一的一台小电风扇和一架打字机，都是那时的稀罕物，我们小孩子常到他屋里看那两个洋玩意儿。他家的孙老太太爱闻鼻烟，孙老头常常打发我们小孩子去买鼻烟，点名一定得去天蕙斋买，我们便拿着钱像是拿着令箭一样去大栅栏，买回来鼻烟，找的零钱，老孙头不要，让我们拿去买糖吃。我就是在那时认识了鼻烟，也认识了天蕙斋。

它在一个高高的台阶上，门脸瘦长，被两边的店铺挤压得像是茯苓夹饼。如果同仁堂和瑞蚨祥的门面像是巍峨排场的将军，她真的像是一位瘦骨伶仃偏又穿着一袭长旗袍的骨感美人。那旗袍就是它的高台阶，一褶褶曳裙拖地的样子，印象总是很深。也许，是因为那时我们个子太矮的缘故，台阶才越发显得高。有人说，大栅栏里，门脸最小最窄的，是天津人来京开在路北的有福来纸烟店，我看最小最窄的是天蕙斋。那里的鼻烟有一股怪味，我们在买回鼻烟的路上，偷偷地闻过鼻烟，刺鼻子得很，实在猜不透孙老太太为什么偏偏喜欢这玩意儿？但那里的鼻烟壶，画的非常好看，什么样的图案都有，像是我们那时经常的看的小人书一样，比小人书还好看，因为都是彩色的。而且，我们听老孙头说那些画都是画在鼻烟壶里面的，我们都异常奇怪，鼻烟壶的口那么小，里面的画怎么画进去的呢？

天蕙斋一直挺立到20世纪70年代，也算是不容易了，最后，和聚庆斋糕点铺合并在一起，鼻烟和点心，风马牛不相及，让人匪夷所思。我去大栅栏几次，连它的具体位置都找不清楚了。它就像一个梦，随着老孙头老夫妻的先后去世而消失得没有了影子。

现在，在大栅栏里面，路北的一座开架式的商店里，辟出一角，挂起

了天蕙斋的牌子，卖香烟，也卖一点儿鼻烟和鼻烟壶，只是成为了一种象征性的存在了。没有原来的高台阶，和前柜后柜的样子，天蕙斋只剩下了一块牌子，而且那牌子还不是原来的老牌子，只是三个“天蕙斋”的字了。

是的，几乎绝大多数的老店铺，都已经和天蕙斋一样的从大栅栏这条街上消失了。也有个别重张旧帜的，却根本不是原本的意思了。那天，我看见庆乐门里门外正在装修，长长的走廊里灯火辉煌，里面的梁柱顶棚墙壁阁楼也弄的是金碧辉煌。我打听庆乐是不是要重新开张。正在施工的人告诉我：不是再演戏，是要招租卖东西。也就是说，将原来的大戏院变成了一个个摊位卖东西的市场，就像雅秀和万通一样。这样的市场，在北京还缺少吗？为什么便要在大栅栏这条老街上，在庆乐这家老戏园子里，再建这样的市场呢？我们的思路，就不能把它更远见一些想到大栅栏的整体改造的规划之中吗？我们的想象力，只有建这样招租式的商场一种模式吗？

作为大栅栏，在北京城，是唯一的，它因有厚重的历史积淀，在它的地面生长出东西，和别处就不一样。如果仅仅是这样各自为战，大栅栏会像是切猪肉在卖一样，分割得零碎而只能够变成了一个大的贸易市场。听说大栅栏正在进行整体规划，我希望它真正能够改变现在的辛酸的模样，如果能够把它改造成为明清时候的一条民俗街，所有的或大部分，哪怕只是一部分的店铺呢，还能够恢复原来的样子，里面不再仅仅是卖货，或者根本不去卖货那样的实际而实用，而是变成了一种展览，为人们观看流连，多给人们一些历史的信息和气息，那么，整条大栅栏街，不就是一座最具有特色的民俗博物馆吗？

试想一下，你可以在瑞蚨祥里看到当年山西人最初在附近的布巷子里如何经营布匹的，又是如何创建了瑞蚨祥乃至最后鼎足而立的全北京的八大祥的历史；你可以在天惠斋里看见那些京剧界里大腕们自己和鼻烟一起兴衰的历史，看到那些从料壶、瓷壶、翡翠壶、玛瑙壶、到水晶壶那些名目繁多色彩纷呈的烟壶艺术，以及与此相关的典故逸事；你可以在同仁堂里看到一部比电视连续剧《大宅门》还要精彩还要惊心动魄的发家史，是如何和我们民族的兴衰密切关联的药业发展史；聚明斋和聚文斋扇庄里看到中国自明朝就有的折扇团扇的传统工艺，看到那玲珑剔透的扇子是如何在匠人的手里巧夺天工而制作出来的；你可以在庆乐、同乐、三庆、广德楼和大观楼里，看到一部从徽班进京两百多年以来国粹京戏的发展史和剧场的发展史（大观楼现在正在改造成中国电影百年历史的博物馆，多好啊）……然后，你还可以再到厚德福吃一回铁锅蛋，到张一元喝一壶正经的茉莉花茶，到二庙堂的楼上品一回咖啡或老式的沙氏水，到聚顺和干果铺和长盛魁干果店买一点正宗的北京的果脯和糙细杂拌儿，到聚庆斋饽饽或铺滋兰斋糕点铺买一包用老式蒲包再盖上一层油纸和红纸的大小八件，那该是一种什么样的情景，什么样的滋味？

当然，如果到了夜晚，能够恢复花灯，就更好了。在老北京，大栅栏的花灯是一绝。旧时《帝京岁时记胜》里说起花灯："正阳门之东，打磨厂、西河沿、廊房巷、大栅栏为最。"那时还有这样的民谣流传：大栅栏里观花灯，冰灯纱灯分外明，人群拥来又挤去，只见人头乱摆动。那样的一街人和一街的花灯灿烂如水地流动着，即使大栅栏再也无法回到原先的大栅栏了，但是，大栅栏还是现在的大栅栏吗？

菜市口

那天去看朋友，车子开过菜市口往南拐进西边的南横街，才发现打通了菜市口之后，南横街的一大段和原来的北半截、丞相好几条胡同早已经没有了。也许是因为好久没来这里了，眼前的一切，竟然很陌生，仿佛不认识一样。

过了几天，专门去菜市口，还是像不认识一样，东北角的菜市口百货商场，东南角的电影院、家具店，西南角的新华书店、食品店和五金电器店，西北角的菜市场、上海的美味斋餐馆、和传说是大奸臣严嵩题写牌匾的鹤年堂药店，都没有一点影子了。矗立起的高楼和广告牌代替了它们，拓宽的马路和围栏围起的正在修地铁的工地，把它切割得七零八落，让它们面目皆非。一条街和人生一样，不过短短几十年的时间，却已经真的是人事有代谢，往来成古今。

站在车水马龙的大街上，心里才觉得这条菜市口街对自己曾经是那样的亲切，就像一个多年的老朋友一样，突然间远离我而去，再归来时却已经是不能相认。

第一次路过菜市口，是童年，大约也就6岁的样子，是个清明节。母

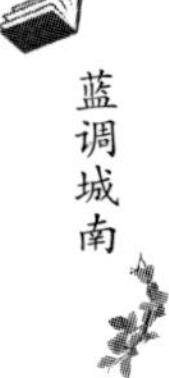

亲一年前去世，墓地在广安门外，父亲带我和弟弟去给母亲上坟，回来的时候，在广安门下的车，一路走回家，可以每人省下5分的汽车票钱，三人就是一角五分。那时候的广安门还比较的荒僻，郊外的感觉非常明显，刚刚下了公共汽车，天已擦黑，路旷人稀，心里还有些怕。走到菜市口，渐渐灯红酒绿才热闹了起来，父亲就用省下的第一张车票的5分钱，为我和弟弟买了一包糖炒栗子，边走边慢慢地吃，能吃到珠市口，父亲再用剩下的第二个5分钱，买第二包栗子，能够吃到前门，就快到家门口了。以后每年的清明节，父亲都会带着我和弟弟，如法炮制上演着同样的关于母亲和栗子的情节戏。菜市口最早的记忆，是和父母和栗子联系在一起的。

27年前，刚刚结婚的时候，因为家离菜市口不算太远，常常到这里来买东西，结婚时候买的唯一的一个五斗橱和两个书柜，就是从东南角的家具店买的。那时候，买家具还要工业券，好不容易碰上有五斗橱，兜里却没有那么多工业券，又怕回家取工业券回来五斗橱再让别人给买了去。急得没办法，跑到离菜市口不远的校场口的同学家，同学不在家，他的妹妹替我翻箱倒柜，凑齐了工业券，直奔菜市口，一看五斗橱还在，心才放进了肚子里。27年过去了，多次搬家，许多家具都换了，这个五斗橱一直没舍得丢。后来，孩子读大学，需要一盏应急灯，跑遍了北京城，哪儿也没有卖的，最后竟然也是这里西南角的电器店里买到的。最有意思的是孩子还没出生的时候，继母还在世，我到菜市口菜市场买菜，正好碰上卖螃蟹的，因为那时兜里的“兵力”实在不足，只拎回三只螃蟹，回家我们三人一人一只。

菜市口，连带着那么多难忘的记忆，一下子就和我一起走过了人生的大半。

其实，这么说并不准确，菜市口是一条比我要老得多的老街。一般人以为菜市口只是过去杀人的地方，特别是曾经杀过谭嗣同戊戌六君子而更让这里因血腥而有名。看过很多写戊戌六君子的诗，唯有唐照青的诗让我难忘，唐当时在刑部当官，亲眼目睹了六君子在菜市口被砍头，所以诗写得情激辞切，特别是他把六君子临刑前各自的神情表现描摹得格外真切："林君最年少，含笑口微映。谭子气为降，余怒冲冠发。二杨默无言，俯仰但蹙额。刘子木讷人，忽发大声诘……"这里的林君是林旭，谭子是谭嗣同，二杨是杨锐和杨深秀，刘子是刘光第，奇怪的唯独没有写康有为的弟弟康广仁。但读完这样的诗，再经过菜市口，看看早已经物是人非的这个地方，心里很不是滋味。

当然，把菜市口仅仅说成了杀人的刑场，其实是不准确的。匍匐在这一带低矮的老房子，现在显得破旧了，但在明朝或者上溯到金代，这一带在京城是相当繁华之地，现在从它附近还有包括法源寺报国寺在内的那么多古寺的遗址，和如星花灿烂遍布在四周胡同里的那么的名人故居，可以充分地看出。远的不说，鲁迅先生最早来北京就住在南半截胡同里写下的《呐喊》和《狂人日记》，戊戌变法的重要人物康有为、谭嗣同的故居在上斜街和北半截胡同，林则徐、张之洞、龚自珍、吴梅村、邵飘萍、林白水……太多的名人故居散落在这附近。如今热热闹闹的北京胡同游，能有多少耐心和细心到这些地方凭吊一番呢？它们像是藏在房檐瓦缝间凄黄的荒草，在密如蛛网的胡同深处摇曳。还有民国元年孙中山大总统来北京曾经住过的粤东会馆，李大钊在五四运动前夕办过的《晨钟报》的报社，离它更近，分别就在南横西街的路东和原来的丞相胡同的路西。想起20世纪30年代许钦文先生写过的《菜市口》中说过的，他屡次同孙伏园在

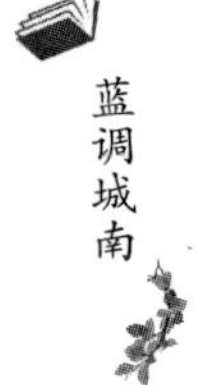

月下从公用库走到菜市口，说声“明天见!”孙进丞相胡同看校样，他回绍兴会馆写稿的情景，时代气息和文人气息那样的浓郁，不能说是谈笑有鸿儒，往来无白丁，却能够说真的是斯是陋巷，唯吾德馨。

如今，这一切大多不存在了，记得当年在扩路的时候，曾经有多名学者呼吁保留这些历史的遗产，可是还是没有了，那些言情真切的呼吁都飘散在遗忘的风中。在城市的建设中，唯利是图的房产商和只要政绩工程的官员，和推土机合谋一起，轻巧地就将它们履为平地，让那么多的历史轻而易举地就埋入地下，只能够化为了城市的瓦砾碎片。道路和高楼真的就比历史重要吗？一座古都，如果没有了那些历史遗留下来的老房子，取而代之的都是一些宽马路和簇新的楼，和别的大都市又有什么区别呢？

忽然想起了清人许承尧写过的《过菜市口》的诗：“薄暮过西市，踽踽涕泪归。市人竟言笑，谁知我心悲。”好像他是昨日才从菜市口经过一样。

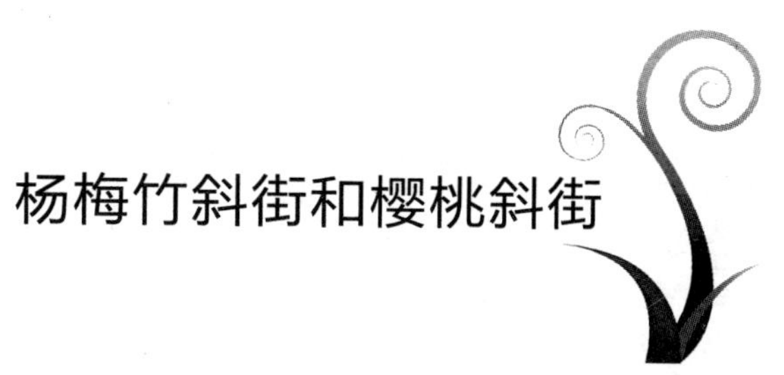

杨梅竹斜街和樱桃斜街

那年在华沙，当地的朋友告诉我，华沙街道的名字很有意思，一片街道全部是以名人的名字命名的，一片街道则都是用各种水果的名字取名。这让我想起我们的樱桃斜街和杨梅竹斜街。北京街道用水果名字来取名的，还真不多见，据我所知，再有的是宣武的南樱桃园、朝阳的核桃园，还一个抽象的果子巷了，而且，后三条街，也绝对没有前两条斜街有名。清时有竹枝词特别说这两条带有水果味道的斜街：虎坊桥畔引车来，想象当年傍水偎，乡味称名也止渴，樱桃一路接杨梅。

当然，这样说，只是对老北京人而言，年轻人现在谁也不会再对这两条斜街感兴趣，即使偶尔逛逛大栅栏，也只是逛到西头为止，很少再往前走，走到这两条斜街上去了。

在老北京，出了前门，过了大栅栏，除了这两条斜街，还有两条，一条叫做李铁拐斜街（现在的铁树斜街），一条叫做王寡妇斜街（现在的棕树斜街）。这四条斜街都是自明朝就有的古街，都是从东北往西南斜过去，都是人用脚踩出来的。因为那时外地人进京，都得从卢沟桥过广安门到菜市口，斜插过来，到前门最近。就像鲁迅先生说的走的人多便成了路，四

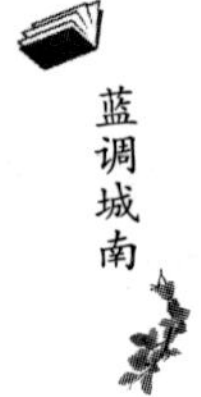

条斜街就这样不约而同地踩了出来。四条斜街，在南交叉口的位置上，即五道庙街的南口，原来有座玉皇殿的小庙，最早建于明万历三十五年(1607年)，原有兵部尚书王象乾写的碑记，上面说这里为“龙脉交通车马辐辏之地也”。古建筑学家王世仁先生在解释这个“龙脉”时候，特别指出它指的是当时这四条斜街连接着新旧两座皇城，地理位置何等的重要。

我最熟悉也最感兴趣的，是这四条斜街中的樱桃斜街和杨梅竹斜街。理由很简单，小时候，觉得樱桃和杨梅都是水灵灵红艳艳的，比李铁拐和王寡妇的人名要好听多了。其实，是不知道杨梅竹斜街原来叫杨媒斜街，因为街上住过姓杨的媒婆，杨媒婆改成了杨梅竹，不过是谐音而已，并非真的是杨梅那样的可爱。小时候就是这样的先入为主，李铁拐和王寡妇不战而降，败给了樱桃和杨梅。喜欢这两条斜街，还有一个原因，那时候，我们大院里有一个和我一样大的孩子，他的外婆住杨梅竹斜街，开了一家做羊羹的厂子，他常常让我陪他一起去杨梅竹斜街找他外婆，每次去他外婆总会给我们两人好多羊羹吃，小时候馋，羊羹和杨梅樱桃，自然就将味道、联想和感情一起给予了这两条斜街。

前些天，我从虎坊桥下车，想从南边穿胡同到北边找这两条斜街，觉得应该轻而易举，却找了半天竟然错走到了韩家胡同里面，才发现，我已经有将近40年没有来这里了。东拐西拐，一直走到煤市街，才唤起童年的记忆，先进了杨梅竹斜街。这里的老街坊称呼它一般省略掉斜街两字，都叫它杨梅竹，特别亲切。

杨梅竹以前是一条文化街，清乾隆年间的东阁大学士梁诗正和现代文学家沈从文都曾经住在这条街上。我先在靠近东北口路北的一个大院里，找到了梁诗正的故居。梁诗正是雍正八年（1730 年）的一甲三名的进士，官至吏部尚书。这里是乾隆元年（1736 年）乾隆爷赐予他的宅第（这样御赐的宅第在城南非常少见），当年有清勤堂和味初斋，清勤堂是皇帝御赐的封号，味初斋是斋前因有青葡萄满架而梁自己取的名号。当年清勤堂前还有紫藤花繁一时之盛，当时的诗人严遂成有诗赞美：满架藤阴史局中，让君一手定三通。虽然乾隆庚子年间这里着过一场大火，但后来在清末戴璐在《藤阴杂记》中还有这样的记载："今久改旅店，藤花尚茂，车过时犹及见之。"

那种隔着院墙在房檐瓦楞之间藤花闪烁的情景，如今是恍如隔世一般，断然难以找到了。出乎我的意料的是，大门破败朽烂不说，居然如此的低陷，院里比外面的路面还要凹下一大截，门槛都吞在下面，仿佛没有牙只露出了牙床，勉强而艰难地翕动，老迈得真的够可以了。但院落的格局基本未变，前后两院，前院正房一明两暗三间，后院正房九间，宽阔的廊檐和粗壮的圆柱都还清晰健在，可以想象当年的气派。

由于没有见到一个人，院子里显得很空旷，但老房子的破败，犹如一个败家子一样，断可脊梁骨一样，将当年乾隆爷御赐的豪宅折腾到眼下这般的惨不忍睹的模样。我在后院里终于见到一位正在洗衣服的妇女，她告诉我，她祖上就住在这里，是正房中间的一间，现在全家都搬走了（全院里多数街坊也都搬走而将房子闲置或将房子租给外地人），就等着拆迁了。她偶尔会回来看看这个老家，也是来看看拆迁有没有信儿。今年煤市街要拓宽，动了杨梅竹东边一点儿，恰恰没有动着这梁诗正的老宅。她叹了口气对我说：去年夏天下暴雨之后，北京市市长王歧山来我们这院里看过，由于我们院地势比外面大街还低，雨水倒灌，屋子里都是水。也不知道什

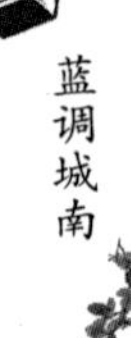

么时候能够解决！

在她的指点下，我找到还有一个西跨院，一排三间的倒座房，灰瓦灰檐，旧门旧窗，尘埋网封，蓬头垢面，比前面两院还显得破败，却保存当年的模样，让人能依稀见得到往昔的风光。总体来看，比我后来找到的沈从文曾经住过的湖南酉西会馆要好一些，酉西会馆里拥挤不堪，狭窄的走道，过一个人都很艰难，破烂得已如同贫民窟。很难想象20岁的沈从文当年闹中取静，出门左到前门吃东西、右到琉璃厂买书的幽雅情景了，而且，还能够有和郁达夫在此相会的文坛逸事的发生。

走出梁诗正老宅，我在想，虽然破败，但老房子的结构、老院落的格局，基本未变，它紧邻着正在扩建的煤市街，如果有眼光把它重新修复一下，恢复当年的清勤堂和味初斋，再补种上葡萄和紫藤，让逛大栅栏来煤市街的人“过时犹及见之”，看看乾隆时期皇帝御赐的老宅院（在大栅栏附近乃至前门地区，可以说是仅此一家），该会是此地的一景吧？

也许，这只是我的痴人说梦，还是继续往这条街上走吧。

民国时期，很多有名的书局，如正中、世界、开明、广益、环球、大东、大众、中华等书局，都开设这条街上，现在大多已经成为大杂院。我找到世界书局、正中书局和儿童书店的旧址。儿童书店白灰墙上的“儿童书店”的四个繁体黑字，依稀能辨。世界书局是一座二层洋楼，门窗和匾额都是洋式的，即使大半个世纪已经过去，并不显得过时。正中书局就在它的斜对面，也是一座灰色的二层小楼，外表看，没有它气派，门很窄，我特意走进去，想看看它里面究竟是什么样子。

新中国成立以后，正中书局因用的蒋介石的字，自然不会再有了，而只是在台湾继续开办着。前两年我去台北，和正中书局的总经理单小琳女士相识，她是一个非常活泼干练可爱又有见识的人，当年为马英九竞选台北市市长成功立下汗马功劳。那时，她特别想在她的正中书局出版我在上海出版的《音乐笔记》一书，就特别邀请我到她的正中书局做客，那是在台北郊区新店的一座现代化的办公楼。她向我询问大陆的情况，我告诉她北京以前的正中书局老楼还在，如果她到北京，我可以陪她一起去找找。如今，真的在北京找到了正中书局，想起单小琳她的那个正中书局，有种历史和时光错位的感觉。眼下是一条细长的走廊，黑黝黝的，像是火车上窄窄的走廊似的，有一种摇摇晃晃的感觉，颠簸着，也不知道这列车将要开向哪里。心想，要是单小琳来到这里，会做何等感想？这可是她的正中书局的老巢呀。

走廊一侧是墙，一侧是蜂巢一般间隔很密的一间间的房子，大概是以前的编辑室吧？拐角处是楼梯，我爬上去，站在二楼的走廊，火柴盒似的四方小院一览无余。忽然看见，站在楼下的街坊正奇怪地望着我，问我你找谁呀？是啊，我找谁呢？

走出当年的正中书局，仍不住回头望望它，如今的它已经是波澜不惊，当年却是热闹如枝繁叶茂的一株大树。可以想象，这样的书局鳞次栉比，当年这条街热闹不比离它不远的琉璃厂差。

在杨梅竹这条街上，我看到这样一景，超乎我事先的准备，给了我节目单之外的加演似的，那是在路南 90 号院的一座大门开着的两扇门宽窄不一样，仿佛一条腿长一条腿短的跛子，这多少让我奇怪，谁家的大门也不应该这样的安法呀。走过去一看，发现左侧的那扇门明显比右侧的那扇门足足宽出有一尺多，而且左侧的门上还有门联：合力经营晏子风；右侧的门上什么字也没有；致使门联缺了半扇，整个一条腿没了。

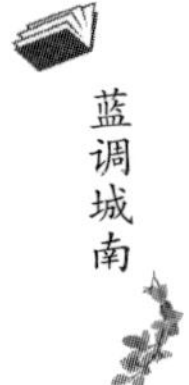

正巧从大门里走出了两位老太太，忙请问她们这门是怎么一回事？老太太告诉我：原来右边是还有一扇大门，和左边的一模一样。前好些年，搬来一户人家，就在门道靠你说的右边这扇门的后面，人家和房管局的人认识，房管局来人了，就把右边的大门给卸了，换上了这扇小门，这样，里面人家的住房不就往外宽出一尺多了吗？我们家，想外扩出一寸，都不让！其中一位老太太说着，用手指比划着窄窄的一条缝儿，撇了撇嘴。

我又请问原来的那扇门应该刻着那半扇门联呀，现在在哪里了？她们告诉我：人家打成了床板用了。

我接着请问这里以前是做什么买卖的，老太太告诉我最早是书局的印刷厂，后来几家人合伙做别的什么买卖，我也不清楚了。这院子老大了，以前能够进马车和汽车呢。原来后来是几户合伙，怪不得门联上写“合力经营晏子风”。过去人做买卖，讲究的是古风悠悠，现在的人谁还知道什么晏子呀，连自己的亲老子都可以不管不顾呢。

从杨梅竹走到观音寺，拐到樱桃斜街的时候，靠近东北角街口热闹得出乎我的意料，路南的大杂院里，院门小的如同包子挤出的褶儿，屋檐偶尔一闪，竟然是那种近似琉璃的样子，惊鸿一瞥似的，让你涌出蓦然回首那人却在灯火阑珊处的感觉。现在谁能够想到那里原来是皈子庙和观音寺呢？最热闹的数贵州会馆了，现在改名叫长宫饭店，门脸是重新修饰过的，门口的牌子上写着小凤仙和蔡锷将军当年在这里相会的风流逸事以及参观门票 5 元的费用。

只有再往这条斜街的深处走去，童年的感觉才依稀找到，幽深安静的劲儿，仿佛一下子逃遁在万里红尘之外，又回到了从前。想起当年吴文简的诗：斜街旧雨忆黄门，六十年来老弟昆。极尽婉约情致。当年张之洞也曾经专门为这条街写下的诗：侬是花枝花是侬，惜花人恰与花逢；樱桃街上春光好，一日来看一日浓。虽直白了些，却说明那时的樱桃斜街比现在要漂亮，起码多了一街的花枝招展。

这里有原来的刻字工会，高台阶的大院，红门紧闭，一副超然物外的样子；也有新凤霞当年住过的大院，大门虽破旧了，却依然干净素朴，还像是《拾玉镯》里的小丫鬟。特别是走到了梨园工会，樱桃斜街在我童年中的印象，才如一张老照片的底片清晰地显影出来。大红门门楣上“梨园永固”的四个字健在，据说是梨园前辈时小福的四儿子也是著名的老生慧宝先生所书。一溜鱼鳞瓦骑墙的整齐的房子像是整修过的，门前一株枝叶参天的大杨树也像是后栽上的，不过，都还和红漆大门相配，几分幽静雅致，也和樱桃这两字相配，让我想起齐白石画的画，几粒樱桃从古朴的青花瓷盘中散落。

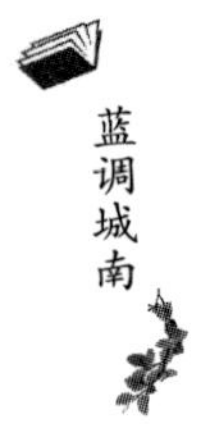

梁家园和孙公园

那天，我独自一个人跑到梁家园和孙公园胡同。从小我就对那里感兴趣，望文生义，从名字看，就比它们附近的什么铁路膊胡同、大沟沿胡同之类的要好，总觉得那里应该如花园一样的漂亮。说来有意思，小时候我住的大院里，一个长得漂亮的女老师在梁家园小学当校长，两个漂亮摞一块，更觉得漂亮。

事实证明，我小时候的想象没有错。看到历史和我的想象叠印一起的时候，就像梦变真了一样，让我兴奋。这一带确实曾经是一片漂亮的园林，亭台楼阁，林木花圃，据说这一带的芍药在当时京城最负盛名。特别是还有一片湖泊，水波荡漾，莲花满塘，当时有诗赞叹：半顷湖光摇画艇，一帘香气扑新荷。现在，是真的难以想象了。我一直对这一点非常感到奇怪，那一片恣肆汪洋的水是从哪里来的呢？后来又到哪里去了呢？望望现在眼前不见一滴水珠的地方，只能感叹时光真是一位雕塑家，能够把一切雕塑得面目皆非。

梁家园是明梁梦龙的私人花园。明嘉靖年间北京城建了外城，很像如今城区扩大一样，房产便也随之开发到城外，私人府邸和王府花园自然首

当其冲，现在的思路和明朝并没有太大的发展。在明朝，这一带是属于金元时的废城，正好有空地，金元时留下的护城河有水，在南面一点就是潘家河，潘家河沿住着当时的水利专家潘季驯，潘和梁都是嘉靖年间的进士，一为工部尚书，一为吏部尚书，一个有技术有地位，一个有权势有金钱，水引到这里来，该不是难事。清颐和园也是平地出湖，同样一个思路和水路。

孙公园建得晚些，是明崇祯进士孙承泽建的私人花园。比起梁来，孙是文人，他写的《天府广记》《春明梦余录》流传至今。他的园子里有研山堂、万卷楼、碧玲珑馆，当年朱彝尊有集孙承泽句专门赞誉研山堂：图书留客少，花药闭门多；兴每耽丘壑，衣从挂薜萝。还有后来洪昇的连台时髦好戏《长生殿》首演而轰动京城的大戏台，更是当时城南的盛世胜地。研山堂、万卷楼、碧玲珑馆，光听听这些名字，云卷云舒的书卷气，就和梁家园不大一样，一个若是现在的“富贵园”，一个就是当时的“现代城”了。

当初梁家园和孙公园像是并蒂莲一样，紧挨一起争奇斗艳；如今它们也紧挨在一起，花是彻底凋谢了，密如蛛网的胡同里破旧低矮的房屋，大概是它们繁衍出那些错综交织的根系吧，杂乱的挤成一团。如今在琉璃厂的南面，在南新华街和魏染胡同之间，梁家园东西胡同，前后孙公园胡同，都是它们的地盘，只是被后来住进来的人们像切豆腐一样切割成零散的一块一块。就是有旧时王谢堂前燕，也飞不到这里寻常百姓家了。走在这样的街巷间，只能够让人涌出这样的感慨：多少前朝兴废事，尽入渔樵闲话中。

其实，到清顺治和康熙年间，这里还有烟水迷蒙，顺治时的诗人王渔

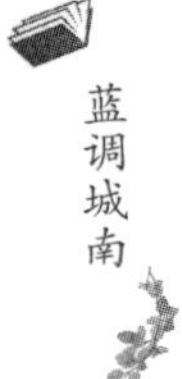

洋和陈廷敬分别有诗：此地足烟水，当年几溯游。水泛忻始游，波摇骇流目。康熙时诗人顾嗣立有诗：浮埃卷尽空林丘，清波摇荡张融舟。都可以看出当年的水还不小呢。乾隆四十四年（1779 年），梁家园东还建起寿佛寺，香火缭绕，但水已经是没有了；同治八年（1869 年），李鸿章让淮军出资，买下孙公园的一部分，改建成安徽会馆，保留下戏台和碧玲珑馆等地，成为了戊戌维新者活动的重地。也就是说，即使到那时梁家园和孙公园已经变化很大，风光也不减当年，即使到民国时期，余棨昌著的《古都变迁记略》中，还特别记载："北平大学医学院、豫章中学、安徽中学均在孙公园。"想想，一条胡同里，居然有大学还有中学，是什么样子。可以说，风光破败起码是在这之后。

如今此地胡同倒还安静，只是周遭的院落都拥挤不堪，寿佛寺改成宣武公安分局，前孙公园胡同里的会馆都变成了大杂院。紧靠东口的渭南会馆大门凋敝，让我不敢认；它对面的朝邑会馆，高高的台阶，老木门写着"不许进院"，说明不少人愿意拜访；它旁边的锡金会馆是个四进四出的大宅院，每个独立的院子里都有一株古槐或老枣树；再西边一些的广州七邑会馆，幽静的夹道，房檐和院墙伸出来的老树枝桠，像是时光恍惚的手臂；沧桑之中，都多少还能书写一些往昔的辉煌。特别是拄着拐杖坐在门前晒太阳的和带红箍站在街上巡逻的老太太，对于我的提问，虽然耳有些背，总是给予我耐心的解答，带着我找那些老宅门，让我想起我的老母亲，也想起并不都是十分遥远的历史，也许，她们是最后的见证人了。

终于在后孙公园北面的一条往西弯曲的窄胡同里，找到了安徽会馆。这是李鸿章在清同治七年到十年（1868—1871）改建的。这里应该是原孙公园的一部分。会馆颇具规模，东西和中路三大庭院，每个庭院都是四进

院落，并有夹道相隔。最北面是其最辉煌的地方，花园和戏楼都在那里，这是一般会馆里绝对没有的。如今花园没有了，但戏楼还在，新涂饰朱红大漆的双步廊悬山顶，在一片灰瓦中浮露出来，煞是醒目。街人指着一个大白铁门告诉我：你使劲敲，里面有人。我“嘭嘭”使劲敲，果然走来一个人，问清我的来意，真不错，不仅替我开门，带我参观，而且外带讲解。

这是后门，从碧玲珑馆到中间的供奉祖宗佛仙的楼阁到戏楼到最前面的客厅文聚堂，四座建筑依次排列，正门应该是再南面，是百姓的大院了。戏楼是中心，里面装修一新，舞台是二层，上层可以悬制布景，看台也是二层，四周围栏镂空，墙上有雕刻图案，一直到舞台的两侧，颜色簇新，刚刚完工不久，只是刻工粗糙。到舞台上用手摸摸，竟然是石膏贴上去的，一扣就掉。一期工程完工了，也只能待在这里，窄小的胡同车进不来，进来了也没处停。偌大的戏楼，像是穿上了新嫁衣的老姑娘，要想嫁出去，一时也难。许多事物就是这样，颓败下去容易，再铸辉煌，却是按下葫芦起了瓢，伤着骨头连着筋，不那么简单。

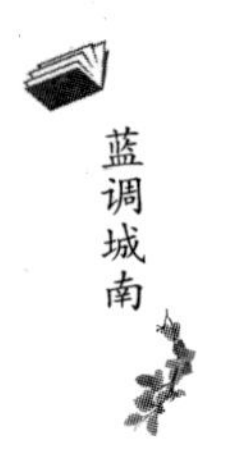

琉璃厂和厂甸

琉璃厂的典故和历史，可以写成一部书。琉璃厂的人物和故事，可以演成一出戏。自从清前期琉璃厂发达之后，已经不知有多少文人涉足这里，为它写下过诗文。在过去平常的日子里，没有今天的潘家园，琉璃厂是人们淘宝和寻古旧书籍的最佳选择地。琉璃厂，在过去旧式文人中的笔下，出现的频率颇多。道光年间曾有杨静亭写下过这样一首竹枝词：新开厂甸值新春，玩好图书百货陈；裘马翩翩贵公子，往来皆是读书人。

对于老北京人而言，厂甸和琉璃厂虽然是一个地方，但彼此的含义不尽相同。约定俗成，厂甸是专指过年时候在那里举办的庙会，是属于平民百姓的，而说起琉璃厂，才是属于读书人的。所以，杨静亭的竹枝词说的厂甸并不准确。准确地说，厂甸只是琉璃厂的一部分。作为地名存在，是先有琉璃厂，后才有的厂甸。在明《京师五城坊巷胡同集》里，就有琉璃厂的记载，明嘉靖年间，扩建北京城的外城，这里是烧制琉璃瓦的窑厂，就有了琉璃厂的名字。这里的海王村（现在中国书店的位置），那就更早，是金代时就有了的村落。作为庙会而鼎盛的厂甸，是清乾隆年间以后的事情，所以，我一直这样以为，厂甸的名字叫响起来，也应该是这时

候以后。

我还这样主观地认为，厂甸真正繁华而成为百姓的胜地，应该是在民国之后。因为，民国之前，东琉璃厂和西琉璃厂之间是一条河，那是从皇城里的水流到宣武门的响闸处，再向东折南流到这里，一直流过虎坊桥，再到天桥，所以现在琉璃厂的南边还有臧家桥这个老地名，保存着当年河水荡漾风光的记忆。琉璃厂以前原来是有桥的，可不是现在的那座过街天桥。把这条河填平改暗沟而成为一条街，是民国之后的事情，这条街就是现在的新华街。1926 年，在宣武门东一里的城墙上开了新城门，就是后来的和平门。城门打开，道路开通，来往厂甸的人才方便，也才越发多了起来，民国期间，一直到 1966 年“文化大革命”开始之前，每年春节的厂甸，越发的热闹。据统计 1963 年春节的厂甸，有史以来最为红火，摊子有 750 多个，逛厂甸的有 400 多万人。厂甸真的属于人民，而非翩翩文人独有。不知别人怎么说，反正我们大院里的人，无论大人小孩，都说去逛厂甸，没有说去逛琉璃厂的。

我小时候印象中的厂甸，已经没有了清时诗人说的那种“箫管千官暇，楼台百戏中”的场面；也没有了“书画多名笔，闲寻认宋唐”的可能性存在。不过，程晋芳诗中所描写的“势家歇马评珍玩，冷客摊前问古书”的意思，多少还是在的。如洪亮吉写的“一市人如海，尘从隙处穿……欲寻容足地，飞爆向街燃”的喧嚣和拥挤，就更还是一样的。过年，逛庙会，图的就是人多，人多才热闹。没有人挤人，还叫过年吗？如果人挤人，人的手里再举着一串足有两米来长的大长糖葫芦，糖葫芦顶上再粘着一面小彩旗，那过年的气氛就叫足实了。起码，对于我是这样，那时候，逛厂甸，我最渴望的就是举着这样一串大糖葫芦回家。

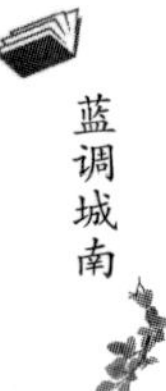

我对厂甸真正的印象或者认识，来自我的一位同学，那是我刚刚上初一，我们学校里有一块板报，叫做“百花”，上面贴满了高年级同学写的文章，我看见一个署名叫园墙的，在每期板报上都有他写的“童年记事”的文章，就像现在的专栏。我非常喜欢他的文章，其中有一篇写厂甸，写他过年逛厂甸时看见一个摊子上卖小木马的玩具，做得惟妙惟肖，他特别喜欢这个小木马，但是他家穷，没有钱，他买不起这个小木马，他便在过年这几天天天跑到厂甸里来，跑到这个摊子前，看这个小木马。有一天，他趁着卖货的没有注意，偷偷地伸出手摸了摸这个小木马，被卖货的发现了，骂他是小偷，不由分说，打了他一顿。虽然已经过去了45年，这篇文章我依然记忆犹新。可以说，我就是看了这篇文章，对厂甸才多了一份认识，才发现厂甸并不仅仅就是一串大长糖葫芦就能够概括得了的，它让我对厂甸一下子多了一层忧伤的色彩。

那时候，我非常崇拜园墙，后来我知道了，我上初一的时候，他上高二，我上初二那一年，他高三毕业，我记得非常清楚，就在他高三的寒假，他在《北京文艺》发表了一篇散文，题目叫做《水仙花开放的时候》，全校都很轰动，因为那时候还没有一个同学能够在报刊上发表过文章。但是，那一年，他没有考上大学，最后分配到南口农场工作，是因为家庭出身，那时候档案袋里一张纸就有这样重得能压死人的分量。后来，我认识了他，他带我到他家里去，他家离我家很近，就住在木厂胡同北边的一条七拐八弯的小胡同里。他借给我上下两册的《莫泊桑小说集》。那是我第一次认识莫泊桑。

以后，我再到厂甸，总忍不住想起园墙，想起他写的那个小木马，想起南口农场，想起《水仙花开放的时候》，想起上下两册的《莫泊桑

小说集》。

自从“文化大革命”开始，厂甸的庙会没有了，童年和少年时光也已经远远地逝去，以后我又去北大荒插队，琉璃厂更是淡出了我的生活之外。没有想到，琉璃厂再一次和我发生关系，是到我的孩子出生以后，每一次，都是和我的孩子有关。仿佛那里命中注定是孩子的天地。

20 世纪 80 年代中期，孩子刚上小学，迷上了集邮，那时候，宣武区文化馆的大院里，每个星期天开辟为集邮市场，我带他到那里买邮票，然后带他到琉璃厂的东口，路北的信远斋还在，一起喝一瓶那里有名的酸梅汤，价钱很贵，味道还不错。这算是又开始重游琉璃厂，算算时间已经过去了 20 来年，孩子到了我当年逛厂甸的年龄，日子仿佛走了一个循环。

宣武区文化馆，就是以前的火神庙，是座老庙，最早建于明朝，清乾隆五十一年（1786 年）重修，过去，这里和海王村是厂甸最热闹的地方。民国期间，这里是有名的文化市场，卖珠宝玉器、古玩书画的，都要挤进这里摆上一个摊位，就是珠宝市的珠宝商和东交民巷里开钻石行的洋人，也要到这里来摆摊，他们的摊子称之为“红货摊”。一些收藏家也要把自己家里珍藏的宝贝拿到这里来亮相，不是为了卖，而是为了摆阔、比阔，这叫做“亮宝会”。那场面，有点儿擂台赛的意思，比现在的潘家园还要透着热闹。

谁能够想到，光阴流逝，物是人非，原来的火神庙变成了集邮市场。那一阶段，我和孩子几乎每个星期天都要去那里买邮票，有一次，我挑邮票的工夫，孩子偷偷把一只小蚂蚁塞进人家一本世界各国的大邮票夹里。回家后，我看见他在日记里写道：“我看见一只蚂蚁在地上爬，就捉住它，把它悄悄地放在一堆邮票里，我想让它也看看五颜六色的邮票世界。”像

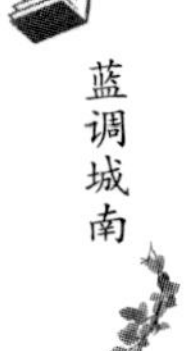

琉璃厂曾经给予过我童年许多欢乐一样，琉璃厂也给予了我的孩子欢乐。

升入初一，他忽然爱上了那些古书，几乎每个星期天都往书店里跑。我对他说：你要想看古书，我带你去一个地方，保证你喜欢，那里的古旧书，从清朝到民国就有名。他异常兴奋，要我立刻带他去。我们一起去了琉璃厂的中国书店，果然喜欢，以后他自己去了好多次，他在那里买了好多书，其中还买了一本我国著名目录学家王重民先生的《中国善本书提要》，厚厚的精装书。其实，他根本看不懂，但他读过王重民先生的《中国目录学史论丛》，他敬重前辈，并爱书，还是让人高兴，我本想说他，想想，最后没有说他。虽然那书一直藏我家的书柜里，就那么藏着吧，珍藏着孩子天真的少年时光，珍藏着那一段时光和琉璃厂和厂甸密切相关的难忘回忆。

铁门胡同

虽几乎被建筑工地包围，街的西部不少已经开始拆毁，铁门胡同不能算全须全尾，基本还完整。在城南，这是一条不被人重视却是非常值得一走的老胡同。它南北走向，有点斜，位于菜市口的东北角，紧靠着原来的“菜百”（以卖黄金首饰著称）。在旧京城，铁门胡同很有名，清时杀人的法场就在旁边，戊戌六君子就是从这条胡同的南口为起点一溜往西次第排开，被一一砍下了头颅。据说，断头者的鲜血都流进铁门胡同的一条暗沟里，当地人称血沟。“文化大革命”挖防空洞，人们还发现了青石板下的血沟。

当然，铁门胡同铁字的森森寒光，并不是因为靠着杀人之地而得名。明时，这一带是料虎训熊喂鹰之地，附近才有了虎坊桥、喂鹰胡同（今未缨胡同）。清人《箕城杂缀》中说：虎坊桥“其西有铁门，前朝虎圈地也。”铁门就是虎圈边上铁栅栏门，胡同由此得名。有意思的是，后来在它旁边出现以棉花地而闻名并得名的棉花胡同的一到九条，两者比肩而邻，阴阳相济，冰冷坚硬与温暖绵软，都只是历史的巧合，乔太守乱点鸳鸯谱。

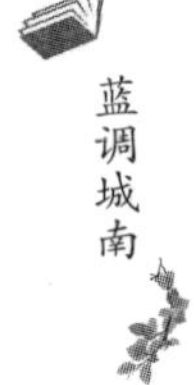

那天黄昏，我去铁门，从胡同北口进去，走不几步，先轻而易举地找到了要找的宣城会馆。300多年的历史，这大概是这条胡同里现在最老的遗址了。它旁边还应该有广信会馆，但是，已经看不出任何眉目。宣城会馆的大门虽破旧如龙钟的老者，佝偻着洼陷下去一截，却还顽强挥洒着当年的影子，一眼就能够看出它的与众不同。走进门，迎面是八檩的宽阔过廊，廊前一株老椿树。穿过窗棂木纹清晰依旧的过廊，后院的一排正房已经拆空，柁与檩恐龙骨架似的呆呆地和远处工地的脚手架对峙。让我更加吃惊的是，院子的南部都已拆空，而北部却还住着人。院子里到处是碎砖乱瓦，一株老枣树疏枝横斜，没长出一片叶子。

站在荒芜的宣城会馆，真感到时光的无情，想当年，顺治六年，诗人施愚山中了进士，从安徽宣城老家进京，就住在这里。北京城南会馆有几百个，宣城会馆并不有名，却是因施愚山而有了名，曾经也是以文会友，以酒佐诗，极尽一时之盛。不过，想顺治十五年的进士王渔洋，只比施愚山小15岁而已，再路过这里时写下的《过宣城馆有感》诗中说："无复高人迹，空闻鸟声喧。"不过才十几年或二十年的光景，不也是开始空荡荡了吗？再看施愚山自己当年写下的诗："书声不敌市声喧，恨少蓬蒿且闭门。此地栖迟曾宋玉，藓墙零落旧题痕。"好像他早已经有了预感似的，这里早晚得藓墙零落，蓬蒿闭门。

继续向南，走到和棉花五条交叉口的时候，遇见一个老太太，问她知道不知道文昌馆和笑社的旧址？这是铁门胡同的另外两景，京剧宿将陈德霖，年轻时候在文昌馆唱过戏，一时地以名传。民国元年，苏州作家包天笑和笑社也都住在这条胡同里，他们写稿子在京报副刊上发表，京报就在魏染胡同，出南口往东走，只隔着四川营一条胡同。老太太想了想，告诉

我，包天笑没听说过，笑社好像在49号院，早拆了。然后指着北边路东的一座二层楼说：文昌馆好像就是那儿，日本人后来改成了澡堂子。

当年笑社有一副木制的楹联：此地在城如在野，斯人非佛亦非仙。曾引来不少好事者观赏，那是一代文人的心态和追求，不过，也可以隐约感到那时铁门胡同的闹中取静，几分超然物外的样子。如今，四周到处在拆房子，喧嚣一片，尘土飞扬，用施愚山的诗句只能说是“书声不敌市声喧”了。

我又向老太太询问桂馨斋，这是家乾隆年间开张的酱菜园，附近的百姓没有不知道的，就在南口，门脸朝东。它的酱佛手最有名，曾经是进贡朝廷的贡品，深为慈禧太后喜爱，曾特别赐予六品顶戴，惹得铁门胡同得了传染病似的，开了好多家酱菜园。据说一直到解放前，那六品顶戴还供奉在桂馨斋的堂前，成为了最好的广告招牌，无异于现在店铺墙上挂满领导的题词和合影的照片。民国时的《燕京访古录》中说铁门胡同有72眼井，“其地多制酱局，需水多，盖缘此也。”我问老太太真的有那多眼井吗？老太太说是，我们院子里就有井，屋子里还有井眼呢。

这时走过来一个小60岁的男人，手心里把玩着两个油核桃，显然在一旁听半天了。他对我说：我跟你说这条胡同最值得看的，得是安庆会馆。你知道吗？陈独秀当年就住在这里，孙中山当了大总统，来北京也到过这里，鲁迅也来过。新中国成立初期，院子里住着一位姓方的方先生，以前给孔祥熙当过秘书，那时没饭辙了，方先生给毛主席写了封信，后来每月从街道办事处拿钱，每月15块钱。别小瞧了这条胡同！一副学问大的样子，明显对老太太的介绍不大满意。

他指指我身后的一座宾馆，告诉我安庆会馆就在这个位置上，20世

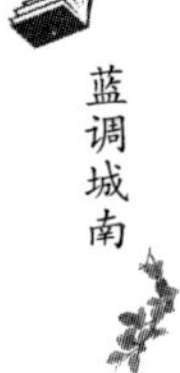

纪70年代盖这座楼时，那时是玩具厂，把它给拆了，真可惜啦！安庆会馆是铁门胡同里最漂亮的，到现在我还能画出来它的门楼、院子和那二层的灰楼。我告诉你，墙都是带刻花的砖雕，院子里有抄手游廊，楼里全是木地板，楼梯悬空在外面，楼前是花园葡萄架，楼后是专门养花的花房。说着，他用核桃尖在墙上为我画了起来。我看见，老太太蹲在地上，用小石子也画了起来。早已消失了三十多年的安庆会馆，那一瞬间在地上、墙上和他们的眼睛里都辉映了出来。

我问他们两人怎么对安庆会馆这么清楚？他们几乎异口同声：我们原来就住在那儿呀！我问他们现在住哪儿去了？男的指着对面：就住这院子里。我才发现这院门旁的一溜灰墙很齐整，灰瓦檐很像是过去的庙檐。我将疑问说出，他说：没错，过去是一座庙。庙檐上原来还有两个龙头呢，漂亮！“文化大革命”，给砸了。老太太接上话：那时把庙里供的好多佛像也都给砸了。男的说：佛像的肚子里有肠子，是用绸子和珠子做的，心是用锡做的。

老太太告诉我：我住在这里50多年了，刚搬来的时候，这庙里还有和尚呢，一直到1958年和尚才没有的。那时有个小和尚叫胜明，挺可爱的，后脑勺留着小辫，老让我给他梳小辫，让我给他洗长袍。后来听说他和棉花五条里的尼姑庵一个小姑子好，被人发现，给当成了坏分子弄到茶淀劳改农场，死在茶淀了。

我知道棉花五条里的尼姑庵，叫圆通庵，《顺天府志》一书中有记载，宋代的，乾隆十一年重修，当时的吏部尚书汪由敦还特意写了碑记。圆通庵和铁门胡同的这个庙离着很近，小和尚和小尼姑眉目传情或约会，都是很方便的，小小的脚印花瓣一样串起这两条胡同。他们相好的悲剧故

事，为这条胡同抹上了一抹凄美的色彩，让我想起了汪曾祺的小说《受戒》。我忍不住问那小和尚是哪一年死的，老太太掐着手指算：我家小缨子6岁那年死的，现在缨子都40多岁了。说着，她指着身旁的那个男的，要是现在活着，比我这儿子大不了几岁。

原来是娘俩儿！

夕阳像是逝去的时光偷偷回眸，顾盼流离中，光线暂短一瞬就消失了，铁门胡同隐退进暮霭的一片迷蒙之中。

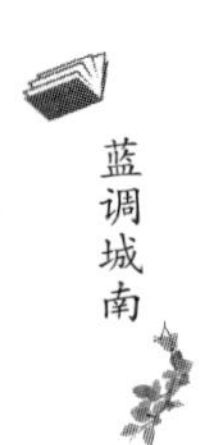

椿树胡同

椿树胡同是一条老街，自明代就有。那时候，一街的椿树到了夏日绿荫如盖，是非常漂亮的。据说，有的椿树两人合抱粗，一条街上，有这样的老树，真的会跟着一起老树成精了。

这条街自明清以来，特别是从清中期到民国时期，一直香火很旺，先是赴京城当官的人来此居住，后来当官的换上了好房子之后，文人艺人络绎不绝。就我所知，就有雍正时的吏部尚书汪由敦在椿树三条住过，并把他的宅子命名为时晴斋。他走后，乾隆时期的诗人赵翼来此居住，从雍正到乾隆一百来年，说明那一阵子老宅子和这条胡同一直都很兴旺。

另一位乾隆时期的诗人钱大昕，那时住在椿树头条写他的《潜研堂集》。民国时期，辜鸿铭住在东椿树胡同 18 号，一直住到终老而死。当时的京剧新星荀慧生和尚小云分别住在椿树上三条 11 号和椿树下二条 1 号。梨园宿将余叔岩住在椿树上二条，因为他有夜半三更吊嗓子的习惯，痴迷的戏迷们为听他这一嗓子，大半夜的披着棉猴跑到他家院门前候着，成为小胡同里热闹非凡的一景，让现在的再高雅的社区，也是断然无法相比，难以昔日重现。

可以想象，有戏听，有诗作，有一街的老椿树绿荫匝地，迎风摇曳，这条街成为那时的艺术街，够让人充满向往的了。

那天看陈宗蕃的《燕都丛考》，忽然发现，那时的椿树胡同不仅有戏有诗有老椿树，还有漂亮的花。陈先生集中的几条关于椿树胡同的考注，居然条条有花，而且大多是紫藤花。清人陈用光在《太乙舟诗集》中说："先君官京时，买宅椿树胡同，庭中植藤花甚盛。"汪沆在《小眠画斋稿集》诗云："颇忆前年上巳后，小椿树巷经旬栖。殿春花好压枝买，花光浮动银留犁。"院内栽花，巷口卖花，那时的情景，该是一街花影浮动，花香荡漾了。特别是后者的记述，让我忍不住想起放翁"小楼一夜听春雨，深巷明朝卖杏花"的诗句，椿树胡同也有了江南的意味。

汪由敦的宅子里也种着紫藤，他有诗留花香："紫藤传是匠门植，晴香扑扑萦襟怀。"赵翼来时，那藤花依旧，他曾专门写下三首七律《移寓椿树胡同》，其中一首写道："来听北里新翻曲，到及东风满院花。"那满院的花就是旧宅里那百年藤花，花影浮动，花香袭人，小院的情致，该是何等的迷人。

看到这样的记载，忍不住想那时京城的胡同，和现在真是不可同日而语，难怪那时林语堂说："北平是清静的。这是一所适于住家的城市。"那时人们生活自然淳朴而带有中国传统意味的情致，是现在摆设出来的小资情调无法比的，在华丽大厦里的落地窗前、水磨石上、瓶中花旁、咖啡壶里和水晶枝形吊灯下的日子，毕竟是西式的了。人们对各自居住环境的审美需求的背后，其实是价值标准的不同，是对我们民族自己的东西一种迷失，或者是不自信。想想，人们现在对胡同的不重视，甚至冷漠得不屑一顾，大刀阔斧地拆毁，便也是再自然不过的事情了。

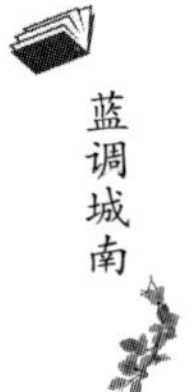

椿树胡同，如今只有东椿树胡同的东边一溜儿房，像是卖剩下的半扇猪，露出瘦筋筋的排骨骨架。许多美好的事物，都是这样在我们自己的手中没有的，我们的手伸开总想抓住更重要的东西，却不想巨大的指缝像一个大漏勺，让许多美好的事物连同回忆和光阴一起水一样从我们的手指缝中流逝。1998年，在那里建椿树园小区，千篇一律的高楼，即使室内摆上花瓶、阳台放上花盆，再也不是东风满院紫藤花的情景了。

那天我去椿树胡同，绕着椿树园外面转了一圈。四周大街和残存的胡同，包围着它，像是包着一个诡异的盆景。以为不会找到椿树了，别说，在东椿树胡同一个院子里还真找见了一株椿树，硕果仅存，老枝纵横，泼洒的乌云一样，涂抹在蓝天中，仿佛是流逝的时光的一点显影，孤零零地和对面庞大的楼群做着堂吉诃德式的抗衡，提示一下我们这条已经消失的胡同的古老。心里暗想，如果是一街的老椿树还在，该是一种什么样的情景？老树和新楼谁更值钱？老树掩映下的历史和新楼覆盖下的生活，哪一个更应该让我们心动而值得仔细权衡？

象来街

形象，是旧时京城地名最显著的特点之一。无论雅俗，无一处无实实在在的来历，这来历，一般都是极其具象，哪怕是雅得充满唐诗宋词的意境，哪怕是土得掉渣儿，都非常生动，都能够让你或拈花一笑，或会心一乐。不像现今的地名，皆以新楼盘平地而起找一些或古或洋或不古不洋的吉利富贵之词填充，其抽象之味愈浓，脂粉气和媚俗风四溢。

宣武门迤西的象来街，是我非常喜欢的一个街名，既具象，又很雅，诗意盎然。在北京，以动物为名的街道有许多，马甸、牛街、虎坊桥、猪市口（今珠市口）、鲜鱼口、鸭子桥、喂鹰胡同（今未缨胡同）、骡马市大街……总觉得没有一个能够赶得上象来街。象本身就含有吉祥之意，象庞大的体量、憨厚可爱的形象，也是其他动物无法比拟的。象来——一个主谓结构（这样词组构成的地名，在北京很少见），把一大群大象甩着长长的鼻子，迈着笨拙的步子，缓缓而来的样子，一笔勾勒出来，颇似电影里慢镜头。象来街，便也跟着镜头一起淡进淡出，水墨画一般，给人美感和想象。

为象来街取名的，不知出自何人之手，心里一直佩服。象来街在象房

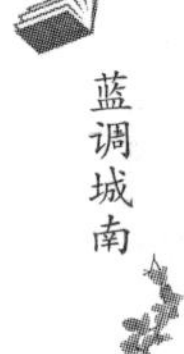

旁边，现在宣武门十字路口西北角那幢十层的楼房即是。有案可稽，明《工部志》说它是明弘治八年（1495 年）建的。那时的大象并不是现在动物园里宠物，而是参与朝政的礼仪，清人书中记载“午门立仗及乘舆卤薄皆用象”。据说，那时的象是分等级的，“先后为序，皆有位号”，即使是吃的食物，也是分“几品料”的，煞是了得。百官进朝入毕，象会立刻“以鼻相交，无人敢越而进矣”。那情景非常壮观，颇似现在的仪仗队。京城帝景，那时礼仪中透露出的气派，带有南亚风采，完全是和世界接轨，一派大国风范。

对于普通百姓，宫廷中御象的壮观，是看不到的，但每年阴历六月初伏时，象房里的大象要迤逦而出，红帐引导，旗鼓相迎，跨过象房桥，到南边一点的护城河洗澡，那情景一样的壮观。清郑孝胥有诗云：宣武洗象迎初伏，万骑千车夹水看。描述的就是那样的壮观景象。大象从象房里出来，列队到护城河走的这一段路，就是象来街。我猜想，护城河畔，人头攒动、翘首眺望大象出场的情景，一定如现在仰望明星出场一样，当大象终于出来的时候，一定是有人忍不住高喊起来：象来了，象来了！这地名是不是就是如此人口相传而来？如果仿照驼房旁的地方取名驼房营（在朝阳区）一样，也叫象房街，该多没味！一字之差，多了动感，多了诗情画意。

我的猜想，也许不会没有道理。书上有载：每年六月大象在护城河洗澡，成为了当时的节日。定是如同贵妃出浴一样，成为一景，轰动京城。明代画家崔青蚓曾画洗象图，诗人吴梅村专门题诗记载其盛况：京师风俗看洗象，玉河清水涓流洁。赤脚乌蛮缚双帚。六街仕女车填咽。叩鼻殷成北阙雷，怒蹄卷起西山雪。图成悬在长安市，道旁观者呼奇绝。将当时看

洗象的人和管洗象的人以及大象小象沐浴之中仰鼻喷水声震如雷的场面，都描写得极为生动，难怪这幅洗象图在长安城如此轰动，明清两代传一时之盛。

据说观者早就有人预租好临河房子的好位置，河边搭起茶肆食摊的棚子，热闹得如同如今的地坛庙会。清康熙盛世时号称“南朱北王”中国两大诗人都曾为此留下诗。朱彝尊诗：后园虚阁压城壕，溅瀑跳珠闸口牢。正好凭栏看洗象，玉河新水一时高。王士禛诗：玉水轻阴夹绿槐，香车笋轿锦成堆。千钱更赁楼窗坐，都为河边洗象来。那时，王住琉璃厂火神庙夹道，朱住海柏胡同，离这里都是几步之遥，近水楼台，看着方便。

据清人《天咫偶闻》中说，这一传统一直延续到光绪初年。先是因为战乱从越南缅甸进贡来的大象中断，后边疆战事安定，再有大象，却出现大象发疯而伤物伤人（竟将一个太监卷上房顶），既而“相继毙死，京师遂无象。”这是没有办法的事，我们无法抱怨。但是，象来街的街名，如今也没有了，实在让人无法想象。有一天我路过那里，问了好几个过路的行人，都摇头不知道。其实，就在几年前，这里的公共汽车站还端写着“象来街”的站名呢。为什么就不能够保留这延续了几百年的古老街名呢？历史遗留下来的街名，是一座古城的胎记，如果把所有的这些街名都抹掉或改掉了，胎记没有了，古城也就容易没有自己独特的味道和方位感，我们会将历史曾经给予我们的珍藏遗失，而迷失在新的地理坐标之中。恢复一些古街名，也许并不是可有可无的事情。象来街，即使今天的人们走在这里，再也无法看到当年民俗的壮观景象，起码可以多一份思古之幽情吧？增加一点儿我们已经被现实的灯红酒绿磨钝的想象力吧？

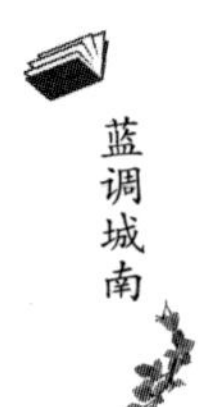

保安寺街

《顺天府志》上说："保安寺，明正统年间立，在宣武门外保安寺街。嘉靖二十六年重修，碑一，郭秉聪撰，街因寺名。又有玉皇庙，顺治十八年，大学士成克巩撰碑。"一条胡同里有两座古寺，不大容易。难怪清时王渔洋、邵青门、施愚山、查慎行、翁方纲、李慈铭那么多文人，都愿意住在那里扎堆儿。

最近去保安寺的人特别多，因为听说那片要拆迁。我刚进胡同，就听一位光脊梁的膀爷冲我喊道：是来看保安寺的吧，快看看吧，再不看就拆了。

保安寺大殿早没有了，如今只剩下一座山门，比想象的要小，但寺顶金色的琉璃和龙纹瓦当，还是如此惊艳，让我感叹古寺到底还是古寺。两旁戗檐砖雕上那鹿和梅花、猴与桃叶，都经年不凋，还是那样清晰，可触可摸，古色古香。

它的西边应该是三水会馆，东边是丰城会馆，一变成杂院，一变成一家单位，再无一点古色古香的影子，一无可观。还是那位膀爷指着东边一点儿一个大宅门对我说：你可以看看那儿，原来是吴佩孚住的院子。我进

去一看，三进院落，还有东跨院，气势不凡，虽然后搭建起的小房拥挤不堪，前院的松树也显得不伦不类，肯定不是当年种的，因为老北京人认为松树是坟地上的树，不会在院里种它的。但是，瘦死的骆驼比马大，它的骨架还在，老房子的模样没变，稍加收拾，还会龙雨虎风。

它的东边是高庆奎故居，当年的四大须生之一（另三位是俞叔岩、言菊朋、马连良）。他独创的“疙瘩腔”别具一格，如今只能在唱片里听了。它的小院早已易主，虽破败潦倒，倒还干净，只是不明白当初他老先生为什么选择挨着吴佩孚住？危石下之卵，透着悬乎。或者是他老先生早就在这里住下，吴佩孚后到这里，相中了这块地方，盖起了大宅院，他老先生已经没有了办法，只有忍气吞声的份儿了。这两处院落的年份待考，只由得我站在那里胡思乱想了，总觉得一个唱戏的和一个大军阀住成邻居，有些漫画的感觉。

再往东走，就是玉皇庙和关中会馆，玉皇庙是彻底看不出名堂，关中会馆里的二层楼，在整条胡同里都是突出的。院子后面左右有两个石梯，可以爬上楼，楼口虽然已经封住，但站在楼梯上面，房屋灰墙灰瓦，清水脊和蝎子尾，交错在眼下，是站在下面望不见的情景，那完全是由青砖组成的图案，在天空的映衬下，在响着哨音的鸽群的缭绕下，呈现出一种色调厚重的油画的感觉。那一刻，我直感觉老北京胡同的风情画，应该是油画才可以表现的，传统的水墨画难以描摹出它的深邃与情致的。

我这样说，也许是有道理的。当年保安寺街有古井，有梧桐，院子里有紫藤，有木芙蓉，风光不同寻常。查慎行有诗：古井再经愁雨塌，旧交重聚得天怜；明灯照壁何愁蝎，绿树当门定有蝉。这样的雨巷闪烁明灯、绿树掩映古门的画面，不是得油画才好绘出的吗？施愚山诗：踏月夜敲门，贻诗朝满扇，那种月光也好，朝霞也罢，洒满保安寺街的光线与光斑，跳跃着，明灭着，扑朔迷离，我们的水墨怎么好渲染？

这样一条古色古香的胡同，说拆就要拆了。拆了，就彻底地没有了。

想起曾朴在《孽海花》中写道当年李慈铭住在保安寺街时，在自己家门口撰写的一副门联：保安寺街藏书十万卷，户部员外补阙一千年。李是光绪六年的进士，他住在这里的时候，当然可以有藏书万卷，现在无法和那时相比，但是胡同的房子一下子就落到论堆儿撮似的说拆就一片片拆的地步，也实在让人伤感。当年朱自清先生路过保安寺街时，想起这副门联时候曾说："现在走过北平保安寺街的人，谁知道哪一所房子是他住过的，更不用提屋里怎么个情形，他住着时是怎么个情形了。要凭吊，要流连，只好在街上站一会儿出出神而已。"

我也只好站在那儿出出神儿。

北大吉巷

北大吉巷闹中取静，清水洗尘过似的，挺干净。它北边是两广大街最热闹的菜市口，东西各是杂乱的米市胡同和果子巷，对比得它更显得藏在深闺一般，保持原来娇好的身段尚未怎么受到糟践。

自从将南边的羊肉胡同一并纳入大吉巷，大吉巷有了南北之分。这是一条自明朝就有的老胡同，那时叫打劫巷，大概出现过打劫的事情吧？这名字不大吉利，清末改名为大吉巷。用谐音改名，是中国地名学的一大特色，体现着汉字的魅力，也折射着人们潜意识里泛神的崇拜。它西边不远的烂面胡同几乎与此同时改名为烂漫胡同，和它异曲同工。北大吉巷真正发达起来，大概应该在清末改名之后，名不正则言不顺，还真不能够小瞧了地名学。那时，一些梨园人士纷纷在此安家，宫里做事的眼瞅着大厦将倾为给自己留条后路，也出宫置办家业，就连溥仪的妃子也在这里建起了一座二层的小青楼。山不在高，有仙则灵，地以人名，北大吉巷就这样聚集起了人气而烟火气渐盛。

原来说人不辞路，虎不辞仙，唱戏的不离百顺韩家潭，其实，唱戏的名角住这里的也不少，如果访旧，今天依然能够看到当年的遗迹，其中最

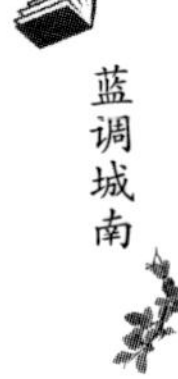

出名的大概属刘连荣、李万春和时慧宝了。刘连荣住 39 号，他是和梅兰芳配戏的名角，在《霸王别姬》里，梅兰芳的虞姬，他的楚霸王，演绎一代英豪。李万春住 22 号，他的父亲买下这个院子，和李万春四个兄弟同住，大院起名叫“四维堂李”。19 号和 21 号的李万春开办的戏班子鸣春社。时慧宝住 7 号，他是梨园界有名的书法家，樱桃斜街梨园会馆“梨园永固”四字就是其作品。其余，李砚秀、李凤翔一旦一武兄弟俩，京韵大鼓的创始人白云鹏，也都住在北大吉巷。要是把北大吉巷里的这些名角会聚一起，能演一台大戏了。只是现在这些院子早已经物是人非，门口又没有梅兰芳老宅旁的文物保护的汉白玉牌子，外人知道的很少，就那样自生自灭，一任它们变成越来越破的大杂院，要想辨认出它们的历史，有些难。

43 号的大门让我的眼睛一亮，它的门联非常醒目，不仅字好，词也不错：杏林春暖人登寿，橘井宗和道有神。心想这里以前一定住的是位医生，一打听，果然，是中医樊寿延先生的宅第，他开办的“延严医馆”就在这里。心里多少有些好奇，一些中医都愿意和唱戏的演员来往，李万春的万春艺名就是一位姓赵的中医给取的，意为万古长春。他们更爱和唱戏的搭帮住邻居，棉花胡同五条住着一代名医魏龙骧，他附近住着的裘盛戎、李少春、金少山、叶盛兰……净是名角。梨园杏林，比邻而肩，也是北京胡同的一个特色。

有这么多名人簇拥着，北大吉巷被烘云托月出来了。如今，即使你并不知道这一切，只要到这条并不长的小胡同里走走，甭看别的，光看这里老木门上的门联，就让你对它不可小觑，一般胡同里真还少见这样密集的门联。除 43 号的，47 号的：子孙贤族将大，兄弟睦家之肥。27 号的：国

恩家庆，人寿年丰。一为隶书，一为楷书，一为秀气灵动的文人体，一为端庄敦厚的馆阁体，都能够看出当年这里的人文化气息不同凡俗。

还有门前云纹、莲花状的各式门墩、大门上的葫芦、宝瓶形的护铁板，都保存得比一般胡同要齐整要多，也会让你一步步跌进前朝旧梦之中，仿佛走在一部怀旧色彩极浓的老故事片里，推门而出不是李万春就是白云鹏，冲你说一声京腔京韵的道白，连空气震动的都是大鼓书那一唱三叹的余音袅袅。

还有那不止一个的拴马桩。被岁月磨钝了角的青石板，放了学的孩子用粉笔在上面写着歪歪扭扭的字，成为了他们的留言板。历史和现实在那一瞬间交错，恍惚叠印成了一幅荒诞派的画。

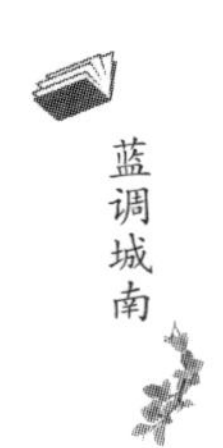

铺陈市

老北京，胡同的名字起的，有雅，有俗。有好多胡同的名字，像孔雀胡同、樱桃园、杨梅竹斜街、花园大院、百花深处……起得很雅。也有好多胡同，名字很俗，保留着当初底层百姓居住在那里生存境遇的色彩。比如粪厂大院（后改名奋章大院），其实最早就是粪厂子；羊肉胡同（后改名为耀武胡同），以前卖羊肉的地方；鞭子巷（后改名为锦绣头条），以前卖鞭子哨的地方；官马圈（后改名为观马胡同），以前专门给官家养马的地方；石板胡同，以前用石板打制缸盖的地方；取灯胡同，以前做灯笼卖灯笼的地方；葱店前街葱店后街，以前拉葱的和卖葱的小贩们交货的聚集地……从名字就可以看出来，这样的胡同，都是穷人扎堆儿的地方，做的都是下里巴人的小本生意，赚的是辛苦钱、血汗钱，依此为生。如果你拿一本北京的地名手册，你会发现，这样的胡同，大多分布在城南。所以，过去人们常说南贫北贱，一点不假。

铺陈市，就是这样的一条胡同。

北京，叫做“市”的胡同，有很多，菜市口、羊市口、蒜市口、煤市街、珠宝市、肉市胡同、钱市胡同、花市大街、骡马市大街、大市、小

市、刷子市、缆杆市……可以看得出来，都是以前各种各样的市场。而且，这样的胡同，大多也都在城南。

铺陈市就是一个破烂市，卖破烂的地方，说好听了，就是收购铺陈卖铺陈的地方，用现在的话说，是废品收购站。卖什么，也比卖铺陈的好呀，可见铺陈市是这些所有贫寒“市”里最等而下之的了。

现在，年轻人，对“铺陈”这个词，已经很陌生了，铺陈是什么玩意儿？恐怕摇头的人多，虽然铺陈市这条胡同还在，路过那里，大概也只是望文生义而已，或者连想都懒得去想，嫌费脑子了。铺陈，就是废旧布料，小得比补丁还要小，过去穷苦百姓管这些东西叫铺陈，用它们打“袼褙”。什么叫“袼褙”，这又得解释一下了，把那些铺陈展平，用糨子刷好，粘在废报纸上，好一点粘在硬一点儿的纸上，这样把那些零散的碎布料，就弄成了一整块，晾干之后，就硬了，挺括了，这样东西就叫做“袼褙”。把“袼褙”铰下来，可以做鞋帮子，一层层的“袼褙”缝在一起，可以做鞋底子。我小时候，穿的鞋都是母亲用自己打的“袼褙”做成的。那时候，我经常会看到母亲是怎么刷糨糊，一层层的，将那些铺陈打成“袼褙”，放在我家窗台下晒太阳。

铺陈市，就在珠市口，那座非常醒目的教堂背后，稍微靠西南一点的一条小胡同就是。它在一个高台之上，现在看起来，有些奇怪，因为马路在它的下面，它有些居高临下。其实，没有修两广大街的时候，它往北是缓缓下坡，连接外面的珠市口大街的。修两广大街拦腰切下它一块，让它现在才像是被切下一块豆腐似的，显得有些愣。它的南头连接着永安路，永安路，原来是龙须沟的西段，1914 年，朱启钤修建城南这一块模范市区的时候，把龙须沟的明沟改成暗沟，才有的永安路。铺陈市的南端是龙须沟沟沿上，当然地势要高一些了。我们也就明白了，铺陈市，原来挨着这样一条臭烘烘的龙须沟，和金鱼池那地方一样，都是穷人居住的地方，所以在清乾隆年间，又叫做穷汉市。

过去，这里穷不说，还很乱，特别是清末民初，这里紧挨着天桥，五行八作的人都在这里，找不着活路人在这里找活儿的，又到这里聚集，就等了出卖劳动力的机会，去填饱自己肚子。这里成了最下等的劳务市场，铺陈市多了一层含义，这些衣食无着工作无着的人，其实成为了另一种意义的铺陈。这里就更乱，一些下等的妓女，那时叫做的老妈堂，暗门子，也在这里麇生。与一街之隔的大栅栏地区相比，真的是地狱一般。

铺陈市的改观，大概是民国之后，珠市口商业的发达，让一部分小商人买下铺陈市的一些房子，改建成居所或店铺。它前面的开明戏院和以后的珠市口基督教堂的兴旺，对铺陈市也多少有些影响。新中国成立以后，铺陈市基本没有太大发展变化，但现在到这条胡同里，和清时的铺陈市已经大不相同。我有一个朋友就住在铺陈市，当然，是单位分给她的房子，以前铺陈市的情景，她也不大清楚，但是从现在的邻居来看，远不是当初的穷汉，而是三教九流都有了。我有时会到那里看她，发现一条胡同的房子，和想象中铺陈市是不一样的。她家住的是一个独门独户的小院，这样的小院在这条街上还有不少，都还比较齐整。靠近北口路东还有一座不错的小楼，磨砖对缝，起码是民国晚期时盖的，说明那时的铺陈市已经不是卖破烂或劳务市场时候的铺陈市了。铺陈市，仅仅成为了一个含有历史意

义的地名。幸亏这么多年过去了，没有把铺陈市这个地名改了，一直保留着这个俗而带有贫寒气味的名字。

铺陈市，一个过去时代烙印上的胎记，我们没有犯傻，非要把这个不那么中看的胎记涂改成美人痣。

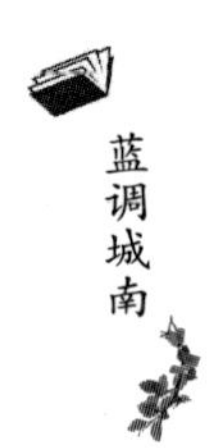

城南花市

在北京的地名中，带不带儿字音，是有讲究的。花市和花儿市，两个读音，前者泛指卖花的地方，后者带儿字音，说的是具体地名，在崇文门外，两者不可弄混。

老北京有名的花市有两个，都在城南，一个在菜市口西的下斜街，一个就是崇文门外的花儿市。两条都是老街，下斜街的花市，历史悠久，《京师坊巷志稿》中引元朝张宪的诗："小海春如昼，斜街晓卖花"，说"知花市自元时已然矣。"崇文门外的花市，街道是自明隆庆二年（1568年）建了火神庙后有的，真正形成花市则是清乾隆年间的事了。在明朝，下斜街叫老君堂，花儿市叫神木厂大街。到了清朝，下斜街叫槐树斜街，花市已日趋衰落，神木厂大街的花市，却越发的兴隆，便如现在抢先注册了域名一样，改名叫花儿市，而且一下子就叫响了起来。据民俗学家王永斌老先生考证，最晚在乾隆十五年，神木厂大街就改名为花儿市了。也就是说，从乾隆年间到新中国成立之初，花儿市的繁荣，一直绵延了 250 多年的时光。

下斜街的花市逢三，即每月初三、十三、二十三卖花者云集，清康熙

时诗人查慎行在《人海记》里说，那时“丰台种花人，都中目为花儿匠……以车载杂花至槐树斜街市之。”那时的花儿匠叫花把式，都在丰台的草桥，离下斜街不算远，天不亮就肩担车载赶来了，“一肩生意万家春”，是当时最富有诗意的写真了。清时还曾有这样的歌谣：“下斜街畔日逢三，花翁卖花香满篮；花卖匆匆出城去，白盐黄酒一肩担。”那是一幅乡间城里相互交融而怡然自乐的民俗图。

一直到清中期，下斜街还有着一时的繁华鼎盛，不少诗人为这条花市街留下过诗句。朱彝尊：“老去逢春心倍惜，为贪花市驻斜街”，是其中最有名的了。他的朋友查慎行一样表达了对这条街的心情：“最爱今年春带闰，迟来犹作看花人”。至于那些不太有名的诗人的诗句就更多，如“下斜街口担秋霞，崇福山腰老圃家”，说的是卖菊花的；“杜鹃红十里，做梦又京山”，说的是卖杜鹃花的；“乡远思前动，天清韵共寒”，说的卖梅花的；“计日趁墟花满市，卖花声里泮春冰”，说的是早春时节卖花声声；无一不道出了当时花市的热闹。

当时，还有一首专门写下斜街的《花市诗》，更是道尽了品种之多，花团锦簇，令人目不暇接：“众物哪及东西庙（指东城的隆福寺和西城的护国寺），好花真冠南北城。鸡冠凤仙左右束，剪求萝多晚香玉。惊心艳绝美人蕉，拂袖风凛君子竹。入局处处清香酣，红蓝菊与佛手柑。最难婆罗动数十，花下来去僧环看……”难怪有人感叹：“缘何游客多高兴，眼底名花最可人”（同治《都门记略》）。据说，争奇斗艳中，最有名、卖得好的，还要属芍药，那时的北京人对芍药情有独钟。

崇文门外的花儿市逢四，即每月初四、十四、二十四，在火神庙前摆摊成市，庙同市一起开放，香火缭绕中摩肩接踵，透着格外的热闹。和下

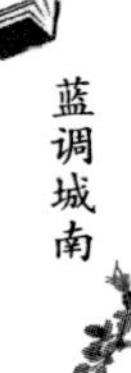

斜街不同的是，花儿市除了靠西边路南的一条叫黄花店的小胡同里卖鲜花，一般卖的是假花。清人潘荣陛和富察敦崇著的《燕京岁时记》里说："所谓花市者，乃妇女插戴之纸花，非时花也。花有通草、绫绢、绰枝、摔头之类，颇能混真。"

别看卖的是假花，清末民初，下斜街的花市有些衰落，这里异军突起，非常火爆，据20世纪30年代的统计，这一带包括东西花儿市街面上，和花儿市上下一至四条胡同里，不算花庄花行的大户，光做假花的家庭小作坊就有上千家。清《晒书堂外集》中曾赞叹说："京师通草花甲天下，花儿市之花又甲京师。每天欲曙，赴者熙攘，博至肩头，日间聆深巷卖花声，轻扬而远闻。"《天咫偶闻》中说："每月逢四有市，其北四条胡同，则皆闺阁装饰所需，翠羽明珰，假花义鬟之属，累累肆间。"都生动记载了当时的盛况。

做假花和卖鲜花最大不同，假花特别是纸花必须要染色，花儿市上除卖花，还有将颜色作成膏汁来卖的，你买回去可以自己制作假花。花儿市一街，娘娘庙、关帝庙、天仙庙、灶王庙……庙特别多，大小得有十几座，有的庙里卖香火的同时，就卖这些颜色，庙前高挂"水作花红"或"蓝靛二蓝"之类的招牌，有的小庙索性被人称为"蓝汤老爷庙"，成为了当时的一景，。

光绪年间，关于花儿市的诗，可是不少，仅民国时期的《北平风俗类考》就收集有："姹紫嫣红映，花枝爱像生，鬓边娇欲语，活色画难成。""纸花剪裁草名通，着手生春傲化工，莫怪佳人偏爱此，由来色界总成空。""梅白桃红借草濡，四时插鬓艳堪娱，人工只欠迴香手，除却京师到处无"……只是其中的几首，足可以看出专门卖假花的花儿市，已经和

卖鲜花的下斜街一样惹人眼目。

如今假花已经沦落，深巷卖花声更是绝迹。但当年花儿市的假花确实是甲京师又甲天下，乃至在巴拿马万国博览会上拿过大奖。这要归功于假作真时真亦假的假花手艺，确实是一绝。花儿市的假花，是非常有讲究的，以材料来分，《旧都文物略》有专门记载：“造花之原料，大别为二：曰绢类，曰纸类。绢类中有绫、绢、缎、绒之分；纸类中有羊毛太、粉莲、通草、及隔背之分。”这里所说的隔背，是指的用纸或布一层层打的袼褙。这里把通草划在纸类，其实不确，通草花是南方的一种草，取中心柔软的部分染色而作成的花，叫通草花，是花儿市中最便宜的一种大众花，却也是卖得最普及的一种花。

如果以用途来分，花儿市的假花也很有讲究，有佩花（胸花、簪花、领花）、喜花（红绒做的）、戏花（头饰）、瓶花、供花和丧花；以人来分，有小姑娘辫子上的飞花、新娘头前的排头、中年妇女抓髻上的围花、老太太发鬏上的石榴花；以分工而言，有作花和攒花之分，作花指专做花和叶，攒花指买来这些花与叶自己再做加工和设计，攒合成各种花卉；以流派而言，又有粗细两派并立而峙（即使是被称之为粗活儿的纸花，也需要裁纸、染色、上蜡等十几道工序），满足不同需求，……花与顾客群关系的定位，真是非常精细而明确，可以说是囊括万千，将花儿市这一亩三分地深耕细作，经营得玲珑剔透，即使到现在，你也不得不佩服。只是现在恐怕就剩下陵前堂前的祭祀花圈几种假花，还有人在做，其他的手艺已经渐行渐远。

我读中学时，学校在幸福大街，常常走着去，必要穿花儿市大街，那时还能够看见街两旁有绢花厂和卖假花的店铺或摊子，摊子上有用秫秸秆

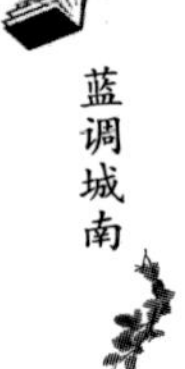

或竹篾或蒲草做成的花匣花插，上面插满五彩缤纷的纸花绢花，很便宜，几分钱就能够买一朵。我的好几个同学家住在花儿市几条，家里都曾经做过这样的纸花，有从上堂子胡同里的二中心小学考来的同学，他们上小学时候的手工课做的就是纸花，我们开新年联欢会布置教室的时候，便是他们大显身手的机会。那时，我家住打磨厂，离花儿市有两里远呢，我母亲也曾经给街道厂子做过这样的纸花。花儿市的花，如水一般，蔓延到了那么多的地方。

前些日子，我去了一趟花儿市和下斜街，下斜街还能够依稀看出查慎行说的“古树夹路”的样子，花儿市如果没看见火神庙还在苟延残喘地立在那里，则彻底变得认不出来了，清郑孝胥诗中说的“秋后闲行不厌频，爱过花市逐闲人”的情景，只能在诗中去寻了。

城南银街

清末民初，因变法而货币改制的变革时期，一时大小银号丛生，尤多散落在前门外。但在城南称得上银街的，应该属于西河沿、钱市胡同和施家胡同。这三条胡同，钱市最短，只有55米，施家260米，西河沿最长，达三里地。但是，西河沿街虽长，除银号尚有旅店饭店相互夹杂，并不纯粹，真正能称得上银街的，只有钱市和施家两条胡同。非常值得珍惜的是，今天这两条胡同里，上百年之前银街的风貌还多少清晰地保存着，历史的沧桑并未随岁月的逝去一扫而尽。重视对它们的研究和保护，对于大栅栏街区未来的改造是有意义的。

钱市胡同在珠宝市中段，小时候我家住西打磨厂，离那里很近，而且我有同学就住在珠宝市，去珠宝市无数次，可惜一次也没去过钱市胡同。前些天去那里，它的短，是有预料的，如此之窄，才发现而格外吃惊。过去总认为乐家胡同和高筱胡同最窄，现在看来，都窄不过钱市胡同。大概几十厘米宽，仅够过一个人。由于它紧靠着原来一座三层楼高的银行，逼迫得就更显得狭窄，只露出一线天。如今的珠宝市小摊林立，杂乱无常，如果不注意，很可能从它身边擦肩过去而失之交臂。

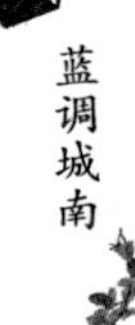

钱市胡同如盲肠一般，很短，是条死胡同，一共只有 10 个门牌号。我走进去看，只找到 9 个，其中的 9 号并没有找到。也许，胡同尽头，平房后面，那座硬山起脊有罩棚的大房子，就是 9 号？据那里的街坊告诉我，那是清末做银钱交易的交易所，应该比西河沿的中原交易所要早得多。据说那时这里垄断着全京城白银和铜钱的比价，每天高举着不时更改比价的“水牌”的场面，应该比西河沿的中原交易所也要热闹得多。路北 4 个门牌，都是二层或三层的楼，都带有民国时期的那种洋味；路南 5 个门牌，全都是平房，典型老北京传统的小三合院。这样一高一矮、一洋一中的对峙，交错在不同的时空中，叠印着这条银街发展的历史。

所谓小三合院，是没有一般四合院的倒座房，临街的一面中间开门，因为院子的空间很小（钱市胡同这里的小三合院每座建筑面积只有 80 平方米左右），不可能像四合院那样建一个带有门道和门楼的大门，按照邓云乡先生的话，是只能够“在门上用砖、瓦砌个小花栏女墙，代以起脊的门楼”。钱市胡同在 5 个小院，除了最里面的 10 号，其余的四座小三合院的门都是这样嵌在墙内，门虽小，门楣之上都有花砖做成的草盘子，两头都翘有蝎子尾，很漂亮。

在清朝，这几个小三合院都是铸造银锭的小作坊，就是用坩锅将大银锭熔化为小银锭，或将小银锭熔化为大银锭，以便作为流通之用。那时，这样的小作坊叫做炉行。清官准的 18 家炉行，当时号称“18 案”，全部都在钱市胡同，可见一时之盛。现在留下的这几座小院，已经是残存的历史标本了。可以说，作为老北京的银街，钱市胡同的历史是早的，起码要早于西河沿和施家胡同。它北边的那几座小洋楼，是发行纸币之后银锭废除的事情了，据说那几座小洋楼分别叫做万丰银号、大通银号。现在只有

3号的门上还保存着匾额，但已经没有字迹，问坐在楼门口的老太太，频频摇头并不知晓了。

听说现在院里房子的屋顶还留有气窗，是当时冶炼银锭时通气通风用的。可惜，每一个院子都大门紧锁，无法进去看个究竟。不过，除8号门，其余四个院门上都留有门联，很是清晰，弥补了遗憾，成了意外的收获。2号门：增得山川千倍利，茂如松柏四时春。4号门：全球互市翰琛书，聚宝为堂裕货泉。6号门：万寿无疆逢泰运，聚财有道庆丰盈。10号门：聚宝多流川不息，泰阶平如日之升。这几处门联像是老树残存的几片绿叶一样，摇曳着钱市胡同那时生命的气息。

施家胡同，我比较熟悉，小时候到新中国电影院看电影，常常要穿过它，因为出西口过了煤市街，对面就是电影院。其实，从大栅栏到施家胡同，这样东西走向的，还有大齐家胡同、王皮胡同、蔡家胡同，条条可以到煤市街，然后到电影院的，为什么我们孩子都特别愿意走施家胡同？因为这5条胡同里，大栅栏人多太乱，而其余的都没有它宽敞，也没有它路两边有好看的楼房。前两天重访施家胡同，这里的街坊告诉我，新中国成立以前附近从大齐家胡同到甘井胡同一共8条，都没有它宽，关键是除了它是柏油马路，其余都是土路，一下雨就都是泥泞一片。看来小时候的直感如同羊吃草闻着草味就能够知道草场的好赖走来一样，还非常准。不过，为什么这条胡同能够有如此特殊的待遇，那时候并不懂是因为它在民国时期聚集着二十多家银号和银行，即使到现在有名有姓的，还能够查得出11家来。如同现在的银行盖的楼都是非常气派的一样，当年财大气粗的施家胡同，出入无白丁，往来皆白领呢。

进施家胡同东口，路北如今是几家店铺和一个名为百顺的旅馆，占的

应该是当年河北省银行、华威银行和殖边银行的位置。再往前走，一座三层楼，现在的施家胡同第二旅馆，在一片平房的胡同里，鹤立鸡群，非常扎眼。我先一头扎进那楼里，知道这里是原来的裕兴中银号，是整个施家胡同里最大的一家银号。它有前后门，后门在北边的蔡家胡同，现在看，也是很大的，前后两个宽敞的天井，每个天井四周的楼上楼下各有20多个房间，楼上一圈跑马围廊，看起来，还真像是旅馆。以前，这条银街一般只做拆汇借贷的买卖，不做现兑现卖的现金交易，所以没有门市的设置，无论外表还是里面，和一般住宅没什么区别。像裕兴中这样的大银号，更是可以安排客人及其家属，成为他们有吃有住有玩的地方，和旅馆还真没有什么差别。这和现在生意场上将吃喝玩乐集于一身的做法非常相似。望着高高的天棚，光线如雾一样飘曳而下，迷蒙得如坠入前朝旧事之中。

它旁边的9号应该也是一家银号，叫同元祥，最早开在钱市胡同，后迁到这里。比起它来，差了不止一个节气。这是一个小四合院，裕兴中高楼的阴影打在小院里，我请问院里的街坊谁知道这里的历史，公推正房东边一间的老大爷，说他住在这里的时间最长。老大爷背心都没来得及穿，光着膀子走出屋，热情地告诉我，这里解放前夕是电料行，再往前是棉布店，再往前才是银号。那时，这院子别看小，漂亮，正房和倒座各三间，东西厢房各一间，厢房和正房之间有挺宽敞的一个空地，种着一株紫藤，藤阴可以洒满整个院子。老大爷又告诉我，现在大门口西边的那个公共厕所，原来在这个院里，当年就有抽水马桶，你说讲究不讲究吧。你看看，门楼原来的骑着瓦的，现在给换了，但大门还是原来的，可有年头了，进了大门，有个小院子，厕所就在院子的西边，然后穿过门道才进了里院。

这是典型老北京的小四合院的格局。

和老大爷聊得不错，他忽然问我旁边的裕兴中还有名号在呢，我很奇怪，刚刚里外看了一圈，怎么就没看见？老大爷一听，立刻带我走出院门，拉着我来到裕兴中大门两旁的窗户前，指着铁栏杆中央，有一个小圆圈，中间镂空雕出三个篆字“裕兴中”，左右对称各有一个。老太太跟着跑了出来，递给老大爷一件新洗的背心穿上，那情景温馨得让我感动。老大爷指着楼对我说，唐山地震那年，这楼有些裂纹，附近的居民都要求拆了它，后来用了100吨的三角铁，把楼上下好几层给牢固下来，你看上面，现在还能够看见三角铁。真幸亏用了那么多吨三角铁，要是真的拆了它，后悔都来不及了。

谢过老大爷，再往前走，15号是福生银号，17号是启明银号，21号是三聚源银号，一溜儿排着，我分别进去看看，格局基本一样，两进院，前院四合，后院的正房上面多一层楼，虽然是楼，木廊垂檐，却是传统的。15号券式大门有花纹镂空的铁艺，却绝对是西式的。21号正在大兴土木，楼上接出了房子占据了廊子的空间，方形的玻璃窗，死板得没有了以前花窗栏杆和垂檐的活泼，即使同样都为生存与实用，现代人的想象力似乎不如以前。

这三个院，17号比另外两处要大，门前没有台阶而取慢坡，院里的街坊告诉我以前就是的，为了好进汽车，绿色的院墙却是后涂抹上的，大门窄小，更是后改装的。进门之后，原来是一片宽敞的空场，为的是停放汽车，20世纪50年代成为了整个施家胡同里居民开大会的场所，号称“社会主义大院”，街道积极分子风风火火成为了这里的常客，标语口号一时轰轰烈烈。现在都盖上了房子，汽车和开会暂时都还解决不了实际的居住问题。往左拐进前院，正房和倒座各5间，正房前有走廊，朱红的廊柱，透露着当年的风光。后院朝东有院门，门上有门楼，门楼上有雕花，猜想前院似乎应该有个月亮门的。后院的格局和前院一样，只是多了正房上的一层小楼，绮窗红阁，起码颜色上还是厮守着当初，形式上还是以往的样子，算得上是驴死也不倒架吧。

路南从东往西依次排开，有谦生、义生、集成、丰盛、余太行、广瑞几家老银号。10号谦生和12号义生，现在成了杂院；24号丰盛、26号余太亨、28号广瑞，也成了大杂院，但老四合院的样子保存得很完整，特别是广瑞，一溜儿红墙，嵌入墙体的花砖门楼，老大门上宝瓶式样的护门铁板，两个长方形的石门墩，都保存得十分完好。

当然，最引人注目的是22号集成银号。它的外观比裕兴中还要气派，只是因为现在变成了大杂院，没有裕兴中改成旅馆有人专门维修，显得有些破败，但仔细端详，风韵残存，特别是大门两侧的两根圆形爱尼奥克柱子，在整条施家胡同独此一家。现在的大门开在东头，原来的大门一定是开在这两根爱尼奥克柱之间的。中间的窗下都有披檐，两侧的窗上都有三角花的装饰，高高的台阶，那种居高临下的感觉，也是别处没有的。走进一看，院里没有裕兴中大，前后两座，西侧一座，都是楼，唯独东边是平房。住在临街楼中的一位妇女告诉我东边原来也有楼，和西边对称，并指给我看，前面的楼最东边的窗户前就是走廊通向它那里，现在你还能看到痕迹，20世纪60年代拆的。历经近百年风雨，四座楼只倒了一座，就算不容易。据说这院子里“文革”中曾经批斗人致死，比起人死，倒一座楼就更算不上什么了。

走出院子，楼对面站着好几个小伙子，问我你知道吗，我们这一带好

多院子里都有地窨子，刚才和你说话的那女的，她家就有地窨子。我问他们你们知道地窨子是干什么的吗？这话让他们觉得有些小瞧了自己，立刻答道那还不知道，那是银号的金库。旁边有个拉三轮车的，对我说你坐上我的车，给点儿银子，我带你把所有的银号都逛了。我指着身边的 22 号说，行，你先告诉我这家叫什么银号吧。他答不上来，我说我不要你的银子，你拉上我走一圈，我告诉你这里的所有的银号怎么样？大家立刻大笑，他也笑着蹬着三轮车走了。笑声在施家胡同里回荡，一边乘凉的老人奇怪地望着这边，不知道有什么好笑的。

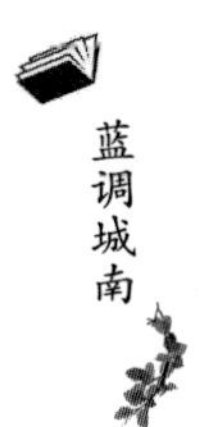

城南药业

大概因为北京城最大的药王庙在城南，就在天坛附近的东晓市，建于明天启七年（1627 年），清康熙三十二年（1693 年）和乾隆三十年（1765 年）又两次扩建，似乎有药王爷神明的启示和保佑似的，在老北京城，药业发达，几乎都在城南。

过去卖药的药铺最早分生熟两铺，生铺是采购来大批药材后用古法炮制之后批发，熟铺是再作精加工后卖成药。旧北京像讲究有四大花旦四大须生一样，清末这样卖药的生铺有四大药行之称，均在城南：花市上头条的隆盛和天成、花市上二条的惠风、打磨厂的天汇。那时这样的药行有北方帮、南方帮之分，隆盛便是北方帮，药材多来自中药材古地河北安国；天成主要经营麝香；惠风是宁波帮，主要经营白术、元参等；天汇是广帮，专从川广进口的黄连、厚朴、杜仲、藏红花、羚羊角等贵重药材。据说后来在打磨厂又开了一家益城，一并合为五大药行，称雄于北京药业市场。

这五大药行中，打磨厂就占了两家，足见打磨厂在药行举足轻重。其实，这只是五家大药行，其余中小药行，在当时的城南不下百余家，仅打

磨厂就有庆和、永恒、元亨、天和、祥泰、恒记、福记、大中、东北、广晋通、广升远十几家，可以想象那时的鼎盛。我小时候家住打磨厂，那时虽看不到药行遍地药香满街的风光，但其中的恒记药店一直开到“文化大革命”，是我们街坊们买药的首选之地。我去年去那里时，那个高台阶的药店还在，房顶的木梁彩绘依稀还在，正有工人翻修，准备改作他用。

最早生熟两铺是相互并存着发展的，熟铺渐渐做大，将采购炮制与精细加工研制于一体，取代生铺，成为气候，是清末民初的事。北京城后来称之为的四大药铺：同仁堂、鹤年堂、千芝堂、万全堂，便是这时候造就的名声。主宰着北京城药业的这四大老药铺，恰恰都在城南。

同仁堂是龙头老大，同仁之名取自易经，意为无论亲疏远近一视同仁，讲究一个医德。清末竹枝词中，有“都门药铺属同仁”和“买药逢人问乐家”之句流行。可以想象，全国各地前来买药的人趋之若鹜，和现在拥挤到协和医院挂号问医的差不多。同仁堂开业于康熙八年（1699年），门脸在大栅栏，制药厂在打磨厂，祖上是从浙江来京的手摇串铃的游医，又称铃医。到了乐显扬这一辈，时来运转，成为了清太医，他将祖上的秘方和宫廷的秘方结合在一起，创办了同仁堂。自雍正初年（1723年）起，就特制宫中御药，据说现在故宫里还有老佛爷吃剩下的同仁堂的乌鸡白凤丸。因是制御药而获有特权，可以预支官银，调高药价，同仁堂的地位不可一世，说是官商，未尝不可。1900年庚子大栅栏一场大火，烧了同仁堂，药铺里又住进八国联军，称雄200年的同仁堂，结束一蹶不振的状况，是新中国成立以后的事情了。同仁堂的历史，可以上演不知多少部《大宅门》之类的电视连续剧，新中国成立以后风光一时的乐松生，只是乐家第十三代传人。

万全堂，据说开在明永乐年间，比同仁堂的年头还老，传说也是乐家祖上的买卖，是后来乐家把它当成女儿的陪嫁赠予他人，才改换门庭。民国期间，万全堂有京城名医杨绳武题写的对联：万国称扬誉广三千界，全球景仰名垂五百年，足见其五百年悠久的历史，所以有人说，是先有万全堂，后有同仁堂。万全堂门脸开在崇文门外路西巾帽胡同南，高台阶下就是原来的八路公共汽车站，那时候上中学，我常常要走到这里坐车，所以天天得和它打照面。据说堂中有一副有名的抱柱联：修合无人见，存心有天知。讲的也是医德，我没有看见过，但门外正中间的万全堂的匾额，左右两侧有书写着“万全堂乐家老铺精制饮片丸散膏丹仙胶露酒”的金字通天大匾，每天都晃着我的眼睛。我印象最深的，是1959年，在崇文门外拍电影《青春之歌》，看热闹的人特别多，因为万全堂的高台阶上面看得清楚，我和好多人挤到上面。那大概是万全堂从来没有过的壮观了，因为后来没几年，“文革”一来，它的那两块通天匾被锯成了一截一截的；1992年建新世界商厦，占了它的位置，彻底见不到它的影子。

鹤年堂的名字很雅，取《淮南子》中“鹤寿千年，以极其游”之意，和药铺没有什么关系。相传是严嵩别墅花园里一个厅的名号，“鹤年堂”三个字是严嵩的手书，后来败落之后流落在外，被药铺的老板得到，觉得这字苍劲有味，就当成了自己药铺的名字。鹤年堂是明嘉靖末年（1526年）创办的老字号，据说大门两侧有忠臣戚继光书写的“调元气”“养太和”的配匾，堂中有曾经因上疏严嵩五奸十罪而被严嵩害死的另一个忠臣杨继盛书写的抱柱联：欲求养性延年物，须向兼收并蓄家。现在虽然看不到了，但只要一想，将两位忠臣和一个大奸臣的字放在一起展览，不知道当年老掌柜的是怎么想的，是不因人废字，还是故意让人们做个对比联

想？鹤年堂的位置不好，在菜市口，过去杀人的地方，每次杀人，监斩官就坐在鹤年堂内，人们传说鹤年堂用人血馒头入药发家。门前还有好几个人才能够摇得动的巨型大铁算盘，为了摇动它的声音压过犯人临死前的骂声。总之都不是什么吉祥的东西。不过，即使如此，鹤年堂依然生意火爆，一度曾经和同仁堂平起平坐，民国期间曾有记载："近虽西药林立，同仁鹤年二家家族，于平市四城设分肆无数，而购药者不约而同趋前门桥及菜市口两处。"

千芝堂也是开在明末之年，但规模远不及同仁鹤年两堂。千芝堂取"世有千芝，天下共登仁寿"之意。这意思，不是取自古训，而是鹤年堂留存下的药目中的话，是鹤年堂自己的追求吧。有传说鹤年堂藏有千万支灵芝，我看大概只是传说而已，未必可信。千芝堂真正发达，是清光绪七年（1881 年），搞药材批发的吴霭亭花了两千两银子买下千芝堂，现存千芝堂的匾额就是吴霭亭自己书写（店开在花市口南，两层木制阁楼，古色古香，一直挺立到 1992 年，建金伦大厦时无情被吞噬）。吴聘请懂药材懂制药又懂管理的王子丰当掌柜的。王极其精明，八国联军进京时低价大量收购有钱人家存的参茸，战后再原价卖出；把当时四大名医之一施今墨请到千芝堂坐堂；就是其中两招。一下子，将千芝堂经营的风生水起，晋级京城四大药铺的行列。

当然，京城四大药铺，历来说法不一，其中一说是把庆仁堂归入四大药铺之内。因此，有必要说说庆仁堂。论历史，庆仁堂，其实成立得很晚，是王子丰自恃开创千芝堂有功，和吴霭亭闹翻之后，在崇文门外大街的路东偏北，自立门户，开了这家庆仁堂，一样的雕梁画栋，锣对锣鼓对鼓，唱起了对台戏。庆仁堂取"庆有延年益寿，仁心普济万方"之意，

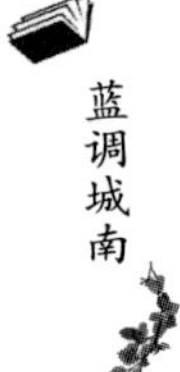

匾额请清末举人汪竹清书写，起码不输于吴霭亭的字。王子丰为自己这家药铺特意命名为“庆仁堂参茸庄”，这意思很明显，参茸庄要比药铺高一档次，故意给千芝堂看的。那是 1912 年的事。1917 年，又在珠市口南开设南庆仁堂，以后陆续在虎坊桥开西庆仁堂、在东四开北庆仁堂、在前门大街开庆颐堂（现长春堂店址），全市 7 个连锁店，生意越做越红火。

还要特别说一下德寿堂，为什么？因为城南原有的大小老药铺上百家，包括四大老药铺（同仁堂 1900 年被火烧，万全堂、千芝堂和鹤年堂，分别在 1992 年、1993 年、1999 年，在扩路建楼的轰鸣中被拆毁），谁也没逃过上世纪末。现在，不要说城南，就是全京城的老药铺，只剩下德寿堂硕果仅存，在修建两广路时和阅微草堂一起幸免于难。它那三层小楼，样式是西洋的，琉璃等装饰是传统的，尤其是三层的钟楼和左右城门门洞，还有一列小火车穿越其间，可谓是中西合璧式样了。关键是到现在还保存着，留一份历史的记忆给我们，将老北京当初的药业景象，留给我们一份活标本，真的难能可贵。德寿堂创办比较晚，1921 年先在南小市开张了 5 间小房，1934 年才在现今两广路上建成了这三层小楼。它的老板康伯卿，原在乾元堂药铺学徒，偷学得一点儿制药手艺，卖点儿眼药膏、万应锭之类的小药，夹包串巷，赚来一些辛苦钱。那时，这样的小药都是平民百姓的常用药，赚钱不多，我小时候还吃过万应锭呢。但就怕锲而不舍，积少成多，康伯卿把最初那 5 间小房，渐渐扩展到那四层小楼，还在广渠门外买了 11 亩地，养鹿百余头，专门提取鹿茸。他研制的康式牛黄解毒丸，曾经风靡京城，盖过其他药铺，应该属于后来居上。

如果不是那天碰见我的一位中学同学，我的这则文章可以在这里收尾了。他告诉我他父亲新中国成立前在五洲大药房工作，那可是北京城当年

最大的西药房，1924 年开业，是上海五洲大药房的分店，创始人是黄宗羲的后裔黄楚九。然后，他指给我看，就在前门大街路东、鲜鱼口的北边一点。它那个位置，我小时候，一直到我去北大荒前，都还是药店，我常常到那里买药，包括我买下的第一个温度计。那是一座二层白色的小楼，欧式风格，里面宽敞，和中药铺的高柜台、一盒一盒的药箱的格局大不相同。不过，这都是后来变化后的样子，最早是什么样子，很想问同学的父亲，可惜老人家早已作古。关键是当年北京城最大的西药房，也在城南（城南还有一处非常有名的西药房——老德记洋药房，在大栅栏，1898 年开业，可惜 1900 年就被义和团一把大火给烧得片甲无存），虽然几经变化，毕竟还在，现在叫做全新药店，这无疑为城南药业增添一些历史的积淀，在中国画墨汁淋漓的渲染之中，多了一笔西洋油画的色调。

曾经看过新辟地址开设的南庆仁堂和千芝堂，面貌都不如以前，心里暗想，如果在城市建设中没有办法而将它们拆迁，退而求其次，起码盖得应该好一些，恢复旧貌，而且最好应该把它们集中在一起，而不是如现在羊拉屎一样分散在各处，好让人们多一个迎风怀想的去处。

不过，我知道，这只是我的一厢情愿而已。对于这些老药铺，我们现在更为重视的是，如何利用它们的金字招牌赚钱，对它们老建筑的存在与否并不怎么在意，仿佛只要留有一个老字号就足够了。其实，这么说也不准确，老字号，我们就真的那么在乎吗？只要想一想，“文革’中，我们轻而易举地就把这些老字号给改了名：把鹤年堂改名为人民药店，把万全堂改名为解放药店，把庆仁堂改名为永向阳药店，把千芝堂改名为井冈山药店……我们并不真正地尊重它们——我们祖上留给我们的这一笔宝贵的财富。

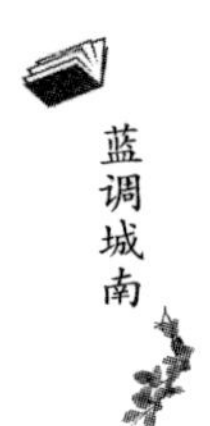

城南门联

我一直以为，门联最见老北京的特色。这种特色，成为了北京的一种别致的文化。国外的城市里，即便有古老宏伟的建筑，建筑有沧桑浑厚的门庭，但它们没有门联。就像它们的门庭内外有可以彰显它们荣耀的族徽一样，北京的门联，就是这样的族徽一般醒目而别具风格。当然，在我国其他城市里也有门联，但都不会有北京这样的普遍，而且大多城市的门联，可以说是从北京这里学过去的，蔓延开的。有据可考，北京最早的门联出现在元代之初，元世祖忽必烈请大书法家赵孟頫写了这样一副门联：日月光天德，山河壮帝居。可见门联在北京的历史之久了。当然，这样的帝王门联，是悬挂在元大都的城门之上的。我这里所说的门联，是指一般人们居住的院子大门上的那种。但我相信彼此只有地位的不同，其形态与意义，是相似的，也可以说，是一脉相承的。北京院落大门之上的门联，是忽必烈门联的变种，衍化而已，就像皇家园林变成了四合院里的盆景。

说起北京的门联能够兴起，和老北京城的建筑格局有关。老北京的建筑格局是有自己一套整体规划的。从紫禁城到左祖右社、四城九门，一直辐射开来到密如蛛网的街道胡同，再到胡同里的大宅门四合院，再到四合

院的门楼影壁屏门庭院走廊，一直到栽种的花草树木，都是非常讲究的，是配套一体的。而作为老北京最具有代表性特征的四合院，大门是给人的第一印象，就像给人看的一张脸，所以叫做门脸儿，自然格外重视。老北京四合院的大门，皇帝在时，是不允许涂红色，都是漆成黑色的，只有到了民国之后，大门才有了红色。所以，现在如果看到那种古旧破损的黑漆大门，年头一定是足够老的了，而那种鲜亮的红漆大门，大多是后起的暴发户。

老北京四合院的大门，一般都是双开门，这不仅是为了大门的宽敞，而是讲究中国传统的对称，这就为门联的出现和普及提供了方便，门联便也就成为了大门的一种独特的组成部分。这种最讲究词语和词义对仗的门联，和左右开关的对称大门，正好剑鞘相配，一拍即合。在老北京，这样的四合院大门上，是不能没有门联的，门联内容与书写水平的高低，体现着主人的文化，哪怕是为了附庸风雅呢，也得请高手来为自己增点儿门面——你看，提到了这个门面的词儿，北京人，一贯是把门和脸放在一起等同看待的。门联，对于四合院的大门，就是这样的重要。正桩儿的四合院，正如西洋人穿西装一定要戴领带一样，如果大门上没有门联，一般是不可想象的。

现在，外地人外国人看北京，看什么呢？胡同越来越少了，四合院越来越少了，大门上的门联，一般都得有百年左右的历史，随着岁月风霜的剥蚀，本来就已经所剩不多，这样的胡同和四合院大批量的拆迁，自然也就越发难以见到了。我一直有这样一个梦想，如果把它们搜集起来，编成老北京门联大全一本书，该是多好的一件事情。后来，我发现，这个事情，我做不了，能力有限，只能寄希望于有能力有学识的他人。我现在能

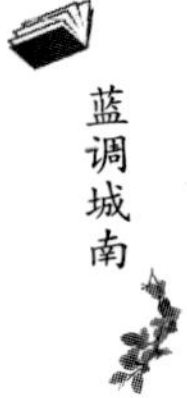

够做的，就是把我熟悉的、我所看到北京的门联，记录在案。因为，我还发现，前几年曾经亲眼看见的门联，现在，有的已经看不清楚了，有的索性连门带院都夷为平地了，许多你认为美好有价值的事物，被当成废土垃圾一起清除，好像一切以新建大楼的建筑面积来计算价钱了，而且还能够翻着跟头一样连年翻番。

我只能把我这几年跑街穿巷所看到的一些门联，赶紧介绍给大家，有兴趣者，可以前往一观，兴许过不了多久，它们便再也看不见了——

“诗书修德业，麟凤振家声”（草厂三条5号）。

“好善最乐，读书使佳。”（前孙公园65号）。

“多文为富，和神当春”（西兴隆街53号）。

“绵世泽不如为善，振家业还是读书”（庆隆胡同3号）。

“芳草瑶林新几席，玉杯珠柱旧琴书”（保安寺10号）。

“忠厚培元气，诗书发异香”（南芦草园12号）。

“宏文世无匹，大器善为诗”（校场口头条47号）。

这几副门联，都是讲究读书的，我们的祖先是崇尚万般皆下品，唯有读书高的。所以，老北京的门联里，这类居多，最多的是“忠厚传家久，诗书继世长”。这几副门联，写的意思是一样的，但特色不一样，要我来看，“多文为富，和神当春”，写得最好。如今，讲究一个“和”字，但谁能够把“和”字当做神和春一样虔诚的看待呢？又有谁能够把文化多少决定着你未来富有的基础来对待呢？最后一副“忠厚培元气，诗书发异香”，以前院子的主人是一个卖姜的，你想想，一个卖姜的，都讲究诗书，多少让现在我们的大小商人脸红。

“经营昭世界，事业震寰球”（长巷头条58号）；

“及时雷雨舒龙甲，得意春风快马蹄”（长巷头条20号）；

“恒占大有经纶展，庆洽同人事业昌”（大蒋家胡同70号）。

这三户主人都是商家，但三副门联写得直白而坦率。老北京，这类门联也颇多，最有代表性的莫过于“生意兴隆通四海，财源茂盛达三江”了。

同为商家，“吉占有五福，庆集恒三多”（冰窖斜街12号），写得略好，吉庆也是商家的字号，嵌在联里面；五福即寿、富、康、德和善终；三多即多福多寿多子孙；都是吉利话，但具体了一些。

“源头得活水，顺风凌羽翰”（南柳巷35号），“源深叶茂无疆业，兴远流长有道财”（南晓顺胡同16号），“道因时立，理自天开”（南柳巷29号），这三副，前两副都说到了经商之“源”，后两副都说到了但说得经商之“道”，第一副比第二副说得要好，好在含蓄而有形象；第三副比第一、二副说得也好，这是一家当铺，后来当过派出所，不管干什么，都得讲究个道和理，好就好在把道和理说得与时世和天理相关，让人心服口服，有敬畏之感，不敢造次。

再看，“定平准书，考货殖传”（东珠市口大街285号），“平准”和“货殖”均用典，货殖即是经商；平准，则是在汉朝时就讲究经商时候价格的公平合理，那时专门设立了平准官；虽然显得有些深奥，但讲的是经商道德。

“生财从大道，经营守中和”（东八角胡同12号），说得朴素，一看就懂，讲究的同样是经商的一个道德，前后对比，却是一雅一俗，古朴兼备，见得不同的风格。

能够将门联既作得有学问，又能够一语双关，道出自身的职业特点的，是这类门联的上乘，也是更为常见的。“义气相投裘臻狐腋，声名可创衣赞羔羊”（新开路 4 号），一看就是经营皮货买卖的，是户叫义盛号的皮货商。“恒足有道木似水，立市泽长松如海”（苏家坡 89 号），一看就是经营木材生意的，而且将自己的商号含在门联的前一个字中，叫恒立。能够让人伫足多看两眼，门联就是他们的漂亮而别致的名片。

将门联作为自己的名片，让人一眼看到就知道院子主人是干什么的，也是北京门联的一个特点，一种功能。比如卖酒的：杜康造酒，太白遗风；看病的：杏林春暖，橘井泉香；洗澡的：金鸡未唱汤先热，玉板轻敲客远来；剃头的：虽为微末生意，却是顶上功夫……可惜的是，这里好多在小时候还曾经看到过的门联，如今已经难得再见。我见到的，只有北大吉巷 43 号的：杏林春暖人登寿，橘井宗和道有神；那是老中医樊寿延先生的老宅。还有钱市胡同里几副：增得山川千倍利，茂如松柏四时春；全球互市翰琛书，聚宝为泉裕货泉；万寿无疆逢泰运，聚财有道庆丰盈；聚宝多流川不息，泰阶平如日之升。都是当年铸造银锭的小作坊。

当然，在门联中，一般住户，不在意那些的一语双关，着意家庭的更多，或祝福家声远播，家业发达——

“河内家声远，山阴世泽长”（长巷头条 70 号）；

“世远家声旧，春深奇气新”（洪福胡同 16 号）；

“子孙贤族将大，兄弟睦家之肥”（北大吉巷 47 号）；

或祝福合家吉祥，太平和睦——

“家吉征祥瑞，居安享天平”（西打磨厂 45 号）；

“家祥人寿，国富年丰”（梁家园西胡同 25 号）；

“瑞霞笼仁里，祥云护德门”（兴胜胡同 12 号）；

或期冀山光水色，朋友众多，陶冶性情：

“山光呈瑞泉，秀气毓祥晖”（杨梅竹斜街 33 号）；

“圣代即今多雨露，人文从此会风云”（群智巷 53 号）；

“林花经雨香犹在，芳草留人意自闲”（草场三条 13 号）。

这样说的都是笼而统之的，一般的过年话。但也有具体的，比如希望有仕途功名的——

孝（此字看不清了）家声传两晋，文章德业着三槐”（草厂八条 8 号）；

“笔花飞舞将军第，槐树森荣宰相家”（西河沿 152 号）。

后者，我还看到了难得一见的横幅“春如泽帝”，意思更加明显，倒不遮遮掩掩。也有希望多福多寿多子孙的：“大富贵亦寿考，长安乐宜子孙”（洪福胡同 21 号），“寿考”即高寿，朱熹说：“文王九十七乃终，故言寿考。”这样的门联很多。

但更多的还是讲究传统的道德情操——

“惟善为宝，则笃其人”（草厂五条 27 号），讲的是一个善字。

“恩泽北阙，庆洽南陔”（草厂七条 12 号），诗经里有“南陔”篇，讲的是一个孝字。

“文章利造化，忠孝作良园”（中芦草园 3 号），讲了一个孝字，又讲了一个忠字。

“中口且和征骏业，义以为利展鸿猷”（廊房二条 65 号），讲的是一个义字。

“韦修厥德，长发其祥”（南芦草园 17 号），“文章华国，道德传家”（南芦草园 19 号），“江厦勋名绵旧德，山阴宗派辟新声”（西河沿 154

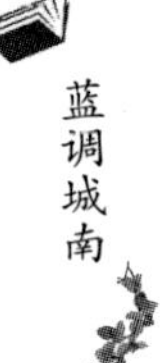

号)，讲的都是一个德字。

“守身如执玉，积德胜遗金”（栾庆胡同 11 号)；“厚德家声振，积善世绵长”（栾庆胡同 17 号)；“忠厚留有余地步，和平养无限生机”（草厂横胡同 33 号)；说的是德善兼顾，相互依存。

“门前清且吉，家道泰而康”（培英胡同 33 号)，讲的则是做人的清白。“芝兰君子性，松柏古人心”（西打磨厂 58 号)，讲的则是心地品性。只不过，前者说的直截了当，后者用了比兴的古老笔法。而“古国文明盛，新民进化多”（草厂八条 25 号)，则可以看出完全是紧跟民国时期的新潮步伐了。

最有意思的是，草厂五条 27 号，它原来是湖南宝庆会馆，很深的左右两层大院，高台阶，黑大门，那副门联不是在大门上，而是刻在门两旁的塞余板上，很特殊。进大门洞后，还挂着一块 1993 年文明标兵的牌子，经历了这么多年，玻璃镜框还在。想一想，讲究“惟善为宝，则笃其人”的院子，应该得文明标兵的称号。

遗憾的是，我所看到的，仅仅是老北京门联的一小部分了，不知还有多少精彩的，已经和我们失之交臂。仅就我听说的，原广渠门袁崇焕故居就有：自坏长城慨古今，永留毅魄壮山河。大外廊营谭鑫培英秀堂老宅有：英杰腰间三尺剑，秀士腹内五车书。烂漫胡同东莞会馆有：奥峤显辰钟故里，蓟门风雨引灵旗。海柏胡同朱彝尊故居的古藤书屋有：一庭芳草围新绿，十亩藤花落古香。粉房琉璃街的新会会馆有：新诗日下推新彦，会客花间话早朝……当然，再往前数，在曾朴的《孽海花》里，还记录着保安寺街曾经有过的一副有名的门联：保安寺街藏书十万卷，户部员外补阙一千年。此门联民国时还在，曾经让朱自清先生流连颇久。自然，那

都是前尘往事，显得离我那样的遥远了。

我最欢的是在东珠市口大街的冰窖厂胡同曾经有过的一副门联：地连珠市口，人在玉壶心。以玉壶雅喻冰窖厂，地名对仗得如此工整和古趣，实在难得。我一连去冰窖厂胡同多次，都没有找到这副门联；也曾多方向老街坊打听，也没有打听到这副门联曾经出现在哪一家院落的大门上。

有一阵子，我迷上了门联，胡同串子似的到处乱串，像寻宝一样的寻觅门联。因为我心里隐隐的感觉，这样的门联，也许快要成为“夏季里最后一朵玫瑰”了。有一次听人告诉我，在宣武门外校场口头条 47 号有一副门联，格外难认，却保存完好，我立刻赶过去，一看，像小篆字，又像钟鼎文，古色古香，其中几个字，我也认不得。一打听，才知道门联是：宏文世无匹，大器善为诗。再一打听，此院原住的是我的汇文老校友、前辈学者吴晓玲先生，这样的门联只有他这样学富五车的人才匹配。去的时候，正是夏天，院子里有两棵大合欢树，绯红色的绒花探出大门，与门联相映成趣，很是难忘。

还应该补充这样几个门联，都是独眼一般半副。一扇在南柳巷林海音故居对面 51 号，右边半扇门上，“香光随笔是为画禅”。仅一扇在杨梅竹斜街 90 号，左边半扇门上，“合力经营晏子风”。前者，原来的大门在另一条胡同上，这是后开的门，开了门，却一时找不到门板，便随便找了一块安上了，找到的这块，却是棒打的鸳鸯，只找到一扇，另一扇不知飘向何方。后者，大院里新搬来一户，就住在大门的右边，为了把房子往外扩大一些，人家和房管局的人认识，就把右边的大门给卸了，换上了一扇小门，便只剩下了这半副门联，这么多年来，让晏子一人孤胆英雄一般独挡风雨。

另一在长巷五条路东一个小院，只剩下半扇门，摇摇欲坠，破裂得木纹纵横，但暗红色漆皮隐隐还在，凸刻着“荆楚家风”。过了几天，我路过那里，门联没有了，换上了两扇新门，涂着鲜红的油漆，像张着涂抹劣质口红的两瓣嘴唇。

真的，在越来越多的四合院和胡同的拆迁下，在越来越多的高楼挤压下，我觉得这样的门联快看不见了，或者说要看以后得去博物馆看了。要看得抓点儿紧了。在唯新是举的城市建设的思维模式下，大片的老街巷被地产商所蚕食，拔地而起的高楼大厦，似乎要比四合院更有价值，却不知道没有四合院的依托，北京城还是北京城吗？没有了四合院，那些存活了近百年的门联，上哪儿去看呢？那时候和欧洲房子前的雕塑和族徽一样，是北京自己身份的证明呀。我们就像狗熊掰棒子，为了伸手摘取自以为是的东西，轻而易举地丢弃了最可宝贵的东西。

前两天，我陪来自美国的宝拉教授去大栅栏，特意去了一趟钱市胡同，窄窄的胡同里，静无一人，那几副老门联还在，只是有的已经字迹模糊了。其实我才两三年没去那里，日月风霜的剥蚀，比想象的要快。

老北京的门联啊！

城南说纸

老北京，卖纸张的，有讲究，各卖各的品种，不互相掺和着卖，绝对不搞小而全的大杂烩，有些类似现在的专卖店，叫做术业有专攻。从中可以看出，当年做买卖的精细和精明；也可以看到，老百姓的日子过得再苦再难，就是吃窝头就咸菜了，那老咸菜疙瘩也得切成头发丝一般的细，买纸一样的讲究！

那时卖纸的纸铺，分为京纸铺、南纸店、纸马铺和纸庄，大都是北方人开，大多是开在城南。最开始，有京纸铺和南纸店之分，纸马铺和纸庄，是后开的。民国时期《北平风俗类征》一书中，曾经这样介绍："纸铺的买卖向分两种：京纸铺南纸铺的分别，南纸铺所卖的都是所用的一切纸笔墨砚，宣纸信笺，图章墨盒，时人字画等，无一不备。京纸铺卖的是本京所造的各色染纸、倭纸、银花、鞭炮、秫秸、毛头账本，与裱糊匠水马不离槽。虽都是言无二价，京纸铺专能跟裱糊匠通行作弊。"

可以看出，京纸铺和一般百姓关系密切，而南纸店则是文人和有钱人常去的地方。《北平风俗类征》说的不全，京纸铺卖的不仅只是京城本地生产的纸张，还包括北方生产的纸张，比如银花染纸、东昌纸、花素纸。

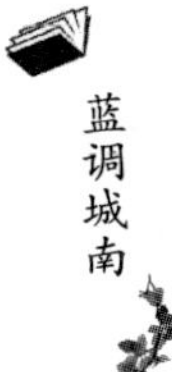

它说的“跟裱糊匠通行作弊”，指的是北京人必买不可的糊墙糊顶棚时候先打底子用的毛刀纸、后糊一层用的大白粉纸，和糊窗户用的高粱纸，再有就是春节写门联的红纸，还有上茅房擦屁股用的豆纸。

南纸店，它说的也不全，除了卖文房四宝和南方生产的各种宣纸，水印暗花的信笺，还有毛边纸、元书纸、金银箔纸。现在的荣宝斋就是典型的南纸店。

它没有说纸马铺，因为纸马铺一般没有京纸铺和南纸店多，专门卖的只是祭祀神祇或发送死人用的神纸、纸钱、挂钱之类，糊纸人、纸马、金牛、白羊之类的用纸。

在这几种纸铺中，纸庄是开得最晚的，是国门开放的产物，戊戌变法前后，洋人开始睥睨中国的时候，用洋枪洋炮向我们打来、把大烟运往我们这里的同时，也把西洋纸张发送到我们这里。专门印报纸的印刷纸、专门印画报的铜版纸，以及道林纸、洋宣纸、毛边纸、复写纸、粉连纸、油画纸……许多中国人第一次见到和听说的洋纸，让专门卖西洋纸庄一出现，立刻鹤立鸡群，占风气之先，买卖做得格外起劲。所谓纸庄，相对于传统的纸铺而言，从名字上就体现出它是高一等而存在的现实。如同老北京的饭店，叫饭庄的一般要比叫楼的、叫馆的、叫居的，要上一个档次一样吧，纸庄叫得就是比纸铺气派。这是我的猜想，但不会有大的出入。

老北京最早最有名的纸庄有两家，一是敬记纸庄，一是公兴纸庄。开始，两家都是先经营京纸后经营南纸，再后来中西兼顾，南北通吃。两家挨着很近，前者在西兴隆街中段路北，后者在大栅栏东口路南。敬记于光绪二十四、五年（1898、1899年）年开张，公兴晚一两年，在1900年开张。两家都是店后厂，敬记的后院十几间房就是库房，前面三间房就是门

脸；公兴在大栅栏东口的门脸房也是三间，它在长巷三条买了三处房子，作为自己的库房，生意越做越大。

敬记的老板姓姜，山西人；公兴的老板姓刘；河北人。两人都是纸铺学徒的出身，自然摸得清纸张买卖的脉，春江水暖鸭先知，一下子瞧准了洋纸的行情。看这两家老板为自己店铺起的名字，可以看出当年生意人的心地和追求，一是讲究一个“敬”字，一是讲究一个“公”字。敬什么？敬的是顾客和纸张本身。公在哪儿？出于公心，讲究公德。所以他们能够将买卖越开越大，是可以想见的了。生意人做到一定的境界，和任何一处的高人一样，并不仅仅是钻进钱眼里然后便秘一样怎么也出不来。

在他们两家之后，陆陆续续也出现好多家纸庄，我们的商业自古就有跟风的传统，看到人家赚钱了，红眼病发作，立刻跟进，恨不得遍地开花，有枣没枣都得打上一竿子。当时，在打磨厂就有福隆、西河沿有福生祥、粮食店有永太和、瓷器口有三益德……冒出好多家纸庄，在崇文门外的地藏寺街，一下字开了一串纸店，几乎成为了纸店一条街；而在煤市街北段因为出现了一连串的纸庄，索性把那一段地方改名为纸巷子。但它们没有一家赶得上敬记和公兴的。即使后来闹义和团时一把大火烧大栅栏里老德记洋药房的时候，连带着把公兴烧得干净，它后来在原地盖起了一座二层楼房，比以前更红火，居然元气如此丰沛，和它以前的积累是有关的。而敬记则更是芝麻开花节节高，把生意做到大江南北，统领全国。当时有竹枝词这样赞美它：兴隆街里兴隆象，发达生意敬记庄。我想，大该不是如我们现在这里拿了人家红包为人家写的有偿报道吧？

小时候，我住的离这两家纸庄都非常近，离敬记更近，穿过一条小胡同就到，它门市不大，是一座二层小楼，后面有十几间房子的大院落。不

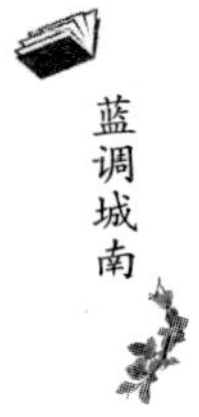

过，公私合营以后，它的辉煌渐渐淡去，敬记的店名都找不见了，以后改成了一家文具店，前些日子路过兴隆街，索性连它的一点踪影都没有了，好像是在这条街上它根本没有存在过一样。

而公兴，到现在依然挺立在那里，行不改名，坐不改姓，一直叫公兴，只是“文化大革命”时被迫把名字改为“文革”文化用品商店，现在又改了回来。当然，它卖的东西也杂了，不仅卖纸，还卖其他乐器体育用品照相器材等。前些天，我去前门，照相机里的电池没电了，别处没去，专门到公兴，买了两节电池，才照了7张照片，便又没电了，是遇见“李鬼”了，这在以前的公兴那里，是不会遇到的。

对于老北京人而言，一直把它当成纸店而存活在记忆里的。小时候，从上小学一直到高中毕业，我买的好多作业本，包括日记本和包书皮、做手工用的电光纸，我家买的所有糊顶棚的毛刀纸、大粉纸，糊窗户的高粱纸，都是到那里买的。那时，有位街坊姓曹的壮汉，糊顶棚一绝，院子里所有人家的顶棚几乎都请他来糊。如果赶上纸糊上去又掉下来，或者刚糊上就破的时候，他总是不赖糨糊，要赖纸：你这不是从公兴买来的吧？公兴，就是有着这样大的可信度。

如今，北京人用纸，已经没有那么多讲究了，顶棚不用糊了，春联不用写了，甚至连平安家信乃至情书都不用写了，一律改为“伊妹儿”和手机短信了。毛笔字更是不用练了，宣纸也派不上用场。许多值得我们珍惜的东西，就是这样从我们的身旁悄悄地溜走，等我们再想起它们时，它们早已经没有了踪影。

城南梨园

这里说的梨园，专指梨园名宿的故居。

早先年间说：人不辞路，虎不辞仙，唱戏的不离百顺韩家潭，说是梨园行唱戏的名角住在百顺胡同的和韩家胡同的多。这样说自然是没错的，仅仅短短的一条百顺胡同，40号是著名武生俞菊笙的故居，四大徽班之一春台班也曾经在那里安营扎寨；36号是文武老生程长庚故居，四大徽班之一三庆班在那里；38号是武老生迟月亭故居；55号是青衣前辈陈德霖故居。

其实，梨园行的名角不仅住在这两条胡同，不过，倒都是住在附近，几乎遍布南城前门这一带，这原因和清朝禁止内城开设戏院有关，那时所有的戏院都开设在前门一带，四大徽班进京后，便都在这一带安营扎寨，梨园行的名角们，自然也就扎堆儿就近把家安在了这里。如果有兴趣，即使现在到这一带走走，许多京剧界名宿的老宅，依然健在，都还能够见到，虽然人去楼空，老屋颓败，京腔京韵的那种感觉飘忽还在，能够让你迎风怀想。

除去前几年椿树胡同拆迁，原来住在那里的余叔岩和尚小云的老宅已

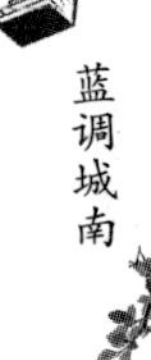

经见不到了。同样拆迁的原因，海柏胡同里的叶盛章故居、棉花头条贯大元故居、棉花三条于连全故居、棉花六条赵桐山故居，也都已经不在了。但是，棉花五条武小生叶盛兰故居、棉花七条铜锤花脸裘盛戎、武老生李少春故居、棉花八条梨园名宿金少山故居、棉花九条另一位前辈马福禄故居，虽然早已经更换了主人，老宅还在那里。

此外，山西街甲13号的四大名旦之一荀慧生故居，门口挂有宣武区文物保护的牌子，虽然四周拆得七零八落，故居的房子保存完好，一溜儿长长的灰砖墙，鹤立鸡群，很醒目。紧挨着山西街的西草厂88号，是名丑萧长华故居，保存不错的四合院，还有一个东跨院，跨院里有一株苹果树，正院中有一株老枣树，枝叶沧桑，都是老人亲手种植的，摇曳着老人的身影，院门卧在山西街里一点儿，还保留着当年的样子，门上方有门额，虽然早被白灰涂抹，却可以想象当年。它正对着新开张的沃尔玛大门，很好找。

铁树斜街149号，是京剧大师梅兰芳的祖居；大外廊营胡同1号，是著名老生谭鑫培的故居；培英胡同20号，是梅兰芳的老师号称“剧坛盟主”的王瑶卿故居；红线胡同17号，是老生杨宝森故居；西河沿215号，是铜锤花脸裘盛戎故居；保安寺街15号，是疙瘩腔的创始人老生高庆奎故居；后兵马司街13号，是名旦张君秋故居；平坦胡同3号，是须生奚啸伯故居。这几处虽然破败，成了大杂院，毕竟没有拆毁，还可以找到。

北大大吉巷里，和李万春做街坊的，还有几处梨园行的老宅，我在《北大吉巷》已经介绍：39号住过刘连荣，他是和梅兰芳配戏的名角，《霸王别姬》，梅兰芳的虞姬，他的楚霸王；7号住过时慧宝，清末著名青衣时小福的四子，他是武老生，又是梨园界有名的书法家，樱桃斜街梨园

会馆门簪上“梨园永固”四字就是其作品。这几处虽然都没有挂文物保护的牌子，但是，也是都可以很容易找到的。

当然，如果你愿意多走几步，过前门外大街往东，到东兴隆街南的奋章大院胡同，53号是架子花郝寿臣的故居。以前，梨园行老人一般都把自己住宅选在前门大街以西，以东的很少，原先马连良和侯喜瑞曾在巾帽胡同住过，梅兰芳和李多奎也曾在鞭子巷三条和头条住过，但那里都早拆干净，连地名都不存在了。前门大街以东，如今硕果仅存，只剩下郝寿臣的故居了。他的孙子和我小学同学，同年级不同班，他在一班，我在三班，以后上了戏曲学校，据说学打锣鼓。那时候学校的老师不会来事儿，没有请郝先生来我们学校搞个忆苦思甜的讲座之类，也没有带我们去参观一下郝家老宅，便让我失去了见识郝老先生的机会。

当年，郝先生花了两千大洋在那里买下的这块地皮，大约一亩，盖起的四合院，只是当时地名不雅，叫粪场大院，郝先生给当时北平市市长写了一封信，希望改为奋章大院，三天后便迅速被批准，奋章大院的街名，便一直叫到了现在。就冲这个典故，也值得去看看。因为郝老先生生前便立下遗嘱，把老宅捐献给幼儿园，所以那座北京典型的四合院保存完好，连大门上面精美的砖雕，都完整无缺，便更值得一看。只是原来朝北的大门被堵死，新门开在另一则，冲西，总是关着，要使劲敲敲，才会有人开门。

只是，我要给你提个醒儿，要去得趁早，拆迁的速度，有时快于我们的步子，越晚，你看到的地方肯定会越少。